IRVIN D.
YALOM

Călătoria către sine

IRVIN D. YALOM
Călătoria către sine
Memoriile unui psihiatru

Traducere din limba engleză și note

de Florin Tudose

Redactor: Cristina Ștefan
Corectură: Rodica Crețu
Coperta: Petru Șoșa
DTP: Ofelia Coșman

Descrierea CIP a Bibliotecii Naționale a României
YALOM, IRVIN D.
Călătoria către sine: memoriile unui psihiatru / Irvin D. Yalom;
trad.: Florin Tudose. - București : Editura Vellant, 2017
ISBN 978-606-980-018-8

I. Tudose, Florin (trad.)

821.111

Copyright © 2017 by Irvin Yalom
First published by Basic Books
Translation rights arranged by Sandra Dijkstra Literary Agency
All Rights Reserved

Translation Copyright © 2018 by Vellant Publishing
Credit foto copertă: Reid Yalom

Editura Vellant
Splaiul Independenței 319
București, Sector 6
www.vellant.ro

Toate drepturile asupra versiunii în limba română
aparțin Editurii Vellant.

*În amintirea părinților mei, Ruth și Benjamin Yalom,
și surorii mele, Jean Rose*

Capitolul 1
NAȘTEREA EMPATIEI

Mă trezesc din vis la 3 noaptea, plângând în pernă. Mă mișc încet ca să n-o trezesc pe Marilyn, mă dau jos din pat, mă duc la baie, îmi usuc ochii și urmez instrucțiunile pe care le-am dat pacienților mei vreme de cincizeci de ani: închide ochii, refă visul în minte și notează ce ai văzut.

Am în jur de zece ani, poate unsprezece. Mă dau cu bicicleta pe un deal mic, în apropiere de casă. Văd o fată pe nume Alice cum se odihnește pe veranda casei ei. Pare un pic mai mare decât mine și e foarte atrăgătoare, chiar dacă are fața acoperită de pete roșii. Când trec cu bicicleta pe lângă ea, o salut: „Salut, Pojar."

Deodată, apare în fața mea un bărbat masiv, cu o înfățișare înfiorătoare; apucă bicicleta de ghidon și mă oprește. Știu, cumva, că e tatăl lui Alice.

Bărbatul îmi spune: „Hei, tu, cum te-o fi chemând. Gândește-te o clipă – dacă ești în stare să gândești – și răspunde. Gândește-te la ce i-ai spus acum fiicei mele și zi-mi un singur lucru: cum s-a simțit ea auzind asta?"

Sunt prea speriat ca să răspund.

„Haida, răspunde. Ești băiatul lui Bloomingdale (prăvălia tatălui meu se numea Magazinul

Bloomingdale, mulți clienți presupunând că familia noastră se numește Bloomingdale) și pun pariu că ești un evreu isteț. Așa că, hai, spune-mi cum crezi că s-a simțit Alice când ai strigat-o așa."

Tremur. Sunt mut de frică.

„Gata, gata. Calmează-te! Hai să facem lucrurile mai simple! Spune-mi atât: crezi că cuvintele tale au făcut-o pe Alice să se simtă bine sau prost?"

Pot doar să mormăi: „Mnu știu."

„Nu poți gândi limpede, ha? Bun, hai să te ajut să gândești. Să zicem că mă uit bine la tine, găsesc ceva aiurea și te strig așa de fiecare dată când te văd." Se uită foarte atent la mine. „Îți iese un muc din nas, ha? Ce-ar fi să-ți spun «Mucea»? Văd că urechea ta stângă e mai mare ca dreapta. Ce-ar fi să-ți spun «Ureche-grasă» de fiecare dată când te văd? Sau «Ovreiașu'»? Da, cum ar fi? Ți-ar plăcea?"

Îmi dau seama, în vis, că nu e pentru prima oară când trec pe lângă casa asta, că am trecut zilnic pe aici și că am strigat-o pe Alice la fel de fiecare dată, încercând să obțin o conversație, să-mi fac prieteni. Și de fiecare dată când strigam „Hei, Pojar", o insultam și o răneam. Sunt îngrozit – de răul făcut în tot timpul ăsta și de faptul că am fost atât de orb încât să nu văd ce fac.

După ce termină tatăl ei cu mine, Alice coboară scările verandei și-mi spune cu o voce blândă: „Vrei să vii sus să ne jucăm?" Se uită la tatăl ei. El aprobă cu o mișcare a capului.

„Mă simt oribil", răspund eu. „Îmi este rușine, foarte rușine. Nu pot, nu pot, nu pot..."

Dintotdeauna, încă din adolescență, obișnuiesc să citesc înainte de culcare, iar în ultimele două săptămâni am citit o carte de Steven Pinker, intitulată *Our Better Angels*. În seara asta, înainte de vis, am citit un capitol în care vorbește despre apariția empatiei în epoca Iluminismului și cum dezvoltarea romanului, în special a romanului epistolar britanic, cum sunt *Clarissa* și *Pamela*, s-ar putea să fi jucat un rol în diminuarea violenței și cruzimii, ajutându-ne să privim lumea din perspectiva celorlalți. Am stins lumina pe la miezul nopții, iar după câteva ore m-am trezit din coșmarul cu Alice.

După ce m-am liniștit, m-am întors în pat, dar am rămas treaz încă multă vreme, gândindu-mă cât de remarcabil este faptul că această bubă timpurie, acest compartiment cu vină, sigilat de timp, vechi de șaptezeci și trei de ani, a ieșit atât de brusc la lumină. În realitate, îmi amintesc acum că, pe la doisprezece ani am trecut într-adevăr adesea cu bicicleta pe lângă casa lui Alice și am strigat-o „Hei, Pojar", într-o tentativă brutală și dureros de lipsită de empatie de a-i atrage atenția. Cu tatăl ei nu m-am întâlnit niciodată, dar îmi imaginez acum, la optzeci și cinci de ani, întins în pat după acest coșmar, cum am făcut-o să se simtă și cât de dăunătoare au fost cuvintele mele pentru ea. Iartă-mă, Alice!

Capitolul 2
CĂUTAREA UNUI MENTOR

Michael, un fizician de șaizeci și cinci de ani, este ultimul meu pacient de azi. Am făcut terapie cu el acum două decenii, vreo doi ani, dar nu am mai știut nimic despre el până acum câteva zile, când mi-a trimis un e-mail în care îmi spunea: „Trebuie să ne vedem – articolul atașat acestui e-mail a inflamat multe spirite, și bune, și rele." Linkul atașat e-mailului trimitea la un articol din *New York Times* în care se vorbea despre un important premiu științific câștigat recent de pacientul meu.

În timp ce ia loc în biroul meu, eu mă pregătesc să inițiez discuția.

„Michael, am primit mesajul tău în care îmi ceri ajutorul. Îmi pare rău că ai probleme, dar vreau totodată să-ți spun că mă bucur să te văd și că e minunat să aud că ai primit un asemenea premiu. M-am întrebat adesea cum o mai duci."

„Îți mulțumesc că spui asta." Michael privește biroul de jur împrejur – e un tip vânos, atent, aproape chel, de aproximativ un metru și optzeci de centimetri înălțime, iar ochii lui căprui scânteietori radiază competență și încredere. „Ai reamenajat biroul? Scaunele astea parcă stăteau dincolo, nu?"

„Da, obișnuiesc să reamenajez o dată la un sfert de secol." Michael chicotește. „Bun, ai văzut articolul?"

Aprob din cap.

„Bănuiești, probabil, ce s-a întâmplat cu mine după asta: un sentiment de mândrie, mult prea scurt, urmat de val după val de neîncredere și anxietate. Vechea poveste – mă simt gol pe dinăuntru."

„Hai să trecem direct la subiect."

Petrecem restul ședinței trecând în revistă cele bine știute: părinții, imigranți irlandezi fără școală; viața din ghetourile newyorkeze; educația primară de proastă calitate; lipsa unui mentor important. Vorbește pe larg despre cât de mult i-a invidiat pe cei ce au avut parte de cineva mai în vârstă care i-a protejat și crescut, în timp ce el, pentru a fi remarcat câtuși de puțin, a trebuit să muncească neîncetat și să ia cele mai bune note. El a fost obligat să se creeze singur pe sine.

„Da", îi spun. „Făurirea propriei persoane este sursa unei mari mândrii, dar duce și la sentimentul lipsei unei fundații. Am cunoscut mulți copii inteligenți de imigranți, care trăiesc cu sentimentul că sunt ca niște nuferi răsăriți în mijlocul mlaștinii – flori superbe, dar fără rădăcini adânci."

Își amintește că i-am spus asta și în trecut și se bucură să o audă din nou. Stabilim să ne mai vedem pentru câteva sesiuni și-mi spune că deja se simte mai bine.

Cu Michael am lucrat întotdeauna bine. Ne-am înțeles de la prima întâlnire, iar el mi-a spus uneori că simte că sunt singura persoană care îl înțelege cu adevărat. În primul nostru an de terapie a vorbit mult despre identitatea sa confuză. Oare chiar era studentul strălucit care îi întrecea pe toți? Sau era un vagabond care-și petrecea timpul liber jucând biliard și zaruri?

Odată, când se plângea de identitatea lui confuză, i-am spus o poveste din vremea în care absolveam liceul Roosevelt din Washington, D.C. Pe de o parte, fusesem anunțat că la ceremonia de absolvire urma să primesc Premiul Civic al liceului. Pe de altă parte, eu în ultimul an de liceu organizasem o mică afacere cu pariuri de baseball: ofeream o cotă de 10-1 pe pariul că oricare trei jucători nu vor marca la diferențe de șase puncte între ei, în orice zi. Șansele erau de partea mea. Mi-a mers extraordinar de bine, astfel că aveam mereu bani să-i cumpăr prietenei mele stabile, Marilyn Koenick, gardenii de prins la corsaj. Dar, cu câteva zile înainte de absolvire, am pierdut carnetul cu pariuri. Unde să fi fost? Am intrat în panică și până la ora absolvirii l-am căutat peste tot. În clipa în care mi-a fost strigat numele și am urcat pe scenă, încă tremuram și mă întrebam: oare voi fi onorat ca elev exemplar al promoției 1949 a liceului Roosevelt sau voi fi exmatriculat din cauza pariurilor?

Când i-am spus povestea, Michael a râs de s-a prăpădit și mi-a spus printre hohote: „Ești un psihiatru pe gustul meu."

După ce mi-am notat câte ceva în urma ședinței noastre, m-am schimbat în ceva mai comod, mi-am pus tenișii și am scos bicicleta din garaj. Tenisul și alergările nu mai sunt de mine, la optzeci și patru de ani, dar merg aproape zilnic cu bicicleta pe o pistă specială din apropierea casei. Mai întâi trec printr-un parc plin de cărucioare, discuri Frisbee și copii care escaladează structuri ultramoderne, după care traversez un podeț din lemn peste pârâul Matadero și urc un mic deal care se face tot mai abrupt de la un an la altul. Ajuns sus, mă odihnesc în timp ce încep zborul lung înapoi jos. Iubesc să cobor fără niciun pic de efort, cu aerul cald mângâindu-mi fața. Sunt singurele momente în care îi înțeleg pe prietenii mei budiști, când vorbesc despre golirea minții și savurarea senzației de a fi pur și simplu. Însă calmul nu durează niciodată prea mult, iar astăzi simt cum foșnește în aripile minții o reverie, gata să iasă pe scenă. Este o reverie pe care mi-am imaginat-o de foarte multe ori, poate de sute de ori de-a lungul vieții. În ultimele săptămâni a fost adormită, dar a trezit-o lamentarea lui Michael despre lipsa mentorilor.

În prăvălia mică și sărăcăcioasă a tatălui meu intră un bărbat îmbrăcat în costum de bumbac, cu pălărie de paie, cămașă albă și cravată, purtând în mână o servietă. Eu nu mă aflu în scenă: observ totul de parcă aș pluti la înălțimea tavanului. Pe musafir nu-l recunosc, dar înțeleg că este un om influent. Poate că e directorul școlii primare la care învăț. E o zi de iunie umedă și călduroasă, în Washington D.C., astfel că, înainte de a se adresa tatălui meu, bărbatul își șterge fața cu o batistă. „Trebuie să discutăm niște lucruri importante despre fiul dumneavoastră, despre Irvin." Tata e uimit și nerăbdător să afle despre ce poate fi vorba; este prima dată când întâlnește o astfel de situație. Tatăl și mama mea, nefiind niciodată asimilați în cultura americană, se simțeau bine doar în compania persoanelor de aceeași etnie, alți evrei emigrați din Rusia odată cu ei.

Cu toate că în magazin mai sunt și alți clienți de care ar trebui să se ocupe, tata înțelege că acesta nu e un om pe care-l lași să aștepte. O sună pe mama – locuim într-un mic apartament deasupra prăvăliei – și, ferindu-se să fie auzit de străin, îi spune, în idiș, să vină cât mai repede jos. Mama coboară după câteva minute și-i preia eficient pe clienți, în timp ce tatăl meu îl conduce pe străin în micuța cameră de depozit din spate. Se așază pe navete goale de bere și vorbesc. Din fericire, nu-și face apariția niciun șobolan sau gândac. Tatăl meu e vizibil stânjenit. Ar fi preferat s-o lase pe mama să vorbească, dacă asta n-ar fi însemnat o recunoaștere publică a faptului că în familia noastră, deciziile importante erau luate de ea, nu de el.

Bărbatul în costum îi spune niște lucruri extraordinare. „Profesorii din școala mea îmi spun că fiul dumneavoastră, Irvin, este un elev excepțional și are potențialul de a aduce o contribuție remarcabilă societății noastre. Dar numai în condițiile în care va avea parte de o educație bună." Tata pare înghețat, cu ochii săi superbi și pătrunzători pe străin, care continuă: „Sistemul de educație din Washington, D.C. este bine condus și destul de satisfăcător pentru elevul mediu, dar nu e tocmai potrivit pentru fiul vostru, pentru un elev atât de înzestrat." Deschide servieta și-i arată tatălui meu o listă cu câteva școli particulare din D.C., zicându-i: „Vă recomand insistent să-l trimiteți la una dintre școlile astea pentru restul anilor de studiu." Scoate din portofel o carte de vizită și i-o întinde tatălui meu. „Contactați-mă și voi face tot ce-mi stă în putință pentru a obține o bursă pentru el."

Văzând uimirea de pe figura tatălui meu, străinul îi explică: „Voi încerca să găsesc un ajutor pentru achitarea taxelor școlare – aceste școli nu sunt gratuite, precum cele publice. Vă rog, pentru binele fiului dumneavoastră, considerați-o cea mai mare prioritate a dumneavoastră."

Tăiați! Aici se oprește de fiecare dată visul cu ochii deschiși. Imaginația mea nu mă lasă să completez scena. Nu văd niciodată ce răspunde tata sau ce-i spune mamei despre asta. Reveria exprimă dorința mea de a fi salvat. În copilărie, nu-mi plăceau viața mea, cartierul, școala și amicii – voiam să fiu salvat și în fantezia asta eram, pentru prima dată, recunoscut ca special de către un emisar important al lumii exterioare, lumea de dincolo de ghetoul cultural în care am crescut.

Privind retrospectiv, regăsesc în scrierile mele această fantezie a salvării și înnobilării. În cel de-al treilea capitol din romanul meu *Problema Spinoza*, în timp ce se plimba către casa profesorului său Franciscus van den Enden, Spinoza se pierde într-o reverie care reia prima întâlnire cu acesta, petrecută cu câteva luni înainte. Van den Enden, fost iezuit și profesor de studii clasice care conducea o academie particulară, a intrat într-o zi în prăvălia lui Spinoza căutând vin și stafide și a fost cu totul uimit de profunzimea și amploarea minții celui din urmă. L-a îndemnat pe Spinoza să se înscrie la academia privată, unde ar fi avut contact cu filosofia și literatura non-iudaică. Romanul este, desigur, o ficțiune, dar am încercat să fiu cât mai fidel acurateței istorice. Nu și în pasajul acesta: Baruch Spinoza nu a muncit niciodată în prăvălia familiei. O asemenea prăvălie nici nu *a existat*: familia deținea o afacere de exporturi și importuri, dar nu avea punct de desfacere. Cel care lucra într-un magazin de familie eram eu.

Această fantezie de a fi recunoscut și salvat supraviețuiește în mine în multe forme. Am fost, recent, la piesa *Venus învesmântată în blănuri*, a dramaturgului David Ives. Când se deschide cortina, vedem o scenă de culise și un regizor obosit după o zi de audiții pentru un rol principal feminin. Epuizat și profund nemulțumit de actrițele văzute, se pregătește să plece, când intră în scenă o actriță foarte agitată și impertinentă. A întârziat o oră. El îi spune că a terminat cu audițiile pe ziua aceea, dar ea îl imploră și îl lingușește. Văzând că e cât se poate de nesofisticată, neștiutoare, needucată și cu totul nepotrivită rolului, o refuză.

Dar ea e o lingușitoare excelentă; e isteață și insistentă, așa că, mai mult ca să scape de ea, el cedează și-i acordă o scurtă audiție în care citesc împreună din scenariu. În timp ce citește, femeia se transformă, i se modifică accentul, vocea i se maturizează, rostește cuvintele ca un înger. El este șocat, copleșit de-a binelea. Pe ea o căuta. E mai mult decât a îndrăznit să spere. Să fie aceeași femeie murdară și vulgară pe care o cunoscuse acum jumătate de ceas? Cei doi continuă să citească din scenariu. Și nu se opresc până ce nu joacă magistral toată piesa.

Mi-a plăcut totul la piesa asta, dar acele prime minute, în care el sesizează cum este ea cu adevărat, au rezonat cel mai profund în mine: mi-am văzut reveria pusă în scenă, astfel că nu mi-am putut stăpâni lacrimile, în timp ce mă ridicam, primul din sală, să-i aplaud pe actori.

Capitolul 3
VREAU CA EA SĂ PLECE

Am o pacientă, Rose, care mi-a vorbit în ultima vreme mai mult despre relația cu fiica ei adolescentă, singurul său copil. Rose a fost cât pe ce să renunțe la ea, tânăra fiind pasionată doar de alcool, sex și de compania altor adolescenți la fel de împrăștiați ca ea.

În trecut, Rose și-a explorat propriile eșecuri, ca mamă și soție, multele sale infidelități, episodul petrecut cu câțiva ani în urmă, în care și-a abandonat familia pentru un alt bărbat, doar pentru a reveni după ce relația a fost consumată, adică după vreo doi ani. Rose a fost o fumătoare înrăită, viciu în urma căruia s-a ales cu un emfizem pulmonar avansat, dar asta nu a împiedicat-o să încerce în anii din urmă să-și ispășească greșelile și să se dedice din nou fiicei sale. Dar nimic din ce a făcut nu a funcționat. I-am recomandat insistent să apeleze la terapie de familie, dar fiica a refuzat, iar Rose a atins de-acum punctul critic: fiecare acces de tuse și fiecare vizită la doctorul de plămâni îi amintește că zilele îi sunt numărate. Nu mai vrea altceva în afară de ușurare: „Vreau ca ea să plece", mi-a spus. Numără zilele până ce fiica va termina liceul și se va muta de-acasă – la colegiu, la muncă, oriunde. Nu-i mai păsa ce drum alege. A șoptit iar și iar, pentru sine și pentru mine: „Vreau să plece."

În activitatea mea, fac tot ce-mi stă în putință să reunesc familiile, să repar rupturile dintre rude și dintre copii și părinți. Dar în lucrul cu Rose am obosit și mi-am pierdut toată speranța pentru această familie. În ședințele din trecut am încercat să anticipez un viitor în care ea se desprinde de fiica ei. Nu s-ar simți vinovată și singură? Dar nu a ajutat cu nimic, iar de-acum nici timp nu mai aveam prea mult: știam că Rose nu mai avea mult de trăit. După ce am recomandat-o pe fiică unui terapeut excelent, m-am ocupat doar de Rose, simțindu-mă întru totul de partea ei. Am auzit-o de mai multe ori spunând: „Trei luni până termină liceul. Și gata, pleacă. Vreau să plece. Vreau să plece." Am început să sper că-i va fi îndeplinită dorința.

În cursul aceleiași zile, în timpul plimbării cu bicicleta, mi-am repetat în gând cuvintele lui Rose – „Vreau ca ea să plece. Vreau ca ea să plece" – și, înainte să-mi dau seama, am început să mă gândesc la mama mea, văzând lumea, poate prima dată, prin ochii ei. Mi-am imaginat-o gândind și spunând lucruri similare cu referire la mine. Acum, că m-am gândit la asta, nu-mi amintesc să fi existat vreo manifestare de suferință maternă când am părăsit permanent casa părintească, într-un final, pentru a pleca la școala medicală din Boston. Îmi amintesc scena de rămas-bun: mama stătea pe treptele casei și-mi făcea cu mâna în timp ce eu mă îndepărtam în Chevrolet-ul burdușit cu toate lucrurile mele. Când am dispărut din câmpul vizual, a intrat și ea în casă. Îmi imaginez că a închis ușa și a respirat adânc. Apoi, după două sau trei minute, și-a îndreptat spatele, a zâmbit larg și l-a invitat pe tata să i se alăture într-un dans al veseliei, „Hava Nagila".

Da, mama a avut motive foarte serioase să se simtă ușurată când am plecat definitiv de-acasă, la douăzeci și doi de ani. Eu tulburam liniștea. Ea nu a avut niciodată un cuvânt bun pentru mine, iar eu i-am răspuns cu aceeași monedă. În timp ce cobor panta lungă a dealului cu bicicleta, îmi zboară mintea la o noapte, pe când eu aveam paisprezece

Autorul împreună cu mama și sora, circa 1934

ani, când tatăl meu, în vârstă de patruzeci și șase, s-a trezit în toiul nopții cu o durere puternică în piept. Pe vremea aceea, doctorii făceau vizite la domiciliu, așa că mama l-a sunat imediat pe medicul nostru de familie, dr. Manchester. Am așteptat toți trei – tata, mama și eu – în liniștea nopții, nerăbdători să ajungă doctorul (sora mea, Jean, cu șapte ani mai mare, era deja plecată la facultate).

Când avea vreun necaz, mama revenea la un fel de gândire primitivă: dacă se întâmplă ceva rău, atunci e musai să existe și un vinovat. Și vinovatul eram eu. În seara aceea, în timp ce tata se crispa de durere, ea a țipat de mai multe ori la mine: „Tu – tu l-ai omorât!" M-a asigurat că indisciplina mea, lipsa mea de respect și tulburările pe care le provocam în casă – toate acestea îi veniseră tatei de hac.

Ani mai târziu, întins pe canapeaua analistului, descrierea acestui episod a generat un scurt și rar moment de tandrețe din partea psihanalistei mele ultraortodoxe, Olive Smith. A plescăit din limbă, nț-nț, s-a aplecat asupra mea și a spus: „Ce îngrozitor. Cât de groaznic trebuie să fi fost pentru tine." Era un analist cu o formare rigidă, într-o instituție rigidă, care considera că interpretarea e singura acțiune eficientă a terapeutului. Nu-mi amintesc nici măcar una dintre interpretările ei bine gândite, dense și atent formulate în cuvinte. Însă gestul ei de apropiere de atunci, atât de cald — pe acesta îl prețuiesc chiar și acum, aproape șaizeci de ani mai târziu.

„Tu l-ai omorât. Tu l-ai omorât." Încă aud vocea stridentă a mamei. Îmi amintesc cât de mic m-am făcut, paralizat de frică și furie. Aș fi vrut să strig și eu la ea: „Nu e mort! Taci din gură, idioato!" Ea îi mângâia neîncetat fața și-l săruta pe creștet, în vreme ce eu m-am făcut covrig într-un colț până ce am auzit în sfârșit, pe la 3 dimineața, Buickul doctorului Manchester, mașină de mari dimensiuni, strivind cu roțile frunzele de pe stradă și am fugit jos, sărind câte trei trepte deodată, ca să-i deschid. Îmi plăcea mult de doctorul Manchester, iar figura lui familiară, mare, rotundă, zâmbitoare, mi-a risipit panica. A pus o palmă pe capul meu, mi-a ciufulit părul, a liniștit-o pe mama mea, i-a făcut o injecție (probabil morfină) tatălui meu, și-a pus stetoscopul pe pieptul lui și m-a lăsat să ascult: „Uite, fiule, bate puternic și regulat, ca un ceas. Nicio grijă. Va fi bine."

În noaptea aceea mi-am văzut tatăl la un pas de moarte; am simțit, ca niciodată, furia vulcanică a mamei și am luat decizia autoprotectivă de a mă închide față de ea. Trebuia să fac cumva să ies din familia aia. Următorii doi spre trei ani abia dacă am vorbit cu ea — am trăit ca niște străini sub același acoperiș. Dar cel mai mult îmi amintesc ce ușurare profundă și totală am simțit când a intrat doctorul

Manchester în casa noastră. Așa un dar nu mai primisem de la nimeni. Am decis atunci, pe loc, că vreau să fiu ca el. Voiam să fiu doctor și să-i alin pe alții așa cum mă alinase el pe mine.

Tata și-a revenit treptat și a mai trăit încă douăzeci și trei de ani, deși orice efort, până și mersul pe jos de-a lungul unui cvartal, îi provoca dureri de piept, făcându-l să caute imediat o tabletă de nitroglicerină. Tatăl meu a fost un bărbat blând și generos, al cărui singur păcat, cred eu, a fost lipsa de curaj în fața mamei mele. Relația cu mama a fost ca o rană deschisă toată viața mea, dar, paradoxal, imaginea *ei* e cea care îmi trece aproape zilnic prin minte. Îi văd figura: niciodată liniștită, niciodată zâmbitoare, niciodată fericită. A fost o femeie inteligentă, în ciuda faptului că a muncit toată viața, cu totul neîmplinită, exprimând rar vreun gând plăcut, pozitiv. Azi, în timpul plimbărilor mele cu bicicleta, mă gândesc altfel la ea: mă gândesc cât de puțină plăcere i-am adus cât timp am locuit împreună. Sunt recunoscător că, mai târziu, am devenit un fiu mai afectuos.

Capitolul 4
CERCURI COMPLETE

Obișnuiesc ca din când în când să-l recitesc pe Charles Dickens, scriitor care a ocupat întotdeauna un rol central în panteonul meu personal. Recent, mi-a atras atenția o frază extraordinară din *Poveste despre două orașe*: „Întrucât, apropiindu-mă de-acum tot mai mult de sfârșit, mă deplasez într-un cerc tot mai aproape de început. Ca o netezire și pregătire a drumului. Inima mea simte azi atingerea multor amintiri de mult adormite..."

Pasajul acesta mă emoționează nespus: apropiindu-mă de sfârșit, simt și eu cum ocolul mă duce tot mai aproape de început. Se întâmplă mai frecvent ca amintirile pacienților mei să le trezească pe ale mele, munca asupra viitorului lor îmi trezește și-mi tulbură trecutul și mă surprind reconsiderându-mi povestea de viață. Amintirile copilăriei timpurii au fost, pentru mine, întotdeauna fragmentare, probabil, am crezut eu, din cauza nefericirii mele timpurii și a mizeriei în care trăiam. Azi, avansând în cel de-al nouălea deceniu de viață, gândurile îmi sunt invadate de tot mai multe amintiri de la începutul vieții. Bețivii care dormeau acoperiți de vomă în vestibulul nostru. Singurătatea și izolarea mea. Gândacii și șobolanii. Frizerul roșcovan care îmi spunea „ovreiașule". Palpitațiile sexuale misterioase, tulburătoare și neîmplinite din adolescență. Neadaptat. Mereu neadaptat – singurul băiat alb într-un cartier de negri, singurul evreu într-un univers creștin.

Da, trecutul mă trage spre el și înțeleg ce înseamnă „neteziri". Acum, mai mult ca niciodată, îmi imaginez că părinții mei morți mă privesc, se mândresc și se bucură să mă vadă vorbind în fața unui public. La vremea morții tatălui meu, scrisesem de-abia câteva articole, texte tehnice, imposibil de înțeles pentru el, publicate în periodice medicale. Mama i-a supraviețuit douăzeci și cinci de ani și, cu toate că cunoștințele ei slabe de engleză, iar mai apoi orbirea, i-au făcut cititul imposibil, a păstrat cărțile mele morman pe un scaun, mângâindu-le și făcând caz de ele celor care o vizitau la azilul de bătrâni. Au existat atât de multe incongruențe între mine și părinții mei. Există atât de multe lucruri despre viața noastră împreună, despre tensiunile și nefericirea din familia noastră, despre lumea mea și lumea

Tatăl și mama autorului, circa 1930

lor, lucruri despre care nu am vorbit niciodată. Când mă gândesc la viața lor și mi-i imaginez sosind pe Insula Ellis, fără o lețcaie, fără educație, fără să știe o boabă de engleză, mi se umplu ochii de lacrimi. Aș vrea să le pot spune: „Știu prin ce ați trecut. Știu cât de greu a fost. Știu ce ați făcut pentru mine. Vă rog să mă iertați că mi-a fost atât de rușine cu voi."

Trecut de optzeci de ani, mă uit în urmă la viața mea și mă simt descurajat, iar uneori destul de singur. Memoria mea nu mai este un instrument de încredere, iar dintre martorii direcți ai începutului existenței mele, azi mai trăiesc foarte puțini. Sora mea, cu șapte ani mai în vârstă decât mine, tocmai a decedat; la fel, majoritatea vechilor mei prieteni și cunoștințe.

Când am împlinit optzeci de ani, apariția neașteptată a unor voci din trecutul meu mi-a reactivat niște amintiri. Prima voce a fost a Ursulei Tomkins, care m-a găsit prin intermediul paginii mele web. Nu mă mai gândisem la ea de când eram elevi la Școala Elementară Gage din Washington, D.C. Ursula mi-a scris: „Irvin, să fii fericit cu ocazia împlinirii vârstei de optzeci de ani. Am citit cu plăcere două dintre cărțile tale și am comandat și altele la librăria noastră din Atlanta. Te țin minte din clasa a patra, când o aveam învățătoare pe domnișoara Fernald. Nu știu dacă tu mă mai ții minte – eram o grăsuță simpatică, cu un păr roșcat și ondulat, iar tu erai un băiețel frumușel, cu părul negru ca tăciunele!"

Așadar, Ursula, pe care mi-o aminteam foarte bine, mă considerase un băiețel frumușel, cu părul negru precum tăciunele! Eu? Frumos? De-aș fi știut și eu asta! Niciodată, nici măcar pentru o clipă, nu m-am considerat un băiat frumos. Am fost un băiat timid, cam tocilar, cu probleme de încredere în sine, care nu și-ar fi imaginat vreodată că cineva ar putea să-l găsească atrăgător. Ah, Ursula, fii binecuvântată. Fii binecuvântată pentru că mi-ai spus că eram frumos. Dar, de ce, oh, de ce nu mi-ai spus-o mai devreme? Mi-ai fi putut schimba întreaga copilărie!

Apoi, în urmă cu vreo doi ani, a sosit pe telefonul meu un mesaj audio din trecutul foarte îndepărtat. Începea așa: „AICI JERRY, vechiul tău partener de șah!" L-am recunoscut imediat, deși nu i-am auzit vocea șaptezeci de ani. Era Jerry Friedlander; tatăl lui avea o prăvălie la intersecția străzilor Seaton și North Capitol, în apropiere de prăvălia tatălui meu. Îmi mai spunea că nepoata lui citise una dintre cărțile mele, recomandată în bibliografia unui curs de psihologie clinică. Jerry își amintea că jucaserăm șah cu regularitate timp de doi ani, pe când eu aveam doisprezece ani, iar el paisprezece, o epocă pe care mi-o amintesc ca pe un pustiu al nesiguranței și neîncrederii în sine. Dacă tot aveam atât de puține amintiri din perioada respectivă, am profitat de ocazie și i-am cerut lui Jerry să-mi spună cum mă vedea el atunci (după ce i-am împărtășit și eu impresiile mele despre el, desigur).

„Erai un băiat de treabă", mi-a spus. „Foarte blând. Nu-mi amintesc să ne fi certat vreodată în tot timpul petrecut împreună."

„Spune-mi mai mult", am insistat eu lacom. „Am imagini foarte încețoșate din vremea aceea."

„Te mai prosteai și tu, dar în majoritatea timpului erai foarte serios și studios. De fapt, erai chiar *extrem* de studios. De fiecare dată când te vizitam acasă, te găseam cu capul îngropat în vreo carte – da, da, asta îmi amintesc foarte clar – Irv și cărțile lui. Și citeai tot timpul chestii grele și literatură de calitate – mult peste ce citeam eu. Nu prea gustai tu benzile desenate."

Asta era doar parțial adevărat – în realitate, am fost un mare fan al lui Captain Marvel, Batman și Green Hornet (nu și al lui Superman: invulnerabilitatea lui spulbera orice urmă de suspans din aventurile sale). Cuvintele lui Jerry mi-au amintit că în anii aceia obișnuiam să cumpăr cărți de la un anticariat de pe strada Seventh, la doi pași de bibliotecă. Mi-a răsărit apoi în memorie imaginea unui volum obscur de astronomie, de dimensiuni mari și culoare ruginie. Nu conta că nu prea înțelegeam nimic din conținutul acestei cărți: scopul prezenței ei pe biroul meu era altul – îl lăsam la vedere în speranța că va fi observat de prietenele atrăgătoare ale surorii mele, iar ele vor fi uluite de precocitatea mea. Momentele în care aceste fete mă mângâiau pe creștet, îmbrățișările și pupăturile lor ocazionale erau destul de delicioase pentru mine. Nu știusem că observase și Jerry cartea – el a fost doar o victimă colaterală în afacerea asta. Jerry mi-a spus că de obicei eu câștigam jocurile noastre de șah, dar că nu prea știam să pierd: la finalul unei partide-maraton, câștigate de el după o încleștare teribilă la final, m-am îmbufnat și am insistat că trebuia să joace și cu tatăl meu o partidă. A jucat. A venit la noi în următoarea duminică și l-a bătut și pe tata, deși a fost clar că tata l-a lăsat să câștige.

Povestioara aceasta m-a șocat. Cu tata aveam o relație bună, chiar dacă distantă, dar nu-mi pot imagina că m-aș fi așteptat ca el să răzbune înfrângerea mea. Din ce îmi aminteam eu, de la el învățasem să joc șah, dar pe la unsprezece ani îl băteam în cele mai multe dintre partidele noastre și căutam deja parteneri mai puternici, în special pe fratele tatălui meu, unchiul Abe.

Față de tatăl meu am avut întotdeauna o nemulțumire neîmpărtășită – că nu mi-a luat niciodată, nici măcar o dată, apărarea în fața mamei mele. În toții anii în care mama m-a descurajat și m-a criticat, tata nu a contrazis-o niciodată. Nu mi-a luat apărarea nici măcar o dată. Am fost dezamăgit de pasivitatea și lipsa lui de bărbăție. De aici și mirarea mea: cum de apelasem la el ca să răscumpere eșecul meu în fața lui Jerry? Poate că memoria îmi juca feste. Poate că fusesem mai mândru de tatăl meu decât crezusem. Era o posibilitate din ce în ce mai credibilă, pe măsură ce Jerry a început să-și depene propria poveste de viață. Tatăl său nu a avut succes în afaceri, familia fiind forțată să se mute de trei ori din pricina eșecurilor sale, de fiecare dată în condiții tot mai proaste, în apartamente din ce în ce mai puțin confortabile. În plus, Jerry s-a văzut nevoit să muncească după școală și în vacanțele de vară. Mi-am dat seama că eu fusesem cu mult mai norocos: muncisem și eu de multe ori în magazinul tatălui meu, dar tot timpul de plăcere, niciodată din obligație – serveam clienții, calculam notele de plată, le luam banii și le dădeam restul, iar asta mă făcea să mă simt adult. Jerry își petrecuse verile muncind, în vreme ce pe mine părinții mă trimiteau în tabere de două luni. Privisem aceste privilegii ca pe ceva normal, însă conversația cu Jerry m-a făcut să înțeleg că tatăl meu făcuse foarte bine multe lucruri. E limpede că a fost un om de afaceri harnic și inteligent. Viața mea mai ușoară ca a altora și educația mea au fost posibile datorită muncii și perspicacității sale antreprenoriale (și a mamei).

După ce am încheiat convorbirea cu Jerry au început să răsară și alte amintiri uitate despre tatăl meu. Într-o seară ploioasă, când prăvălia era plină de clienți, un bărbat de dimensiuni uriașe, amenințător, a înșfăcat o ladă cu băuturi și a fugit cu ea în stradă. Tata, fără să stea pe gânduri, a ieșit imediat după el, lăsându-ne pe mine și pe mama cu prăvălia plină de clienți. S-a întors după cincisprezece minute, cu tot cu lada furată – hoțul a obosit după două sau trei străzi, a abandonat prada și și-a luat tălpășița. Un gest cu totul intempestiv din partea tatălui meu. Eu nu sunt deloc sigur că aș fi pornit în urmărirea hoțului. *Trebuie* că am fost

Tatăl autorului în prăvălie, circa 1930

mândru de el – cum să nu fiu? Dar, ciudat, mi-am blocat aceste amintiri. Oare am meditat eu vreodată, cu adevărat, la felul în care și-a trăit viața omul acesta?

Știu că tata începea munca la cinci dimineața, cumpărând produse din piața de mărfuri de sud-est din Washington, D.C., și că închidea magazinul la zece seara în timpul săptămânii și la miezul nopții vinerea și sâmbăta. Singurele lui zile libere erau duminicile. Îl însoțeam uneori la piața de mărfuri și știu că era o muncă grea, epuizantă. Cu toate astea, nu l-am auzit niciodată plângându-se. Îmi amintesc că stăteam de vorbă cu un bărbat căruia îi spuneam „Unchiul Sam", cel mai bun prieten al tatălui meu din vremea copilăriei petrecute în Rusia (tuturor celor emigrați din Cielz, ștetlul[1] din Rusia, le spuneam unchi sau mătuși). Sam

---

[1] Orașe mici, cu populații mari de evrei, care au existat în Europa Centrală și de Est înainte de Holocaust.

mi-a povestit că tata stătea ore întregi în podul minuscul și înghețat al casei și scria poezii. Și că totul s-a terminat în adolescență, când a fost recrutat de armata sovietică și trimis în Primul Război Mondial pentru a ajuta la amenajarea liniilor ferate. După război a venit în Statele Unite, cu ajutorul fratelui său, Mayer, care emigrase cu ceva timp înainte și-și deschisese o mică prăvălie pe strada Volta, în Georgetown. După el au plecat sora Hannah și Abe, fratele mai mic. Abe a sosit în 1937, cu gândul de a trimite bani acasă, familiei, dar a fost prea târziu: toți cei rămași în urmă au fost uciși de naziști, inclusiv sora mai mare a tatălui, împreună cu cei doi copii ai săi, și soția lui Abe, împreună cu cei patru copii. Când venea vorba despre aceste subiecte, tata avea gura pecetluită; nu mi-a vorbit niciodată despre Holocaust și despre nimic legat de lumea veche. Poezia lui era, de asemenea, ceva ce ținea de trecut. Nu l-am văzut niciodată să scrie. Nu l-am văzut niciodată să citească o carte. Nu l-am văzut niciodată să citească altceva în afară de ziarul evreiesc, pe care îl înșfăca și-l răsfoia imediat ce sosea. Abia acum înțeleg că el căuta orice eventuale informații despre familia și prietenii lui. La Holocaust a făcut referire o singură dată. Când aveam vreo douăzeci de ani, am ieșit o dată să luăm prânzul împreună, doar noi doi. Asta era ceva rar: vânduse de-acum prăvălia, dar chiar și așa era foarte greu să-l smulgi de lângă mama. Nu iniția niciodată conversația. Nu a avut niciodată curiozități în ce mă privește. Poate că nu se simțea confortabil în compania mea, deși cu clanul lui de bărbați nu era nici pe departe timid sau inhibat – îmi plăcea să-l văd râzând cu ei, plin de poante, în timp ce jucau pinacle. Poate că am ratat amândoi relația dintre noi: el nu m-a întrebat nimic despre viața și munca mea, eu nu i-am spus niciodată că-l iubesc. Discuția purtată cu prilejul acelui prânz mi-a rămas vie în minte.

Autorul și tatăl său, 1936

Am vorbit ca niște adulți, vreo oră, și a fost chiar minunat. Îmi amintesc că l-am întrebat dacă crede în Dumnezeu, iar el mi-a răspuns: „Cum poate cineva să mai creadă în Dumnezeu, după Shoah[1]?"

Știu că de-acum a sosit vremea, ba încă de mult, să-l iert pentru tăcerile lui, pentru vina de a fi fost un imigrant, pentru lipsa lui de educație și pentru lipsa de atenție față de

---

[1] Termenul folosit de evrei pentru a denumi Holocaustul. Literal înseamnă „catastrofă".

dezamăgirile banale ale unicului său fiu. A venit timpul să termin cu rușinea față de ignoranța lui și să-mi amintesc figura lui frumoasă, blândețea lui, grația interacțiunilor cu prietenii, vocea melodioasă cu care cânta melodiile idiș învățate în copilăria petrecută în ștetl, râsul său când juca pinacle cu fratele și prietenii săi, mișcarea lui laterală grațioasă când înota pe plaja Bay Ridge și relația iubitoare cu sora lui, Hannah, mătușa pe care am adorat-o cel mai mult.

Capitolul 5
BIBLIOTECA, DE LA A LA Z

Foarte mulți ani înainte de pensionare, am mers în fiecare zi cu bicicleta până la Stanford și înapoi acasă, în multe zile oprindu-mă să admir grupul statuar al lui Rodin, *Târgoveții din Calais,* mozaicurile scânteietoare ale capelei care domină Curtea Interioară ori să răsfoiesc cărțile din librăria campusului. Am continuat să umblu cu bicicleta prin Palo Alto și după pensionare, făcând diverse treburi sau vizitând prieteni. În vremea din urmă mi-am pierdut încrederea în echilibrul meu, astfel că evit să intru cu bicicleta în trafic și-mi limitez plimbările la treizeci sau patruzeci de minute pe pistele speciale, la apus. Traseele s-au schimbat, dar experiența mersului cu bicicleta a rămas la fel ca întotdeauna, una de eliberare și contemplație, plimbările de azi, cu mișcarea lor ușoară și rapidă și senzația brizei pe față, având darul de a mă transporta inevitabil în trecut.

Dincolo de o aventură foarte intensă cu o motocicletă, care a durat un deceniu, de la douăzeci și ceva până după treizeci de ani, am fost fidel bicicletei încă de la doisprezece ani, când, după o campanie lungă și încrâncenată de implorări și lingușiri, părinții mei au cedat și mi-au cumpărat de ziua mea o bicicletă American Flyer, de un roșu țipător. Eram un cerșetor foarte insistent, descoperind de timpuriu o metodă extraordinar de eficientă, o tehnică cu care nu am dat greș niciodată: era suficient să creez o legătură între

Autorul la vârsta de zece ani

obiectul dorit și educația mea. Părinții mei nu erau încântați să arunce cu bani pe frivolități, dar când venea vorba despre orice ar fi avut o cât de mică legătură cu educația mea – creioane, hârtie, rigle de calcul (vi le amintiți?) și cărți, mai cu seamă cărți – dădeau cu amândouă mâinile. Prin urmare, când le-am spus că bicicleta mă va ajuta să ajung mai des la marea Bibliotecă Centrală din Washington, la intersecția străzilor Seventh și K, nu m-au putut refuza.

Mi-am ținut și eu partea mea de înțelegere: sâmbătă de sâmbătă, fără greș, umpleam buzunarele laterale din imitație de piele ale bicicletei cu cele șase cărți (limita de împrumut impusă de bibliotecă) digerate în ultima săptămână și porneam la drumul de patruzeci de minute pentru a lua altele noi.

Biblioteca, în care am petrecut nenumărate ore în fiecare sâmbătă, a devenit a doua mea casă. După-amiezile lungi petrecute în bibliotecă serveau unui scop dublu: biblioteca mă punea în contact cu lumea mai mare la care tânjeam, o lume a istoriei, culturii și ideilor, alinând totodată anxietatea părinților mei, satisfăcuți să fi procreat un copil studios. În plus, din punctul lor de vedere, cu cât petreceam mai mult timp citind între patru pereți, cu atât mai bine: cartierul nostru era periculos. Prăvălia tatălui meu și apartamentul de la etaj în care locuiam erau situate într-un cartier sărac, segregaționist, din Washington, D.C., la câteva străzi distanță de granița cartierului albilor. Străzile musteau de violență, tâlhărie, altercații rasiale și beție (alimentată preponderent de băutura vândută de tatăl meu). În timpul vacanțelor de vară, era mai înțelept să mă țină departe de străzile periculoase (dar și departe de nervii lor), așa că, de la șapte ani încolo, mă trimiteau, cu cheltuieli considerabile, în tabere de vară în Maryland, Virginia, Pennsylvania sau New Hampshire.

Holul recepției de la parterul bibliotecii era atât de copleșitor, că nu puteam trece prin el altfel decât în vârful picioarelor. Centrul primului etaj era ocupat de un corp masiv de bibliotecă în care erau aranjate, alfabetic sau tematic, biografiile. I-am dat târcoale de multe ori până să-mi fac curaj să abordez bibliotecara de serviciu pentru îndrumare. Fără să-mi adreseze un cuvânt, femeia mi-a făcut semn să păstrez liniștea, ducând arătătorul la buze, și mi-a indicat spirala mare de scări din marmură care ducea la secțiunea pentru copii de la etajul doi, unde-mi era locul. I-am urmat, descurajat, instrucțiunile, dar am continuat, chiar și așa, să dau târcoale rafturilor cu biografii de fiecare dată când ajungeam la bibliotecă, iar de la un punct încolo mi-am făcut și un plan: să citesc câte o biografie pe săptămână, pornind de la personalitățile al căror nume începe cu „A", până la capătul alfabetului. Am început cu Henry Armstrong, campion de box la categoria ușoară în anii 1930. De la litera B mi-i amintesc pe Juan Belmonte, talentatul matador de la începutul secolului al XIX-lea, și pe Francis Bacon, cărturarul renascentist. La litera C l-am găsit pe Ty Cobb, la E pe Thomas Edison, la G au fost Lou Gehrig și Hetty Green („Vrăjitoarea de pe Wall Street") și așa mai departe. La litera J l-am descoperit pe Edward Jenner, acesta devenind eroul meu datorită eradicării variolei. La K l-am întâlnit pe Genghis Khan[1], după care m-am întrebat săptămâni întregi dacă Jenner a salvat mai multe vieți decât a distrus Genghis Khan. Tot la litera K am găsit cartea lui Paul de Kruif, *Vânătorii de microbi*, descoperire care m-a inspirat să citesc multe volume despre lumea microscopică. În anul următor am lucrat în weekenduri ca vânzător de sucuri și înghețată la drogheria Peoples, reușind să strâng banii necesari achiziționării unui microscop din alamă, pe care îl mai am și azi. N-ul mi l-a dezvăluit pe Red Nichols, trompetistul, dar mi-a făcut cunoștință și cu un individ cam ciudat, pe nume Friedrich Nietzsche. La litera P i-am descoperit pe Sfântul Pavel și pe Sam Patch, primul supraviețuitor al unui salt în cascada Niagara.

Îmi amintesc că am terminat proiectul biografiilor la litera T, unde l-am descoperit pe Albert Payson Terhune. În săptămânile care au urmat am fost distras de multele sale cărți despre câini collie extraordinari, cum erau Lad și Lassie. Astăzi știu că aceste lecturi la întâmplare nu mi-au dăunat cu nimic, cum nu mi-a dăunat nici să fiu singurul puști de zece sau unsprezece ani din lume care știa atât de multe despre Hetty Green sau Sam Patch, dar ce risipă! Tânjeam după un adult, un mentor american tradițional, cineva

---

[1] Grafia în limba engleză a numelui lui Gingis Han.

precum bărbatul în costum de bumbac care să intre în prăvălia tatălui meu și să-i spună că sunt un flăcău foarte promițător. Privesc în urmă cu blândețe la băiatul singuratic, speriat și hotărât, și mă minunez că a reușit totuși să se autoeduce, chiar și așa, dezorganizat, fără încurajări, modele sau îndrumare.

Capitolul 6
RĂZBOIUL RELIGIOS

Sora Miriam, călugăriță catolică, a fost trimisă la mine de către fratele Alfred, cu care făcusem terapie cu niște ani în urmă, după moartea tatălui său tiranic. Alfred îmi scrisese un mesaj:

> *Dragă domnule Yalom (îmi cer scuze, dar încă nu mă pot adresa cu Irv – pentru asta s-ar putea să mai fie nevoie de un an sau doi de terapie). Sper că o puteți primi pe sora Miriam. Este un suflet generos și iubitor, dar întâlnește multe obstacole în calea liniștii interioare.*

Sora Miriam era o femeie de vârstă mijlocie, atrăgătoare și interesantă, dar cumva descurajată, îmbrăcată fără semnele distinctive ale vocației sale. Deschisă și directă, a trecut imediat și fără rețineri la subiectul problemelor sale. De-a lungul carierei sale în biserică, munca de caritate cu săracii îi adusese satisfacții considerabile, însă inteligența ascuțită și abilitățile executive o pricopsiseră cu responsabilități administrative tot mai mari în cadrul ordinului său religios. Cu toate că a fost extrem de eficientă în toate posturile primite, calitatea vieții ei scăzuse constant. Avea parte de prea puțin timp pentru rugăciune și meditație, iar acum avea aproape zilnic conflicte cu alți oficiali, dornici de mai multă putere. Se simțea întinată de furia pe care o simțea față de aceștia.

Mi-a plăcut de sora Miriam de la prima întâlnire și, pe măsură ce am continuat să ne vedem săptămânal, am simțit tot mai mult respect față de această femeie care, mai mult decât orice om din câți cunoscusem, își dedicase cu adevărat viața muncii în folosul celorlalți. Eram hotărât să fac tot ce-mi stătea putință ca s-o ajut. Era excepțional de inteligentă și nemaipomenit de pioasă. Nu m-a descusut niciodată în privința credințelor mele religioase, iar după câteva luni de terapie a ajuns să aibă suficientă încredere în mine cât să aducă la ședințe jurnalul său intim și să-mi citească pasaje din el. Mi-a dezvăluit singurătatea ei profundă, sentimentul lipsei de grație și invidia pe care o simțea față de alte surori, binecuvântate cu frumusețe și grație. Când a citit despre tristețea regretelor sale – un mariaj, o viață sexuală, maternitatea –, a izbucnit în lacrimi. M-a durut sufletul pentru ea, gândindu-mă la relația neprețuită cu soția și cu copiii mei.

Sora Miriam s-a adunat repejor și a mulțumit pentru prezența lui Iisus în viața ei. A povestit pătimaș despre conversațiile ei matinale cu El, care i-au adus putere și consolare încă din anii adolescenței petrecute la mânăstire. Solicitările administrative din ultima vreme au rărit considerabil momentele meditației de dimineață, cărora le ducea dorul. Țineam mult la sora Miriam și eram hotărât să o ajut să-și recapete legătura matinală cu Iisus.

Într-o zi, după ședința noastră, în timp ce mă aflam pe bicicletă, mi-am dat seama că de fiecare dată când eram în compania surorii Miriam, îmi amuțeam riguros propriul scepticism religios. Nu mai întâlnisem, până atunci, o asemenea capacitate de sacrificiu și dedicare. Deși consideram că munca de terapeut este de fapt o viață în slujba

Călătoria către sine

pacienților, știam că ceea ce ofeream eu nu se putea compara cu ceea ce oferea ea; eu mă dăruiam după un program ales de mine și eram plătit pentru serviciile mele. Cum ajunsese ea la un asemenea altruism? M-am gândit la viața și dezvoltarea ei timpurie. Părinții, loviți de sărăcie după ce tatăl suferise un accident debilitant într-o mină de cărbune, o trimiseseră, la paisprezece ani, la un internat mânăstiresc, unde o vizitaseră arareori. De atunci, viața ei fusese organizată drastic de rugăciune, studii biblice intense și catehism, dimineață, la prânz și seara. Pentru joacă, distracție și activități de socializare a rămas prea puțin timp, iar contactul cu bărbați a fost exclus cu totul, desigur.

După ședințele noastre am meditat adesea la vestigiile educației mele religioase. Pe vremea mea, tinerii evrei din Washington, D.C. erau expuși unei abordări doctrinare din lumea veche menite parcă, privind retrospectiv, să-i îndepărteze de viața religioasă. Din câte știu eu, nici măcar unul dintre foștii mei colegi nu a păstrat din vremea aceea vreun sentiment religios. Părinții mei erau etnici evrei: vorbitori de idiș, adepți meticuloși ai legilor culinare cușer, cu patru seturi diferite de tacâmuri în bucătărie (pentru lactate și carne în timpul anului, și tacâmuri speciale pentru Paște), atenți la Marile Sărbători[1] și sioniști înflăcărați. Formau un grup închis, împreună cu rudele și prietenii lor, prieteniile cu nonevrei fiind absente aproape în totalitate, la fel ca orice tentativă de a intra în contact cu America majoritară.

Însă, dincolo de identitatea evreiască pronunțată, nu am sesizat la ei prea multe indicii ale unui interes religios autentic. În afară de mersul *de rigueur* la sinagogă cu prilejul Marilor Sărbători, de postul de Yom Kippur și de evitarea pâinii dospite de Paște, nu lua nimeni prea în serios religia.

---

[1] Strict vorbind, Marile Sărbători ale iudaismului sunt Rosh Hashanah (Anul Nou evreiesc) și Yom Kippur (Ziua Ispășirii).

Niciunul dintre ei nu respecta un ritual zilnic de rugăciune, nu folosea filactere, nu citea din Biblie și nu aprindea lumânări de sabat.

Majoritatea familiilor aveau mici afaceri, în general prăvălii de alimente și băuturi sau delicatese, pe care le închideau duminicile, de Crăciun, de Anul Nou și la principalele sărbători evreiești. Țin minte foarte limpede cum arăta sinagoga la Marile Sărbători: tata, prietenii și rudele de sex masculin se înghesuiau pe același rând de jos, în timp ce femeile, printre care mama și sora mea, stăteau la etaj. Îmi amintesc că stăteam lângă tatăl meu și mă jucam cu franjurii șalului său de rugăciune alb cu albastru, inhalam mirosul de naftalină emanat de costumul său purtat doar la sărbători și mă lăsam pe umărul lui în timp ce-mi arăta cuvintele ebraice cântate de cantor sau de rabin. Dar, cum nu înțelegeam nimic din literele ebraice, mă concentram cât de tare puteam pe traducerea în engleză de pe pagina opusă, plină de povești ale unor bătălii violente, ale unor miracole și o nesfârșită și epuizantă glorificare a lui Dumnezeu. Nici măcar un singur rând nu semăna cu ceva din viața mea. După ce petreceam un timp rezonabil lângă tatăl meu, fugeam afară, în mica curte interioară, unde se adunau copiii să vorbească, să se joace și să flirteze.

Cam ăsta a fost contactul meu cu religia în copilărie. Rămâne un mister de ce părinții mei nu au încercat niciodată, nici măcar o dată, să mă învețe să citesc în ebraică sau să-mi transmită din principiile religioase importante ale iudaismului. Dar situația s-a schimbat pe măsură ce m-am apropiat de vârsta de treisprezece ani și de Bar Mitzvah, când am fost trimis duminica la ore de religie, unde m-am comportat foarte rebel, cu totul necaracteristic mie, insistând să primesc răspuns la întrebări precum: „Dacă Adam și Eva au fost primii oameni, atunci copiii lor cu cine s-au căsătorit?" sau: „Dacă practica neamestecării laptelui cu carnea e menită să evite situația abominabilă în care vițelul ar fi gătit în laptele mamei, atunci, Rabbi, de ce se aplică această regulă și în cazul găinii? În definitiv", le aminteam eu, enervant, tuturor, „găinile nu dau lapte." Rabinul s-a săturat într-un final de mine și m-a eliminat de la ore.

Dar povestea nu s-a încheiat aici. De Bar Mitzvah nu aveam cum să scap. Părinții m-au trimis la un învățător particular, domnul Darmstadt, un bărbat cu spatele drept, demn și răbdător. Principala sarcină de Bar Mitzvah, cu care se confruntă orice băiat când împlinește treisprezece ani, este cântatul Haftarei (o selecție din Cartea Profeților) din săptămâna respectivă, în ebraică, în fața întregii comunități adunate la sinagogă.

Întâlnirile mele cu domnul Darmstadt au întâmpinat o problemă majoră: eu nu puteam (sau nu voiam) să învăț ebraică! În rest, eram un elev eminent, mereu printre primii din clasă, dar iată că acum devenisem brusc complet prostănac: nu rețineam literele, sunetele și nici melodia pasajelor. În cele din urmă, răbdătorul și mult încercatul domn Darmstadt a abandonat și l-a anunțat pe tatăl meu că misiunea încredințată era imposibilă: nu aveam să învăț în veci Heftara. Prin urmare, la ceremonia de Bar Mitzvah, secțiunea pe care trebuia să o cânt a fost cântată de unchiul Abe, fratele tatălui meu. Rabinul mi-a cerut să citesc cele câteva rânduri de binecuvântări în ebraică, dar la repetiții a fost clar că nici măcar pe acestea nu le puteam învăța, astfel că în timpul ceremoniei, rabinul, resemnat, a ținut în mână niște foi ajutătoare, pe care literele ebraice erau transpuse în litere englezești.

Cred că pentru părinții mei a fost o zi de mare rușine. Și cum ar fi putut fi altfel? Dar eu nu-mi amintesc nimic care să aibă de-a face cu rușinea lor – nicio imagine, nici măcar un singur cuvânt schimbat cu tata sau cu mama. Sper ca dezamăgirea lor să fi fost ameliorată de discursul excelent (în engleză) susținut de fiul lor cu prilejul cinei festive. Gândindu-mă, în ultima vreme, la viața mea, m-am întrebat adesea de ce a citit unchiul pasajul meu, și nu tatăl meu. Să fi fost tata copleșit de rușine? Cât mi-aș dori să-l pot întreba asta. Și cum s-au desfășurat lecțiile, întinse pe mai multe luni, cu domnul Darmstadt? Amnezia mea în ce le privește este aproape totală. Îmi amintesc doar ritualul coborârii din troleibuz cu o stație înainte de locuința sa, pentru a lua o gustare la Mica Tavernă – un lanț de chioșcuri cu acoperiș din țiglă verde, din Washington, D.C., unde puteai mânca trei hamburgeri cu douăzeci și cinci de cenți. Cu atât mai delicioși, cu cât erau interziși: era primul fel *traif* (mâncare noncușer) pe care îl mâncam!

Dacă ar veni azi la mine un adolescent ca tânărul Irvin, aflat în mijlocul unei crize de identitate, să-mi ceară o consultație psihiatrică profesionistă și mi-ar spune că nu a reușit să învețe ebraica (deși e un elev foarte bun), că a fost dat afară de la orele de religie (deși nu a mai manifestat niciodată probleme semnificative de comportament) și, mai mult, a mâncat pentru prima dată mâncare noncușer tocmai când mergea spre locuința profesorului de ebraică, atunci cred că consultația noastră ar arăta cam așa:

Dr. Yalom: Irvin, toate lucrurile pe care mi le-ai spus despre ritualul Bar Mitzvah m-au făcut să mă întreb dacă nu cumva tu te revolți, inconștient, împotriva părinților și a culturii tale. Îmi spui că ești un elev foarte bun, mereu printre primii din clasă, totuși, în această perioadă importantă, în momentul în care te pregătești să-ți iei în primire locul ca evreu adult, dezvolți brusc o pseudodemență idiopatică ce nu te lasă să înveți să citești într-o altă limbă.

Irvin: Domnule doctor Yalom, cu tot respectul, dar nu sunt de acord: ce s-a întâmplat este *cu totul* explicabil. Adevărul e că nu mă descurc deloc cu limbile străine. Adevărul e că nu am reușit niciodată să învăț o altă limbă și mă îndoiesc că voi reuși vreodată. Adevărul e că am luat A la toate materiile, cu excepția latinei, unde am primit calificativul B, și al germanei, unde am luat C. Și la fel de adevărat este că sunt complet afon și nu pot susține un ton muzical. În timpul orelor de muzică, profesoara mi-a cerut în mod special să *nu* cânt, ci să fredonez discret. Toți prietenii mei știu asta, cum știu și că nu am nicio șansă să cânt melodia unei lecturi de Bar Mitzvah sau să învăț o limbă străină.

Dr. Yalom: Dar, Irvin, permite-mi să-ți amintesc că aici nu este vorba despre *a învăța* o limbă – cred că mai puțin de cinci procente dintre băieții evrei din America înțeleg textul în ebraică pe care îl citesc cu prilejul Bar Mitzvah. Sarcina ta *nu* era să înveți să vorbești sau să înțelegi ebraică: ție ți s-a cerut doar să înveți câteva sunete și să citești câteva pagini cu voce tare. Cât de greu poate fi? Zeci de mii de băieți de treisprezece ani reușesc să facă asta în fiecare an. Și dă-mi voie să-ți spun că majoritatea dintre ei nu sunt elevi de A, ci de B, C și D. Nu, repet, aici nu vorbim despre un caz de demență focală acută: sunt sigur că există o explicație mai bună. Spune-mi mai multe despre sentimentele tale față de identitatea evreiască, față de familia și cultura ta.

Irvin: Nu știu cum să încep.

Dr. Yalom: Verbalizează-ți pur și simplu gândurile despre cum te simți ca evreu la treisprezece ani. Nu cenzura nimic – lasă-le să iasă pe măsură ce-ți apar în minte. Noi, terapeuții, numim asta *asociere liberă*.

Irvin: Asociere liberă, ha. Adică să gândesc cu voce tare? Uau! OK, o să încerc o tură. A fi evreu... poporul ales al lui Dumnezeu... ce glumă e chestia asta pentru mine – *ales?* Nu, taman pe dos... a fi evreu nu mi-a adus nici măcar un singur avantaj... Remarci antisemite continue... Până și domnul Turner, frizerul roșcovan care lucrează la trei magazine distanță de magazinul tatălui meu îmi spune „ovreiașule" când merg la tuns... Iar Unk, profesorul de sport, strigă „Mișcă-te, evreiașule", când încerc, fără succes, să urc pe funia care atârnă din tavan. Plus rușinea pe care o îndur de Crăciun, când ceilalți copii de la școală povestesc ce cadouri au primit – în școala primară am fost singurul copil evreu din clasă și am mințit și m-am prefăcut tot timpul că primesc și eu cadouri. Știu că verișoarele mele, Bea și Irene, le spun colegilor de clasă că darurile primite de Hanuka sunt daruri de Crăciun, dar ai mei sunt prea ocupați cu magazinul și nu fac cadouri de Hanuka. Și nu sunt încântați când îmi fac prieteni care nu sunt evrei, în special dintre copiii negri, pe care nu mă lasă niciodată să-i aduc acasă, cu toate că eu merg constant în vizită la ei.

Dr. Yalom: Așadar, pare evident că tot ce-ți dorești este să părăsești cultura asta și că refuzul tău de a învăța ebraică pentru Bar Mitzvah și faptul că ai mâncat *traif* în drum spre lecțiile de ebraică spun unul și același lucru, ba chiar cât se poate de răspicat: „Vă rog. Vă rog. Cineva să mă scoată de aici!"

Irvin: Îmi vine greu să vă contrazic. Probabil că ai mei simt că se află într-o dilemă groaznică. Își doresc ceva diferit pentru mine, ceva mai bun. Își doresc să am succes în lumea exterioară, dar, în același timp, se tem de sfârșitul lumii lor.

Dr. Yalom: S-au exprimat vreodată în acest sens?

Irvin: În mod direct, nu, dar au existat semne. Spre exemplu, între ei vorbesc în idiș, dar cu mine și cu sora mea niciodată. Cu noi vorbesc un fel de jargon idiș-engleză (ingliș, cum îi spunem noi), dar e clar că nu vor să învățăm idiș. De asemenea, sunt foarte secretoși când vine vorba despre viața pe care au trăit-o în fosta lor țară. Eu nu știu aproape nimic despre viața lor din Rusia. Când încerc să aflu locația exactă a comunității lor din fosta țară, tata, posesorul unui minunat simț al umorului, glumește și-mi spune că au trăit în Rusia, dar că uneori, când gândul încă unei geroase ierni rusești era prea apăsător, îi spuneau Polonia. Dar despre al Doilea Război Mondial, despre naziști, despre Holocaust? Niciun cuvânt! Buzele lor sunt sigilate pentru totdeauna. În toate casele amicilor mei evrei domnește aceeași tăcere.

Dr. Yalom: Cum îți explici asta?

Irvin: Probabil că vor să ne scutească de oroare. Îmi amintesc că buletinele de știri prezentate la începutul filmelor după Ziua Victoriei în Europa arătau imagini din lagăre și imagini cu mormanele de cadavre cărate cu buldozerul. Am fost șocat – eram complet nepregătit să văd așa ceva și mă tem că nu-mi voi putea scoate niciodată imaginile acelea din minte.

Dr. Yalom: Știi ce-și doresc părinții tăi pentru tine?

Irvin: Da – să primesc o educație și să fiu american. Ei știau foarte puține despre această lume nouă. Când au ajuns în Statele Unite, nu aveau niciun fel de educație seculară – zero, vreau să spun... în afară de cursul de pregătire pentru cetățenia americană. Ei sunt „oamenii cărții", la fel ca majoritatea evreilor pe care-i cunosc, și cred, ba nu, *știu* că sunt încântați de fiecare dată când mă văd citind. Nu mă întrerup niciodată când citesc o carte. Cu toate astea, nu dau niciun semn că ar dori să se educe și ei. Cred că sunt conștienți că a trecut această posibilitate – sunt zdrobiți de orele lungi și grele de muncă. Pică frânți în fiecare seară. Cred că trăiesc cu un gust dulce-amar: muncesc pe rupte ca să-mi ofere luxul de a avea o educație bună, dar sunt conștienți că fiecare carte și fiecare pagină citită mă trag tot mai departe de ei.

Dr. Yalom: Încă mă gândesc la hamburgerii pe care i-ai mâncat la Mica Tavernă – acela a fost primul pas. Goarna care a anunțat începutul unei campanii îndelungate.

Irvin: Da, am declarat război de durată pentru independență, iar primele confruntări au fost numai și numai pentru mâncare. Am luat în râs legile culinare ortodoxe încă dinaintea rebeliunii petrecute la Bar Mitzvah. Regulile alea sunt o glumă: n-au niciun sens, dar mai important e că mă îndepărtează de ce înseamnă să fii american. Când merg la meciurile de baseball ale celor de la Washington Senators (arena Griffith e foarte aproape de magazinul tatălui meu), eu, spre deosebire de amicii mei, nu am voie să mănânc hot-dog. Nici măcar o salată cu ou sau un sandvici cu cașcaval la grătar de la băcănia de pe strada noastră n-am voie, deoarece, îmi explică tata, cuțitul cu care a fost preparat sandviciul meu ar putea fi același cu care a fost tăiată șunca. Eu am protestat: „Dar le spun să nu fie același."

„Nu. Gândește-te că și pe farfurie poate a stat niște șuncă", spun tata sau mama. *„Traif* – toate sunt *traif."*

Vă imaginați, dr. Yalom, cum e să auzi chestiile astea la treisprezece ani? E o nebunie! Tot acest univers vast – miliarde de stele care se nasc și mor, dezastre naturale minut de minut pe Pământ, dar părinții mei insistă că Dumnezeu nu are altceva mai bun de făcut decât să verifice moleculele de șuncă de pe cuțitele dintr-o prăvălie?

Dr. Yalom: Serios? Așa gândești tu la o vârstă atât de fragedă?

Irvin: Absolut. Sunt interesat de astronomie; mi-am făcut singur un telescop și de fiecare dată când privesc cerul noaptea sunt uimit de cât de minusculi și insignifianți suntem în schema mare a lucrurilor. Mi se pare evident că anticii, încercând să acopere cumva sentimentul insignifianței, au inventat un zeu care ne consideră atât de importanți, că este atent la toate mișcările noastre. Și la fel de evident mi se pare că am încercat să îmblânzim ideea de moarte inventând raiul și alte fantezii și basme pe aceeași temă unică: „Noi nu murim" – continuăm să existăm într-o altă dimensiune.

Dr. Yalom: Chiar gândești lucrurile acestea la vârsta ta?

Irvin: Le gândesc de când mă știu. Dar le păstrez pentru mine. Ca să fiu sincer cu dumneavoastră, cred că religiile și ideea de viață după moarte sunt cea mai îndelungată escrocherie din istorie. Cu un scop – le asigură liderilor religioși o viață confortabilă și diminuează teama omenirii de moarte. Cu un preț pe măsură – ne infantilizează și blochează perceperea ordinii naturale.

Dr. Yalom: Escrocherie? Ce dur! De ce ești atât de pornit să jignești câteva miliarde de oameni?

Irvin: Hei, hei, mi-ați cerut să fac un exercițiu de asocieri libere. Vă amintiți? De obicei, țin pentru mine lucrurile astea, doar pentru mine.

Dr. Yalom: Așa este. Eu ți-am cerut să faci asta. Tu te-ai conformat. După care ți-am dat peste degete. Îmi cer scuze. Dă-mi voie să te întreb altceva. Vorbești despre frica de moarte și viața de apoi. Mă întreb ce experiențe legate de moarte ai avut tu.

Irvin: Prima mea amintire este moartea pisicii mele. Aveam cam zece ani. Noi țineam tot timpul două pisici în magazin, ca să prindă șoareci și șobolani, iar mie îmi plăcea mult să mă joc cu ele. Într-o zi, una dintre ele, preferata mea – i-am uitat numele – a fost lovită de o mașină, iar eu am găsit-o, încă vie, lângă bordură. Am fugit în magazin, am scos niște ficat din lada cu carne (tata este și măcelar), am tăiat o felie subțire și i-am pus-o pisicii sub nas. Ficatul era mâncarea ei preferată. Dar nu a mâncat, iar curând a închis ochii pentru totdeauna. Știți, îmi pare rău că i-am uitat numele și-i spun acum „pisică" – am petrecut nenumărate ore prietenoase și minunate împreună, când ea îmi torcea în poală, iar eu o mângâiam în timp ce citeam.

Cât despre moartea unui om, a fost un băiat, când eram în clasa a treia. Nu-mi amintesc cum îl chema, dar parcă îi ziceam L.E. Avea părul alb – poate era albinos – și maică-sa îi pregătea niște gustări ciudate pentru școală – sandviciuri cu cașcaval și murături, de exemplu – eu nu am mai auzit până atunci de sandviciuri cu murături. Ce straniu e cum reținem anumite amănunte ciudate. Într-o zi nu a mai venit la școală, iar a doua zi am fost anunțați că s-a îmbolnăvit și a murit. Asta a fost tot. Nu-mi amintesc vreo reacție anume – din partea mea sau a colegilor. Dar e ceva extraordinar legat de asta: îmi amintesc foarte clar figura lui L.E. Încă îl văd – expresia lui uimită și părul lui blond foarte deschis, tuns periuță.

Dr. Yalom: Și asta este extraordinar pentru că?...

Irvin: Este extraordinar că mi-l amintesc atât de clar. Și e ciudat pentru că nu l-am cunoscut foarte bine. Cred că a fost în clasa mea doar în anul ăla. În plus, suferind de o anumită boală, îl aducea și-l lua mama lui de la școală, astfel că nu am mers niciodată cu el spre casă și nici nu ne-am jucat. Am avut colegi pe care i-am cunoscut mult,

mult mai bine, și totuși nu-mi amintesc atât de bine figurile lor.

Dr. Yalom: Iar asta înseamnă că?...

Irvin: Trebuie să însemne că moartea mi-a atras atenția, dar că am decis să nu mă gândesc la ea în mod direct.

Dr. Yalom: Au existat momente în care *chiar* te-ai gândit la asta în mod direct?

Irvin: Nu mi-e clar, dar îmi amintesc că, odată, când mă plimbam prin cartier, după ce jucasem pinball la un magazin de chilipiruri, pur și simplu m-a lovit ideea că și eu voi muri, la fel ca toți ceilalți, toți cei care trăiesc sau vor trăi în viitor. Asta e tot ce-mi amintesc, pe lângă faptul că a fost prima dată când am conștientizat propria moarte și că nu m-am putut gândi prea mult la asta și, desigur, nu am vorbit cu nimeni despre așa ceva. Până acum.

Dr. Yalom: De ce „desigur"?

Irvin: Sunt foarte solitar. Nu am cui să împărtășesc aceste gânduri.

Dr. Yalom: Solitar înseamnă singur?

Irvin: Ah, da.

Dr. Yalom: Ce-ți vine în minte când te gândești la „singur"?

Irvin: Cum mă dau cu bicicleta în vechiul „Cămin al soldaților", un parc mare aflat la vreo zece cvartale distanță de magazinul tatălui meu...

Dr. Yalom: Spui mereu „magazinul tatălui meu", nu „casa mea".

Irvin: Da, bună remarcă, dr. Yalom. Acum observ și eu asta. Rușinea față de casa mea are rădăcini adânci. Ce-mi vine în minte – încă facem asocieri libere, nu?

Dr. Yalom: Așa este. Continuă.

Irvin: Mă gândesc la o seară de sâmbătă, pe când aveam unsprezece sau doisprezece ani, când am mers la o aniversare, într-o casă foarte elegantă, o casă cum am văzut doar în filmele de la Hollywood. Acolo locuia Judy Steinberg, o fată pe care am cunoscut-o și de care m-am îndrăgostit într-o tabără de vară – cred că ne-am și sărutat. La petrecere m-a dus mama cu mașina, dar, de luat, nu a avut cum să mă ia, serile de sâmbătă fiind cele mai aglomerate la magazin. Așa că, la finalul petrecerii, m-au adus acasă Judy și mama ei. Mi-a fost atât de rușine gândindu-mă că vor vedea în ce șandrama locuim, că le-am cerut să mă lase la câteva case distanță, în dreptul unei proprietăți modeste, dar ceva mai prezentabile, mințindu-le că acolo locuiam. Am stat în fața ușii și le-am făcut cu mâna până ce au plecat. Dar mă tem că nu le-am păcălit. Îmi crapă obrazul de rușine când mă gândesc la asta.

Dr. Yalom: Să revenim la ce discutam mai devreme. Spune-mi mai multe despre plimbările tale solitare pe bicicletă din parcul „Căminul soldaților".

Irvin: E un parc minunat, de peste o sută de hectare, și aproape pustiu, în afară de câteva clădiri destinate veteranilor bolnavi sau foarte bătrâni. Cred că plimbările cu bicicleta în parcul ăsta sunt cele mai frumoase amintiri din copilărie din câte am... Coboram pantele cu bicicleta, vântul îmi mângâia fața, mă simțeam liber și recitam poezii în gura mare. Sora mea a urmat un curs de poezie victoriană la facultate. După ce a terminat cursul, i-am luat manualul și m-am pierdut de multe ori în paginile sale, memorând poeme simple, cu rime clare, cum ar fi „Balada închisorii din Reading", de Oscar Wilde, niște poeme din ciclul *Shropshire Lad*, al lui Housman, cum ar fi „Loveliest of Trees, the Cherry Now" și „When I Was One and Twenty", pasaje din *The Rubaiyat*, de Omar Khayam, în traducerea lui FitzGerald, „Prizonierul din Chillon", de Byron, și poezii de Tennyson. Unul dintre poemele mele favorite a fost „Gunga Din", de Kipling. Încă mai am un disc de fonograf înregistrat când avem treisprezece ani, la un centru situat lângă stadionul de baseball. Pe o parte a discului este cuvântarea de Bar Mitzvah (în engleză, desigur), pe cealaltă parte este recitarea poemului „Gunga Din" și a poemului „Charge of the Light Brigade" de Tennyson. Într-adevăr, cu cât mă gândesc mai mult, cu atât îmi vine să spun că momentele acelea, în care coboram pantele cu bicicleta, recitând poeme, au fost cele mai fericite din viața mea.

Dr. Yalom: Timpul nostru a expirat de-acum, dar înainte de a ne opri, vreau să-ți spun că apreciez amploarea luptei pe care o duci. Ești prins între două lumi: pe de o parte o lume veche pe care nici nu o cunoști, nici nu o respecți, dar nici nu ai găsit încă poarta de acces către lumea nouă. Acest conflict generează multă anxietate, astfel că va fi nevoie de multă psihoterapie. Mă bucur că ai decis să vii să mă vezi – ești un tânăr plin de resurse și cred cu tărie că totul va fi bine.

Capitolul 7
TÂNĂRUL JUCĂTOR

Opt dimineața. Miercuri. Am luat micul dejun și am plecat la pas pe cărarea neasfaltată către birou, oprindu-mă doar să-i spun bună dimineața bonsaiului și să smulg câteva buruieni. Știu că au și ele dreptul lor la viață, dar nu le pot lăsa să bea toată apa bonsaiului. Sunt foarte fericit când știu că mă așteaptă patru ore de scris neîntrerupte. Abia aștept să încep, dar, ca de obicei, nu mă pot abține să verific mai întâi e-mailul, promițându-mi că nu voi pierde mai mult de jumătate de oră cu răspunsurile. Primul mesaj îmi captează atenția:

Reamintire: JOCUL E ÎN SEARA ASTA la mine. Ușile se deschid la 18:15. Găsiți mâncăruri delicioase și scumpe pe masă. Mâncați repede – jocul începe la 18:45 fix. Veniți cu saci de biștari! Kevan

Prima reacție e să șterg mesajul, dar mă opresc și încerc să simt sentimentul de melancolie care mă traversează. Am început să joc poker în urmă cu patruzeci de ani, dar nu mai pot juca, deoarece vederea slabă (și imposibil de corectat) face jocul prea scump pentru mine: citirea eronată a cărților mă costă cel puțin o mână bună sau două pe seară. M-am opus vreme îndelungată renunțării la acest joc. *Să îmbătrânești înseamnă să renunți la lucruri, unul după altul*. Băieții îmi trimit în continuare invitații, din curtoazie, chiar dacă nu am mai jucat de patru ani.

Am renunțat la tenis, jogging și scufundări, dar cu pokerul a fost altceva. Restul erau activități mai solitare, pe când pokerul presupune un efort social: băieții ăștia simpatici erau partenerii mei de joc și-mi era tare dor de ei. Eh, ne mai întâlnim din când în când să luăm prânzul (prilej cu care dăm cu banul sau facem o partidă scurtă, ca să stabilim cine plătește masa), dar nu e același lucru: îmi lipsesc acțiunea și senzația de risc. Mi-a plăcut dintotdeauna senzația pariului, dar tot ce mi-a mai rămas e să o ademenesc pe soția mea să se implice în niște pariuri cu totul caraghioase: ea îmi cere să port cravată la un dineu, iar eu îi spun: „Pun pariu pe douăzeci de dolari că nu vom întâlni nici măcar un singur bărbat cu cravată la petrecerea asta." În trecut mă ignora, însă acum, de vreme ce m-am lăsat de poker, îmi face uneori pe plac și acceptă pariurile.

Acest gen de joc a făcut parte din viața mea foarte mult timp. Cât de mult? Am aflat câteva informații suplimentare în urma unei convorbiri telefonice petrecute cu câțiva ani în urmă. M-a sunat Shelly Fisher, cu care nu mai vorbisem din clasa a cincea. El avea o nepoată care studia psihologia, iar la o vizită recentă la ea acasă observase că citea una dintre cărțile mele, *Darul psihoterapiei*. „Hei, îl știu pe tipul ăsta", i-a spus Shelly nepoatei sale. S-a uitat în cartea de telefoane din Washington, D.C., a găsit numărul surorii mele și a sunat-o ca să i-l ceară pe al meu. Am purtat o discuție lungă, în timpul căreia ne-am amintit de drumul nostru împreună în fiecare zi spre școală, de jocul de bowling, de jocurile de cărți, de dansuri și de colecțiile de cartonașe cu jucători de baseball. A doua zi m-a sunat din nou: „Irv, mi-ai spus ieri că vrei să-ți spun ce-mi amintesc. Uite, mi-am amintit un lucru despre tine: aveai o problemă cu jocurile de noroc. Mă băteai la cap să joc cu tine gin rummy pe cartonașe cu jucători de baseball. Tu voiai să pariezi pe orice: îmi amintesc că într-o zi ai vrut să pariezi pe culoarea următoarei mașini care trece pe stradă. Și-mi mai amintesc cât de încântat erai când jucam loteria italiană[1]."

„Loteria italiană" – nu mă mai gândisem la asta de ani întregi. Când aveam unsprezece sau doisprezece ani, tatăl meu și-a reconvertit prăvălia din una de alimente în una de băuturi, iar viața a devenit ceva mai ușoară pentru părinții mei: s-a terminat cu bunurile expirate și aruncate la gunoi, cu drumurile la 5 dimineața la piața angro, cu munca de măcelărie. Însă lucrurile au devenit totodată ceva mai periculoase: tâlhăriile erau frecvente, astfel că în fiecare sâmbătă seară un paznic înarmat se ascundea în camera din spate a prăvăliei. Ziua, magazinul era vizitat adesea de personaje care de care mai extravagante: printre clienții noștri obișnuiți se numărau proxeneți, prostituate, hoți, alcoolici, atât dintre cei simpatici, cât și dintre cei periculoși, precum și cartofori și jucători de loterie italiană.

Odată l-am ajutat pe tata să care câteva lăzi cu whisky și bourbon la mașina lui Duke. Duke era unul dintre cei mai fideli clienți ai noștri, iar eu eram fascinat de stilul său: baston cu cap din fildeș, parpalac cu două rânduri de nasturi, din cașmir albastru-deschis, asortat cu pălăria albastră de fetru și strălucitorul Cadillac, alb și nesfârșit de lung. Când am ajuns la mașină, parcată pe o străduță laterală în apropiere, am întrebat dacă trebuie să pun lada cu whisky în portbagaj, dar tata și Duke au răspuns cu un chicot de râs. „Duke, hai să-i arătăm portbagajul", a spus tata. Duke a făcut un gest teatral de plecăciune și a deschis portbagajul: „Nu prea e loc aici, flăcău." Când am aruncat o privire

---

[1] Gen de loterie ilegală practicată în cartierele sărace, în care pariorii încercau să ghicească trei numere dintre cele extrase aleatoriu a doua zi.

înăuntru, mi s-au făcut ochii cât cepele. Șaptezeci de ani mai târziu, îmi amintesc izbitor de limpede scena: portbagajul era plin ochi de cărămizi din bancnote de toate valorile, legate cu benzi groase din cauciuc, peste care tronau câțiva saci burdușiți cu monede.

Duke făcea parte dintre escrocii loteriei italiene – o activitate specifică cartierului nostru din Washington, D.C. Iată cum funcționau lucrurile: pariorii din cartier își anunțau în fiecare zi mizele (uneori neînsemnate, de zece cenți) pe care le puneau pe numerele „favorite" din trei cifre. Când mizau corect, „ghiceau numerele, slavă Cerului" și încasau șaizeci de dolari în urma unui pariu de zece cenți – o cotă de 600 la 1. Dar, desigur, cota era de fapt de 1000 la 1, astfel că pariorii făceau profituri imense. Numerele zilnice nu puteau fi manipulate, din moment ce erau extrase printr-o formulă cunoscută publicului, care pleca de la totalul mizelor pariate pe trei cai înscriși la cursele hipodromului local. Șansele erau, evident, împotriva pariorilor, însă aceștia aveau două lucruri de partea lor: mizele foarte mici și nesfârșita speranță că „Cerul" le va trimite un dram neașteptat de noroc care să le mai aline disperarea unei vieți trăite în sărăcie.

Eu am experimentat în mod direct entuziasmul anticipației de fiecare zi al loteriei, deoarece uneori, în secret, pariam eu însumi mici sume (în pofida avertismentelor părinților mei), adesea cu monede de cinci sau zece cenți șterpelite din sertarul prăvăliei. (Amintirea acestor furtișaguri mărunte mă face și azi să plec capul de rușine.) Tatăl meu spunea adesea că numai un nebun ar putea să parieze în condițiile unor șanse atât de scăzute. Știam că are dreptate, dar era singurul joc din oraș, cel puțin până am mai crescut. Pariurile le făceam prin intermediul lui William, unul dintre cei doi negri care lucrau pentru tata. Îi promiteam întotdeauna 25 de procente din câștig. William, alcoolic, era un om simpatic și plin de viață, dar nu tocmai ușă de biserică, astfel că nu puteam ști niciodată dacă punea pariurile ori băga monedele în buzunar, sau pur și simplu paria în numele său. Nu am nimerit niciodată numerele, dar bănuiesc că, dacă le-aș fi nimerit, William s-ar fi eschivat spunându-mi că nu s-au anunțat numerele câștigătoare în ziua respectivă sau vreo altă poveste inventată. Am renunțat, în cele din urmă, la această îndeletnicire, când am avut marele noroc de a descoperi loteria baseballului, zarurile, pinacle, dar în primul rând pokerul.

Capitolul 8
SCURTĂ ISTORIE A FURIEI

Pacienta mea Brenda a venit la ședința de azi cu un plan bine ticluit. A intrat în cabinet fără să-mi arunce o privire, s-a așezat la locul ei, și-a scos carnețelul din geantă și a început să citească cu voce tare o listă pregătită dinainte de nemulțumiri legate de comportamentul meu din timpul ultimei noastre întâlniri.

„Mi-ați spus că mă descurc foarte prost la ședințe și că alți pacienți vin mult mai bine pregătiți să discute despre problemele lor. Prin asta, ați sugerat că preferați să lucrați cu ceilalți pacienți. Și m-ați mustrat că nu vorbesc despre vise sau fantezii. Și ați făcut front comun cu fostul meu terapeut, afirmând că eșecul tuturor încercărilor mele terapeutice se datorează refuzului meu de a mă deschide."

La ședința anterioară, Brenda tăcuse mâlc, cum face de multe ori, oferind foarte puțin din proprie inițiativă și forțându-mă pe mine să duc greul muncii noastre: simțeam că mă chinui să desfac o scoică. De data asta, în timp ce-mi citea lista de acuzații, am devenit tot mai defensiv. Lucrul cu furia nu e punctul meu forte. Tendința mea instinctivă a fost să-i explic unde distorsionează adevărul, dar am avut câteva motive pentru care mi-am mușcat limba. În primul rând, era un început foarte bun de ședință – incomparabil mai bun decât cel de săptămâna trecută! Brenda se deschidea, elibera din gândurile și sentimentele care o ținuseră atât de ferecată în sine. În plus, deși îmi distorsiona cuvintele, știam că într-adevăr *gândisem* o parte dintre lucrurile pe care mă acuza că le-am spus și probabil că aceste gânduri îmi coloraseră cuvintele în moduri de care nu fusesem conștient. „Brenda, îți înțeleg pe deplin supărarea: cred că mă citezi un pic greșit, dar ai dreptate – într-adevăr, săptămâna trecută *chiar* m-am simțit frustrat și oarecum derutat." După care am întrebat-o: „Dacă se întâmplă să avem o ședință similară în viitor, ce sfat îmi dai? Care ar fi cea mai bună întrebare pe care aș putea să o formulez?"

„De ce nu mă întrebați pur și simplu ce anume din ședința de săptămâna trecută m-a făcut să mă simt prost?", a răspuns ea.

I-am urmat sugestia și am întrebat-o: „Ce anume din ultima noastră ședință te-a făcut să te simți prost?" A urmat o discuție constructivă despre motivele care o făcuseră să se simtă dezamăgită și desconsiderată în ultimele zile. La finalul întâlnirii am revenit în punctul inițial al discuției, întrebând-o cum a fost pentru ea să simtă furie față de mine. A plâns, mulțumindu-mi că o iau în serios, că-mi asum responsabilitatea rolului meu și că nu mă dau bătut. Cred că am rămas amândoi cu sentimentul că am intrat într-o fază terapeutică nouă.

Sesiunea m-a făcut să meditez asupra furiei, în timp ce traversam cu bicicleta pârâul către casă. Deși mulțumit de maniera în care rezolvasem incidentul, știam că mai am de lucru cu propria-mi persoană în direcția asta, la fel cum știam și că mi-ar fi fost mult mai greu dacă nu mi-ar fi plăcut atât de mult de Brenda și dacă nu aș fi cunoscut dificultatea exprimării criticilor sale față de mine. Nu aveam niciun dubiu, de asemenea, că m-aș fi simțit mult mai amenințat dacă pacientul furios ar fi fost de sex masculin. Confruntările, personale sau profesionale, m-au făcut mereu să mă simt inconfortabil, acesta fiind motivul pentru care am evitat cu grijă să-mi asum orice poziție administrativă care ar fi presupus confruntare – poziția de președinte, de șef de comisie sau de decan. O singură dată în carieră, la câțiva ani după încheierea rezidențiatului, am acceptat să dau un interviu pentru un post de conducere – la facultatea pe care am urmat-o, Johns Hopkins. Din fericire – pentru mine și pentru ei –, au selectat un alt candidat pentru postul vizat. Mi-am spus întotdeauna că cel mai înțelept e să evit pozițiile administrative, întrucât adevărata mea putere stă în cercetarea clinică, în practică și în scris, dar trebuie să recunosc de-acum că frica de conflicte și timiditatea mea generală au jucat un rol semnificativ în aceste decizii.

Soția mea, știind prea bine că prefer evenimentele sociale de mici dimensiuni, de patru, cel mult șase oameni, se amuză de faptul că am ajuns expert în terapiile de grup. Dar adevărul e că experiența de conducere a terapiilor de grup a fost într-adevăr terapeutică, nu doar pentru pacienții mei, ci și pentru mine: m-a ajutat să dobândesc considerabil mai mult confort în situațiile de grup. Așa se face că vreme îndelungată am fost foarte puțin anxios în momentele în care m-am adresat unor audiențe mai mari. Dar trebuie să menționez că aceste momente se desfășoară de regulă în condițiile mele: mă feresc de dezbaterile publice care implică confruntări spontane – nu pot raționa suficient de repede în astfel de situații. Unul dintre avantajele vârstei constă în respectul cu care mă tratează audiența: au trecut ani mulți, decenii chiar, de când am fost provocat verbal de un coleg sau de un membru al audienței.

Fac o pauză de zece minute în drumul cu bicicleta pentru a urmări antrenamentele echipei de tenis a liceului Gunn, amintindu-mi de zilele în care făceam parte din echipa de tenis a liceului Roosevelt. Jucam pe poziția șase în echipa de șase jucători, dar eram chiar și așa un jucător mult mai bun decât Nelson, jucătorul de pe poziția a cincea. Cu toate acestea, când jucam unul împotriva celuilalt, mă intimidau agresivitatea și înjurăturile sale și cu atât mai mult momentele în care se oprea, la punctele cruciale, rămânea nemișcat și se ruga câteva clipe în liniște. Antrenorul, lipsit de empatie, îmi spunea să „mă maturizez și să fac față situației".

Mi-am continuat drumul cu bicicleta, gândindu-mă la nenumărații avocați și directori de companii pe care i-am tratat, care înfloreau în solul conflictului, și m-am minunat de apetitul lor pentru luptă. Nu am înțeles niciodată cum au ajuns să fie așa sau cum am ajuns eu, desigur, să evit atât de puternic conflictele. Mă gândesc la bătăușii din școala primară, care amenințau că mă bat după terminarea orelor. Îmi amintesc cum citeam povești cu băieți pe care tații îi învățau cum să boxeze și cât de mult îmi doream și eu un astfel de tată. Am trăit într-o epocă în care evreii nu se băteau niciodată: ei doar o încasau. Cu excepția lui Billy Conn, pugilistul evreu – am pierdut o grămadă de bani pariind pe el în confruntarea cu Joe Louis. Ca să aflu, ani mai târziu, că nici măcar nu era evreu.

Autoapărarea a fost o chestiune foarte serioasă în primii mei paisprezece ani de viață. Cartierul în care am crescut nu era sigur, astfel că până și cele mai scurte drumuri pe afară păreau periculoase. De trei ori pe săptămână mergeam la cinematograful Sylvan, foarte aproape de prăvălie. Cum fiecare bilet însemna vizionarea a două filme, vedeam șase filme pe săptămână, de obicei westernuri sau povești romanțate despre cel de-al Doilea Război Mondial. Părinții mă lăsau să merg la cinema fără să stea pe gânduri, gândindu-se că acolo eram în siguranță. Îmi imaginez că se simțeau liniștiți să mă știe la cinema, la bibliotecă sau citind în camera mea de la etaj: eram în siguranță măcar pentru cincisprezece sau douăzeci de ore pe săptămână.

Dar pericolul era întotdeauna prin preajmă. Într-o seară de sâmbătă când lucram în prăvălie, să fi avut vreo unsprezece ani, m-a rugat mama să merg până la drogherie, patru magazine mai încolo, și să-i iau o înghețată cu cafea. Imediat lângă noi era o spălătorie chinezească, urmată de o frizerie în vitrina căreia se puteau vedea mai multe imagini îngălbenite înfățișând diverse tunsori, un mic și înghesuit magazin de bricolaj și abia apoi drogheria, care, pe lângă farmacie, avea și un mic bar de opt locuri unde se serveau sandviciuri și înghețată. Am luat cornetul cu înghețată, am plătit cei zece cenți (cornetele simple costau cinci cenți, însă mamei îi plăceau cele duble) și am ieșit afară, unde am fost înconjurat de patru băieți puși pe rele, cu un an sau doi mai mari decât mine. Grupurile de albi erau ceva neobișnuit și riscant în cartierul nostru de negri, semnalând întotdeauna iminența unor probleme.

„Oh, dar pentru cine e cornetul ăsta?", a mârâit unul dintre ei, un băiat mic de statură, cu privire tâmpă, o față îngustă, tunsoare militărească și o basma roșie înfășurată în jurul gâtului.

„Pentru mama", am bolborosit eu, căutând cu coada ochiului o cale de scăpare.

„Pentru mămica ta? Păi, și de ce nu iei și tu o gură?", a spus băiatul, în timp ce mă apuca de braț și-mi tuflea înghețata în figură.

Exact în momentul acela a apărut de după colț un grup de băieți negri, prieteni cu mine. Au văzut ce se întâmplă și ne-au înconjurat. Unul dintre ei, Leon, s-a aplecat către mine și mi-a spus: „Hei, Irv, să nu accepți porcăriile tontului ăstuia. Te descurci." După care a șoptit: „Folosește upercutul așa cum ți-am arătat."

Dar deodată am auzit niște pași apăsați pe asfalt și i-am văzut alergând către noi pe tata și pe William, omul lui de livrări. Tata m-a apucat de mână și m-a tras deoparte, pe teritoriul sigur al Pieței Bloomingdale.

Desigur că tatăl meu a făcut ce trebuia. Și eu aș fi făcut la fel pentru fiul meu. Ultimul lucru pe care și-l dorește un părinte e ca fiul său să nimerească în miezul unui conflict stradal interrasial. Și totuși adesea regret intervenția lui. Mi-aș fi dorit să mă bat cu băiatul ăla și să-i arăt upercutul meu amărât. Nu ripostasem niciodată în fața agresiunilor, dar acum, înconjurat de prieteni protectori, era prilejul perfect. Băiatul din fața mea avea aceleași dimensiuni ca mine, deși un pic mai mare ca vârstă, și m-aș fi simțit mult mai bine cu mine dacă am fi schimbat câțiva pumni. Care ar fi fost scenariul cel mai urât? Un nas sângerând, un ochi vânăt – un preț mic pentru un moment unic de apărare a demnității.

Știu prea bine că tiparele de comportament ale adulților sunt complexe și nu au niciodată o singură rădăcină, dar insist să cred, chiar și așa, că disconfortul meu în situații de exprimare deschisă a furiei, evitarea confruntărilor, fie ele doar dispute aprinse, reticența în acceptarea posturilor administrative care implică confruntare și dispută ar fi fost toate diferite de nu m-ar fi smuls tata și William din mijlocul unei bătăi petrecute într-o noapte de demult. Știu, totodată, că am crescut într-un mediu de frică: bare metalice la ferestrele magazinului, pericol peste tot și spectrul poveștii vânării și uciderii evreilor din Europa plutind peste noi toți. Singura strategie învățată de la tatăl meu a fost fuga.

În timp ce descriu acest incident, o altă scenă se infiltrează în conștiința mea: merg cu mama la cinematograf și ajungem la Sylvan exact când începe filmul. Mama mergea foarte rar cu mine la film, cu atât mai mult sâmbătă după-amiază, dar îl iubea pe Fred Astaire și mergea adesea la filmele lui. Nu prea îmi plăcea să merg cu ea, deoarece nu avea maniere, era adesea nepoliticoasă și nu știam niciodată ce se poate întâmpla. Îmi era rușine de fiecare dată când îi făceam cunoștință cu un amic. Când am intrat în sală, ea a văzut două locuri libere pe un rând central și pur și simplu s-a trântit pe ele. Un băiat așezat lângă unul dintre locurile libere i-a spus: „Hei, doamnă, locurile astea sunt ale mele."

„Oh, uite șmecherul. Locurile astea sunt ale *lui*", a spus ea cu voce tare, astfel încât să audă toți cei din jurul nostru, în timp ce eu mi-am tras tricoul peste cap ca să mă ascund. Au sosit imediat și însoțitorii băiatului, dar s-au mutat, mârâind încruntați, pe un rând lateral. La puțin timp după începerea filmului am aruncat o privire în direcția lor, iar unul dintre ei m-a văzut, mi-a arătat pumnul și și-a mișcat buzele cât să-l înțeleg: „Pun eu mâna pe tine mai încolo."

Acest băiat e cel care mi-a trântit în față cornetul cu înghețată al mamei. Cum pe mama nu se putea răzbuna, cred că a ținut minte și a așteptat ceva vreme până să mă prindă singur. Ce plăcere dublă pentru el să afle că înghețata era pentru mama – ne-a lovit pe amândoi dintr-o lovitură!

Toate astea sună plauzibil și compun o poveste satisfăcătoare. Cât de puternică e tendința noastră de a umple golurile și de a modela povești ordonate! Dar sunt adevărate? Nu pot spera, la șaptezeci de ani distanță, că am vreo șansă să dezgrop faptele „autentice", dar poate că sentimentele de-atunci, dorința de a lupta și frica paralizantă, au fost cumva unite de intensitatea trăirii lor. Așa să fie? Vai, acum nici nu mai sunt sigur că a fost vorba despre același băiat sau că ordinea cronologică e cea corectă: poate că incidentul cu înghețata s-a petrecut înaintea celui de la cinematograf.

Pe măsură ce îmbătrânesc, devine tot mai greu să verific acuratețea răspunsurilor la astfel de întrebări. Încerc să regăsesc episoade din tinerețea mea, dar sunt șocat de cât de diferit și le amintesc sora mea, verii și prietenii. Munca mea de zi cu zi, prin care-i ajut pe pacienți să refacă filmul începutului vieții lor, mă convinge tot mai mult de natura fragilă și mereu schimbătoare a realității. Amintirile, cu siguranță și cea tocmai povestită, sunt mult mai fictive decât ne place să credem.

Capitolul 9
MASA ROȘIE

Biroul meu e un studio aflat la vreo 45 de metri distanță de casa mea, însă între cele două clădiri e atât de multă vegetație că abia se disting dintr-o parte în cealaltă. În birou îmi petrec majoritatea timpului, scriind dimineața și primind pacienți după-amiaza. Când mă simt neliniștit, ies afară și-mi fac de lucru la bonsai; îi tund, îi ud, le admir formele grațioase și mă gândesc ce întrebări să-i pun Christinei, prietenă apropiată a fiicei mele și expertă în bonsai, care locuiește în clădirea vecină.

După escapada de seară cu bicicleta sau o plimbare cu Marilyn, petrecem restul serii în bibliotecă, unde citim, stăm de vorbă sau ne uităm la un film. Încăperea în care se află biblioteca are ferestre mari pe colțuri și o deschidere către o terasă rustică din lemn de sequoia, dotată cu mobilier de grădină și un jacuzzi de mari dimensiuni tot din lemn de sequoia, înconjurat de stejari californieni. Pereții sunt tapetați cu sute de cărți, iar camera este mobilată într-un stil californian lejer, printre care un fotoliu din piele „cu spătar" și o canapea acoperită cu o husă largă, în alb și roșu. Într-un colț, în contrast cu restul obiectelor, se află masa de un roșu țipător, în stil fals-baroc, a mamei, cu patru picioare curbate, negru cu auriu, și patru scaune. E masa la care joc șah și alte jocuri cu copiii mei, tot așa cum acum șaptezeci de ani jucam pe ea șah în diminețile de duminică cu tatăl meu.

Marilyn detestă masa asta – chiar nu se potrivește cu nimic altceva din casa noastră – și i-ar plăcea să se descotorosească de ea, dar a renunțat de mult la ideea asta. Știe că pentru mine înseamnă mult, așa că a fost de acord să o păstrăm aici, dar exilată în permanență într-un colț, cât mai ascunsă. De masa asta se leagă unul dintre momentele cele mai semnificative din viața mea, astfel că de fiecare dată când o privesc, simt cum sunt inundat de sentimente de nostalgie, groază și emancipare.

Începutul vieții mele se împarte în două: înainte și după aniversarea de paisprezece ani. Până să împlinesc paisprezece ani am locuit împreună cu mama, tata și sora mea în apartamentul nostru mic și sărăcăcios de deasupra prăvăliei de alimente. Apartamentul era situat chiar deasupra magazinului, dar intrarea se făcea printr-o ușă exterioară, după colț. Exista și un vestibul în care omul responsabil cu aprovizionarea de cărbune ne aducea mereu cărbuni, motiv

Intrarea în apartamentul familiei, situat deasupra
prăvăliei de alimente, circa 1943

pentru care ușa nu era niciodată ferecată. În anotimpul rece nu era deloc exclus să găsim unul sau doi alcoolici dormind pe podea.

La etaj se găseau ușile către două apartamente – al nostru avea ferestrele spre First Street. Aveam două dormitoare – unul al părinților mei, celălalt al surorii mele. Eu dormeam în micuța noastră sufragerie, pe o canapea extensibilă care putea fi transformată în pat. Când aveam zece ani, sora mea a plecat la facultate și eu i-am luat camera. Apartamentul avea și o mică bucătărie, cu o masă minusculă la care obișnuiam să iau mesele principale ale zilei. Nu am mâncat niciodată, nici măcar o dată în toată copilăria, cu mama sau tata (în afara zilelor de duminică, când luam masa cu familia extinsă – între douăsprezece și douăzeci de persoane). Mama gătea și lăsa mâncarea pe aragaz, iar eu și sora mea mâncam la micuța masă din bucătărie.

Nu mă gândeam niciodată că mi-aș putea dori un apartament mai drăguț, pentru că și prietenii mei locuiau în unele similare, dar al nostru era caracterizat de o oroare unică și persistentă: gândacii de bucătărie. Mișunau peste tot, în ciuda eforturilor de exterminare – am fost (și sunt și azi) terifiat de ei. Mama așeza în fiecare seară picioarele patului în care dormeam în boluri cu apă, uneori kerosen, pentru a-i împiedica să urce în așternuturi. Chiar și așa, de multe ori aterizau de pe tavan direct în pat. Noaptea, după stingerea luminilor, casa era a lor; le auzeam goana demență pe linoleumul care acoperea podeaua minusculei bucătării. Nici nu îndrăzneam să merg la toaletă ca să urinez. Pentru asta foloseam un borcan pe care-l țineam lângă pat. Îmi amintesc cum odată, aveam zece sau unsprezece ani, citeam în sufragerie, când deodată un carcalac uriaș a traversat în zbor încăperea și mi s-a așezat în poală (da, gândacii *pot* să zboare – nu o fac frecvent, dar cu siguranță sunt capabili de asta!). Alertat de țipetele mele, tata a venit în fugă în cameră, a aruncat gândacul pe podea și l-a zdrobit cu talpa piciorului. Imaginea gândacului strivit a fost și mai îngrozitoare și am alergat la baie ca să vomit. Tata a încercat să mă calmeze, dar pur și simplu nu înțelegea cum pot fi atât de tulburat de un gândac mort. (Încă am fobie de gândaci, latentă, dar irelevantă de multă vreme: Palo Alto are o climă prea uscată pentru supraviețuirea lor, astfel că nu am mai zărit unul de jumătate de veac – unul dintre avantajele vieții în California.)

Apoi, într-o bună zi, pe când aveam paisprezece ani, mama mi-a spus, într-o doară, că a cumpărat o casă și că urmează să ne mutăm foarte curând. Următorul lucru pe care mi-l amintesc e cum intram prima oară în noua noastră casă situată pe o stradă frumoasă și liniștită, chiar peste drum de parcul Rock Creek. Era o locuință arătoasă, de două etaje, cu trei dormitoare, cameră de joacă îmbrăcată în lemn de pin noduros la subsol, verandă laterală cuprinsă în suprafața casei și o mică peluză înconjurată de gard viu. Mutarea a fost aproape în întregime proiectul mamei: tatăl meu nu a avut timp nici măcar să o vadă în prealabil.

Când ne-am mutat? Oare i-am văzut pe oamenii care au cărat lucrurile? Care a fost prima mea impresie despre noua locuință? Cum a fost prima mea noapte acolo? Dar imensa plăcere de a spune adio pentru totdeauna apartamentului infestat cu gândaci, rușinii, mizeriei, sărăciei și alcoolicilor care dormeau în vestibulul nostru? *Sigur* am simțit toate lucrurile astea, dar de amintit, îmi amintesc foarte puțin. Poate că eram prea preocupat și emoționat de transferul în clasa a noua la o altă școală și de întâlnirea viitorilor prieteni. Între memorie și emoții există o relație curbilinie: absența sau excesul de emoție pot conduce la o memorie săracă. Îmi amintesc totuși cum mă plimbam încântat prin casa și grădina noastră curate. *Sigur* am fost mândru să-mi invit prietenii în vizită, *sigur* m-am simțit mai liniștit, mai puțin speriat, sigur am avut un somn mai bun, însă acestea sunt doar presupuneri. Amintirea cea mai vie din toată acea perioadă este povestea pe care mi-a spus-o mama, mândră, despre achiziționarea mesei roșii.

Hotărâse să cumpere lucruri noi și să nu păstreze nimic din vechea locuință – nimic din mobilă, nimic din lenjerie, doar cratițele (aceleași pe care le folosesc eu azi). Cred că era și ea sătulă de stilul nostru de viață, deși nu mi-a vorbit niciodată despre năzuințele și sentimentele sale. Însă mi-a spus povestea mesei, și nu doar o dată. După ce a cumpărat casa, a mers la Magazinul Universal Mazor, un magazin de mobilă popular, frecventat de toți prietenii ei, și a comandat, într-o singură după-amiază, tot ce trebuia într-o casă cu trei dormitoare, inclusiv covoare, mobilă de interior și de verandă și scaune pentru grădină. Probabil că a fost o comandă uriașă, dar în timp ce vânzătorul făcea calculele, mama a remarcat o masă de joc țipătoare, în stil neobaroc, acoperită cu piele roșie, împreună cu patru scaune tot din piele roșie. I-a comunicat vânzătorului că vrea să adauge și masa cu cele patru scaune la comandă. Acesta i-a spus că setul este deja vândut și că din păcate, cu totul regretabil, era singurul – modelul nici nu se mai fabrica. La care mama i-a răspuns că poate să anuleze toată comanda, și-a luat geanta și s-a pregătit să plece.

Poate vorbea serios, poate nu. Oricum, manevra ei a funcționat. Vânzătorul a cedat și masa a fost a ei. Jos pălăria, mamă, pentru o cacealma îndrăzneață – am jucat mult poker, dar de o cacealma ca asta nu am auzit. Am cochetat uneori cu ideea scrierii unei povestiri din perspectiva celeilalte familii, care a rămas fără masa asta. Ideea are un oarecare potențial: aș povesti întâmplarea din două unghiuri – cacealmaua măreață și triumful mamei și decepția celeilalte familii.

Încă mai am masa, în ciuda lamentărilor soției mele despre nepotrivirea cu restul mobilierului din casă. Defectele estetice ale obiectului sunt evidente și pentru mine, dar masa aceasta păstrează amintirile jocurilor duminicale de șah cu tata, cu unchii, iar mai apoi cu copiii și nepoții mei. În liceu am făcut parte din echipa de șah și purtam cu mândrie bluza de sportiv cu o piesă mare de șah pe ea. Echipa, compusă din cinci table, concura cu toate echipele de liceu din Washington, D.C. Eu jucam la prima tablă și, după ce am terminat ultimul an de liceu fără înfrângere, m-am declarat campion la juniori pe tot orașul Washington, D.C. Însă nu am avansat niciodată suficient de mult încât să ajung la un nivel superior, parțial din pricina unchiului meu Abe, care râdea de ideea rețetelor încercate, în special când era vorba de deschideri. Îmi amintesc cum îndrepta degetul spre cap, mă numea „*klug*" (isteț) și mă soma să-mi folosesc capul meu bun („*kopf*") de Yalom ca să-mi zăpăcesc oponenții printr-un joc neortodox. Sfatul său s-a dovedit a fi extrem de dăunător. Am încetat să mai joc în anii de colegiu premedical, dar imediat ce am fost acceptat la școala de medicină, am candidat pentru echipa de șah a universității. Am jucat tabla a doua pentru restul semestrului, dar am abandonat din nou când am început studiile medicale, de data asta pentru o perioadă mai lungă, până ce i-am învățat să joace pe fiii mei, Victor și Reid, care au devenit jucători excelenți. Abia în ultimii ani am luat mai în serios șahul. Am făcut niște lecții cu un maestru rus și am urmărit cum îmi crește cota pe internet. Dar mă tem că este mult prea târziu – memoria mea tot mai șubredă e un adversar invincibil.

Dacă ar fi fost după tata, probabil că am fi locuit pe perioadă nedeterminată deasupra prăvăliei. Părea să nu-i pese de împrejurimi. Mama îi cumpăra haine și-i spunea cu ce să se îmbrace, chiar și ce cravată să-și pună la ieșirile de duminică.

Tata avea o voce minunată și iubeam să-l aud cântând melodii idiș împreună cu mătușa Luba la reuniunile de familie. Mamei nu-i păsa câtuși de puțin de muzică și n-am auzit-o cântând niciodată – genă pe care cred că mi-a transmis-o și mie. Aproape în toate duminicile jucam șah cu tata la masa roșie barocă, iar el punea un disc cu cântece idiș și acompania melodiile cu vocea lui, până ce o auzeam pe mama țipând *„Genug, Barel, genug!"* („Ajunge, Ben, ajunge!"). Iar el se supunea de fiecare dată. Acelea erau momentele când mă simțeam cel mai dezamăgit de el și-mi doream enorm de mult să-l văd confruntând-o. Dar nu s-a întâmplat niciodată.

Mama gătea foarte bine. Mă gândesc adesea la mâncărurile pe care le făcea. Se întâmplă să încerc și azi să fac niște feluri de-ale ei, folosind oalele ei grele din aluminiu. Mă simt foarte atașat de oalele astea. Mâncarea gătită în ele are gust mai bun. Copiii tânjesc uneori după ele, dar încă nu sunt dispus să le dau.

Când ne-am mutat în casa nouă, mama gătea în fiecare zi, după care se urca în mașină și parcurgea drumul de douăzeci de minute până la magazin, unde rămânea restul zilei și serii. Încălzeam mâncarea și mâncam singur, citind o carte (sora mea, Jean, era de-acum studentă la Universitatea din Maryland). Tata venea acasă să mănânce și să tragă un pui de somn, dar orele noastre de masă se suprapuneau arareori.

Blagden Terrace, noua noastră stradă, era străjuită de sicomori înalți, plantați în fața unor case mari și frumoase, pline toate de copii de vârsta mea. Îmi amintesc cum am fost întâmpinat în prima mea zi acolo. Copiii de pe stradă jucau fotbal american și s-au oprit să-mi facă cu mâna – aveau nevoie de jucători, așa că am intrat imediat în joc.

Mama și tatăl autorului în fața casei din Blagden Terrace, Washington, D.C., 1947

Mai târziu în cursul aceleiași zile l-am văzut peste drum, pe peluza lor, pe Billy Nolan, de treisprezece ani, schimbând pase cu bunicul său, despre care am aflat mai târziu că fusese jucător profesionist de baseball la Boston Red Sox. Aveam să joc mult baseball cu Billy. Îmi amintesc și prima plimbare prin cartier. Am zărit un mic heleșteu de grădină, pe apa căruia pluteau câteva frunze de nufăr – asta m-a entuziasmat, întrucât știam că acolo pot găsi mostre excelente pentru microscopul meu: mulțimi de larve de țânțar plutind pe luciul apei și hoarde de amibe pe care le puteam răzui de pe dosul frunzelor de nufăr. Dar cum să colectez mostrele? În vechiul meu cartier m-aș fi furișat noaptea și aș fi furat câteva creaturi sacrificabile din heleșteu. Dar aici habar nu aveam cum să mă port.

Blagden Terrace și împrejurimile ofereau o scenografie idilică. Nu era mizerie, nu existau pericole, nu se comiteau infracțiuni și nu auzeai niciodată comentarii antisemite. Mă vedeam adesea cu vărul meu Jay, prieten bun de-o viață, mutat la doar patru cvartale de casa noastră. Parcul Rock Creek, cu iazul, potecile, terenul de baseball și terenurile sale de tenis era la două străzi distanță. În fiecare zi, după școală, copiii din cartier se jucau cu mingea pe-afară până la lăsarea serii.

Adio, șobolani! Adio, gândaci, crime, pericol și amenințări antisemite. Viața mea s-a schimbat pentru totdeauna. Mai mergeam uneori la prăvălie, să dau o mână de ajutor când nu erau suficienți muncitori, dar mediul acela sordid era, în bună măsură, parte din trecut de-acum. Nu am mai fost nevoit să mint că stau în altă parte. De-ar fi văzut și Judy Steinberg, prietena mea din tabără, noua mea casă!

Capitolul 10
ÎNTÂLNIREA CU MARILYN

Îi încurajez mereu pe studenți să înceapă un proces personal de terapie. „Propriul «sine» este principalul instrument al terapeutului. Învățați tot ce puteți despre el. Nu permiteți punctelor voastre oarbe să stea în calea înțelegerii pacienților și a empatiei." Dar eu am fost atât de intim legat de o singură femeie, de la vârsta de cincisprezece ani, iar apoi atât de profund înconjurat de familia mea, că mă întreb adesea dacă sunt cu adevărat capabil să pătrund în lumea unei persoane care traversează viața solitar.

De multe ori percep anii de dinainte să o cunosc pe Marilyn într-un alb-negru rece: culorile au intrat în viața mea odată cu ea. Îmi amintesc prima noastră întâlnire cu o limpezime supranaturală. Eram elev în clasa a zecea la liceul Roosevelt și locuiam de aproximativ șase luni în noul nostru cartier. Într-o sâmbătă, pe la începutul serii, după ce petrecusem câteva ore bune în sala de bowling, unul dintre partenerii mei de joc, Louie Rosenthal, mi-a spus că se face o petrecere acasă la Marilyn Koenick, sugerând că ar trebui să mergem. Eu eram timid și nu prea mă omoram după petreceri, nici nu o cunoșteam pe Marilyn, elevă în clasa a noua, cu jumătate de semestru în urma mea – dar, neavând alte planuri, am acceptat.

Ea locuia într-o casă modestă din cărămidă, prevăzută cu câteva trepte care dădeau într-o mică verandă, identică cu restul caselor de pe Fourth Street, între Farragut și Gallatin.

Călătoria către sine

Apropiindu-ne, am observat un ciorchine de copii de vârsta noastră îngrămădiți pe trepte și pe verandă, așteptând să intre pe ușă. Eu, evitând, ca de obicei, situațiile sociale, am făcut imediat stânga-mprejur și am pornit spre casă, însă Louie, neobositul meu tovarăș, m-a prins de braț și mi-a arătat o fereastră care dădea în verandă, sugerând să ne strecurăm înăuntru pe acolo. L-am urmat și am intrat, după care ne-am făcut loc prin mulțimea din vestibul, unde, fix în mijlocul grupului gălăgios, o fată foarte mică de statură, foarte drăguță și vivace, cu un păr șaten lung, părea a fi sufletul petrecerii. „Ea e, cea mică, ea e Marilyn Koenick", mi-a spus Louie în timp ce se îndrepta spre cealaltă cameră, ca să caute ceva de băut. Cum am spus deja, eram în general foarte timid, dar în seara aceea m-am uimit pe mine însumi, pentru că, în loc să fac cale întoarsă, mi-am făcut loc prin mulțime până la gazdă. Neștiind ce să-i spun, am scăpat doar un „Bună, eu sunt Irv Yalom și am intrat pe fereastră". Nu mai știu ce am mai vorbit înainte să-i fie distrasă atenția în alte direcții, dar știu că eram un om terminat: am fost atras de ea ca metalul de magnet și am avut un sentiment imediat – ba nu, mai mult decât un sentiment, am avut *convingerea* că ea va juca un rol crucial în viața mea.

Am sunat-o, emoționat, chiar a doua zi, era prima oară când îi telefonam unei fete, și am invitat-o la un film. Era prima mea întâlnire. Despre ce am vorbit? Îmi amintesc că mi-a povestit cum lipsise de la școală deoarece rămăsese trează o noapte întreagă ca să citească *Pe aripile vântului*. Mi s-a părut atât de adorabil, că nu mai știam pe ce lume sunt. Eram amândoi cititori împătimiți și am intrat instantaneu în niște discuții interminabile despre cărți. Dintr-un motiv oarecare, a părut foarte interesată de proiectul lecturilor mele biografice de la biblioteca centrală. Cine naiba să se gândească că aventura citirii biografiilor de la A la Z avea să-mi prindă atât de bine cândva? Ne-am recomandat cărți reciproc – eu tocmai treceam printr-un maraton John Steinbeck, iar ea citea cărți la care nu mă gândisem niciodată: *Jane Eyre* și *La răscruce de vânturi*. Mie îmi plăcea James Farrell, ei îi plăcea Jane Austen, dar îl iubeam amândoi pe Thomas Wolfe – uneori ne citeam cu voce tare cele mai melodioase pasaje din *Privește, înger, către casă*. După doar câteva întâlniri am pus rămășag cu vărul meu, Jay, pe treizeci de dolari, că mă voi căsători cu ea. A plătit pariul în ziua nunții noastre!

Deci ce era cu fata asta? În timp ce scriu aceste memorii și mă reîntâlnesc cu vechiul sine, realizând ce dezastru am fost și cât m-am lamentat o viață întreagă că nu am un mentor, realizez brusc adevărul: eu *am avut* un mentor! Marylin. Inconștientul meu a priceput că ea deținea combinația unică de calități care m-ar fi putut civiliza și eleva. Istoria ei familială era suficient de asemănătoare cu a mea cât să mă simt acasă în preajma ei, dar diferită în sensurile tocmai potrivite. Părinții ei erau tot imigranți din estul Europei, dar sosiseră aici cu un sfert sau chiar o jumătate de generație mai devreme, având parte între timp de o oarecare educație seculară. Tatăl său era adolescent când a ajuns în America, dar nu a cunoscut aceeași strâmtorare economică ca tatăl meu. Era educat, era romantic, iubea opera și călătorise prin toată țara, la fel ca eroul său, Walt Whitman, întreținându-se din tot soiul de munci umile. După ce s-a căsătorit cu Celia – mama lui Marilyn, o femeie frumoasă și simpatică crescută în Cracovia, care nu avea nicio urmă din furia și asprimea mamei mele –, a deschis o băcănie, situată, cum am aflat la câțiva ani după ce ne-am cunoscut, la numai o stradă distanță de magazinul tatălui meu! Cred că am trecut, pe jos sau cu bicicleta, de sute de ori pe lângă acea BC (băcănie de cartier). Dar tatăl ei a fost suficient de precaut încât să nu-și expună familia unei vieți într-un cartier atât de turbulent, nesigur și sărăcăcios ca acela, astfel că Marilyn a crescut într-un cartier modest, dar sigur, al clasei de mijloc, iar în magazinul tatălui ei aproape că nici nu a pus vreodată piciorul.

Părinții noștri s-au întâlnit de multe ori după ce am început noi să ne vedem și, paradoxal, părinții ei au ajuns să nutrească un mare respect față de ai mei. Tatăl ei a înțeles că tatăl meu era un om de afaceri de succes și a sesizat corect că mama avea o minte intuitivă foarte ascuțită, fiind de fapt motorul din spatele succesului tatălui meu. Din nefericire, tatăl lui Marilyn a murit când aveam eu douăzeci și doi de ani, astfel că nu am avut niciodată șansa de a-l cunoaște mai bine, deși lui îi datorez prima vizită la operă (la *Die Fledermaus*).

La școală, Marilyn era cu jumătate de an în urma mea, într-o vreme în care se țineau două ceremonii de absolvire, în februarie și în iunie. La câteva luni după ce am cunoscut-o am participat la festivitățile de absolvire din februarie ale gimnaziului McFarland (care se afla lângă liceul meu), unde am ascultat-o copleșit pe Marilyn rostind, cu o ținută impecabilă, discursul de adio. Oh, cât o mai admiram și o iubeam pe fata aceea!

Am fost inseparabili pe toată durata liceului, luând în fiecare zi masa și ieșind împreună, negreșit, la fiecare sfârșit de săptămână. Devoțiunea noastră comună față de literatură era atât de puternică, încât orice alte interese divergente erau prea puțin importante. Ea s-a amorezat de timpuriu de limba, literatura și cultura franceză, în vreme ce eu preferam științele. Am reușit extraordinara performanță de a pronunța greșit orice cuvânt francez citit sau auzit, în timp ce ea nu reușea să vadă altceva în afară de propriile gene când se uita în microscopul meu. Dar iubeam amândoi orele de engleză și, spre deosebire de ceilalți elevi, eram încântați de lecturile pentru acasă: *Litera stacojie*, *Silas Marner* și *Întoarcerea băștinașului*.

Într-o zi, în timpul liceului, toate orele de după-amiază au fost anulate astfel încât întreaga școală să poată merge la vizionarea adaptării britanice a romanului *Marile speranțe*, din 1946. Am stat unul lângă celălalt ținându-ne de mână. Rămâne unul dintre filmele noastre favorite din toate timpurile; cred că am vorbit despre el de sute de ori de-a lungul deceniilor. Pentru mine a însemnat introducerea în universul lui Dickens, devorând apoi, în scurt timp, toate cărțile scrise de el. Le-am recitit de multe ori de-atunci. Ani mai târziu, când am ținut conferințe și am călătorit considerabil în Statele Unite și Marea Britanie, mi-am făcut obiceiul de a vizita anticariate și de a cumpăra primele ediții ale cărților lui Dickens. Sunt singurele lucruri pe care le-am colecționat vreodată.

Marilyn era încă de pe atunci atât de adorabilă, inteligentă și abilă din punct de vedere social, încât și-a cucerit toți profesorii. Eu, la vremea aceea, eram multe lucruri, dar nu m-ar fi considerat nimeni, nici în cele mai nebunești fantezii, adorabil. Eram un elev bun, excelam la științe și la engleză, unde domnișoara Davis contribuia regulat la sporirea nepopularității mele prin lăudarea compunerilor și afișarea lor la panou. Din nefericire, în clasa a douăsprezecea am fost mutat la domnișoara McCauley, cealaltă profesoară de engleză, care era totodată profesoara lui Marilyn, pe care o aprecia grozav. Într-o zi, domnișoara McCauley m-a văzut pe hol aplecându-mă spre Marilyn în timp ce stăteam de vorbă în dreptul dulapului ei, iar de-atunci m-a strigat numai „Cowboy-ul Dulap". Nu m-a iertat niciodată pentru crima de a o fi curtat pe Marilyn, astfel că la orele ei nu aveam nicio șansă. Și-a făcut un obicei din a face comentarii dure și cinice pe marginea temelor mele scrise. A luat peste picior interpretarea rigidă pe care am făcut-o în rolul mesagerului din *Regele Lear*. Doi dintre copiii mei au descoperit recent, căutând prin niște hârtii vechi dintr-un dulap, o bucată de poem epic despre baseball scris de mine și apreciat de domnișoara McCauley cu C+, și au fost revoltați să vadă că notase pe marginea textului comentarii nemiloase ca „prostește" și „cât entuziasm pe un subiect atât de neimportant". Și vreau să atrag atenția că scriam despre niște giganți precum Jolting Joe DiMaggio, Phil Rizzuto, King Kong Keller, Smokey Joe Page și „Old Reliable" Tommy Henrich.

Nu uit niciodată cât de norocos am fost să o am pe Marilyn în viața mea încă de când aveam cincisprezece ani. Ea a ridicat nivelul gândirii mele, mi-a stimulat ambiția și mi-a oferit un model de grație, generozitate și dedicare față de viața intelectuală. Așa că îți mulțumesc, Louie, oriunde ai fi. Îți mulțumesc din suflet că m-ai ajutat să mă strecor prin fereastra aia.

Capitolul 11
VIAȚA LA FACULTATE

Acum doi ani stăteam într-o zi cu prietenul meu Larry Zaroff într-o cafenea din Sausalito, cu vedere spre golful San Francisco. Vântul lua cu asalt pescărușii din apropiere, în timp ce noi priveam cum se clatină feribotul de Sausalito în drumul său către oraș, până ce a dispărut la orizont. Eu și Larry depănam amintiri din facultate: am fost colegi la Universitatea George Washington, unde am urmat aproximativ aceleași materii: cursuri epuizante, cum ar fi chimia organică, analiza calitativă și anatomia comparată – în cadrul căreia disecam toate organele și toți mușchii unei pisici. Ne strecuram printre amintirile acelor zile, cele mai stresante din viața mea, când Larry a început deodată să povestească despre o petrecere dezlănțuită a frăției, condimentată cu gâlgâieli isterice în compania unor colege foarte prietenoase.

Eu m-am zbârlit imediat. „Frăție? Ce frăție?"
– TEP, desigur.
– Despre ce vorbești?
– Tau Epsilon Pi. Ce e cu tine astăzi, Irv?
– Ce e cu mine? Sunt supărat. Ne-am văzut zi de zi în timpul facultății, dar eu abia acum aud de existența unei frății la GW. Eu de ce nu am fost invitat în rândurile ei? De ce nu m-ai invitat chiar tu?
– Irv, chiar te aștepți să-mi aduc aminte? Suntem în anul 2014 și noi am intrat la GW în 1949.

După ce m-am despărțit de Larry, l-am sunat pe bunul meu prieten Herb Kotz, în Washington, D.C. Herb, Larry și cu mine eram nedespărțiți în facultate. Eram primii trei la toate materiile, mergeam împreună cu mașina la școală și luam prânzul aproape zilnic împreună.

– Herb, abia ce-am vorbit cu Larry și el mi-a spus că în facultate a făcut parte dintr-o frăție numită TEP. Știi ceva despre asta?

– Păi, da. Am fost și eu membru.

– *CE?* Și tu? Nu-mi vine să cred. Pe mine de ce nu m-ați invitat?

– Cine mai ține minte după atâta vreme? Cred că te-am invitat, dar tot ce făceam era să organizăm petreceri cu bere în serile de vineri, iar tu urai berea; și nici cu fetele nu ieșeai – îi erai devotat lui Marilyn.

Am alimentat ranchiuna asta o vreme, până acum câteva luni, când, în timpul unei curățenii generale, Marilyn a descoperit o scrisoare de bun venit în Tau Epsilon Pi, însoțită de un certificat de membru. Fusesem, într-adevăr, membru al frăției, dar, cum nu am participat la nicio întâlnire, amintirea mi s-a șters pur și simplu din memorie!

Incidentul ăsta ilustrează cât de încordat și de anxios eram în vremea studenției la George Washington, aflată la cincisprezece minute de casă. Am rămas invidios până în ziua de azi pe cei care au avut parte de o experiență fericită în anii de studiu – spiritul de colegialitate, prieteniile legate pe viață între colegii de cămin, camaraderia prilejuită de evenimentele sportive, farsele pe care și le jucau membrii frățiilor, relația apropiată de mentorat cu vreun profesor sau societățile secrete de tipul celei înfățișate în filmul *Cercul poeților dispăruți*. A fost o parte din viață pe care am ratat-o cu desăvârșire, dar știu că eram atât de anxios și de nesigur pe propria persoană, încât e mai bine că nu am ajuns la o universitate din Ivy League: mă îndoiesc că mi-ar fi plăcut sau că aș fi supraviețuit într-un asemenea climat universitar.

Am fost întotdeauna surprins în munca mea de frecvența cu care pacienții își recuperează amintirile anumitor stadii de viață în perioadele în care copiii lor traversează aceleași stadii. Mi s-a întâmplat și mie, când copiii mei se pregăteau să termine liceul și să înceapă viața studențească, precum și atunci când nepotul meu a mers la facultatea Desmond. Am fost uimit și chiar invidios pe diversitatea resurselor disponibile lui și colegilor săi în alegerea unei școli superioare. Desmond a avut la dispoziție consilieri școlari, ghiduri scrise pentru cele mai bune o sută de colegii de științe umaniste și oportunitatea discutării cu echipele de recrutare ale colegiilor. Eu nu-mi amintesc ca în vremea mea să fi avut parte de vreun fel de ghidare: nici vorbă de consilieri școlari, iar părinții și rudele nu știau nimic despre tot acest proces. În plus, și asta a fost esențial, nu cunoșteam pe nimeni în liceu sau în cartier care să fi ales să plece la o facultate îndepărtată: toți cunoscuții mei aleseseră una dintre cele două instituții locale – Universitatea din Maryland sau Universitatea George Washington (ambele la fel de uriașe, mediocre și impersonale la vremea aceea). Cumnatul meu, Morton Rose, a exercitat o influență hotărâtoare asupra mea. Îl respectam foarte mult: făcuse și colegiul, și medicina la George Washington și ajunsese un medic extraordinar, așa că m-am gândit că, dacă această instituție fusese suficient de bună pentru el, avea să fie și pentru mine.

În sfârșit, chestiunea a fost tranșată definitiv în momentul în care liceul pe care l-am urmat mi-a acordat bursa „Emma K. Karr" – bursă care includea acoperirea integrală a taxelor de școlarizare practicate de GW, chiar dacă taxele anuale nu depășeau trei sute de dolari.

La vremea aceea simțeam că e în joc tot viitorul și toată viața mea. Că-mi doream să fac studii medicale știam încă de la paisprezece ani, de când îl cunoscusem pe doctorul Manchester, dar era știut faptul că școlile medicale acceptau strict 5% studenți evrei; grupele de la George Washington numărau o sută de studenți și acceptau doar cinci evrei pe an. În frăția evreiască din care am făcut parte în timpul liceului (Upsilon Lambda Phi) existau mai mult de cinci seniori inteligenți care intenționau să se înscrie într-o programă de studii premedicale, după care să candideze la o școală de medicină, iar frăția noastră era doar una dintre cele câteva existente în Washington. Competiția părea atât de nimicitoare, încât mi-am făcut o strategie încă din prima zi de colegiu: să las absolut orice altceva deoparte, să muncesc mai mult decât oricine și să iau niște note atât de bune încât să nu pot fi refuzat de nicio școală medicală.

S-a dovedit că nu eram singurul cu o asemenea strategie. Se pare că toți tinerii pe care-i cunoșteam, toți fiii evreilor emigrați din Europa după Primul Război Mondial, considerau că medicina e profesia ideală. În caz că nu reușeau la școala medicală, rămânea stomatologia, dreptul, medicina veterinară și, la urmă de tot, varianta cea mai puțin populară printre idealiștii ca mine, intrarea în afaceri alături de capul familiei. Ba chiar circula și o glumă în vremea aia: un tânăr evreu are două opțiuni – să ajungă medic sau ratat.

Părinții mei nu s-au implicat în decizia de a merge la GW. Nici nu comunicam prea mult pe atunci: prăvălia se afla la treizeci de minute de mers cu mașina față de casă, așa că, în afara duminicilor, îi vedeam destul de puțin. Iar când ne vedeam discutam arareori despre chestiuni esențiale. Cu mama abia dacă am schimbat câteva vorbe ani la rând, după ce m-a acuzat că aș fi provocat infarctul tatălui meu. Luasem decizia de a mă proteja păstrând distanța. Aș fi preferat să fiu mai apropiat de tata, însă relația dintre el și mama era foarte strânsă.

Îmi amintesc că în ultimul an de liceu o duceam pe mama la prăvălie cu mașina. Odată, când am ajuns în dreptul parcului „Căminul soldaților", la cinci minute de prăvălie, m-a întrebat ce planuri aveam. I-am spus că intenționam să mă înscriu la colegiu în anul următor, după care să încerc să intru la o școală de medicină. A aprobat printr-o scuturare a capului, cu un aer foarte satisfăcut, dar asta a fost tot. Nu am mai vorbit niciodată despre planurile mele. Gândindu-mă acum la asta, mă întreb dacă nu cumva mama și tatăl meu începuseră să fie oarecum intimidați de mine, dacă nu cumva simțeau că nu mai pot relaționa cu mine și că mă pierduseră deja în favoarea unei culturi pe care nu o puteau înțelege.

Cu toate acestea, era de la sine înțeles că aveau să-mi plătească taxele și restul cheltuielilor în timpul colegiului și al facultății. Indiferent de starea relației noastre, orice alt comportament ar fi fost de neimaginat în cultura părinților mei, iar eu le-am urmat exemplul în relația cu copiii mei.

Pentru mine și prietenii mei apropiați, colegiul nu reprezenta vreo destinație de vis: era doar un obstacol care trebuia depășit cât mai repede. În mod normal, școlile medicale acceptau doar studenți cu patru ani de colegiu și o diplomă de licență, dar, uneori, acceptau și candidați excepționali după doar trei ani, dacă aceștia urmaseră toate cursurile solicitate. Eu, la fel ca amicii mei, am optat pentru varianta din urmă, selectând în consecință doar cursuri obligatorii aspiranților la școala medicală (chimie, fiziologie, biologie, fizică, anatomie vertebrată și limba germană).

Ce-mi amintesc din anii de colegiu? În toți cei trei ani am urmat doar trei opționale, toate de literatură. Am locuit acasă, respectând o rutină brutală: muncă grea, memorare, experimente de laborator, nopți de pregătire pentru examene, studiu șapte zile din șapte.

De ce așa o nebunie? De ce atâta grabă? Pentru mine, sau oricare dintre prietenii mei apropiați, ar fi fost de neimaginat să luăm ceea ce se numește azi un an „de pauză", în care să ne înscriem într-o organizație precum Peace Corps (care nici nu exista pe atunci)[1], să facem voluntariat în țări străine printr-o organizație umanitară sau orice altă opțiune dintre multele devenite o banalitate în lumea copiilor mei și a colegilor lor. Noi trăiam cu veșnica presiune a procesului de admitere la școala medicală. Nu-i trecea nimănui prin minte să amâne mai mult decât era necesar tentativa de accedere la următoarea formă de învățământ. Eu resimțeam o presiune suplimentară: aveam nevoie să stabilizez relația cu Marilyn. Trebuia să reușesc, pentru ca ea să înțeleagă că urma să am o carieră și că aveam să devin o persoană cu care ar fi vrut să se căsătorească. Era cu jumătate de an mai mică, iar profesorul de franceză o somase să candideze la Colegiul Wellesley, unde a fost acceptată de îndată. În ultimul an de liceu, colegele din asociația studentelor îi spuneau că e prea tânără pentru a se limita la o singură relație și că ar trebui, măcar ocazional, să mai iasă și cu alți băieți. Mie sfatul lor nu mi-a picat prea bine și încă nu am uitat numele celor doi băieți cu care a ieșit în perioada aia. Imediat ce a plecat la Wellesley, am devenit extrem de anxios de perspectiva pierderii ei: simțeam că nu pot concura

---

[1] Program de voluntariat organizat de guvernul Statelor Unite în 1961, al cărui principal scop este facilitarea înțelegerii culturii americane în afara granițelor țării și prezentarea culturilor străine cetățenilor americani.

cu băieții dintr-o școală Ivy League pe care avea să-i întâlnească. I-am scris constant scrisori în care îmi exprimam îngrijorarea că nu mai sunt suficient de interesant pentru ea, că va întâlni alți băieți și o voi pierde. În perioada aceea, toată viața mea se învârtea în jurul științelor premedicale, care pe Marilyn nu o interesau câtuși de puțin. Am păstrat scrisorile ei, iar acum câțiva ani, *Wellesley*, revista colegiului, a publicat o selecție dintre ele.

Am fost atât de împovărat de anxietate și de probleme cu somnul în anii aceia, încât ar fi trebuit să merg la un terapeut, doar că pe atunci această opțiune nu era atât de evidentă. Totuși, *dacă* aș fi mers la un terapeut ca mine, probabil că discuția noastră ar fi arătat cam așa:

Dr. Yalom: Mi-ai spus la telefon că anxietatea ta a ajuns aproape de nesuportat. Spune-mi mai multe despre asta.
Irvin: Uitați-vă la unghiile mele, sunt mușcate până în carne. Îmi este rușine cu ele și încerc să le ascund de fiecare dată când mă întâlnesc cu cineva: priviți-le! Simt o durere în piept, parcă sunt strâns de o menghină. Somnul mi-e dat peste cap complet. Folosesc Dexedrină și cafea ca să rezist nopțile să învăț, iar acum nu mai pot dormi fără somnifere.
Dr. Yalom: Ce iei?
Irvin: Seconal, în fiecare seară.
Dr. Yalom: Cine ți le prescrie?
Irvin: Le șterpelesc de la ai mei. Ei iau Seconal de când îi știu. M-am întrebat dacă nu cumva insomnia este genetică.
Dr. Yalom: Ai menționat că anul ăsta resimți o mare presiune academică. Cum îți era somnul în anii precedenți – în liceu, de pildă?

Irvin: Uneori, presiunea sexuală era prea mare și trebuia să mă masturbez ca să adorm. Dar, în general, până anul ăsta nu am avut probleme cu somnul.

Dr. Yalom: Asta lămurește chestiunea componentei genetice a insomniei tale. Crezi că colegii tăi resimt același nivel de anxietate și probleme de somn ca tine?

Irvin: Mă îndoiesc – cu siguranță nu studenții de colegiu nonevrei pe care i-am cunoscut. Ei par mult mai relaxați. Unul dintre ei joacă în echipa de baseball GW, alții ies mereu cu fete sau își umplu timpul cu întâlnirile frăției.

Dr. Yalom: Asta sugerează că problema ta nu e nici genetică, nici de mediu, ci mai curând o funcție a modului particular, sau poate ar trebui să-i spunem unic, în care tu reacționezi la mediu.

Irvin: Știu, știu – sunt un fanatic. Am studiat excesiv pentru toate cursurile și examenele. Când se afișează graficul notelor grupei mele, văd curba întregului grup și calificativul meu undeva departe, mult, mult peste scorul de care aș fi avut nevoie pentru a obține un A. Dar eu am nevoie de certitudine: sunt disperat.

Dr. Yalom: De ce atâta disperare? Ce crezi că se ascunde în spatele ei?

Irvin: Păi, în primul rând, e vorba despre cele cinci procente alocate studenților evrei în școlile medicale: suficient de presant!

Dr. Yalom: Dar ai recunoscut că studiezi excesiv. Că nu te mulțumești cu A – trebuie să fie „Super A". Prietenii tăi evrei care se află în aceeași situație sunt la fel de disperați ca tine?

Irvin: Muncesc și ei de le merg fulgii. De multe ori studiem împreună. Dar nu sunt chiar atât de disperați. Poate că au o viață mai plăcută acasă. Există și alte lucruri în viața lor; ies în oraș, joacă baseball – cred că sunt mai echilibrați.

Dr. Yalom: Dar echilibrul *tău?* Cum arată?

Irvin: Aproximativ 85% studiu și 15% griji.

Dr. Yalom: Cele 15 procente de griji se referă la admiterea la medicină?

Irvin: La asta și la încă ceva – relația cu Marilyn. Îmi doresc cu disperare să-mi petrec restul vieții cu ea. Am fost împreună pe tot liceul.

Dr. Yalom: În prezent vă vedeți?

Irvin: Ea e plecată pentru patru ani la Wellesley, în Massachusetts, dar ne scriem cam o dată la două zile. Uneori îi telefonez, dar apelurile la distanță sunt mult prea costisitoare. Am probleme mari cu mama din cauza asta. Lui Marilyn îi place foarte mult la Wellesley, unde duce o viață normală de student, incluzând ieșirile în oraș cu alți băieți, iar eu simt că-mi pierd mințile de fiecare dată când pomenește de vreun băiat de la Harvard cu care a ieșit...

Dr. Yalom: Și ție ți-e teamă că?...

Irvin: Mi-e teamă de un lucru evident – că va întâlni pe cineva care are mai multe de oferit: mai arătos, dintr-o clasă socială superioară, dintr-o familie mai sofisticată, cu un viitor mai promițător, toate chestiile astea.

Dr. Yalom: Și tu ce ai de oferit?

Irvin: Exact ăsta e motivul pentru care admiterea la medicină e atât de importantă pentru mine. Simt că nu am prea multe de oferit în afară de asta.

Dr. Yalom: Tu te vezi cu alte femei?

Irvin: Nu, n-am timp.

Dr. Yalom: Deci duci o viață monastică. Cred că e greu, cu atât mai mult cu cât ea nu duce o viață monastică.

Irvin: Exact! Eu sunt monogam, dar ea nu este.

Dr. Yalom: De obicei, ăștia sunt anii celor mai mari presiuni sexuale.

Irvin: Mda, în majoritatea timpului mă simt pe jumătate nebun, ba chiar trei sferturi, din cauza sexualității. Dar ce pot să fac? Nu pot să cunosc pur și simplu o fată și să-i spun: „Sunt îndrăgostit de cineva care e foarte departe și tot ce vreau de la tine e să facem sex." Să mint? La asta nu mă pricep. Nu sunt ceea ce se numește un tip descurcăreț, așa că momentan sunt condamnat la frustrare. Visez mereu să întâlnesc o vecină frumoasă și foarte excitată, care să tânjească după un partener de sex când e plecat soțul din localitate. Ar fi perfect. Mai ales dacă mi-ar fi vecină – nici nu ar trebui să mă deplasez.

Dr. Yalom: Irvin, sunt convins că te simți mult mai inconfortabil decât ar trebui. Cred că puțină terapie ți-ar prinde bine – cari în spinare o tonă de anxietate și ai mult de lucru: trebuie să descoperi de ce viața ta este atât de dezechilibrată, de ce simți nevoia să studiezi excesiv, de ce crezi că ai atât de puține de oferit, de ce riști să-ți alungi partenera printr-un comportament sufocant. Cred că te pot ajuta și sugerez ca de-acum să ne vedem de două ori pe săptămână.

Irvin: De două ori pe săptămână! Când îmi ia jumătate de oră să ajung aici și jumătate de oră să mă întorc. În total, patru ore pe săptămână. Și am câte un examen aproape săptămânal.

Dr. Yalom: Am bănuit că vei reacționa așa. Dă-mi voie să aduc un alt argument. Nu ai spus nimic în sensul ăsta, dar eu înclin destul de mult să cred că, odată începute studiile medicale, vei deveni interesat în mod particular de psihiatrie, iar dacă se va întâmpla asta, atunci orele petrecute împreună vor juca un rol dublu: nu doar că te vor ajuta personal, dar îți vor înlesni o mai bună înțelegere a domeniului.

Irvin: Înțeleg aceste avantaje, dar viitorul ăsta pare atât de... de... îndepărtat. Anxietatea e dușmanul care îmi dă târcoale acum. Mă tem că, sacrificând patru ore de studiu, voi crea mai multă anxietate decât putem noi elibera în discuțiile noastre. Lăsați-mă să mă gândesc la asta!

Privind retrospectiv, îmi doresc *să fi* început o terapie în timpul colegiului, dar în anii 1950 eu nu cunoșteam pe nimeni care să fi mers la psihoterapie. Cumva, am reușit să supraviețuiesc celor trei ani oribili. M-a ajutat enorm să petrec verile cu Marilyn, făcând consiliere în tabere. Zilele petrecute în tabără erau zile fără stres academic, în care mă puteam bucura de iubirea pentru ea, aveam grijă și mă jucam cu cei mai mici ca mine, îi învățam tenis și mă împrieteneam cu tineri interesați de alte lucruri în afară de medicină. Într-un an am fost coleg de consiliere cu Paul Horn, ajuns un flautist celebru, cu care am rămas prieten până la moartea sa.

În afara interludiilor de vară, anii de colegiu, cu clasele imense și contactul minimal cu profesorii, au fost mohorâți de la un capăt la celălalt. Cu toate astea, în ciuda tensiunii și a lecturilor lipsite de imaginație, mie toate cursurile de științe mi s-au părut fascinante. Cu atât mai mult cel de chimie organică – inelul benzenic, cu frumusețea și simplitatea sa, combinate cu o complexitate infinită, m-a fascinat într-atât încât în următorii doi ani am făcut rost de bani de buzunar inițiind alți studenți în acest subiect. Totuși, cursurile mele favorite au fost cele trei opționale – toate de literatură: poezie americană modernă, dramaturgie universală și apariția romanului. La cursurile astea mă simțeam viu, iar lectura cărților recomandate și scrierea eseurilor, singurele eseuri scrise în anii de colegiu, erau o adevărată delectare.

Îmi amintesc mai cu seamă cursul de dramaturgie universală. A fost cursul cu cei mai puțini participanți din toate câte am frecventat – doar patruzeci de studenți –, iar materia era captivantă. A fost, de asemenea, singurul curs în timpul căruia am avut un contact memorabil cu un profesor, o femeie de vârstă mijlocie, atrăgătoare, care-și purta părul blond prins într-un coc și care m-a chemat o dată la ea în birou. A comentat în cea mai pozitivă manieră lucrarea pe care o făcusem pornind de la *Prometeu înlănțuit*, de Eschil, zicându-mi că scriu superb și gândesc original și întrebându-mă totodată dacă nu iau în considerare o carieră într-un domeniu umanist. Îmi amintesc până azi figura ei strălucitoare – a fost singurul profesor care mi-a știut numele.

În afară de un B+ la un curs de germană, am încheiat colegiul numai cu A+, dar admiterea la medicină era chiar și așa un proces care îți mânca nervii. Am candidat la nouăsprezece școli și am primit optsprezece scrisori de respingere și una de acceptare (la Școala Medicală GW, care nu putea să respingă pe cineva care absolvise colegiul GW cu o medie de aproape 4.0). Antisemitismul cotei practicate de școala medicală nici măcar nu m-a revoltat – era peste tot, nu cunoscusem altceva, așa că am preluat exemplul părinților mei și am acceptat lucrurile așa cum erau. Nu am adoptat niciodată poziția activistului, cum nu m-am înfierbântat niciodată din pricina imensei nedreptăți a sistemului. Privind retrospectiv, cred că lipsa mea de revoltă se datorează stimei de sine scăzute – am acceptat viziunea asupritorilor mei.

Simt și azi fiorii de încântare pe care i-am trăit când am primit scrisoarea de acceptare la GW: era momentul cel mai exaltant din viața mea. Am fugit imediat să o sun pe Marilyn. A încercat să-mi împărtășească entuziasmul, dar ea nu se îndoise niciodată că voi fi acceptat. Viața mea s-a schimbat brusc – deodată, aveam timp liber. Am luat un roman de Dostoievski și am reînceput să citesc. Am candidat pentru înscrierea în echipa de tenis a instituției, reușind să joc într-o partidă universitară la dublu, și m-am alăturat echipei de șah a universității, jucând la tabla a doua în mai multe confruntări între școli.

Cred că primul an universitar a fost cel mai greu din viața mea, nu doar din pricina cerințelor academice, ci pentru că Marilyn a fost plecată tot anul în Franța cu o bursă pentru juniori. M-am dat la fund și am început să învăț pe de rost tot ce mi se cerea să buchisesc, muncind probabil chiar mai intens decât în colegiu. Singura plăcere a fost prietenia cu Herb Kotz și cu Larry Zaroff, camarazii mei de-o viață. Ei erau partenerii mei de laborator, împreună cu care disecam cadavrul repartizat nouă, pe care l-am botezat Agamemnon.

Nefiind dispus să mai suport separarea de Marilyn, la finalul primului an am decis să solicit transferul la Boston și, *mirabile dictu*, transferul meu a fost acceptat de Facultatea de Medicină din Boston, astfel că, după revenirea sa din Franța, eu și Marilyn ne-am logodit. La Boston am închiriat o cameră într-o pensiune mare, de patru etaje, pe strada Marlborough, din cartierul Back Bay. Era primul meu an departe de casă, iar viața mea, interioară și exterioară, a început să se transforme în bine. La pensiune mai locuiau și alți mediciniști, așa că nu a durat mult până să-mi fac prieteni. Curând, trei sau patru dintre noi mergeam zilnic împreună la școală. Unul dintre ei, Bob Berger, mi-a

Camera autorului în vremea studiilor la Facultatea de Medicină din Boston, 1953

fost prieten bun toată viața. Dar despre Bob vom vorbi mai încolo.

Însă piesa de rezistență a celui de-al doilea an de studii medicale, petrecut în Boston, au fost weekendurile petrecute cu Marilyn. Colegiul Wellesley practica o politică foarte strictă când venea vorba despre studenții care să petreacă noaptea neînsoțiți în afara campusului, astfel că Marilyn trebuia să inventeze scuze credibile și să obțină o invitație de la vreo prietenă, una deschisă la minte. În weekenduri studiam, mergeam cu mașina de-a lungul coastei New England, vizitam muzeele din Boston și luam cina la Durgin-Park.

Și viața mea interioară se modifica, nu mai eram disperat, anxietatea scăzuse la minimum și dormeam, în sfârșit, ca un prunc. Am știut din primul an de medicină că vreau să fac psihiatrie, deși am audiat puține cursuri de profil și nu am vorbit niciodată cu un psihiatru. Ba încă cred că m-am decis chiar înainte de a intra la universitate: a decurs natural din pasiunea mea pentru literatură și din convingerea că psihiatria îmi permitea o apropiere de marii autori pe care-i iubeam. Eram atras deopotrivă de psihiatrie și de literatură. Cea mai mare plăcere era să mă pierd în universul unui roman și-mi spuneam neîncetat că cea mai mare reușită în viață este să scrii un roman bun. Am fost dintotdeauna însetat după povești și, de când am citit prima dată *Insula comorilor*, încă din primii ani de adolescență, m-am cufundat adânc în narațiunile marilor scriitori. Și azi, la optzeci și cinci de ani, în timp ce scriu cuvintele astea, abia aștept să vină seara ca să reiau lectura din *Marșul lui Radetzky*, a lui Joseph Roth. Am raționalizat lectura și încerc să rezist tentației de a devora cartea dintr-un foc. Când povestea pe care o citesc, așa cum se întâmplă cu cartea asta, e mai mult decât istoria unei vieți, e o explorare a pasiunilor, a fricilor umane, a căutării sensului, atunci sunt fascinat, sunt captivat de cele două niveluri de sens ale subiectului – analiza nu doar a unei existențe particulare, ci a unui proces paralel care se desfășoară la nivelul unei culturi în ansamblul ei, cea a Imperiului Austro-Ungar de dinainte de Primul Război Mondial în cazul de față.

Dincolo de dragostea pentru literatură, medicina nu a fost singura mea opțiune, deoarece am fost fascinat dintotdeauna și de știință, în special de biologie, embriologie și biochimie. În plus, am nutrit mereu o dorință puternică de a fi util și de a le oferi celorlalți ceea ce mi-a oferit mie doctorul Manchester într-un moment de criză.

Capitolul 12
CĂSĂTORIA CU MARILYN

Î n 1954, anul căsătoriei noastre, Marilyn era deja un francofil confirmat. După ce își petrecuse anul trei de colegiu în Franța, își dorea o lună de miere acolo, pe când eu, un flăcău provincial care nu părăsise niciodată nord-estul Statelor Unite, nu aveam niciun interes pentru a călători în afara granițelor. Dar ea a fost vicleană: „Ce zici de o lună de miere în Franța, pe motocicletă?" Știa că eram fascinat de motociclete și motorete și mai știa că acest tip de vehicul nu poate fi închiriat în Statele Unite. „Hei, ia uite aici", mi-a spus ea, arătându-mi reclama unui serviciu de închirieri Vespa în Paris.

Așa că am plecat la Paris, unde am închiriat cu mult entuziasm o Vespa de mari dimensiuni de la o stație de lângă Arcul de Triumf. Deși nu mai atinsesem în viața mea o Vespa, darămite să conduc una, a trebuit să-l asigur pe managerul suspicios că sunt un motociclist experimentat. Am încălecat scuterul și l-am întrebat cu toată nonșalanța din lume unde se aflau contactul și pedala de accelerație. Mi-a arătat butonul mic de pornire și mi-a explicat că motorul primește benzină prin răsucirea manșei de pe ghidon, privindu-mă profund îngrijorat. „Oh", i-am răspuns, „e diferit față de cele din Statele Unite", după care, fără să mai adaug un cuvânt, am plecat să dau o tură, în timp ce Marilyn, înțeleaptă, m-a așteptat într-o cafenea din apropiere. Vai mie, mă aflam pe o stradă cu sens unic care dădea imediat în artera de zeci de benzi care înconjoară Arcul. Plimbarea aceea de nouăzeci de minute a fost una dintre cele mai chinuitoare experiențe din viața mea: autoturisme și taxiuri treceau în viteză pe ambele părți, claxoane, ferestre lăsate în jos, strigăte, pumni fluturați în aer. Nu înțelegeam franceză, dar aveam un sentiment clar că amalgamul de fraze aruncate în direcția mea nu erau urări de bun venit în Franța. M-am tot oprit, probabil, de treizeci de ori în tura mea eroică în jurul Arcului, dar, o oră și jumătate mai târziu, când am ajuns la cafeneaua de lângă centrul de închirieri ca să-mi recuperez soția, știam cum se conduce o Vespa.

Ne-am căsătorit pe 27 iunie 1954, cu trei săptămâni înainte de excursia în Franța, iar petrecerea de nuntă a avut loc la Indian Spring Country Club, proprietatea lui Samuel Eig, unchiul bogat al lui Marilyn. Imediat după nuntă am început să caut fonduri pentru vacanța în Europa – părinții mă întrețineau și plăteau taxele universitare, așa că nu aveam cum să le cer bani și pentru excursie. Eu și vărul meu Jay (cel care a pus pariu pe treizeci de dolari că nu mă căsătoresc cu Marilyn) făcuserăm niște bani în ultimii ani din vânzarea artificiilor de 4 Iulie[1] la un stand construit de noi. În anul precedent, afacerea standurilor cu artificii fusese compromisă de ploile masive din 3 și 4 iulie, iar noi am decis să achiziționăm stocurile de artificii rămase de la celelalte standuri la prețuri foarte mici, pentru a le depozita în niște butoaie mari din oțel. Testasem modalitatea asta de depozitare cu un an în urmă și artificiile vechi au funcționat de minune. În iulie 1954 am fost binecuvântați cu o vreme splendidă, astfel că am obținut fonduri mai mult decât suficiente pentru luna de miere europeană.

---

[1] Ziua Națională a Statelor Unite.

Nunta, 1954

Imediat după închirierea Vespei, eu și Marilyn ne-am luat câte un rucsac mic în spate și am plecat să vizităm zonele rurale ale Franței. Am traversat cu motocicleta, timp de trei săptămâni, Valea Loarei, Normandia și Bretania, vizitând frumoasele castele și biserici, vrăjiți de albastrul miraculos al vitraliilor catedralei din Chartes. La Tours am vizitat minunata familie care a găzduit-o pe Marilyn în primele două luni din anul petrecut în Franța. În fiecare zi petrecută pe drum am luat prânzul pe pajiști pitorești, consumând pâine, vin și brânzeturi franțuzești, toate dumnezeiesc de bune. Lui Marilyn îi plăcea și șunca. Părinții ei erau mai laici și nu se conformau legilor culinare, în timp

Standul cu artificii cu prilejul zilei de 4 Iulie,
ținut de Jay Kaplan și de autor, Washington, D.C., 1954

ce eu făceam parte din oastea vastă de evrei iraționali care, deși au aruncat peste bord toate credințele religioase, totuși nu consumă porc (cu excepția, desigur, a chiflelor cu porc din restaurantele chinezești). După trei săptămâni, am revenit la Paris, am luat un tren către Nisa, unde am închiriat un Fiat Topolino pentru a călători o lună prin Italia. Una dintre cele mai vii amintiri din excursia în Italia este cea a primei nopți, când ne-am cazat la un mic han pe coasta Mediteranei. La desertul cinei cu preț fix comandate am primit un bol imens plin cu fructe asortate. Eram încântați: banii se terminau rapid, așa că ne-am umplut buzunarele cu fructe pentru prânzul următoarei zile. A doua zi, când să plătim nota, ne-am simțit ca niște idioți, descoperind că fructele erau numărate cu atenție și fiecare fruct din cele șterpelite – taxat la prețuri foarte piperate.

Deși a fost o excursie de vis, îmi amintesc că am fost în general nerăbdător și agitat, poate din cauza șocului cultural, poate din cauză că nu știam cum să trăiesc fără încordare și studiu neîncetat. Senzația de lipsă de confort cu propria-mi persoană m-a bântuit și în primii ani ai maturității. Din exterior, părea că o duc minunat: mă însurasem cu femeia iubită, intrasem la medicină și mă descurcam bine în toate privințele, dar în profunzimile sufletului nu eram niciodată relaxat, niciodată încrezător și nu reușeam să identific sursa anxietății mele. Simțeam, pe undeva, că purtam rana adâncă a copilăriei timpurii și că nu aparțineam niciunui loc, că nu eram demn de nimic și nu meritam nimic, cum meritau ceilalți. Cât mi-aș dori să pot face din nou călătoria asta, în liniștea sinelui meu actual!

Azi, după șaizeci de ani, amintirile lunii noastre de miere mă fac să zâmbesc de fiecare dată. Dar detaliile nunții noastre s-au estompat în timp – cu excepția unei singure scene: către finalul petrecerii, a venit la mine Sam Eig, unchiul lui Marilyn, patriarhul sever și inabordabil al familiei, omul care a construit un procent însemnat din Silver Spring, Maryland, care era prieten la cataramă cu guvernatorul, care a dat numele copiilor săi unor străzi din localitate și care nu a mai catadicsit să-mi adreseze vreun cuvânt vreodată; m-a luat pe după umeri și mi-a șoptit în ureche în timp ce cu brațul liber descria adunarea de oaspeți: „Felicitări, băiatul meu. Ai pus mâna pe ce era mai bun."

Încă cred în cuvintele de susținere ale unchiului Sam: rar se întâmplă să treacă o zi fără să mă simt recunoscător pentru șansa de a fi trăit o viață alături de Marilyn.

Capitolul 13
PRIMUL PACIENT PSIHIATRIC

Primul semestru de practică psihiatrică a avut loc în primăvara lui 1955, în anul trei de medicină, în ambulatoriul Spitalului Central din Boston. Fiecărui student i se cerea să vadă săptămânal un pacient, timp de douăsprezece săptămâni, după care să prezinte cazul într-o conferință de specialitate la care participau alți stagiari și o duzină de cadre universitare, printre care și mulți membri intimidanți ai Asociației Psihanalitice din Boston. Prezentările altor studenți la care am participat m-au făcut să intru în pământ în fața reacțiilor brutale ale profesorilor, înscriși parcă într-o competiție de demonstrare a competenței și erudiției, fără o urmă de gentilețe sau empatie.

Mi-a venit rândul la prezentare după aproximativ opt ședințe cu pacientul meu și am ieșit în fața audienței tremurând de emoție. Am decis să nu urmez exemplul celorlalți studenți, care au folosit structura tradițională a expunerii problemei principale a pacientului, istoricului, istoriei familiale, educației și anamnezei psihiatrice formale. În loc de asta, m-am bazat pe ce știam mai bine: să spun o poveste. Am prezentat, într-un limbaj direct, cele opt întâlniri cu Muriel, o tânără subțirică și atrăgătoare, cu un păr roșcat-aprins, privire abătută și voce timidă. Am descris prima noastră întâlnire, când i-am spus din capul locului că sunt un student la medicină aflat la începutul formării și că urma să ne vedem în următoarele douăsprezece săptămâni. Am întrebat-o de ce a solicitat ajutorul clinicii noastre, iar ea mi-a răspuns, cu vocea scăzută: „Sunt lesbiană."

Am ezitat un moment, am înghițit în sec și am răspuns: „Nu știu ce înseamnă asta. Poți să-mi explici, te rog?"

Și a făcut-o – mi-a explicat ce înseamnă „lesbiană" și cum arăta viața ei. I-am adresat întrebări care să o ajute să vorbească și i-am spus că-i admir curajul de a vorbi atât de deschis. Am asigurat-o că voi face tot ce-mi stă în putință pentru a o ajuta în următoarele trei luni.

La începutul următoarei ședințe cu Muriel, i-am mărturisit că-mi fusese rușine să-mi recunosc ignoranța. Ea mi-a spus că discuția noastră fusese o „premieră" pentru ea: eram primul bărbat căruia îi spunea povestea ei, iar deschiderea sa fusese posibilă tocmai datorită onestității mele.

Le-am spus membrilor comisiei că mă apropiasem de Muriel, că abia așteptam ședințele, că am discutat despre problemele cu iubita ei așa cum discutăm despre relații în general, că de-acum nu se mai ferea la fel de mult de contactul vizual, că revenea la viață și că mi-a mărturisit că regreta că ne rămăseseră doar patru ședințe. La finalul expunerii m-am așezat, mi-am lăsat capul în pământ și m-am pregătit de măcel.

Dar nu s-a întâmplat nimic. Nu a luat nimeni cuvântul. Dr. Malamud, șeful departamentului, și dr. Bandler, un analist eminent, au fost de acord că prezentarea mea vorbea de la sine și nu erau necesare comentarii suplimentare. Toți membrii comisiei au făcut, pe rând, comentarii similare. Audiența era înmărmurită: eu nu făcusem decât să spun o poveste așa cum mi se părea mai ușor și mai natural. Mă simțisem invizibil pe tot parcursul colegiului și al școlii medicale, dar lucrurile s-au schimbat brusc. Am părăsit sala gândind că e posibil să am ceva special de oferit în acest domeniu.

*

Viața de om însurat a fost deopotrivă minunată și stresantă în ultimii doi ani de studenție. Ne descurcam greu cu banii, principala susținere fiind părinții mei. Marilyn câștiga ceva bani lucrând cu jumătate de normă în cabinetul unui dentist, în timp ce studia pentru o diplomă de master în pedagogie la Harvard, iar eu câștigam bani ca și până atunci, donând sânge. Am aplicat și pentru donarea de spermă, însă urologul m-a avertizat că aveam o producție scăzută de spermă, sfătuindu-mă să nu amân eventualele planuri de procreere.

Cât de mult se înșela! Marilyn a rămas însărcinată chiar în luna de miere. Cel de-al doilea nume al fiicei noastre, Eve, este „Frances", un indicativ pentru „făurit în Franța", iar Marilyn a rămas însărcinată din nou după un an și jumătate, în timpul anului patru de medicină.

Stagiul clinic din ultimii doi ani de studii a presupus multe ore de practică, dar anxietatea mea s-a ameliorat cumva, înlocuită poate de o epuizare cinstită și de satisfacția sentimentului că le eram de ajutor pacienților. M-am dedicat tot mai mult psihiatriei și am început să fac lecturi extinse în domeniu. Nu uit anumite scene absolut oribile din vremea stagiaturii: camera cu statui umane de la Spitalul Central din Boston – o secție întreagă de pacienți catatonici care-și petreceau viața într-o nemișcare desăvârșită. Pacienții erau muți și rămâneau în aceeași poziție ore în șir, unii lângă pat, alții la fereastră, alții în picioare, uneori mormăind, dar de regulă absolut tăcuți. Membrii personalului puteau doar să-i hrănească, să-i mențină în viață și să le vorbească cu blândețe.

La jumătatea anilor 1950, până la apariția primului sedativ, Thorazine, urmat curând de Stelazine, iar mai apoi de o serie neîntreruptă de tranchilizante tot mai eficiente, întâlneai asemenea scene în toate spitalele mari.

Am în minte și o altă scenă, petrecută la același spital din Boston: la un moment dat în timpul stagiaturii mi s-a permis să-l observ pe dr. Max Day, psihiatru la Harvard, conducând un grup de doisprezece rezidenți cărora li s-a cerut să studieze dinamica propriului grup. Fiind student, mi s-a permis să urmăresc o singură ședință, fără a interveni, nici măcar cu un cuvânt. Văd încă cu ochii minții camera aceea, deși a trecut mai mult de jumătate de secol de atunci. Rezidenții și dr. Day stăteau într-un cerc în mijlocul unei încăperi mari. Eu stăteam într-un colț, în afara cercului, fascinat de ideea unui grup de oameni care discută împreună despre sentimentele lor. Ce concept extraordinar! Doar că era cam sec. Interveneau lungi momente de tăcere, participanții păreau stânjeniți, iar conducătorul grupului, dr. Day, pur și simplu stătea între ei. De ce? Nu înțelegeam. De ce nu spărgea gheața și nu-i ajuta cumva pe participanți să se deschidă? Ulterior, am participat la una dintre conferințele clinice ale doctorului Day și am fost profund impresionat de perspicacitatea și coerența acestuia. Dar asta mi s-a părut *și mai* derutant. De ce nu ajutase grupul să iasă din impas? Nici nu bănuiam că asta era o întrebare cu care aveam să mă lupt mulți ani din cariera mea.

Capitolul 14

REZIDENȚIATUL: MISTERIOSUL DOCTOR BLACKWOOD

După absolvire, noi, foștii mediciniști, de-acum doctori în medicină, am intrat în anul de rezidențiat, în timpul căruia am experimentat nemijlocit diagnosticarea și îngrijirea pacienților în spital. În prima lună de rezidențiat, la Spitalul Mount Sinai din New York, am fost repartizat la departamentul de obstetrică, unde m-a surprins frecvența cu care era solicitat prin difuzoarele spitalului un anume doctor Blackwood. În timp ce asistam la o naștere, l-am întrebat pe coordonatorul de rezidențiat: „Cine este doctorul Blackwood? Îi aud mereu numele, dar de văzut, nu l-am văzut niciodată."

Doctorul Gold a zâmbit, iar ceilalți membri ai personalului au chicotit. „Îți fac cunoștință cu el mai târziu", a spus el. „Imediat ce terminăm aici." Mai târziu în cursul aceleiași seri, dr. Gold m-a dus în camera de gardă a medicilor, unde tocmai se desfășura o partidă de poker foarte încinsă. Nu-mi venea să cred: m-am simțit ca un puști într-un magazin cu dulciuri.

„Și care dintre ei este doctorul Blackwood?", am întrebat. „Și de ce este solicitat atât de des?"

Un nou hohot de râs din partea tuturor celor prezenți. Se părea că am darul de a-i amuza pe toți angajații departamentului de obstetrică. M-a lămurit, în cele din urmă coordonatorul de rezidențiat:

„Joci bridge?", m-a întrebat el.

Am dat din cap.

„Cunoști convenția Blackwood în miza jocului?"

Am aprobat din nou.

„Păi, despre asta e vorba. Ăsta e doctorul Blackwood. E doar un simbol pentru jocul de poker de la Mount Sinai: când ne lipsește un jucător de la masă, îl chemăm prin difuzoare pe doctorul Blackwood."

Majoritatea jucătorilor erau obstetricieni cu practică privată, ale căror paciente erau intrate în travaliu. Angajații spitalului și rezidenții erau primiți la masă doar dacă lipsea un jucător. Așadar, în restul anului de rezidențiat, după ce terminam vizitele și eram de gardă peste noapte, ciuleam urechile la solicitarea „doctor Blackwood" și de fiecare dată când eram liber, dădeam fuga la departamentul de obstetrică. Mizele erau mari, iar rezidenții erau plătiți cu doar douăzeci și cinci de dolari pe lună (plus cina de tip mănânci-cât-poți, din care aveam grijă să ne facem sandviciuri pentru prânzul de a doua zi; micul dejun îl rezolvam comandând porții suplimentare pentru câțiva pacienți).

Până să înțeleg dinamica mesei de joc, am pierdut salariul pe trei-patru luni, însă mai apoi am reușit să o duc pe Marilyn la destul de multe spectacole pe Broadway, grație doctorului Blackwood.

Am trecut prin mai multe departamente în anul de rezidențiat la Mount Sinai: medicină internă, obstetrică, chirurgie, chirurgie ortopedică, urgențe, urologie și pediatrie. Am învățat cum să aduc copii pe lume, cum să leg o entorsă, cum să tratez insuficiența cardiacă congestivă, cum să iau sânge din artera femurală a unui nou-născut, cum să diagnostichez o tulburare neurologică observând mersul pacientului. La chirurgie mi s-a permis doar să țin retractoarele chirurgului. În puținele ocazii în care mi s-a permis să fac sutura de la finalul intervenției, chirurgul care mă supraveghea cu ochi de vultur m-a lovit din scurt peste degete, admonestându-mă pentru „nodurile de băcănie". Am simțit, evident, nevoia să-i răspund: „Bineînțeles că fac noduri de băcănie – am crescut într-una!" Dar nu am îndrăznit niciodată: chirurgii seniori erau formidabili și cu adevărat intimidanți.

Norocul a făcut ca trei dintre prietenii mei apropiați de la Facultatea de Medicină George Washington să fie acceptați la rezidențiat la Mount Sinai. Am împărțit cu ei, timp de un an, două camere adiacente – o dată la două zile eram de gardă și dormeam la spital.

Marilyn a intrat în travaliu la finalul primei luni de rezidențiat, când eram încă în departamentul de obstetrică, iar Reid Samuel Yalom, cel de-al doilea copil al nostru, a fost adus pe lume de doctorul Gutmacher, șeful departamentului. Eram pe tură la salonul de nașteri, dar dr. Gutmacher m-a sfătuit să asist de pe margine. Am stat la câțiva pași de Marilyn și am avut imensa plăcere de a-l vedea pe Reid respirând pentru prima dată.

Legăturile de transport public de la apartamentul nostru la Mount Sinai erau foarte puține, iar taxiurile mult prea scumpe. În primele luni am folosit mașina personală, însă după ce am acumulat un număr considerabil de amenzi de parcare, mi-a venit ideea achiziționării unui scuter. Am aflat, întâmplător, că un profesor de artă de la Yale tocmai își cumpărase un Lambretta splendid, dar fusese sfătuit de medicul său să-l vândă, din pricina unui ulcer gastric sever. I-am telefonat, am luat trenul într-o duminică până la New Haven, m-am îndrăgostit de Lambretta și m-am întors cu el în aceeași zi la New York. Și cu asta am rezolvat problema parcării: mergeam la serviciu cu scuterul, îl băgam în lift și îl parcam în camera mea. Am mers de mai multe ori cu Marilyn pe Lambretta la Broadway, unde găseam ușor loc de parcare cât dura o piesă de teatru.

Rezidențiatul nu includea și practică la psihiatrie, dar mi-am făcut de lucru prin departamentul de psihiatrie și am asistat la prezentările de cazuri clinice și cercetări. Unul dintre proiectele cele mai interesante pentru mine implica un compus nou descoperit, acidul lisergic dietilamid (LSD), renumit pentru efectele sale psihedelice. Doi tineri cercetători din cadrul departamentului încercau să afle care sunt efectele LSD asupra percepției subliminale (adică a percepției care se produce sub pragul conștientizării) și căutau voluntari pentru experimentul lor. M-am oferit. LSD-ul fusese sintetizat atât de recent, că singura cale cunoscută de testare a efectelor sale era o metodă trăsnită de experimentare pe peștele luptător siamez. Specia adoptă poziții precise în momentul în care se angajează într-o confruntare, dar câțiva stropi de LSD adăugați în apă alterau profund posturile peștilor. Potența LSD-ului a fost măsurată plecând de la cantitatea de substanță necesară alterării formațiunilor de luptă ale acestei specii de pește siamez.

Noi, cei patru voluntari din cadrul experimentului, am primit suc de portocale stropit cu LSD, iar după o oră am fost așezați în fața unui ecran pe care un tahistoscop proiecta imagini într-un ritm suficient de rapid încât să nu le putem percepe conștient. În dimineața următoare ni s-a cerut să ne amintim imaginile visate în timpul nopții și să le schițăm. Eu am desenat două tipuri de imagini: câteva figuri cu nasuri foarte lungi și un bărbat fără picioare. O zi mai târziu, cercetătorii au proiectat aceleași imagini folosite în timpul experimentului, dar de data asta la viteză normală, ca să le putem percepe. Una dintre ele era o reclamă populară la bomboanele Life Saver, în care un acrobat ținea într-un echilibru precar pe vârful nasului un pachet de bomboane, în timp ce a doua imagine înfățișa un gardian de la Palatul Buckingham îmbrăcat în tunică stacojie și pantaloni negri care se contopeau cu negrul de aceeași nuanță al gheretei din fundal. Am fost uluit de rezultate. Am învățat pe propria piele ce înseamnă percepția subliminală: să „vezi" imagini fără să știi că le vezi.

La finalul rezidențiatului am primit de la cercetători, pentru experimente personale, mai multe fiole de LSD rămase în urma cercetărilor lor. Le-am încercat, împreună cu Marilyn (o singură dată) și câțiva colegi de rezidențiat, și am fost fascinat de modificările senzoriale induse de substanță: sunetul și vederea erau substanțial diferite. Am petrecut o oră privind cum își schimbă tapetul culorile și am ascultat muzică într-un fel cu totul nou. Am trăit un sentiment ciudat de apropiere de realitate sau natură, ca și cum aș fi experimentat informațiile senzoriale într-o manieră brută și directă, fără tampoane sau filtre între mine și mediu. Am înțeles foarte clar că efectele drogului erau puternice și nu aveam de-a face cu o jucărie recreațională. De câteva ori am ajuns să mă sperii de ideea că nu aș putea anula voluntar efectele și că acestea ar putea fi ireversibile. Când am luat ultima doză, într-o noapte de noiembrie, am făcut o plimbare lungă în timpul căreia m-am simțit amenințat de crengile golașe ale copacilor de toamnă care-mi aminteau de copacii siniștri din filmul *Albă ca Zăpada*, al lui Disney. Nu am mai folosit substanța de atunci, dar în anii care au urmat, au apărut mai multe articole ce sugerau că efectele LSD sunt similare cu simptomele schizofreniei. După ce am început să întâlnesc pacienți schizofrenici, la începutul rezidențiatului, am scris un eseu în care analizam diferențele majore dintre experiența cu LSD și experiența psihotică. Lucrarea a apărut în *Maryland State Medical Journal*, fiind primul meu articol publicat.

Anul de rezidențiat a fost profund transformator: la finalul celor douăsprezece luni îmi asumasem identitatea de medic și dobândisem un anumit nivel de încredere în lucrul cu marea majoritate a tulburărilor medicale. Dar a fost un an dur, cu multe ore lungi, somn puțin și multe nopți nedormite.

Însă oricât de greu a fost anul meu de rezidențiat 1956-1957, al lui Marilyn a fost și mai și. Oricât de neobișnuit ar fi fost în epoca aceea ca femeile să urmeze studii doctorale, noi am fost întotdeauna convinși că va ajunge profesor universitar. Nu mai cunoșteam vreo femeie măritată care să aibă asemenea planuri, dar simțeam că are o minte excepțională, astfel că decizia ei de a face un doctorat mi s-a părut absolut firească. În timpul ultimilor mei doi ani de medicină la Boston, ea și-a luat masterul în pedagogie la Harvard, specializându-se în franceză și germană. Imediat ce am fost acceptat ca rezident la Mount Sinai, în New York, ea s-a înscris la un program de doctorat la Departamentul de Franceză al Universității Columbia.

Interviul lui Marilyn cu Norman Torrey, formidabilul director al Departamentului de Franceză de la Columbia, a ajuns parte din folclorul familiei noastre. Profesorul Torrey i-a privit uimit abdomenul cu sarcina în opt luni: era, probabil, prima aplicantă însărcinată pe care o vedea. A fost cu atât mai uimit să afle apoi că femeia din fața lui mai avea încă un copil, în vârstă de un an. Profesorul Torrey i-a atras atenția, pe un ton spășit, că susținerea financiară solicita doctorandului să predea două cursuri și să urmeze patru, sugerând că interviul se apropia de sfârșit. „Pot să fac asta", i-a răspuns Marilyn instantaneu.

După câteva săptămâni a sosit și scrisoarea de acceptare: „*Materfamilias*, avem un loc pentru tine." Marilyn a găsit o creșă și a plonjat în cel mai greu an din viața ei. Eu mă bucuram de binecuvântarea compensatorie a prezenței colegilor mei de rezidențiat, dar ea a fost singură. A avut grijă de cei doi copii ai noștri, cu ceva ajutor din partea unei menajere și aproape niciun fel de ajutor din partea unui soț care lipsea de acasă o dată la două nopți și un weekend din două. Nu e de mirare că ea consideră că a fost cel mai dificil an din viața ei.

Capitolul 15
ANII DE LA JOHNS HOPKINS

Sunt pe Lambretta mea, Marilyn e în spate, cu brațele în jurul meu. Simt vântul în față în timp ce mă uit la vitezometru. Șaizeci și cinci, șaizeci și opt, șaptezeci și unu. Voi ajunge la optzeci. Pot s-o fac. Opt zero. Pot s-o fac. Altceva nici nu contează. Coarnele ghidonului încep să vibreze, din ce în ce mai tare, până încep să pierd controlul. Marilyn plânge: „Oprește-te, oprește-te, Irv, încetinește, mi-e frică! Te rog, oprește-te! Te rog, te rog!" Țipă și mă lovește în spate.

Mă trezesc. Inima bate să-mi sară din piept. Mă ridic în capul oaselor și-mi iau pulsul – peste o sută. Ce vis nenorocit! Cunosc prea bine visul ăsta – l-am visat de multe ori. Aseară stăteam în pat și citeam un pasaj din *În mișcare*, memoriile lui Oliver Sacks, în care povestește că a fost membru al „clubului suta", un grup de tineri motocicliști care își conduceau motocicletele cu peste o sută de mile pe oră.

Visul nu e doar un vis: este amintirea unui eveniment real, retrăit de nenumărate ori, atât ca visare cu ochii deschiși, cât și ca vis nocturn. Îl cunosc și îl urăsc! Evenimentul real s-a petrecut la finalul rezidențiatului general, în săptămâna de vacanță de dinaintea începerii celor trei ani de rezidențiat în psihiatrie de la spitalul Johns Hopkins din Baltimore. Mama lui Marilyn a fost de acord să aibă grijă de copii într-un weekend prelungit, cât să plecăm noi cu

Lambretta pe Coasta de Est din Maryland; evenimentul care reapare atât de precis în visul meu s-a întâmplat în timpul acestei excursii. La vremea aceea nu i-am dat prea multă importanță – poate că mă amuza panica lui Marilyn. Drumul era pustiu, iar eu îmi doream să ating viteza maximă. Mă incita viteza, ca pe adolescenți, și mă simțeam absolut invulnerabil. Abia mai târziu am înțeles dimensiunea inconștienței și a stupidității mele. Cum mi-am permis să-mi implic soția în această cascadorie, când ne așteptau acasă doi copii mici? Voiam să ajung la optzeci de mile pe oră, neprotejați, cu capetele descoperite – încă nu se foloseau căști! Detest să mă gândesc la episodul ăsta, la fel de mult cum detest să scriu acum despre el. M-am cutremurat, recent, când Eve, fiica mea, medic, mi-a povestit vizita într-un salon plini cu tineri paralizați, toți cu gâtul rupt în urma accidentelor de motocicletă sau surf. Probabil că și ei s-au simțit cândva invulnerabili.

Nu am făcut accident. Am revenit, în cele din urmă, la rațiune și am parcurs restul drumului în siguranță, în decorul idilic al așezărilor de pe Coasta de Est din Maryland. La întoarcere, într-o după-amiază în care am lăsat-o pe Marilyn dormind și am plecat să dau o tură, am alunecat pe o pată de ulei și am căzut urât, julindu-mi destul de rău genunchiul. Ne-am dus la urgențe. Medicul a curățat rana și mi-a administrat un vaccin antitetanos, după care am revenit la Baltimore fără alte incidente. Două zile mai târziu, în timp ce mă pregăteam să încep prima zi de rezidențiat, am observat o iritație pe piele, care în scurt timp s-a transformat în eczeme extinse. Făcusem o reacție alergică la serul de cal din antitetanos. Am fost internat de urgență la Hopkins, în eventualitatea că o complicație a căilor respiratorii ar putea impune traheotomia. Mi-au fost administrați steroizi, cu efect imediat, iar a doua zi, simțindu-mă deja mai bine, a fost oprit tratamentul și am fost externat. Am început rezidențiatul în dimineața următoare. Folosirea steroizilor era abia la început, iar medicii nu înțelegeau necesitatea încetării treptate a administrării, astfel încât am dezvoltat un sindrom acut de sevraj, cu depresie, insomnie și simptome de anxietate atât de refractare, încât a trebuit să apelez la Thorazine și barbiturice în următoarele zile pentru a putea dormi. A fost, din fericire, singura mea întâlnire cu depresia.

În a treia zi la Hopkins, doctorii aflați în primul an de rezidențiat s-au întâlnit cu excepționalul John Whitehorn, șeful departamentului de psihiatrie, cel care avea să devină o figură majoră în viața mea. Un om cu o ținută severă și demnă, John Whitehorn avea scalpul chel înconjurat de păr scurt și grizonant. Purta ochelari cu rame din oțel și intimida pe aproape toată lumea. Ulterior, am aflat că până și șefii celorlalte departamente îl tratau cu mult respect și nu i se adresau niciodată pe numele mic. Am încercat din răsputeri să-i ascult cuvintele, dar eram atât de epuizat de lipsa de somn și de medicamente, că abia mă puteam mișca dimineața și am adormit în scaun în timpul discursului său de întâmpinare. (Multe decenii mai târziu, Saul Spiro, coleg de rezidențiat, mi-a mărturisit odată, când depănam amintiri despre anii noștri la Hopkins, că m-a admirat enorm pentru tupeul de a adormi la prima noastră întâlnire cu șeful!)

Dincolo de anxietatea de fundal și o depresie ușoară, mi-am revenit în aproximativ două săptămâni de pe urma reacției alergice, dar experiența m-a speriat atât de tare, încât am decis să apelez la terapie. I-am cerut sfatul șefului rezidențilorm, Stanley Greben. În vremea aceea era ceva obișnuit, ba chiar obligatoriu, ca rezidenții la psihiatrie să facă o analiză personală, iar dr. Greben mi-a recomandat-o pe analista sa, Olive Smith – o analistă formală, în vârstă, de la Institutul Psihanalitic Washington-Baltimore, de descendență nobilă: făcuse psihanaliză cu Frieda Fromm-Reichman, care la rândul ei făcuse analiza cu Sigmund Freud. Îl respectam enorm pe șeful meu de rezidențiat, însă, înainte de a lua o decizie atât de importantă, am considerat că era mai bine să mă consult cu dr. Whitehorn în privința simptomelor de sevraj și a începerii analizei personale. Când am vorbit cu el, mi s-a părut că m-a ascultat destul de distrat, iar când i-am menționat începerea analizei, a scuturat din cap, zicându-mi simplu: „Cred că vei descoperi că un pic de fenobarbital poate fi mai eficient." Să ne amintim că asta se întâmpla înainte de apariția Valiumului, cu puțin timp înainte de introducerea unui nou sedativ, numit Equanil (meprobamat).

Mai târziu am aflat cât s-au amuzat ceilalți doctori de îndrăzneala (sau prostia) mea de a-l întreba așa ceva pe dr. Whitehorn, celebru pentru scepticismul său extrem față de psihanaliză. El avea o abordare eclectică, apropiată de cea psihobiologică practicată de Adolf Meyer, fostul director de cursă lungă al Departamentului de Psihiatrie de la Johns Hopkins, un empirist preocupat îndeosebi de alcătuirea psihologică, biologică și socială a pacientului. Prin urmare, nu am mai discutat niciodată despre psihanaliza mea cu dr. Whitehorn și nici el nu m-a întrebat nimic.

Departamentul de Psihiatrie avea dublă personalitate: în spitalul de patru etaje și în ambulatoriu predomina viziunea lui Whitehorn, dar serviciul de consultații era administrat de o facțiune psihanalitică, foarte ortodoxă. Eu îmi petreceam majoritatea timpului în teritoriul lui Whitehorn, dar participam și la conferințele analitice din departamentul de consultații, în special la prezentările de caz susținute de Lewis Hill și Otto Will, doi analiști inteligenți și povestitori de primă mână. Le ascultam fascinat prezentările de cazuri

În drum spre analist, Baltimore, 1958

clinice. Erau isteți, flexibili și pe deplin implicați în munca cu pacienții lor. Modul în care descriau interacțiunea cu bolnavii mi se părea minunat: atât de grijuliu, de preocupat și de generos. Ei au fost unele dintre primele mele modele de practică (și povestire) a psihoterapiei.

Dar cei mai mulți analiști lucrau cu totul altfel. Olive Smith, cu care făceam patru ședințe pe săptămână, lucra într-un stil freudian tradițional: se comporta ca un ecran alb care nu trebuie să dezvăluie nimic din sine prin cuvinte sau expresii faciale. Drumul, parcurs în fiecare zi la 11 dimineața, de la spital la cabinetul ei din centrul orașului Baltimore, îmi lua zece minute cu Lambretta. De multe ori nu rezistam tentației de a verifica scrisorile primite înainte de a pleca de la spital, astfel că se întâmpla să ajung cu un minut sau două întârziere – dovezi ale rezistenței la terapie, despre care am discutat de atâtea ori și în zadar.

Cabinetul Olivei Smith se afla într-un apartament cu alți patru analiști, toți analizați cândva de ea. La vremea aceea o consideram bătrână. Avea cel puțin șaptezeci de ani, păr alb, era cumva îndoită de spate și nemăritată. Însă în puținele ocazii în care am văzut-o în spital, la consultații sau conferințe, părea mai tânără și mai vioaie. Stăteam întins pe canapea, ea stătea pe un scaun la capul meu, astfel încât trebuia să-mi întind gâtul ca s-o văd, de multe ori ca să verific dacă nu cumva adormise. Îmi cerea să fac asocieri libere, în timp ce ea își limita răspunsurile la interpretări, arareori utile. Partea cea mai importantă a terapiei au fost rarele ei ieșiri din neutralitate. Desigur, mulți o considerau eficientă – inclusiv cei supuși analizei în suita ei de birouri și șeful rezidenților. Nu am înțeles niciodată de ce în cazul lor a funcționat, dar într-al meu, nu. Gândindu-mă acum, cred că nu a fost terapeutul potrivit pentru mine – mie îmi trebuia cineva mai interactiv. Multă vreme am crezut, fără prea multă bunăvoință, că principalul lucru învățat în timpul analizei mele a fost cum să *nu* fac psihoterapie.

Olive Smith mă taxa cu douăzeci și cinci de dolari ședința. O sută pe săptămână. Cinci mii pe an. Dublul salariului meu anual de rezident. Analiza am plătit-o din consultații pentru Compania de Asigurări Sun Life Canada, plătite cu zece dolari consultația, pentru care umblam încolo și-ncoace călare pe Lambretta, pe străzile lăturalnice din Baltimore, îmbrăcat în halat alb.

*

Imediat ce am decis să fac rezidențiatul în psihiatrie la Spitalul Johns Hopkins, Marilyn s-a înscris la Universitatea Johns Hopkins pentru un doctorat în literatură comparată. A fost acceptată și a lucrat sub îndrumarea lui René Girard, unul dintre cei mai proeminenți profesori francezi ai epocii sale. Teza a fost despre mitul procesului în operele lui Franz Kafka și Albert Camus, motiv pentru care i-am citit și eu pe Kafka și Camus, înainte de a trece la Jean-Paul Sartre, Maurice Merleau-Ponty și alți scriitori existențialiști. Era prima dată când ne întâlneam în munca noastră. M-am îndrăgostit de scrierile lui Kafka, a cărui povestire *Metamorfoza* m-a șocat ca nicio altă scriere literară. Am fost mișcat și de *Străinul* lui Camus și de *Greața* de Sartre. Deși literare, scrierile lor au sondat profunzimile existenței așa cum nu a reușit niciun psihiatru până la ei.

Familia noastră a prosperat în cei trei ani petrecuți la Hopkins. Fiica noastră cea mare, Eve, a mers la grădinița amplasată chiar în interiorul complexului rezidențial în care locuiam împreună cu alți angajați ai spitalului. Reid, un copil jucăuș și plin de viață, s-a adaptat fără probleme bonei care avea grijă de el când Marilyn era plecată la universitate, la cincisprezece minute distanță. Victor, al treilea nostru copil, s-a născut în ultimul an al șederii la Baltimore, la Spitalul Johns Hopkins, aflat la o stradă distanță de casă, pe dealul din apropiere. Am avut noroc de niște copii sănătoși și drăgălași, pe care abia așteptam să-i văd și cu care abia așteptam să mă joc, seara și în weekend. Nu am simțit nicio clipă că viața de familie e un impediment în calea dezvoltării profesionale, deși nu sunt deloc sigur că lucrurile au stat la fel pentru Marilyn.

Am iubit cei trei ani de rezidențiat. Fiecare rezident a primit de la bun început responsabilități clinice față de pacienții internați, precum și liste de consultații în ambulatoriu.

Împrejurimile și personalul de la Hopkins aveau o anumită eleganță și o calitate specifică Sudului, ce azi par să aparțină trecutului. Clădirea psihiatriei, Clinica Phipps, compusă din șase secții de internare și un departament de consultații, a fost deschisă în 1912, fiind condusă de Adolf Meyer, căruia i-a succedat John Whitehorn în 1940. Clădirea din cărămidă roșie, de patru etaje, avea un aspect trainic și demn; liftierul, același vreme de patruzeci de ani, era politicos și prietenos. Iar asistentele, tinere sau în vârstă, se ridicau imediat în picioare când intra un medic în camera lor – ah, vremurile bune de odinioară!

Deși mi-au dispărut sute de pacienți din memorie, pe primii mei pacienți de la Hopkins mi-i amintesc straniu de limpede. Sarah B., soția unui magnat texan al petrolului, internată de câteva luni cu schizofrenie catatonică. Nu vorbea, iar de multe ori rămânea înghețată ore întregi în aceeași poziție. Lucrul meu cu ea era pur intuitiv: supervizorii nu prea aveau cu ce să ajute, întrucât nu știa nimeni cum să trateze astfel de pacienți – erau considerați incurabili.

Am avut grijă să o primesc în fiecare zi, măcar cincisprezece minute, în cabinetul meu situat pe holul lung de lângă secție. Nu scosese un cuvânt de luni întregi și, cum nu răspundea nici prin cuvinte, nici prin gesturi, la întrebările mele, vorbeam doar eu. Îi povesteam ce făcusem în ziua respectivă, ce mai spuneau ziarele, îi împărtășeam gândurile mele legate de întâlnirile de grup din secție, chestiuni din propria mea analiză și ce cărți mai citeam. Uneori își mișca buzele, fără să emită cuvinte, nu-și modifica niciodată expresia facială, iar ochii ei mari, albaștri și tânguitori rămâneau fixați îndelung pe figura mea. Dar apoi, într-o zi când bălmăjeam despre vreme, s-a ridicat brusc în picioare, a venit la mine și m-a sărutat apăsat pe buze. Am rămas înlemnit, neștiind ce să spun, dar mi-am păstrat cumpătul și după ce am gândit cu voce tare despre posibilele motive ale sărutului, am condus-o înapoi în salon și m-am repezit către cabinetul supervizorului meu pentru a-i povesti întâmplarea. I-am povestit tot, dar am omis să-i spun că-mi plăcuse sărutul ei – era o femeie atrăgătoare și sărutul ei m-a excitat, fără să uit nicio clipă că rolul meu era acela de a o trata. Lucrurile au continuat ca până atunci alte câteva săptămâni, când am decis să încerc un tratament cu Pacatal, un sedativ puternic nou apărut (abandonat de mult astăzi) pe piață. Spre surpriza tuturor, într-o săptămână Sarah era alt om, vorbea frecvent și încă destul de coerent. Am discutat pe larg în cabinetul meu despre stresul vieții anterioare bolii ei, iar la un moment dat i-am spus câte ceva despre cum mă făcuseră să mă simt întâlnirile noastre tăcute atâta vreme, dar și că mă îndoiam foarte serios de faptul că-i oferisem vreun ajutor în tot acel timp. „Oh, nu, dr. Yalom", mi-a răspuns ea de îndată, „vă înșelați. Să nu vă simțiți așa. *Ați fost sarea și piperul vieții mele* în toată perioada asta."

Fusesem sarea și piperul vieții ei. Nu am uitat niciodată această declarație și acest moment. Mi le amintesc ori de câte ori sunt cu un pacient și nu am nicio idee despre ce se întâmplă ori sunt incapabil să fac o remarcă utilă sau coerentă. De fiecare dată când se întâmplă asta, mă gândesc la draga de Sarah B. și-mi reamintesc că prezența, întrebările și atenția terapeutului pot fi stimulative în feluri pe care nici nu ni le imaginăm.

Am început să particip la seminarii săptămânale cu Jerome Frank, doctor în medicină, celălalt profesor plin de la Hopkins, care era un empirist la fel ca dr. Whitehorn și folosea doar instrumentele logicii și demonstrației. M-a învățat două lucruri foarte importante: bazele metodologiei cercetării și fundamentele terapiei de grup. La vremea respectivă, terapia de grup se afla la început, iar dr. Frank scrisese una din puținele cărți bune pe acest subiect. Rezidenții se întâlneau săptămânal – toți opt înghesuiți unul lângă altul – să observe grupurile de terapie, formate din pacienți din ambulatoriu, printr-una din primele ferestre de observație folosite în acest context, dintre cele cu dublu sens, o gaură în perete de doar treizeci de centimetri pătrați. La final, ne întâlneam cu dr. Frank pentru a discuta despre ședința de grup de-abia încheiată. Observația de grup mi-a părut un instrument didactic atât de valoros, încât l-am folosit și eu, ani mai târziu, în predarea terapiei de grup.

Am continuat să observ săptămânal grupurile, mult timp după încheierea cursului pentru rezidenți. Până la finalul anului, dr. Frank îmi cerea să conduc grupul când el era plecat. Mi-a plăcut de la bun început să fac asta: îmi părea evident că terapia de grup le oferea participanților multe oportunități de schimbare a informațiilor legate de sinele lor social. Mi-a părut un cadru unic și generos de creștere, care permite membrilor grupului să exploreze și să exprime zone ale sinelui interpersonal și să-și oglindească comportamentul în reacțiile celorlalți. Unde mai pot indivizii să ofere și să primească răspunsuri atât de oneste și de constructive de la un grup de persoane de încredere, de pe poziții egale? Grupul de terapie cu pacienți aflați în ambulatoriu funcționa cu doar câteva reguli de bază: pe lângă confidențialitate absolută, membrii se angajau să participe la următoarea întâlnire, să mențină o comunicare deschisă și să nu se întâlnească în afara grupului. Îmi amintesc că-i invidiam și-mi doream să fac și eu parte dintr-un grup de tipul acesta.

Spre deosebire de dr. Whitehorn, dr. Frank era o persoană caldă și abordabilă – la finalul primului an mi-a sugerat să-i spun pe numele mic, Jerry. Era un profesor și un om foarte bun, un model de integritate, competență clinică și respect față de valoarea cercetării. Am păstrat legătura multă vreme după ce am plecat de la Hopkins și ne-am văzut ori de câte ori a trecut prin California. Memorabilă a fost săptămâna petrecută de familiile noastre împreună în Jamaica. La bătrânețe a dezvoltat probleme grave de memorie, iar eu l-am vizitat în centrul rezidențial în care se retrăsese de fiecare dată când am ajuns pe Coasta de Est. Ultima oară când l-am văzut mi-a mărturisit că-și petrecea zilele observând lucruri interesante pe fereastră și că fiecare dimineață era ca o coală albă de hârtie. Și-a frecat fruntea cu dosul palmei și mi-a spus: „Huuușș – și s-au șters toate amintirile din ziua precedentă. Pentru totdeauna." Apoi a zâmbit, mi-a aruncat o privire și i-a oferit fostului său discipol o ultimă învățătură: „Știi, Irv, nu e așa de rău. Nu e chiar așa de rău." Ce om minunat. Zâmbesc de fiecare dată când mă gândesc la el. Am fost onorat, câteva decenii mai târziu, să fiu primul conferențiar invitat în programul Conferințelor de Psihoterapie Jerome Frank de la Johns Hopkins.

Metoda psihoterapiei de grup utilizată de Jerome Frank se înscria la fix în abordarea interpersonală folosită la vremea respectivă de teoria psihodinamică americană. Abordarea interpersonală (sau „neofreudiană") era o modificare a vechii poziții tradițional freudiene; sublinia importanța relațiilor interpersonale în dezvoltarea individului pe tot parcursul ciclului de viață, în vreme ce abordarea veche punea accentul pe primii ani de viață. Noua abordare era de origine americană, bazându-se în mare măsură pe lucrările psihiatrului Harry Stack Sullivan, dar și pe lucrările unor teoreticieni europeni emigrați în Statele Unite, în special Karen Horney și Erich Fromm. Am citit mult din literatura teoretică a abordării interpersonale, care mi s-a părut cât se poate de rezonabilă. Lucrarea lui Karen Horney, *Neurosis and Human Growth*, a fost de departe cea mai subliniată carte în timpul rezidențiatului. Cu toate că și Sullivan avea foarte multe de spus, din nefericire a fost un scriitor atât de abisal, că ideile sale nu au avut niciodată impactul meritat. Totuși, dincolo de orice, lucrările lui m-au ajutat să înțeleg că majoritatea pacienților ajung într-o stare de disperare din cauza incapacității de a stabili și de a menține relații interpersonale evolutive. Mai departe, pentru mine, terapia de grup asigura spațiul ideal în care pot fi explorate și modificate modelele dezadaptative ale relaționării. Am fost fascinat de dinamica de grup, conducând multe grupuri în anii rezidențiatului, atât în spital, cât și în ambulatoriu.

Pe măsură ce avansa primul an de rezidențiat în psihiatrie, începeam să mă simt tot mai copleșit de toată informația, de toate tulburările clinice întâlnite, de abordările idiosincratice ale supervizorilor mei, simțind tot mai mult nevoia unui sistem explicativ coerent. Teoria psihanalitică părea soluția cea mai la îndemână, cu atât mai mult cu cât majoritatea programelor de instruire psihiatrică din Statele Unite erau la vremea aceea de orientare analitică. Majoritatea șefilor de departamente psihiatrice sunt astăzi cercetători în neuroștiințe, dar în anii 1950 cei mai mulți aveau în spate o formare psihanalitică. În afară serviciului de consultații, Johns Hopkins reprezenta o remarcabilă excepție de la regulă.

Așa că am mers conștiincios la cele patru întâlniri săptămânale cu Olive Smith, am citit scrierile lui Freud și am participat la conferințele de orientare analitică organizate de departamentul de consultații, dar odată cu trecerea timpului am devenit tot mai sceptic în privința abordării psihanalitice. Comentariile analistei mele îmi păreau irelevante și pe lângă subiect și am ajuns să cred că, deși își dorea să mă ajute, era mult prea constrânsă de edictul neutralității pentru a-și dezvălui în fața mea ceva din adevărata ei identitate. Mai mult, am ajuns să consider că accentul pe primii ani de viață, pe primele impulsuri sexuale și tendințe agresive reprezenta o limitare foarte serioasă.

Abordarea biopsihologică oferea destul de puține opțiuni la vremea respectivă, dincolo de terapii somatice, cum ar fi terapia de șoc cu insulină și terapia electroconvulsivă (TEC). Deși sunt metode pe care eu însumi le-am administrat de multe ori, uneori cu rezultare extraordinare, aceste tratamente țin de o abordare disparată, fiind mai degrabă descoperiri accidentale. De pildă, medicii au observat de multe secole că convulsiile provocate de diverse tulburări, cum ar fi febra sau malaria, au un efect benefic asupra psihozelor sau depresiei. Așa că au căutat metode de inducere a comei hipoglicemice și a convulsiilor, atât pe cale chimică (Metrazol), cât și electrică (TEC).

Către finalul primului an de rezidențiat, mi-a atras atenția o carte nouă scrisă de psihologul Rollo May, intitulată *Existence*. Cartea era compusă din două eseuri lungi, excelente, scrise de May, plus un număr de capitole traduse din lucrările mai multor terapeuți și filosofi europeni, cum ar fi Ludwig Binswanger, Erwin Straus și Eugène Minkowski. Cartea asta mi-a schimbat viața. Eseurile lui May erau extraordinar de lucide, deși multe capitole erau scrise într-un limbaj foarte profund, menit parcă să-l încurce, mai curând decât să-l elucideze pe cititor. May explica principiile de bază ale existențialismului, prin intermediul cărora m-am familiarizat cu ideile relevante ale unor gânditori existențialiști, printre care Søren Kierkegaard și Friedrich Nietzsche. Exemplarul meu din *Existence*, ediția apărută în 1958, conține notițe, aprobatoare sau în dezacord, aproape pe fiecare pagină. Cartea sugera posibilitatea unei *a treia căi*, o alternativă la gândirea psihanalitică și la modelul biologic – o cale cu rădăcini în înțelepciunea filosofilor și scriitorilor din ultimii 2 500 de ani. Răsfoind vechiul meu exemplar în timp ce scriu aceste memorii, observ că Rollo a lăsat un autograf și un mesaj, aproape patruzeci de ani mai târziu: „Pentru Irv, un coleg de la care *eu* am învățat ce este psihoterapia existențială." Mi-au dat lacrimile citind mesajul său.

Am mers apoi la o serie de conferințe despre istoria psihiatriei, de la Philippe Pinel (medicul care a introdus în secolul al XVIII-lea tratamente mai umane pentru bolnavii mintali) la Freud. Conferințele au fost foarte interesante, dar greșeau, după părerea mea, considerând că domeniul nostru începe în secolul al XVIII-lea, cu Pinel. În timp ce ascultam prezentările, mă gândeam la toți gânditorii care au scris despre comportamentul și angoasele ființei umane cu mult înainte — filosofi, de exemplu, cum ar fi Epicur, Marc Aureliu, Montaigne și John Locke. Aceste gânduri, împreună cu cartea lui Rollo May, m-au convins că sosise momentul să mă inițiez în filosofie, așa că în anul următor m-am înscris la un curs de un an de istoria filosofiei occidentale, în campusul Homewood al Universității Johns Hopkins, unde studia Marilyn. Suportul cursului era populara lucrare a lui Bertrand Russell, *Istoria filosofiei occidentale*, ale cărei pagini au fost o adevărată ambrozie pentru mine, după toți anii de studiat manuale de fiziologie, medicină, chirurgie și obstetrică.

După acel curs general, am fost un autodidact în studiul filosofiei, făcând lecturi extinse de unul singur și audiind mai multe cursuri, atât la Hopkins, cât și, mai târziu, la Stanford. Habar nu aveam, pe atunci, cum voi aplica toată această înțelepciune în domeniul meu, psihoterapia, dar am știut, la un nivel mai profund, că descoperisem munca vieții mele.

Mai târziu în cursul rezidențiatului am făcut un stagiu de trei luni la Institutul Patuxent din apropiere, o închisoare pentru infractorii cu probleme psihice. Am făcut terapie individuală și am condus un grup de terapie pentru infractorii sexuali – unul dintre cele mai dificile grupuri conduse în viața mea. Participanții investeau mult mai multă energie în încercarea de a mă convinge că sunt bine adaptați, decât în lucrul cu problemele lor. Reticența lor era cu totul de înțeles, întrucât erau oameni care primiseră pedepse pe perioadă nedeterminată – adică erau închiși până ce psihiatrii îi considerau recuperați. Experiența de la Patuxent mi s-a părut fascinantă, iar la finalul anului am decis că aveam suficient material pentru două articole: unul despre terapia de grup a devianților sexuali și unul despre voyeurism.

Articolul despre voyeurism a fost unul dintre primele articole de psihiatrie pe acest subiect. Arătam în el că voyeurul nu vrea doar să vadă femei dezbrăcate: adevărata plăcere vine din elementul ascunderii, al interdicției. Niciunul dintre voyeurii studiați de mine nu era interesat de localuri de striptease, prostituate sau pornografie. În al doilea rând, nu am fost de acord cu opinia convențională conform căreia voyeurismul ar fi fost un delict enervant, excentric, dar nevinovat. Mulți dintre deținuții cu care am lucrat începuseră prin a fi voyeuri, după care avansaseră la infracțiuni mult mai serioase, cum ar fi spargerea locuințelor și agresiunea sexuală.

În timp ce scriam articolul, mi-am amintit de prezentarea cazului lui Muriel din anii facultății, când reușisem să captez atenția audienței printr-o poveste, așa că am decis să încep articolul cu povestea originală a lui Peeping Tom. Soția mea, care lucra la doctorat, m-a ajutat să ajung la primele relatări ale legendei lui Lady Godiva, aristocrata de secol XIX care s-a oferit să traverseze goală, călare, orașul, pentru a-i salva pe locuitori de taxarea excesivă impusă de soțul ei. Toți localnicii, în afară de Tom, și-au arătat recunoștința întorcând capul, pentru a nu-i vedea goliciunea. Însă bietul Tom nu a rezistat tentației de a arunca un ochi asupra nudului de sânge albastru, fiind pedepsit pe loc cu orbirea pentru transgresiunea sa. Articolul a fost acceptat imediat pentru publicare în *Archives of General Psychiatry*.

La scurt timp după asta, articolul meu despre tehnicile conducerii grupurilor de terapie destinate infractorilor sexuali a fost publicat în *Journal of Nervous and Mental Disease*. Independent de munca mea la Patuxent, am publicat și un articol despre diagnosticarea demenței senile. Era destul de neobișnuit ca un rezident să semneze articole de specialitate, iar cei de la Hopkins au răspuns foarte bine articolelor mele. Laudele lor au fost destul de măgulitoare, dar m-au și nedumerit, oarecum, întrucât eu scriam cu multă ușurință.

John Whitehorn se îmbrăca tot timpul cu cămașă albă, cravată și costum cafeniu. Din moment ce nu-l vedeam niciodată îmbrăcat altfel, noi, rezidenții, bănuiam că are două sau trei costume identice. Toată grupa de rezidenți era obligată să participe la cocktailul de început de an academic de la reședința sa și toți uram ziua asta: trebuia să stăm ore întregi îmbrăcați la costum și cravată și tot ce primeam era un mic pahar cu vin de Xeres și nimic altceva de mâncat sau băut.

În timpul anului trei, eu și ceilalți cinci rezidenți de același an ne petreceam întreaga zi de vineri cu dr. Whitehorn. Stăteam în sala mare de conferințe de pe colț, lângă cabinetul său, și observam cum discută cu fiecare dintre pacienții săi internați. Dr. Whitehorn și pacienții aveau scaune tapițate, iar noi, cei opt rezidenți, stăteam la câțiva metri distanță pe scaune din lemn. Unele întâlniri durau doar zece sau cincisprezece minute, altele, o oră, iar altele ajungeau și la două sau trei ore.

„Ghidul de interviu și studiu clinic al personalității" publicat de el era folosit la vremea aceea de majoritatea programelor de formare în psihiatrie din Statele Unite, oferind neofiților o abordare sistematică a interviului clinic. Dar stilul său de interviu era oricum, numai sistematic nu. Adresa foarte rar întrebări legate de simptome sau zone problematice, urmând în schimb un plan de tipul „Lasă pacientul să te învețe". Țin încă minte, după jumătate de secol, câteva exemple din munca lui: unul dintre pacienți își scria doctoratul pe subiectul Armadei spaniole, un altul era expert în Ioana d'Arc, un altul era un producător bogat de cafea din Brazilia. În toate aceste cazuri, dr. Whitehorn a făcut interviuri lungi, de cel puțin nouăzeci de minute, concentrate pe interesele particulare ale pacienților. Am aflat multe despre contextul istoric în care a apărut Armada spaniolă, despre conspirația împotriva Ioanei d'Arc, despre precizia arcașilor persani, programa școlilor de meșteri de armuri și tot ce ne doream să știm (ba chiar mai mult) despre legătura dintre calitatea boabelor de cafea și altitudinea la care sunt crescute. Uneori mă plictiseam și-mi pierdeam atenția, doar pentru a descoperi, după zece sau cincisprezece minute, un pacient ostil, prudent și paranoic, vorbind dintr-odată mai deschis și mai personalizat despre viața sa interioară. „Câștigați și voi, și pacientul", ne spunea John Whitehorn. „Stima de sine a pacientului se îmbunătățește în urma interesului și a dispoziției voastre de a învăța de la el, iar voi înțelegeți și descoperiți în cele din urmă tot ce trebuie să știți despre boala sa."

După interviurile de dimineață, urma prânzul de două ore, în cabinetul său spațios și confortabil, servit în porțelan autentic de China, în cel mai tihnit stil sudist cu putință:

o salată mare, sandviciuri, plăcinte cu carne de cod și, felul meu preferat până în ziua de azi, plăcinte cu crab din golful Chesapeake. Discuțiile începeau odată cu salata și sandviciurile și se întindeau până la desert și cafea, acoperind tot felul de subiecte. Lăsat să vorbească liber, Whitehorn era încântat să povestească despre ultimele sale idei legate de tabelul periodic. Se ducea la tablă și trăgea în jos harta tabelului care atârna întotdeauna pe peretele cabinetului său. Înainte de a veni la Hopkins, studiase psihiatria la Harvard și fusese șeful Departamentului de Psihiatrie la Universitatea Washington, dar prima sa formare era de biochimist și avea în spate destul de multă cercetare în chimia creierului. Îmi amintesc că mi-a răspuns pe larg la întrebările legate de originea gândirii paranoide. Odată, când traversam o perioadă extrem de deterministă în abordarea comportamentului uman, i-am sugerat că cunoașterea tuturor stimulilor care acționează asupra unui individ ne-ar permite să prezicem cu acuratețe reacțiile sale, atât în planul gândirii, cât și al comportamentului. Am folosit o comparație cu jocul de biliard – dacă cunoști forța, unghiul și rotația, atunci poți afla reacțiile bilei lovite. Poziția mea l-a forțat să adopte viziunea opusă, adică o perspectivă umanistă, care îi era străină și deloc confortabilă. După o discuție foarte animată, dr. Whitehorn le-a spus celorlalți: „Nu este exclus ca dr. Yalom să se distreze puțin pe seama mea." Reflectând acum, s-ar putea să fi avut dreptate: îmi amintesc că m-a amuzat să-l forțez să adopte punctul de vedere umanist, pe pozițiile căruia mă situam de obicei eu.

Singura mea dezamăgire în timpul petrecut alături de el s-a produs când i-am împrumutat un exemplar din *Procesul* lui Kafka, carte pe care o iubeam, printre altele, și pentru prezentarea metaforică a nevrozei și a sentimentelor cronice de vină. Dr. Whitehorn mi-a returnat-o după două zile, scuturând dezaprobator din cap. Mi-a spus că pur și simplu nu a înțeles-o și că preferă să discute cu oameni în carne și oase. Activam deja de trei ani în domeniul psihiatriei și încă nu întâlnisem un clinician care să fie interesat de ideile filosofilor și scriitorilor.

După prânz ne întorceam la observarea interviurilor doctorului Whitehorn. Pe la cinci după-amiază începeam să mă agit, nerăbdător să ies afară și să joc tenis cu partenerul meu obișnuit, un student la medicină. Terenul de tenis destinat angajaților era situat la doar șaizeci de metri depărtare, într-o firidă care despărțea departamentele de psihiatrie și pediatrie, iar eu, în multe zile de vineri, îmi păstram speranța până la dispariția ultimelor raze de soare, după care oftam mâhnit și îmi reîndreptam întreaga atenție către interviuri.

Ultimul meu contact cu dr. Whitehorn în timpul instruirii în psihiatrie a avut loc în ultima lună de rezidențiat. M-a chemat în cabinetul său. După ce am închis ușa și am luat loc în fața lui, am observat că avea o expresie mai puțin severă decât de obicei. Oare mă înșelam sau chiar exista în aer o undă de prietenie, ba chiar și urma vagă a unui zâmbet? După o pauză tipic whitehorniană, s-a aplecat către mine și m-a întrebat: „Ce planuri ai?" Când i-am spus că intenționam să satisfac serviciul militar obligatoriu de doi ani, a făcut o grimasă și mi-a spus: „Ce norocos ești că e pace. Fiul meu a fost ucis în cel de-al Doilea Război Mondial, în bătălia din Ardeni – un măcel blestemat de Dumnezeu." Am bâlbâit cum că-mi pare rău, dar el a închis ochii și a scuturat din cap, dându-mi de înțeles că nu dorea să mai discutăm despre fiul său. M-a întrebat ce planuri aveam după armată. I-am spus că nu aveam nicio certitudine în privința viitorului, dincolo de responsabilitățile față de soția mea și cei trei copii ai noștri. Poate că, i-am mai spus, aș fi început să practic în Washington sau în Baltimore.

A scuturat din nou din cap și a arătat cu degetul spre teancul frumos ordonat de pe biroul său, în care se găseau articolele mele, zicându-mi: „Publicațiile de tipul ăsta spun altceva. Ele sunt treptele obligatorii ale ascensiunii academice. Instinctul îmi spune că, de vei continua să gândești și să scrii cum o faci acum, s-ar putea să te aștepte un viitor strălucitor într-o universitate – una ca Johns Hopkins, de exemplu." Ultimele lui cuvinte mi-au răsunat mulți ani în urechi: „Ar fi cu adevărat păcat să dai cu piciorul șansei unei cariere academice." La finalul întâlnirii mi-a oferit o fotografie înrămată cu portretul său și cu dedicația: „Doctorului Irvin Yalom, cu afecțiune și admirație." O am și astăzi pe peretele cabinetului meu. O văd acum, în timp ce scriu; se odihnește nu foarte confortabil lângă o fotografie cu Joe DiMaggio în acțiune. „Cu afecțiune și admirație" – cuvintele lui mă uimesc astăzi: nu am recunoscut nicio clipă pe atunci aceste sentimente în el. Abia acum, scriind despre ei, înțeleg că atât el, cât și Jerome Frank, mi-au fost într-adevăr mentori – mentori extraordinari! Poate ar trebui să renunț la ideea că sunt integral propria creație.

În timp ce eu terminam cei trei ani de rezidențiat, dr. Whitehorn își încheia lunga sa carieră la Johns Hopkins, iar noi, rezidenții și toți angajații școlii medicale, eram invitați la petrecerea de pensionare. Îmi amintesc precis cum și-a început discursul de adio. După o introducere animată a profesorului Leon Eisenberg, supervizorul meu în psihiatria copilului, care avea să preia curând conducerea Departamentului de Psihiatrie de la Harvard, dr. Whitehorn s-a ridicat în picioare, s-a dus la microfon și a început să vorbească, cu tonul lui măsurat și formal: „Se spune că poți judeca caracterul unui om în funcție de caracterul prietenilor săi. Dacă e așa...", a făcut o pauză în care a scrutat lent și intenționat audiența de la stânga la dreapta, „atunci probabil că sunt într-adevăr un om foarte bun."

După asta, am mai avut doar două contacte cu dr. Whitehorn. După câțiva ani, pe când predam la Stanford, am fost contactat de un membru apropiat al familiei sale, căruia îi fusesem recomandat de către dr. Whitehorn pentru terapie, și am fost bucuros să-i pot oferi ajutorul meu în decursul a câteva luni de psihoterapie. Apoi, în 1974, la cincisprezece ani după ultima întrevedere, am primit un telefon de la fiica sa, pe care nu o cunoscusem niciodată. Ea m-a anunțat că tatăl ei făcuse un atac cerebral foarte grav, era pe patul de moarte și solicitase cât se poate de specific să-l vizitez. Am fost complet șocat. De ce eu? Ce-i puteam oferi eu? Firește că nu am ezitat; am zburat chiar a doua zi de-a lungul țării la Washington, unde am stat la sora mea Jean și soțul ei Morton, ca de obicei. Am împrumutat mașina lor, am luat-o cu mine pe mama, care nu refuza niciodată o plimbare cu mașina, și am mers la un spital pentru convalescenți de lângă Baltimore. I-am găsit mamei un loc confortabil în hol și am urcat cu liftul la camera în care se găsea dr. Whitehorn.

Părea mult mai mic decât mi-l aminteam. Era paralizat pe o parte a corpului și avea afazie de expresie, din cauza căreia vorbea cu foarte mare greutate. Cât de șocant a fost să-l văd pe omul cel mai articulat din câți cunoscusem salivând în colțurile gurii, căutându-și disperat cuvintele. După câteva încercări eșuate, a reușit în cele din urmă să murmure: „Sunt... sunt... sunt speriat, al dracului de speriat." Și eu eram speriat; speriat de imaginea unei mari statui prăbușite în ruine.

Dr. Whitehorn educase două generații de psihiatri, mulți dintre ei ajungând șefii unor universități de vârf. „De ce eu?", m-am întrebat. „Ce aș fi putut face eu pentru el?"

Și, într-adevăr, mare lucru nu am făcut. M-am comportat ca orice vizitator emoționat, căutând cu disperare câteva vorbe de alinare. I-am amintit de zilele petrecute împreună la Hopkins, mărturisindu-i cât de mult prețuisem vinerile cu el, cât de multe mă învățase despre interviul clinic, cum i-am ascultat sfatul și am ajuns profesor universitar, cum încercam să-i urmez exemplul în munca mea, tratând pacienții cu respect și interes și cum, la sfatul său, îi lăsam pe pacienți să mă învețe. El răspundea prin niște sunete, incapabil să mai formuleze cuvinte, iar după treizeci de minute, în fine, a intrat într-un somn profund. Am ieșit cutremurat din camera lui, întrebându-mă, încă nedumerit, de ce mă chemase tocmai pe mine. Ulterior am aflat, de la fiica lui, că a murit la două zile după vizita mea.

Întrebarea „De ce eu?" m-a frământat mulți ani. De ce să-l chemi la căpătâiul tău pe fiul agitat și nesigur pe sine al unui amărât de băcan imigrant? Poate că jucam rolul fiului pierdut în cel de-al Doilea Război Mondial. Dr. Whitehorn a murit foarte singur. De-aș fi putut să-i ofer mai mult. De câte ori nu mi-am dorit o a doua șansă. Trebuia să-i fi spus mai mult cât de mult prețuiam timpul petrecut cu el și cât de des mă gândeam la el în timpul interviurilor cu pacienții mei. Ar fi trebuit să încerc să exprim teroarea prin care trecea în momentele acelea. Sau poate ar fi trebuit să-l ating, să-l țin de mână ori să-i sărut obrazul, dar am ezitat – prea multă vreme îl știusem un om formal și distant și, în plus, era atât de neajutorat că ar fi putut simți gesturile mele de tandrețe ca pe un atac.

După vreo douăzeci de ani, David Hamburg, șeful psihiatrilor de la Stanford, cel care m-a adus acolo după ce am terminat armata, mi-a spus, în timpul unei discuții informale cu prilejul unui prânz, că găsise în timpul unei curățenii generale o scrisoare de susținere a nominalizării mele la Stanford din partea lui John Whitehorn. Mi-a arătat scrisoarea, a cărei ultimă frază m-a șocat: „Cred că dr. Yalom va ajunge un lider în psihiatria americană." Acum, reconsiderându-mi toată relația cu John Whitehorn, cred că înțeleg de ce m-a chemat pe patul său de moarte. Cred că mă considera demn să-i continui munca. Mă uit la fotografia de pe peretele biroului meu și încerc să-i surprind privirea. Sper ca gândul că numele său continuă să existe în viitor, prin mine, să-l fi liniștit întru câtva.

Capitolul 16
EXILUL ÎN PARADIS

În august 1960, la o lună după finalizarea rezidențiatului, am intrat în serviciul militar. În anii de-atunci era încă valabil ordinul general de recrutare, dar mediciniștilor li se oferea opțiunea înscrierii într-un program de amânare, numit Planul Berry, prin care le era permisă finalizarea studiilor și a rezidențiatului înaintea satisfacerii serviciului militar. Primele șase săptămâni din armată au însemnat completarea stagiului de antrenament general, la Fort Sam Ham în San Antonio, unde am fost înștiințat că următorii doi ani aveam să-i petrec la o bază din Germania. După câteva zile a sosit o altă notificare, care mă anunța că urma să fiu trimis în Franța. Iar două săptămâni mai târziu, *mirabile dictu,* mi s-a spus să mă prezint pentru serviciu la Spitalul Tripler, în Honolulu, Hawaii. Și așa a rămas.

Îmi amintesc foarte limpede cum am ajuns în Hawaii. Imediat ce am coborât din avion, Jim Nicholas, psihiatru militar, menit să-mi fie prieten apropiat în următorii doi ani, mi-a așezat în jurul gâtului o ghirlandă de flori de frangipani. Mirosul florilor s-a ridicat în nările mele, o aromă dulce și grea, iar eu am simțit pe loc că ceva se schimbă în mine. Mi s-au trezit simțurile, iar curând eram intoxicat de aroma florilor de frangipani care răsăreau de peste tot: în aeroport, pe străzi, în micuțul apartament Waikiki, pe care îl închiriase Jim pentru noi, umplându-l cu cumpărături și flori. În anii 1960, Hawaii era un loc de o mare frumusețe naturală: penajul păsărilor, palmierii, arborii de hibiscus, ghimbirul roșu, crinul alb, păsările paradisului și, desigur, oceanul cu valurile sale albastre-verzui care se rostogolesc domol căutându-și loc de odihnă pe nisipul strălucitor. Toată lumea purta haine ciudate și viu colorate: Jim m-a întâmpinat îmbrăcat într-o cămașă cu motive florale, bermude, sandale numite *zoris* în picioare și m-a dus la un magazin Waikiki, unde am schimbat uniforma militară, cel puțin o zi, pentru o pereche de zoris, o cămașă aloha violet și niște splendide bermude albastre.

Marilyn și cei trei copii ai noștri au sosit după două zile. Am urcat împreună, cu mașina, la Observatorul Pali, de unde priveliștea asupra zonei estice a insulei este absolut nepământeană. În timp ce admiram crenelurile verde întunecat ale munților din jurul nostru, cascadele și curcubeiele, oceanul albastru-verzui și plajele nesfârșite, Marilyn a arătat către Kailua și Lanikai și a spus: „Acesta este paradisul: aici vreau să locuiesc."

Eram încântat de încântarea ei. Tocmai trecuse prin câteva săptămâni de coșmar. Viața a fost grea pentru amândoi în timpul celor șase săptămâni de pregătire din San Antonio, dar mai cu seamă pentru ea. Nu cunoșteam pe nimeni acolo, iar temperatura sărea zilnic de 37 de grade. Programul școlii militare era extrem de solicitant, Marilyn stătea singură cu copiii toată ziua, cinci sau șase zile pe săptămână. Situația s-a înrăutățit cu atât mai mult în săptămâna în care antrenamentele s-au desfășurat la o bază situată la câteva ore de San Antonio. Am învățat acolo lucruri neprețuite, cum ar fi manevrarea armelor (am câștigat medalia lunetiștilor de elită pentru acuratețea tirului meu de pușcă) și mersul pe sub sârmă ghimpată în timp ce pe deasupra capului șuieră gloanțe adevărate de mitralieră (cel puțin așa ni s-a spus, că e muniție adevărată – de testat, nu a testat nimeni). În zilele acelea pre-iPhone, eu și Marilyn nu aveam nicio posibilitate să rămânem în contact pe parcursul zilei. Când am revenit, am aflat că făcuse apendicită acută chiar a doua zi după plecarea mea. A fost dusă la spitalul militar pentru o apendicectomie de urgență, iar copiii au rămas în grija personalului militar. La patru zile după intervenție, șeful chirurgilor rezidenți a trecut într-o seară pe la noi pentru a-i spune lui Marilyn că raportul patologic indica prezența unui cancer intestinal care presupunea îndepărtarea unei mari secțiuni din intestinul gros; ba i-a lăsat chiar și niște schițe pentru mine, în care indica secțiunile de intestin ce trebuiau eliminate. Când am revenit acasă, a doua zi, am fost șocat de vești și de priveliștea schițelor chirurgului. M-am repezit la spitalul militar și am luat planșele raportului, pe care le-am trimis prin serviciu special unor prieteni medici din Est. Au fost cu toții de acord că Marilyn prezenta o tumoare benignă, care nu necesita niciun fel de tratament. Au trecut cincizeci de ani de atunci, dar sunt la fel de furios pe personalul militar, pentru că nu m-a anunțat și pentru vina de a fi sugerat o intervenție chirurgicală majoră și ireversibilă pentru o tulburare complet benignă.

Am dat totul uitării, preferând să privim cu toții munții și azuriul apei în acest decor nou. Eram deopotrivă încântat și ușurat să o văd din nou pe Marilyn vivace și dinamică, alături de mine. Am privit încă o dată spre Kailua și Lanikai. Ar fi fost cu totul nepractic să locuim acolo: aveam foarte puțini bani, dar armata oferea cazare foarte ieftină la Barăcile Schofield. Însă, fiind la fel de entuziasmat ca Marilyn, în câteva zile am închiriat o căsuță în Lanikai, la câțiva pași de una dintre cele mai frumoase plaje din lume. Plaja Lanikai și-a câștigat un loc permanent în mințile amândurora: rămâne cea mai frumoasă din câte am văzut, iar începând de-atunci, de fiecare dată când ajungem pe o plajă cu nisip fin, dar dur, ne uităm unul la celălalt și spunem: „nisip Lanikai".

Multă vreme după plecarea din Hawaii am revenit regulat pe această plajă, care din nefericire astăzi este foarte erodată. Am locuit un an întreg acolo, până ce am auzit că un amiral care fusese relocat pe neașteptate în Pacificul de Sud își închiria casa situată pe plaja vecină, Kailua. Am închiriat-o imediat. Era atât de aproape de apă, că puteam să fac surf sau scufundări în timp ce eram de serviciu: Marilyn flutura un prosop alb pe verandă când eram căutat la telefon.

La puțin timp după ce am ajuns am primit scrisori de întâmpinare de la trei generali, din Hawaii, Germania și Franța, urându-mi toți bun venit în baza lor. Confuzia inițială legată de repartiția mea a provocat rătăcirea unor bagaje pe drum, așa încât putem spune că am avut cu adevărat parte de un nou început – am cumpărat toată mobila și așternuturile într-o singură zi, de la un târg de grădină.

Serviciul militar a fost puțin solicitant. Mare parte din timp l-am petrecut într-o unitate spitalicească în care soseau pacienți de la diferite baze din Pacific. În 1960 încă nu izbucnise Războiul din Vietnam, dar mulți dintre pacienții noștri participaseră la acțiuni militare neoficiale în Laos. Mulți dintre cei cu afecțiuni psihice majore fuseseră deja lăsați la vatră și trimiși către spitale de pe Continent. Așa se face că mulți pacienți erau tineri care doar mimau psihoza, în speranța eliberării din serviciul militar.

Unul dintre primii mei pacienți, un sergent cu nouăsprezece ani de serviciu, care se apropia de pensionare, fusese arestat pentru consum de băuturi alcoolice în timpul programului – o acuzație serioasă, ce-i punea în pericol pensionarea și solda. A venit la mine pentru examinare și a răspuns incorect la absolut toate întrebările pe care i le-am pus. Însă fiecare răspuns era atât de aproape de adevăr, că sugera că o parte a minții lui știa răspunsurile corecte: șase ori șapte era patruzeci și unu, Crăciunul pica pe 26 decembrie, masa avea cinci picioare. Nu mai întâlnisem un asemenea caz, dar din discuțiile cu colegii și din căutările în literatura de specialitate, am aflat că era vorba despre un caz clasic de sindrom Ganser (sau cum i se spune mai frecvent, sindromul răspunsurilor aproximative), un tip de tulburare fabricată, în care pacientul mimează boala fără a fi cu adevărat bolnav, poate în încercarea de a evita responsabilitatea unor acțiuni ilicite. Am stat mult cu el în cele patru zile de spitalizare (pacienții care necesitau mai mult de patru zile erau trimiși pe Continent), dar nu am reușit nici măcar un singur contact cu sinele său nemincinos. Partea cea mai stranie, pe care am descoperit-o studiind literatura de specialitate în timpul observației de lungă durată care a urmat externării, e că un mare procent din pacienții cu Ganser chiar dezvoltă ani mai târziu tulburare psihotică!

Ne confruntam zilnic cu stabilirea veridicității tulburărilor mintale ale soldaților, care poate doar încercau să scape de armată pe motive medicale, mimând simptomele. Aproape toți pacienții care ajungeau la noi își doreau să scape din armată, din marină sau de la pușcași – tratam toate ramurile militare –, iar eu și colegii mei eram tulburați de caracterul arbitrar al procesului nostru decizional: normele erau neclare și existau momente în care eram inconsistenți în recomandările noastre.

Responsabilitățile generale erau incomparabil mai lejere față de stagiatură și rezidențiat: după patru ani de stat în gărzi serile și în weekend, armata părea o vacanță lungă de doi ani. Eram trei psihiatri, cu câte o gardă la trei nopți și un weekend din trei, dar de mers noaptea la spital a trebuit să merg doar de câteva ori în toată perioada serviciului militar. Ne înțelegeam bine între noi și la fel de bine cu șeful nostru ierarhic, colonelul Paul Yessler, un coleg genial, foarte bine informat, care ne asigura o autonomie totală în munca noastră. Deși unitatea psihiatrică, Micul Tripler, se afla la doar 90 de metri de Spitalul Tripler, atmosfera era relaxată, nonmilitară. În Triplerul Mare luam prânzul și făceam uneori consultații în alte departamente, dar dincolo de asta, ajungeam destul de rar pe acolo, uneori trecând săptămâni la rând fără să primesc sau să execut salutul militar.

Dat fiind acest grad de libertate, am decis să continui cercetarea lucrului în grup, formând o varietate de grupuri de terapie: grupuri zilnice cu pacienți internați, grupuri de ambulatoriu pentru soțiile de militari aflate în dificultate, precum și un grup procesual, de care mă ocupam în timpul liber, destinat angajaților psihiatrici nonmilitari de la Spitalul de Stat Hawaii, din Kanehoe.

Cel mai util m-am simțit în grupurile pentru soțiile militarilor. Majoritatea sufereau de pe urma problemelor provocate de strămutarea din mediul familiar, dar câteva dintre ele erau hotărâte să se angajeze într-o muncă profundă de explorare a singurătății și a incapacității stabilirii conexiunilor cu ceilalți membri ai comunității. Grupul angajaților era mult mai dificil. Ei își doreau o experiență terapeutică care să fie deopotrivă benefică pe plan profesional și instructivă pentru ei ca viitori conducători de grup. Auziseră că sunt un terapeut de grup experimentat și mi-au cerut să le conduc grupul. Nu mi-a fost ușor: nu mai condusesem un astfel de grup, dar, mai important, aveam doar un an sau doi de experiență în plus față de ei; însă, din moment ce fuseseră suficient de hotărâți încât să-mi ceară să le conduc grupul, am acceptat. Am înțeles rapid că intrasem într-o situație dificilă. Un grup nu funcționează dacă membrii nu sunt dispuși să-și asume anumite riscuri și să dezvăluie gânduri și sentimente intime – un pas esențial, față de care grupul respectiv era extrem de reticent. Am început treptat să înțeleg că, din moment ce principalul instrument profesional al terapeutului este propria persoană, autodezvăluirea problemelor personale prezenta două riscuri: ceilalți vor judeca nu doar caracterul persoanei din fața lor, ci și competența sa profesională. Nu am reușit să rezolv impasul, cu toate că am devenit pe deplin conștient de această situație dilematică, astfel că grupul s-a bucurat de un succes moderat. În viitor am ajuns să înțeleg că pentru a fi un lider eficient în asemenea situații, trebuie să fii dispus să dai exemplul autodezvăluirii prin asumarea unor riscuri în cadrul grupului.

Nu am nicio urmă de dubiu că cei doi ani petrecuți în Hawaii mi-au schimbat viața. Înainte, planurile mele pe termen lung presupuneau revenirea pe Coasta de Est, poate pentru a urma, așa cum sugerase dr. Whitehorn, o poziție academică, ori reîntoarcerea la prietenii și familia din Washington, D.C., unde puteam începe să practic în particular. Dar înghețata, mohorâta și formala Coastă de Est a devenit din ce în ce mai puțin atractivă după câteva luni de soare în Hawaii. Marilyn dorea de ani întregi să plece cât mai departe de Washington, așa că nu ne-a luat mult să cădem de acord: ne doream să rămânem în Hawaii, ori cât mai aproape cu putință. Înainte de Hawaii, toată viața mea se învârtea în jurul muncii, lăsând prea puțin timp pentru soția și copiii mei. Hawaii mi-a deschis mintea spre frumusețea peisajului. Mi-au atras atenția în special plajele, pe care eu și Marilyn ne-am plimbat ore la rând, ținându-ne de mână exact ca în liceu. Mi-am petrecut mai mult timp cu copiii, mare parte din el în apele calde ale oceanului, învățându-i să înoate, să facă scufundări sau să fac surf cu corpul (cu placa nu am reușit niciodată – nu aveam echilibrul necesar). În serile de vineri îi duceam pe copii, îmbrăcați în pijamale, la fel ca toți copiii din regiune, la cinematograf, să vadă filme cu samurai.

Armata nu a fost de acord să-mi expedieze Lambretta în Hawaii, dar a fost de acord să-mi trimită telescopul, așa că am schimbat, încă din Baltimore, Lambretta cu un telescop reflector mecanic de douăzeci de centimetri, ceva ce-mi doream încă de la primele incursiuni din vremea copilăriei în domeniul făuririi telescoapelor. Însă, dincolo de câteva zile în care l-am cărat pe vârful muntelui, telescopul nu m-a ajutat cine știe ce în nopțile veșnic încețoșate din Hawaii.

Unul dintre pacienții mei era controlorul de trafic aerian al bazei aviației militare și grație lui m-am bucurat de avantajul prinderii unor zboruri de sfârșit de săptămână către Filipine și Japonia. Am făcut scufundări în apele splendide ale unei mici insule din Filipine și am văzut, în Manila, niște apusuri pe care nu le voi uita niciodată. În Tokyo am stat la clubul ofițerilor și am explorat orașul. Când mă rătăceam, săream într-un taxi și-i arătam șoferului cartea de vizită a clubului, pe care era trecută adresa în limba japoneză. Managerul clubului m-a avertizat să fiu atent la șofer când îi arăt cartea de vizită: în caz că acesta respiră brusc, să sar urgent din mașina lui, întrucât șoferii de taxi din Tokyo consideră că se înjosesc dacă recunosc că nu știu o adresă.

La scurt timp după sosirea noastră, Marilyn a primit un post în Departamentul de Franceză al Universității Hawaii. Cel mai mult o încânta ideea de a preda literatură franceză contemporană, având mulți studenți vietnamezi vorbitori de limbă franceză, deși aceștia înțelegeau cu greu ideile lui Sartre despre alienare, în condițiile în care după cursuri mergeau de regulă să facă o baie în apele calde și albastre ale oceanului. Cum Marilyn avea nevoie de mașina noastră pentru a se deplasa la universitate, am achiziționat o motocicletă Yamaha plină de energie, cu care am parcurs entuziasmat drumul de treizeci de minute până la Tripler, peste vârful Pali. În timpul șederii noastre a fost inaugurat și Tunelul Wilson, cu trecere prin munte. Am preferat această rută mai scurtă pentru a ajunge la serviciu, bucurându-mă zilnic de experiența intrării în tunel pe vreme senină și ieșirii, aproape invariabile, în miezul unei delicioase ploi calde hawaiiene. Aproape de casa din Kailua funcționa un mic club de tenis cu terenuri pe iarbă, unde jucam în weekenduri împotriva altor cluburi. Unul dintre prietenii din armată m-a învățat să fac scufundări și să folosesc costumul de scafandru, deschizându-mi calea către patruzeci de ani de cercetări extrem de plăcute ale fundului oceanului, cu fauna și creaturile marine care populează apele din Hawaii, Caraibe și multe alte locuri din lume. De câteva ori am făcut scufundări și noaptea, emoția fiind cu totul aparte, din moment ce atunci ies din ascunzători creaturile nocturne, în special crustaceele de mari dimensiuni.

Jack Ross, unul dintre camarazii mei de armată, școlit la Menninger Clinic, mi-a făcut cunoștință cu colegul său de clasă, K.Y. Lum, psihiatru activ în Honolulu. Cu cel din urmă am organizat un grup lunar de prezentări de cazuri la care participau câțiva psihiatri din Hawaii. Tot cu el am organizat un grup de poker compus din psihiatri, cu întâlnire o dată la două săptămâni. K.Y și cu mine am devenit prieteni pe viață – jocul a rezistat trei decenii.

Într-o zi din primele săptămâni în Hawaii a trecut pe la mine André Tao Kim Hai, un vietnamez în vârstă care locuia chiar după colț, cu o tablă de șah sub braț: „Joci șah?" Mană cerească! Jucam la același nivel și am jucat zeci și zeci de partide. André se retrăsese în Hawaii după ce lucrase mulți ani ca reprezentant al Vietnamului la Națiunile Unite, dar câțiva ani mai târziu, când a izbucnit Războiul din Vietnam, a părăsit Statele Unite, în semn de protest, mutându-se mai întâi la Paris, iar apoi pe insula Madeira. Prietenia și rivalitatea noastră șahistă au continuat în anii din urmă, când l-am vizitat la ambele sale reședințe ulterioare.

Părinții mei au venit să ne viziteze în Hawaii, la fel ca mama lui Marilyn și sora mea, Jean, împreună cu familia ei. Marilyn și-a făcut prieteni la universitate și așa am ajuns să avem pentru prima oară viață socială, alcătuind un salon de opt persoane, împreună cu sociologul Reuel Deney, coautor al lucrării *The Lonely Crowd*, și soția acestuia, Ruth; filosoful și poetul indonezian Takdir Alisjahbana și soția sa de origine germană; și George Barati, dirijor al Orchestrei Simfonice din Hawaii, împreună cu minunata lui soție, o altă Ruth, adeptă a practicilor yoga. Am petrecut multe seri fericite cu ei, citind traduceri ale poeziilor lui Takdir, discutând una dintre cărțile lui Reuel, ascultând muzică sau, cum s-a întâmplat într-o noapte, ascultând o înregistrare cu T.S. Eliot citind *Tărâmul pustiit*, care ne-a lăsat pe toți abătuți. Îmi amintesc până azi cum se bucura micul nostru grup de un luau[1] pe plajă, savurând băuturi hawaiiene și fructe, cum sunt guava, lychee, mango, ananas și papaya, preferatul meu. Încă simt aroma frigăruilor cu vită pe care le tăvălea Takdir în sosul său indonezian de alune.

Pokerul, scufundările, plimbările pe plajă, motociclismul, joaca cu copiii și șahul mi-au făcut viața mult mai jucăușă decât fusese înainte. Am iubit stilul informal de viață, sandalele, simplul fapt de a sta pe plajă și a privi oceanul. Mă schimbam: munca nu mai era totul. Cenușia Coastă de Est, cu iernile sale inospitaliere și verile agresiv de fierbinți, nu-mi mai făcea cu ochiul. În Hawaii mă simțeam acasă și

---

[1] Petrecere cu specific hawaiian.

începusem să-mi imaginez că voi rămâne acolo pentru tot restul vieții.

Pe măsură ce se apropia finalul celor doi ani în Hawaii, devenea tot mai presantă decizia locului în care urma să trăim. Între timp publicasem încă două articole profesionale și înclinam tot mai mult spre o carieră academică. Din nefericire, rămânerea în Hawaii nu era o opțiune: școala medicală oferea pregătire doar pentru primii doi ani nonclinici și nu dispunea de un departament de psihiatrie. Mă simțeam de capul meu și mă apăsa lipsa unui mentor, a unei persoane care să mă ghideze în continuare. Nu mi-a trecut niciodată prin minte să-i contactez pe profesorii de la Hopkins, John Whitehorn și Jerry Frank. Azi, privind retrospectiv, sunt consternat: de ce nu m-am gândit să le cer un sfat sau o recomandare? Probabil gândeam că mă uitaseră complet după terminarea rezidențiatului.

În loc de asta, am ales calea cea mai puțin imaginativă: anunțurile cu locuri de muncă! Am verificat anunțurile din buletinul Asociației Americane de Psihiatrie și am identificat trei posturi de interes: două de cadru didactic, la Școala Medicală Stanford și la Școala Medicală a Universității California din San Francisco (UCSF), și unul de medic la Spitalul de Stat Mendota din Wisconsin (interesant doar pentru că acolo lucra eminentul psiholog Carl Rogers). Am candidat la toate trei. M-au chemat toate trei la interviu, deci am luat un zbor militar până în San Francisco.

Primul interviu, la UCSF, a fost cu unul dintre seniorii facultății, Jacob Epstein, care la finalul întâlnirii de o oră mi-a oferit un post în domeniul clinic cu un salariu anual de 18 000 de dolari. Cum salariul în anul trei de rezidențiat fusese 3 000 de dolari, iar cel din armată de 12 000, am fost tentat să accept, deși știam că postul îmi va consuma mult timp: nu aveam să fiu doar profesor pentru medicinişti şi rezidenţi, ci şi să conduc o secţie extrem de mare şi de aglomerată a spitalului.

A doua zi am dat interviu cu David Hamburg, noul şef al Departamentului de Psihiatrie de la Stanford. Şcoala Medicală şi Spitalul Stanford tocmai fuseseră mutate din San Francisco în clădirile nou construite ale campusului Stanford din Palo Alto, iar el fusese însărcinat cu misiunea creării unui departament absolut nou. Am fost surprins de viziunea semeaţă, de preocuparea faţă de domeniu şi de înţelepciunea doctorului Hamburg. Şi de frazele sale! Propoziţiile sale maiestuoase şi complexe ieşeau din gura sa ca un concert de muzică simfonică. În plus, aveam senzaţia că, pe lângă îndrumarea sa, aveam să mă bucur de toate resursele şi de toată libertatea academică de care aş fi avut nevoie.

O spun din perspectiva zilei de azi: la vremea aceea nu cred că ştiam cum ar putea arăta viitorul meu sau de ce eram în stare. Ştiam ce înseamnă practică privată, ştiam că îmi putea oferi o viaţă demnă, la fel cum ştiam că practica privată mi-ar fi adus de trei ori mai mulţi bani decât îmi putea oferi Hamburg la Stanford.

Dr. Hamburg mi-a oferit un post de junior (lector) şi o leafă de doar 11 000 de dolari pe an – cu 1 000 mai puţin decât salariul din armată. Şi mi-a clarificat totodată şi politica practicată la Stanford: membrii cu normă întreagă ai corpului didactic erau cărturari şi cercetători şi nu-şi puteau rotunji veniturile prin practică privată.

Discrepanţa pronunţată între salariul oferit de Stanford şi cel oferit de UCSF m-a şocat iniţial, dar cântărind mai bine ofertele, a încetat a mai fi un factor. Deşi nu aveam economii şi supravieţuiam de la o leafă la alta, banii nu reprezentau o îngrijorare majoră. Viziunea lui David Hamburg m-a impresionat şi mi-am dorit să fac parte din departamentul universitar pe care îl construia. Mi-am dat seama că îmi doream cu adevărat o viață de profesorat și cercetare. Iar în caz de urgență, mă gândeam că mă puteam bizui pe susținerea financiară a părinților mei și pe venitul potențialei cariere a lui Marilyn. M-am consultat cu ea la telefon și am acceptat postul de la Stanford, anulând zborul către spitalul din Mendota.

Capitolul 17
IEȘIREA LA LIMAN

Î n 1964, la trei ani după debutul carierei la Stanford, am participat la un program de opt zile organizat de Institutul Laboratoarelor Naționale de Formare la lacul Arrowhead, în sudul Californiei. Programul de o săptămână oferea multe activități psihologice sociale, dar miezul și motivul pentru care am participat erau întâlnirile zilnice de câte trei ore în grupuri de mici dimensiuni. În dimineața primei întâlniri am ajuns cu câteva minute mai devreme, am ocupat unul dintre cele treisprezece scaune aranjate în cerc și i-am observat pe conducătorul de grup și pe ceilalți participanți sosiți mai devreme. Deși aveam multă experiență în conducerea grupurilor de terapie și eram serios implicat în cercetarea și predarea terapiei de grup, încă nu fusesem membru într-un grup. Era vremea să remediez lucrul ăsta.

Nimeni nu scotea o vorbă pe măsură ce participanții intrau în sală și-și ocupau locurile. La ora 8:30, conducătorul de grup, Dorothy Garwood, terapeut cu practică privată și două doctorate (biochimie și psihologie), s-a ridicat în picioare și s-a prezentat: „Bun venit în programul pe anul 1964 al institutului NTL de la lacul Arrowhead. Grupul nostru se va întâlni în fiecare zi la aceeași oră, pentru trei ore, timp de opt zile, și aș vrea ca tot ce vorbim, toate comentariile, să se concentreze pe aici și acum."

A urmat o tăcere prelungită. „Asta e tot", mă gândeam eu în timp ce priveam în jur la celelalte unsprezece figuri ce radiau perplexitate și unsprezece capete care se mișcau confuze într-o parte și-n cealaltă. După un moment, participanții au început să reacționeze:

– Cam zgârcită în indicații.
– E o glumă?
– Nici măcar nu știm cum îi cheamă pe ceilalți.

Niciun răspuns din partea conducătorului. Nesiguranța grupului a început treptat să genereze o energie proprie.

– Este penibil. Ăsta e genul de îndrumare pe care îl vom primi?
– Ești nepoliticos. Ea își face treaba ei. Nu înțelegi că ăsta e un grup procesual? Trebuie să analizăm propria dinamică de grup.
– Exact, eu am bănuiala, ba chiar mai mult decât o bănuială, că ea știe precis ce face.
– Asta e credință oarbă. Nu mi-a plăcut niciodată credința oarbă. Adevărul e că ne poticnim, iar ea ce face? Că de ajutat e clar că nu ne ajută.

Se făceau pauze între comentarii, participanții așteptând răspunsul liderului. Dar ea a zâmbit și a rămas tăcută.

Au intervenit și alți participanți.

– Și, oricum, cum să rămânem noi aici și acum când nu avem niciun fel de experiență împreună? Ne-am întâlnit azi prima oară.
– Eu mă simt aiurea cu tăceri de genul ăsta.
– Mda, și eu. Am plătit o grămadă de bani ca să nu facem nimic aici, să pierdem timpul.
– Mie îmi place tăcerea. Mă relaxează să stau aici cu voi în liniște.
– Și pe mine. Alunec în meditație. Mă simt centrat, pregătit pentru orice.

În timp ce mă implicam în acest schimb de replici și reflectam asupra lui, am trăit o epifanie – am învățat ceva ce am introdus mai târziu în miezul abordării mele a terapiei de grup. Am fost martorul unui fenomen simplu, dar excepțional de important: expunerea tuturor participanților la un singur stimul (în cazul acesta, indicația conducătorului de grup prin care se cerea menținerea comentariilor în aici și acum), care a provocat răspunsuri diferite. *Un singur stimul pentru toți și treisprezece răspunsuri diferite! De ce?* O întrebare cu un singur răspuns: *Pentru că în sală existau treisprezece lumi interioare diferite! Iar aceste treisprezece răspunsuri diferite ar putea fi calea regală de acces la cele treisprezece lumi diferite.*

Ne-am prezentat, pe rând, fără asistența conducătoarei, spunând câte ceva despre viața noastră profesională și motivul pentru care ne aflam acolo. Prilej cu care am constatat că eram singurul psihiatru – mai exista un psiholog, iar restul erau educatori sau cercetători în științe sociale.

M-am răsucit și m-am adresat conducătoarei.

– Tăcerea ta mă intrigă. Ne poți spune ceva despre rolul tău aici?

De data asta a răspuns (pe scurt):

– Rolul meu aici e să fiu lider și să asigur o oglindă pentru sentimentele și fanteziile celorlalți față de lider.

Am continuat să ne vedem șapte zile și am început să examinăm relațiile dintre noi. Psihologul era un tip deosebit de agresiv, care m-a și atacat de multe ori pentru că aș fi fost prea pompos și obositor. La câteva zile după începerea întâlnirilor ne-a relatat un vis în care era urmărit de un uriaș – iar uriașul se pare că eram eu. În cele din urmă am lucrat destul de bine împreună – eu asupra disconfortului produs de furia lui, el asupra sentimentelor competitive pe care i le trezeam – și am lucrat puțin și asupra neîncrederii reciproce dintre meseriile noastre.

Cum eram singurul medic de la conferință, am fost chemat să îngrijesc și în cele din urmă să internez un membru al altui grup care dezvoltase o reacție psihotică la tensiunile generate de grupul său. Această întâmplare m-a făcut să fiu și mai conștient de puterea grupurilor mici – putere nu doar de a vindeca, ci și de a face rău.

Pe Dorothy Garwood am ajuns s-o cunosc destul de bine, ba chiar ani mai târziu am ajuns să mergem într-o excursie minunată împreună, ea cu soțul ei și eu cu Marilyn, în Maui. Nu era nici pe departe o persoană reținută, dar fusese pregătită în tradiția clinicii Tavistock – un mare centru de tratament și pregătire în psihoterapie din Londra –, în care liderul rămâne exterior grupului și-și limitează comentariile la observații legate de marile fenomene de grup. Aveam să înțeleg mai clar rațiunea din spatele poziției ei de lider trei ani mai târziu, într-un an sabatic la clinica Tavistock.

Familia noastră de cinci persoane a ajuns prima dată la Palo Alto în 1962, la aproape trei ani de la terminarea armatei. Ne-am apucat imediat să căutăm o casă. Am fi putut achiziționa una în complexul angajaților de la Stanford, dar, la fel ca în Hawaii, ne-am dorit un cartier mai divers. Am cumpărat o casă veche de treizeci de ani (cu adevărat străveche, după standardele californiene), situată la cincisprezece minute de campus. Economia era atât de diferită pe atunci: deși aveam un venit mic, nu am avut nicio problemă în a cumpăra, cu 32000 de dolari, o casă și aproape jumătate de hectar de pământ. Prețul făcea cât trei salarii anuale la Stanford; economia de azi de la Palo Alto este atât de diferită, că un tânăr profesor ar trebui să strângă treizeci sau patruzeci de salarii anuale pentru o casă similară.

Părinții mei ne-au dat 7 000 de dolari pentru a plăti avansul, dar au fost ultimii bani pe care i-am acceptat din partea lor. Tata a insistat să plătească notele de la restaurante mult după ce mi-am terminat studiile și chiar după ce mi-am întemeiat o familie de șase persoane. Mie mi-a plăcut grija asta a lui față de mine și nu am opus niciodată o rezistență serioasă. Am transmis mai departe generozitatea lui, procedând la fel cu copiii mei adulți (care, la rândul lor, opun puțină rezistență). E și asta o cale de a fi ținut minte: eu mă gândesc tot timpul la tata când plătesc masa copiilor mei. (Și am putut, de asemenea, să le plătim și avansurile la case.)

Când m-am prezentat la departamentul meu, am aflat că fusesem numit director medical al unei secții de mari dimensiuni a noului Spital Stanford Veterans Administration, situat la zece minute de facultate și administrat în întregime de angajații acestuia. Supervizam rezidenți, organizam un grup procesual pentru studenți (adică un grup în care studiam dinamica relațiilor dintre noi), beneficiam de suficient timp liber ca să particip la conferințe de departament și simpozioane de cercetare, dar, cu toate acestea, nu eram fericit la VA. Simțeam că prea mulți dintre pacienți, aproape toți veterani ai celui de-al Doilea Război Mondial, nu erau receptivi la abordarea mea terapeutică. E posibil ca avantajele secundare să fi fost pur și simplu prea mari: asigurare medicală gratuită, locuință și hrană gratuite și un loc confortabil de trăit. La finalul primului an i-am spus lui David Hamburg că întrevedeam puține oportunități de cercetare în domeniile mele de interes la VA. Întrebându-mă unde aș fi dorit să merg, i-am spus că în ambulatoriul Stanford, centrul programelor de formare a rezidenților, dar și un loc excelent pentru organizarea unui program de terapie în grup în scop de formare și cercetare. Hamburg îmi urmărise munca și participase la câteva dintre prezentările mele clinice în scopuri pedagogice și avea suficientă încredere în mine pentru a fi de acord cu solicitarea mea. M-a ajutat și m-a susținut întotdeauna și mulți ani de-atunci încolo nu am avut niciun fel de responsabilitate administrativă, bucurându-mă de o libertate aproape totală în aprofundarea intereselor mele clinice, pedagogice și de cercetare.

Marilyn a terminat doctoratul în literatură comparată la Johns Hopkins în 1963 (cu o teză intitulată *Motivul procesului în operele lui Franz Kafka și Albert Camus*). A mers cu avionul la Baltimore pentru examenele orale, le-a luat și a primit doctoratul cu distincție. A revenit, sperând la un post la Stanford, dar a fost devastată de cuvintele șefului Departamentului de Franceză, John Lapp: „Nu angajăm neveste de cadre didactice."

O generație mai târziu, conștientizând mai profund problemele cu care se confruntă femeile, poate că aș fi căutat un post la o altă universitate, una cu o mentalitate suficient de avansată încât să o evalueze pe Marilyn doar din perspectiva meritelor sale, dar în 1962 gândul acesta nici măcar nu mi-a trecut prin minte, și nici ei. Mi-a părut foarte rău pentru ea. Știam că merita postul de la Stanford, dar am acceptat amândoi situația și am început să căutăm alternative. La scurt timp după asta, Marilyn a fost contactată de decanul disciplinelor umaniste de la proaspăt înființatul Colegiu de Stat din Hayward. Acesta auzise despre ea de la un coleg de la Stanford și a venit până la noi acasă pentru a-i oferi un post de asistent la catedra de limbi străine. Drumul la școală însemna o oră la dus și una la întors, patru zile pe săptămână; l-a făcut treisprezece ani consecutivi. Salariul de început a fost de 8 000 de dolari – cu 3 000 mai mic decât salariul meu de la Stanford. Dar lefurile noastre ne-au permis să trăim confortabil în Palo Alto, să plătim o menajeră cu normă întreagă, ba chiar să facem și câteva excursii memorabile. Marilyn a avut parte de o carieră împlinită la Colegiul de Stat California, primind curând titularizarea pe postul de profesor asociat, iar mai apoi pe cel de profesor plin.

În următorii cincisprezece ani la Stanford m-am implicat foarte serios în terapia de grup, din perspectiva clinicianului, profesorului, cercetătorului și cea a autorului de manuale. Am format un grup în ambulatoriu, a cărui activitate a putut fi observată de studenți, cei doisprezece rezidenți în primul an la psihiatrie, printr-o oglindă dublă, așa cum observasem și eu grupul lui Jerry Frank în studenție. Inițial l-am condus împreună cu un alt cadru didactic, dar începând cu următorul an am adoptat practica conducerii împreună cu un rezident, aceștia fiind înlocuiți în fiecare an.

Abordarea mea a evoluat constant către o formă de leadership mai personală și mai transparentă, tot mai departe de stilul profesional distant. Din moment ce membrii grupului, toți californieni neprotocolari, își spuneau pe numele mic, mi s-a părut din ce în ce mai straniu să le spun pe numele de familie sau să le spun pe numele mic, dar să aștept ca ei să-mi spună „Dr. Yalom", așa că am luat decizia șocantă de a le cere să-mi spună „Irv". Dar mulți ani am continuat să mă agăț de identitatea profesională purtând halatul alb, la fel ca restul angajaților de la spitalul Stanford. Într-un final, am renunțat și la halat, considerând că în terapie importante erau onestitatea și transparența, nu autoritatea profesională (halatul nu l-am aruncat niciodată – mai există încă undeva într-un fund de dulap, acasă – un suvenir al identității mele de medic). Dar, dincolo de dezbrăcarea uniformei, am rămas până azi cu un mare respect pentru medicină și jurământul lui Hipocrate, cu multele sale clauze, cum ar fi „Îmi voi face meseria cu conștiință și demnitate" și „Principala mea prioritate va fi sănătatea pacientului".

După fiecare ședință de grup dictam rezumate extinse, utile pentru înțelegerea mea și pentru predare (instituția mi-a asigurat, cu generozitate, o secretară). De la un punct încolo – nu-mi amintesc care a fost stimulul – m-am gândit că pacienții ar putea beneficia de pe urma lecturării rezumatelor sesiunilor și a reflecțiilor mele postgrup. Asta a dus la un experiment îndrăzneț și cu totul neobișnuit de transparență a terapeutului: a doua zi după ședință, le trimiteam tuturor membrilor grupului o scrisoare cu copia rezumatului. Fiecare rezumat descria principalele probleme discutate în timpul întâlnirii (de regulă, două sau trei teme), contribuția și comportamentul participanților. Mai notam și despre motivațiile afirmațiilor mele, iar adesea adăugam comentarii despre lucruri pe care mi-aș fi dorit să le spun sau lucruri pe care regretam că le spusesem.

De multe ori sesiunile începeau cu analiza rezumatului sesiunii anterioare. Uneori participanții nu erau de acord cu punctele de vedere exprimate, alteori sesizau omisiuni, dar aproape toate întâlnirile începeau cu mai multă energie și interacțiune ca înainte. Mi s-a părut un exercițiu atât de util, că am continuat să folosesc rezumatele atât timp cât am făcut terapie de grup. Când conduceam grupul împreună cu un rezident, sarcina de a redacta rezumatele îi revenea lui o dată la două săptămâni. Totuși rezumatele presupun atât de mult timp și autoexpunere, că a fost adoptat, după știința mea, de foarte puțini terapeuți de grup, poate chiar de niciunul. Cu toate că au existat terapeuți care au criticat autoexpunerea mea, nu-mi amintesc un singur episod în care împărtășirea gândurilor și sentimentelor mele să nu-i fi ajutat pe pacienți. Cum de mi-a fost atât de ușor să adopt practica expunerii? În primul rând, nu am făcut nicio specializare postuniversitară – nu am urmat cursurile niciunei instituții, fie ea freudiană, jungiană sau lacaniană. Am fost complet independent de regulamente și m-am ghidat doar după rezultatele mele, atent monitorizate. E posibil să fi jucat un rol și următorii factori: inconoclasmul meu inerent (evident în răspunsul timpuriu la credințele și ritualurile religioase), experiența mea negativă cu un terapeut inexpresiv și impersonal, precum și atmosfera experimentală din noul departament, administrat de un director deschis la minte.

Ședințele săptămânale de departament nu erau tocmai momentele mele preferate: am participat la toate, dar am luat foarte rar cuvântul. Mă interesau prea puțin discuțiile despre finanțarea, obținerea fondurilor, alocările de spațiu și certurile aferente, relația cu celelalte departamente, rapoartele decanului. Ce *mă* interesa era să-l aud pe David Hamburg vorbind. Îi admiram reflecțiile bine gândite, metodele de rezolvare a conflictelor și, peste toate, uimitoarele sale abilități retorice. Îmi place cuvântul rostit tot așa cum altora le plac concertele și sunt sincer fascinat de cuvintele vorbitorilor cu adevărat talentați.

Lipsa mea de aptitudini administrative era evidentă, astfel că nici nu m-am oferit voluntar, nici nu am fost însărcinat niciodată cu nimic. Sincer, tot ce-mi doream era să fiu lăsat în pace să-mi fac cercetările, să scriu, să fac terapie și să predau. Am început aproape imediat să trimit articole revistelor de specialitate. Asta îmi plăcea cel mai mult să fac și prin asta simțeam că am ceva de oferit. Mă întreb, uneori, dacă nu cumva am mimat lipsa abilităților administrative. E posibil, de asemenea, să mă fi simțit incapabil să concurez cu ceilalți tineri revoluționari din departament, care luptau neobosiți pentru putere și recunoaștere.

*

Am decis să particip la conferința de la lacul Arrowhead nu doar pentru experiența de a face parte dintr-un grup, ci și pentru a învăța cât mai multe despre „grupul-T", un fenomen de grup nonmedical important, apărut în anii 1960, foarte la modă în toată țara („T"-ul din „grupul-T" vine de la „training" – mai precis, dezvoltarea de aptitudini în relațiile interpersonale, dar și în cadrul dinamicii de grup). Fondatorii acestei abordări, lideri ai Asociației Naționale pentru Educație, nu erau clinicieni, ci cercetători ai dinamicilor de grup care-și propuseseră să modifice atitudinile și comportamentul organizațional, iar ulterior să-i ajute pe indivizi să devină mai receptivi unii față de ceilalți. Organizația lor, Laboratoarele Naționale de Formare (NTL)[1], ținea seminarii, cunoscute și ca laboratoare sociale, de câteva zile în Bethel și Plymouth, în Maine, după care la lacul Arrowhead, cea la care am participat și eu.

Laboratorul NTL organiza multe activități: grupuri mici de dezvoltare a abilităților, grupuri de discuție și rezolvare de probleme, grupuri de *team-building* și grupuri de mari dimensiuni. S-a văzut destul de repede că exercițiile cele mai dinamice și interesante erau de departe cele din micile grupuri T, unde participanții ofereau feedback instantaneu.

Treptat, de-a lungul anilor, pe măsură ce grupurile NTL s-au mutat tot mai la vest și a intrat Carl Rogers în scenă, grupul-T și-a mutat accentul pe schimbarea personală individuală. „Schimbare personală"! Sună foarte terapeutic, nu? Membrii erau încurajați să ofere și să primească feedback, să fie participanți activi, să fie autentici, să-și asume riscuri. În cele din urmă, etosul s-a îndreptat tot mai mult către un soi de psihoterapie. Scopul grupurilor era modificarea atitudinilor și a comportamentului și îmbunătățirea relațiilor interpersonale – ajungând în curând la unul dintre

---

[1] National Training Laboratories, în original.

sloganurile cel mai des auzite, și anume: „Terapia este prea bună pentru a fi aplicată doar bolnavilor." Grupurile-T au evoluat în ceva nou: „terapie de grup pentru persoane normale".

Nu e surprinzător că această ultimă evoluție a ajuns o amenințare foarte serioasă pentru psihiatri, întrucât aceștia se considerau proprietarii psihoterapiei și priveau întâlnirile de grup ca pe o formă brută și ilicită de terapie pătrunsă abuziv pe teritoriul lor. Eu nu simțeam deloc asta. În primul rând, eram impresionat de unghiul de cercetare al fondatorilor. Unul dintre primii pioneri a fost cercetătorul în științe sociale Kurt Lewin, al cărui principiu – „Nicio cercetare fără acțiune, nicio acțiune fără cercetare" – a generat un aflux vast și sofisticat de date, mult mai interesant, pentru mine, decât cercetarea cu bază medicală a terapiilor de grup.

Unul dintre lucrurile cele mai importante învățate cu ocazia experienței de grup de la lacul Arrowhead a fost accentul superlativ pe aici și acum, pe care l-am introdus și eu în munca mea cu multă hotărâre. Dar, așa cum am învățat la Arrowhead, nu este suficient să le spui participanților să se concentreze pe aici și acum: trebuie să le oferi un motiv și să le asiguri un plan. În timp, am cristalizat un mic discurs introductiv pe care îl țin înainte ca pacienții să intre în grup, în care explic că vom recrea în cadrul grupului multe dintre problemele lor interpersonale, oferindu-le o șansă prețioasă de a afla mai multe despre ei și de a produce schimbările de care au nevoie. Asta înseamnă (și am repetat-o de multe ori) că sarcina lor în grup *este de a înțelege cât de mult pot despre relația cu restul pacienților și cu liderii de grup*. La început, mulți dintre participanți erau oarecum confuzi în privința unor aspecte ale pregătirii, amintind adesea că ei aveau probleme cu șeful, partenerii, prietenii sau cu controlul furiei și că nu avea sens să se concentreze pe relația cu membrii grupului, din moment ce aceștia sunt oameni cu care nu se vor mai întâlni niciodată.

Ca răspuns la aceste întrebări frecvente, le explicam pacienților că *grupul este un microcosmos social* și că *problemele survenite în grupul terapeutic reproduc sau conțin elemente ale tipurilor de probleme interpersonale pentru care au venit la terapie*. Un pas esențial, cum am descoperit în timp. Mai târziu am condus și am publicat rezultate ale unor cercetări care demonstrau că pacienții care erau pregătiți eficient pentru terapia de grup se descurcau mult mai bine în terapie decât cei nepregătiți.

Am continuat să lucrez cu mișcarea grupului-T alți câțiva ani, fiind membru al echipei de ateliere a NTL în Lincoln, New Hampshire, precum și al atelierului de o săptămână pentru directori executivi din Sandusky, Ohio. Le sunt recunoscător până azi pionerilor grupului-T pentru că mi-au arătat calea de conducere și explorare a grupurilor de orientare interpersonală.

Am introdus, treptat, un program intensiv de formare în terapia de grup pentru rezidenții la psihiatrie, compus din câteva elemente: conferințe săptămânale, observație și discuții postședință cu grupul săptămânal, cerându-le să conducă grupuri săptămânale sub supervizare, dar și să participe la un grup procesual săptămânal, condus de mine împreună cu un coleg.

Cum au reacționat rezidenții de anul întâi, și așa supraaglomerați, la tot acest timp înghițit de învățarea terapiei de grup? Cu destul de multe lamentări! Cei care se împotriveau cel mai tare celor două ore săptămânale de observație au fost unii dintre rezidenții foarte ocupați, aceștia întârziind frecvent sau absentând cu totul. Însă, odată cu trecerea săptămânilor, s-a produs un fenomen neașteptat: pe măsură ce participanții au fost tot mai implicați și și-au asumat mai multe riscuri, rezidenții au devenit tot mai interesați de povestea desfășurată sub privirile lor și rata prezenței a crescut semnificativ. Nu după mult timp au ajuns să numească grupul *Yalom's Peyton Place* (parodie după numele unui serial TV din anii 1960). Cred că efectul seamănă cu cel al cufundării într-o poveste sau un roman bine structurat și cred că nerăbdarea terapeuților de a afla ce se întâmplă mai departe este un semn bun. Eu sunt nerăbdător înainte de fiecare sesiune, fie ea individuală sau de grup, chiar și acum, după cincizeci de ani de practică, curios să aflu în ce direcție vor evolua lucrurile în continuare. Atunci când lipsește sentimentul acesta, atunci când nu simt nerăbdare înaintea unei ședințe, îmi imaginez că pacientul ar putea să încerce un sentiment similar, așa că fac tot posibilul să confrunt și să schimb astfel de situații.

Ce efect are observația studenților asupra pacienților? Această întrebare uriașă mi-a dat mult de furcă, cu atât mai mult cu cât am observat ce agitați erau participanții când dincolo de geam se aflau studenți. Am încercat să-i asigur pe pacienți că studenții la psihiatrie se supun acelorași reguli de confidențialitate ca terapeuții profesioniști, dar nici asta nu a ajutat prea mult. Apoi mi-am zis să încerc un experiment: transformarea prezenței enervante a observatorilor în ceva pozitiv. Le-am cerut membrilor grupului și studenților să facă schimb de locuri pentru douăzeci de minute la finalul ședințelor. Membrii grupului aveau acum șansa de a observa, din spatele geamului, desfășurarea discuțiilor postședință cu studenții. Un pas care a insuflat multă energie, atât procesului terapeutic, cât și celui pedagogic! Membrii grupului de terapie ascultau cu mult interes observațiile studenților despre ei, iar studenții, simțind că sunt analizați cu atâta atenție, deveneau și mai implicați în observațiile lor. Până la urmă am adăugat încă o etapă: membrii grupului dezvoltau atât de multe emoții legate de comentariile observatorilor și de observatori în sine (pe care îi percepeau ca fiind mai încordați decât participanții la grup), încât au solicitat timp suplimentar pentru a discuta despre observațiile lor asupra observatorilor. Așa că am adăugat încă douăzeci de minute, în care studenții se reîntorceau în camera de observație, iar eu și pacienții reveneam în camera ședințelor de grup pentru a discuta despre comentariile observatorilor. Înțeleg că e o practică ce consumă exagerat de mult timp pentru a fi aplicată zilnic, dar consider că acest format a îmbunătățit substanțial eficiența terapiei de grup și a procesului pedagogic.

Toate acestea erau chestiuni foarte noi. Mă bucuram nespus că nu făceam parte din nicio școală tradițională de terapie. Mi-am dat frâu liber în crearea unor abordări noi și am învățat suficient de multe despre cercetarea rezultatelor pentru a-mi testa ipotezele. Privind în urmă, mă declar surprins. Mulți terapeuți veterani s-ar fi simțit straniu să se știe observați, însă eu nu am avut nicio problemă cu asta. O încredere care nu se potrivește cu imaginea mea interioară despre mine – undeva, în profunzimi, a supraviețuit adolescentul și tânărul anxios, stingherit și nesigur pe sine. Însă în domeniul psihoterapiei și mai cu seamă al terapiei de grup, am ajuns să mă simt întru totul confortabil asumându-mi riscuri și recunoscându-mi greșelile. Am fost oarecum anxios din pricina acestor inovații, însă cunoșteam anxietatea de ceva vreme și învățasem deja să o tolerez.

La împlinirea vârstei de optzeci de ani, am ținut o petrecere-reuniune acasă, la care i-am invitat pe toți rezidenții din acei ani timpurii de la Stanford. Mulți au amintit despre experiența formării în terapia de grup, specificând că observarea grupului meu a fost, în toată perioada formării lor, *singura oportunitate de observare directă a unui clinician experimentat în actul terapeutic.* Mi-am amintit, desigur, de propria mea formare la Hopkins și de ferestruica-oglindă prin care observam terapia de grup. Mulțumesc, Jerry Frank.

Cadrele didactice nu sunt promovate pentru activitatea lor pedagogică. Vechea glumă cu *publică sau dispari* nu e deloc o glumă: în mediul academic, ea este o realitate. Cele douăzeci de grupuri din programul desfășurat în ambulatoriu asigurau un cadru excelent pentru cercetare și publicare. Am analizat modul în care terapeuții îi pot pregăti cel mai bine pe pacienți pentru terapia de grup, am observat maniera de alcătuire a unui grup, am înțeles de ce unii membri abandonau destul de repede terapia de grup și care erau cei mai eficienți factori terapeutici.

Continuând să predau terapia de grup, am realizat cât de multă nevoie era de un manual exhaustiv, iar toată experiența mea – conferințele, cercetarea și inovațiile terapeutice – putea fi înglobată într-un astfel de manual. Am început să schițez manualul la câțiva ani după debutul practicii la Stanford.

Tot în această perioadă am dezvoltat o relație solidă cu Institutul de Cercetare Mintală (MRI)[1], un colectiv de clinicieni și cercetători inovatori, cum erau Gregory Bateson, Don Jackson, Paul Watzlawick, Jay Haley și Virginia Satir. Un an întreg am petrecut fiecare zi de vineri, de dimineață până seara, la un curs de terapia familiei reunite, ținut de Virginia Satir, an care m-a făcut să respect eficiența terapiei de familie – un cadru în care se întâlnesc terapeutul și toți membrii unei familii. La vremea aceea, terapia familiei reunite era mult mai vizibilă decât este azi. Cunoșteam cel puțin o duzină de terapeuți din Palo Alto care practicau exclusiv terapia familiei.

---
[1] Mental Research Institute, în original.

Aveam în terapie un pacient cu colită ulcerativă și i-am cerut lui Don Jackson să fie coterapeut la câteva sesiuni de terapie familială. Am publicat, mai apoi, un articol cu descoperirile noastre. Am mai avut în următorul an câteva familii în terapie, dar în cele din urmă terapia familială și de grup mi s-au părut mai interesante. Nu am mai practicat de atunci terapia familiei, deși le-o recomand adesea pacienților mei. Un alt membru al MRI era Gregory Bateson, antropolog cunoscut și unul dintre autorii din spatele teoriei „legătură dublă" a schizofreniei. Bateson era un povestitor memorabil și ținea conversații deschise la reședința sa în fiecare seară de joi, la care am participat adesea, cu multă plăcere.

Un alt domeniu care m-a interesat în primul an la Stanford a fost cel al „tulburărilor sexuale", cu care am făcut cunoștință la Institutul Patuxent, în perioada rezidențiatului, când am lucrat cu infractori sexuali. La Stanford am consultat cu regularitate, în weekenduri, infractorii sexuali internați la Spitalul de Stat Atascadero, iar în următorii ani am primit la terapie un număr de pacienți voyeuriști, exhibiționiști ori suferinzi de alte compulsii sau obsesii sexuale tulburătoare. Am tratat și mulți homosexuali care sufereau, retrospectiv privind, mai degrabă din cauza percepției societății asupra lor. La Stanford am prezentat în cadrul unei prelegeri o parte din munca mea cu acești pacienți și imediat după prezentare, un chirurg plastician, Don Laub, de la Departamentul de Chirurgie al Stanford, m-a întrebat dacă aș fi interesat să mă implic în calitate de consultant într-un nou program, în care erau înscriși o serie de pacienți transsexuali care solicitaseră operația de schimbare a sexului (termenul *„transgender"* încă nu exista pe atunci). La vremea respectivă, în Statele Unite nu se făceau operații de schimbare a sexului, solicitanții acestui tip de intervenție fiind nevoiți să meargă la Tijuana sau Casablanca.

Departamentul de Chirurgie mi-a trimis în următoarele săptămâni aproximativ zece pacienți spre evaluare preintervenție. Niciunul dintre ei nu suferea de tulburări mintale, ba mai mult, am fost uimit de forța și profunzimea motivației pentru care solicitau schimbarea sexului. Majoritatea erau săraci și munciseră ani mulți ca să strângă banii necesari operației. Toți erau bărbați care-și doreau să devină femei din punct de vedere biologic: chirurgii nu erau încă în măsură să ofere operația inversă, din femeie în bărbat, mult mai provocatoare. Departamentul de Chirurgie a desemnat un asistent social să conducă un grup preintervenție care să ofere un antrenament în comportamentul feminin. Am participat și eu la un asemenea exercițiu. Pacienții erau așezați la un bar și învățați să desfacă genunchii pentru a prinde niște monede în fustă, în loc să apropie în mod instinctiv genunchii, cum sunt tentați să facă bărbații în aceste situații.

Proiectul depășea cu mult mentalitatea epocii în care a apărut, iar problemele nu au întârziat să apară: după câteva luni, unul dintre pacienți a ajuns o dansatoare goală într-un club de noapte și spunea tuturor că este creația Spitalului Stanford, iar alt pacient a încercat să dea spitalul în judecată pentru tâlhărie în urma operației. Proiectul a fost închis, fiind nevoie de mulți ani până ce Stanford a început să ofere din nou acest tip de intervenție.

Primii cinci ani petrecuți de familia mea în Palo Alto, din 1962 în 1967, au coincis cu debutul mișcărilor pentru drepturi civile, pentru încetarea războiului, precum și al mișcărilor hippie și beatnic – toate pornite din zona golfului San Francisco. Studenții din Berkeley au inaugurat

Portret de familie, circa 1975

Mișcarea Discursului Liber, iar zona Haight-Ashbury din San Francisco s-a umplut de adolescenți fugiți de-acasă. Însă la Stanford, aflat la aproape cincizeci de kilometri depărtare, lucrurile au rămas relativ calme. Joan Baez, împreună cu care Marilyn a participat cândva la o demonstrație antirăzboi, locuia în zonă. În ce mă privește, amintirea cea mai vie din perioada aceea este un concert uriaș al lui Bob Dylan, în timpul căruia Joan Baez a apărut din senin pe scenă pentru câteva melodii. Am devenit fan pe viață și ani mai târziu am avut parte de bucuria de a dansa cu ea, după un concert al său de cafenea.

Am fost și noi, ca toată lumea, devastați de vestea asasinării lui John F. Kennedy în 1963. Ne-a zguduit impresia că traiul nostru liniștit din Palo Alto nu putea fi afectat de nenorocirile lumii exterioare, și tot atunci ne-am cumpărat primul nostru televizor, pentru a urmări evenimentele care au precedat moartea președintelui și funeraliile sale. Eu am evitat toate credințele și practicile religioase, dar în situația de-atunci, Marilyn, simțind că e nevoie de comunitate și ritual, i-a dus pe cei doi copii mai mari ai noștri – Eve, de opt ani, și Reid, de șapte ani – la o slujbă religioasă la Biserica Memorială Stanford. Cum de forța gravitațională a ceremonialului nu am scăpat niciodată, am ținut mereu acasă Paștele evreiesc, cu familia și prietenii. Neștiind ebraică, am apelat întotdeauna la un prieten pentru citirea rugăciunilor specifice.

În ciuda amintirilor mele neplăcute din copilărie, am continuat să prefer genul de mâncare cu care am fost crescut: bucătărie evreiască est-europeană, fără porc. Dar nu și Marilyn. De fiecare dată când plecam din oraș, copiii știau că le va face friptura de porc. Eu am continuat să mă cramponez de unele rituri. Mi-am circumcis băieții, organizând de fiecare dată o masă ceremonială cu prietenii și familia. Reid, cel mai mare dintre cei trei fii, a ales să treacă prin ritualul Bar Mitzvah. Pe lângă aceste câteva tradiții evreiești, făceam brad, le puneam copiilor cadouri în șosete și țineam o masă mare de Crăciun.

Am fost întrebat adesea dacă lipsa credinței a reprezentat vreodată o problemă în viața sau practica mea psihiatrică. Răspunsul este de fiecare dată nu. Dar mai întâi ar trebui să spun că sunt mai curând „nonreligios" decât „antireligios". Iar poziția mea nu e nicicum neobișnuită: pentru imensa majoritate a comunității din Stanford și pentru colegii mei medici și psihiatri, religia a jucat un rol minor sau poate niciun fel de rol. De fiecare dată când am petrecut timp în compania prietenilor credincioși (Dagfinn Føllesdal, de pildă, prietenul meu filosof norvegian catolic), le-am respectat enorm profunzimea credinței, dar înclin să cred că viziunea mea seculară nu mi-a influențat aproape niciodată practica terapeutică. Trebuie totuși să recunosc că în toți anii de practică am fost solicitat de foarte puține persoane cu adevărat religioase. Cele mai multe contacte cu oameni credincioși le-am avut în munca mea cu pacienții muribunzi, situații în care am încurajat și am susținut orice fel de alinare ar fi putut găsi aceștia pe filieră religioasă.

Cu toate că în anii 1960 am fost profund implicat în munca mea și, în general, destul de apolitic, schimbările culturale nu au trecut neobservate pe lângă mine. Mediciniștii și rezidenții au început să poarte sandale în locul încălțărilor „adecvate", iar pletele lor au ajuns de la an la an mai lungi și mai libere. Câțiva studenți mi-au adus în dar pâine gătită de ei acasă. Marijuana a ajuns până și la petrecerile cadrelor didactice, iar moravurile sexuale s-au modificat radical.

Când au început să se producă aceste schimbări, eu simțeam că făceam deja parte din garda veche și-mi amintesc cât de șocat am fost când am văzut prima dată un rezident purtând pantaloni în carouri sau alt articol revoltător de vestimentație. Dar ne aflam în California și schimbările nu puteau fi oprite de nimeni și de nimic. M-am relaxat și eu treptat, am încetat să mai port cravate, ba chiar am savurat ocazional și marijuana, la petreceri la care mergeam îmbrăcat cu pantaloni evazați.

În anii 1960, cei trei copii ai noștri – al patrulea, Benjamin, s-a născut abia în 1969 – erau prinși în propriile drame cotidiene. Mergeau la o școală publică în apropiere de casă, își făceau prieteni, luau lecții de pian și chitară, jucau tenis și baseball, învățau să călărească, se înscriau în Blue Birds și 4-H[1] și construiau un țarc pentru cele două căprițe pe

---

[1] Organizații pentru copii și adolescenți.

Familia pe roți, Palo Alto, anii 1960

care le țineam în curtea din spate. Amicii lor care locuiau în case mai mici veneau adesea la noi să se joace. Noi locuiam într-o veche casă de stuc în stil spaniol, cu o ușă principală înconjurată de plante bougainville de un violet aprins și o curte în care aveam un mic heleșteu și o fântână. Cărarea principală care ducea la drum era dominată de o magnolie maiestuoasă, în jurul căreia copiilor mai mici le plăcea să se învârtă cu tricicletele. Exista și un teren de tenis de cartier, la jumătate de cvartal distanță, unde obișnuiam să joc cu vecinii, iar mai apoi, pe măsură ce au crescut, cu cei trei fii ai mei.

În iunie 1964 am făcut o vizită familiei mele, în Washington, D.C. Eram acasă la sora mea, împreună cu cei trei copii, când au venit mama și tata cu mașina. Eu stăteam pe canapea cu Eve, fiica mea, și îl țineam în poală pe Reid. Fiul meu, Victor, se juca pe jos, lângă noi, cu vărul său, Harvey. Tata, care stătea lângă canapea pe un scaun tapițat, ne-a spus că are o durere de cap, iar două minute mai târziu, din senin și fără să spună un cuvânt, și-a pierdut cunoștința și s-a prăbușit. Nu avea puls. Cumnatul meu, cardiolog, avea o seringă și adrenalină în geanta sa de medic, pe care i-am injectat-o în inimă – fără rezultat. Abia mai târziu mi-am amintit că, înainte să cadă, avea privirea fixată în partea stângă, ceea ce sugera producerea unui atac cerebral în emisfera stângă a creierului, nu un infarct. Mama a intrat imediat în cameră și s-a aruncat pe el. O aud și acum cum se jelea, repetând la nesfârșit: *„Myneh Tierehle, Barel"* (Dragul meu Ben). Am început să plâng. Am fost șocat și profund mișcat: era prima oară când o vedeam pe mama atât de tandră și prima oară când înțelegeam cât de mult se iubeau părinții mei. Când a venit ambulanța, mama încă plângea, dar a găsit răgazul să ne spună mie și surorii mele: „Luați-i portofelul." Am ignorat-o amândoi, fiind chiar foarte critici pentru că se gândea la bani într-un astfel de moment. Dar avea dreptate, desigur: portofelul, cu carduri și bani, a dispărut pentru totdeauna în ambulanță.

Mai văzusem cadavre și înainte – cadavrul de studiu din primul an de medicină, cadavrele văzute la morgă în cadrul cursului de patologie –, dar acum vedeam prima dată cadavrul unui om pe care îl iubeam. Nu s-a mai întâmplat ani buni după asta, până la decesul lui Rollo May. Tata a fost înmormântat la un cimitir din Anacostia, Maryland. La înmormântare, fiecare membru al familiei a aruncat câte o sapă de pământ peste sicriu, cum e obiceiul. Când am dat să arunc și eu pământul, am amețit atât de tare că probabil aș fi căzut în mormânt de nu m-ar fi prins de braț cumnatul meu. Tatăl meu a murit la fel cum a trăit: în liniște și fără să iasă în evidență. Am rămas, până azi, cu regretul de a nu-l fi cunoscut mai bine. De câte ori am revenit la cimitir și m-am plimbat pe aleile cu rânduri de morminte unde sunt îngropați mama, tata și restul membrilor comunității micului lor ștetl din Cielz, inima mea simte durerea prăpastiei dintre mine și părinții mei și durerea tuturor lucrurilor rămase nespuse.

Uneori, când povestește Marilyn amintirile ei duioase din vremea în care se plimba în parc de mână cu tatăl ei, mă simt îndurerat și tras pe sfoară. Plimbările *mele* de mână cu tatăl *meu* unde sunt? Tatăl meu a muncit din greu toată viața lui. Magazinul său era deschis până la 10 seara cinci zile pe săptămână și până la miezul nopții sâmbăta: doar duminicile erau ale lui. Singurele mele amintiri duioase din timpul petrecut cu tata gravitează în jurul duminicilor noastre de șah. Îmi amintesc că a fost întotdeauna mândru de jocul meu, chiar și după ce am început să-l înving, pe la zece sau unsprezece ani. Spre deosebire de mine, el nu era niciodată deranjat de o înfrângere. Poate tocmai asta stă în spatele pasiunii mele de-o viață pentru șah. Poate că jocul oferă un fel de frânturi de legătură cu tatăl meu harnic și blând, care nu a ajuns să mă vadă un adult mai matur.

La vremea morții tatălui meu, eu abia îmi începeam viața la Stanford. Nu sunt sigur că apreciam cu adevărat pe atunci norocul extraordinar de care aveam parte. Aveam un post la o mare universitate, lucram într-o independență totală și trăiam într-o enclavă, beneficiind, poate, de cea mai bună climă posibilă. N-am revăzut niciodată zăpada (cu excepția vacanțelor la schi). Prietenii mei, majoritatea colegi de la Stanford, erau oameni relaxați și deschiși la minte. Nu am mai auzit niciodată o remarcă antisemită. Deși nu am fost bogați, Marilyn și cu mine am trăit cu sentimentul că puteam face orice ne doream. Vacanța noastră favorită era la Baja, California, într-un loc modest, dar plin de viață, numit Mulegé. I-am dus și pe copii acolo, la un Crăciun, și s-au bucurat și ei din plin de atmosfera mexicană, condimentată din belșug cu tortillas și piñatas. M-am bucurat împreună cu copiii mei de scufundări și pescuit la suliță, care ne-a asigurat câteva mese delicioase.

În 1964, Marilyn a revenit în Franța, pentru o conferință, și și-a dorit foarte mult ca întreaga familie să facă o excursie în Europa. Ce a urmat a fost mult mai bine de-atât: un an întreg la Londra.

Capitolul 18
UN AN LA LONDRA

În 1967 am primit premiul pentru carieră profesorală al Institutului Național pentru Sănătate Mentală, oferindu-mi-se oportunitatea de a petrece un an la Londra, la Clinica Tavistock. Mi-am propus să studiez abordarea Tavistock asupra terapiei de grup, lucrând totodată cu toată seriozitatea la un manual de terapie de grup. Am găsit o casă în apropierea clinicii, în Reddington Road, Hampstead, unde familia noastră de cinci persoane (Ben încă nu se născuse) s-a bucurat de un an superb și întru totul memorabil.

A fost un schimb de posturi cu John Bowlby, eminent psihiatru de la Tavistock, el venind în locul meu pentru un an la Stanford. Cabinetul lui din Londra se afla în inima clinicii, permițându-mi un contact apropiat cu facultatea. De acasă la clinică, la zece străzi distanță, am mers tot anul pe jos, trecând zilnic pe lângă o splendidă biserică de secol XVIII. Curtea micuță de pe teritoriul său conținea câteva rânduri de pietre funerare, unele atât de strâmbe și de șterse, că nu mai puteai citi numele de pe ele. Cimitirul mai mare de peste drum era locul de veci al unor personalități proeminente ale secolelor XIX și XX, printre care scriitoarea Daphne du Maurier. În apropiere se găsea vila cu coloane maiestuoase în care locuise generalul Charles de Gaulle în timpul ocupației germane din Franța. Era de vânzare, la suma de 100 000 de lire sterline, ceea ce ne-a făcut de mult ori, pe mine și Marilyn, să visăm și să fantazăm că am putea găsi undeva fonduri să o achiziționăm. La doar o stradă depărtare se găsea vila uriașă pe acoperișul căreia au fost filmate scenele de dans dintre Julie Andrews și Dick van Dyke din *Mary Poppins*. Apoi o luam pe Finchley Road spre Belsize Lane, unde se găsea clădirea anonimă, de patru etaje, în care funcționa Clinica Tavistock.

John Sutherland, șeful Tavistock, era un scoțian blând și cât se poate de prietenos. M-a întâmpinat plin de curtoazie din prima zi, m-a prezentat angajaților, invitându-mă să particip la toate seminariile clinicii și să observ activitatea grupurilor de terapie conduse de membrii personalului. Am făcut cunoștință cu psihiatrii implicați în terapia de grup, petrecându-mi mai apoi anul în contact permanent cu Pierre Turquet, Robert Gosling și Henry Ezriel. Cu toate că ei, personal, mi-au părut abili și primitori, abordarea lor era bizar de distantă și neangajată. Liderii grupurilor de la Tavistock nu se adresau niciodată în mod direct persoanelor din grup, ci își direcționau absolut toate comentariile spre tavan, limitându-și comentariile doar la remarci despre „grup". Îmi amintesc de o sesiune de seară, când unul dintre lideri, Pierre Turquet, a spus: „Dacă toți participanții la acest grup au venit pe ploaia asta oribilă din cele mai îndepărtate colțuri ale Londrei ca să vorbească despre crichet, atunci eu nu am nicio problemă cu asta." Liderii de grup de la Tavistock urmau ideile lui Wilfred Bion, concentrate mai mult pe procesele inconștiente ale grupului ca întreg, cu foarte puțin interes pentru zona interpersonală, în afara situațiilor în care sunt implicate leadershipul sau autoritatea. Din cauza asta comentariile lor vizau întotdeauna grupul ca întreg și terapeuții nu se adresau niciodată indivizilor.

Cu toate că în particular îi simpatizam pe unii psihiatri, în special pe Bob Gosling, care ne-a și invitat la reședința sa din Londra și la casa de la țară, după câteva luni de observație am ajuns la concluzia că abordarea lor era complet ineficientă, fapt demonstrat și de comportamentul pacienților: frecvența era foarte redusă. Exista o regulă conform căreia ședințele se puteau ține doar dacă se prezentau cel puțin patru pacienți, ceea ce nu se întâmpla atât de des pe cât ar fi trebuit.

Mai târziu în decursul anului am participat la o conferință de o săptămână pe tematica terapiei de grup Tavistock în Leeds, împreună cu o sută de alți participanți din domeniile educației, psihologiei și afacerilor. Îmi amintesc cu claritate cum a început: participanții au fost instruiți să se separe în cinci grupuri, folosind cinci camere pregătite dinainte în acest scop. La auzul clopoțelului de început, oamenii au dat buzna în camere. Unii participanți s-au luptat pentru pozițiile de conducător, alții au cerut ca ușile să fie închise, nu care cumva grupurile să ajungă prea mari, în timp ce alții insistau să fie explicate regulile de procedură. Atelierul a continuat cu întâlniri neîntrerupte ale grupurilor mici, asistate de un angajat al clinicii care observa și comenta procesele de grup, dar și întâlniri în grupuri largi, la care participau toți angajații prezenți și toți membrii grupurilor, în vederea coagulării unui studiu al dinamicii grupurilor mari.

Deși grupurile Tavistock sunt folosite în continuare ca instrument didactic în studiul dinamicilor de grup și al comportamentului organizațional, din câte știu eu, abordarea Tavistock a dispărut, din fericire, din psihoterapie.

De obicei asistam la un grup mic sau două pe săptămână și participam la prelegeri și conferințe, însă în cea mai mare parte a anului petrecut la Londra am fost complet independent, lucrând din plin la manual. Cei de la Tavistock considerau abordarea mea la fel de dezagreabilă pe cât o consideram eu pe a lor. Când le-am prezentat rezultatele cercetărilor mele asupra „factorilor terapeutici", bazate pe intervievarea unui mare număr de pacienți ai unor grupuri de succes, angajații britanici au luat în râs fixația americană tipică, pe „satisfacerea clientului". Fiind singurul american de acolo, m-am simțit izolat și lipsit de sprijin. Un an mai târziu, l-am cunoscut pe John Bowlby și am aflat că trăise aceeași experiență cu personalul de la Tavistock, ajungând chiar să-și imagineze uneori cum pune o bombă în public. Eu m-am simțit atât de izolat și de neapreciat și atât de inconfortabil în pielea mea, că am decis să apelez eu însumi la un terapeut, așa cum am făcut în mai multe momente dificile din viața mea.

Existau multe școli de terapie în Marea Britanie pe atunci. Îmi vine în minte imediat numele celebrului psihiatru britanic R.D. Laing. Din scrierile sale părea să fie un gânditor captivant și original. Inaugurase de puțină vreme Kingsley Hall, o comunitate de tratament pentru pacienții psihotici și terapeuții acestora. În plus, pe pacienți îi trata într-o manieră egalitară, foarte diferită de cea de la Tavistock. Am fost în sală la o conferință susținută de el la clinică, prilej cu care am fost impresionat de inteligența sa și m-am bucurat că viziunea sa iconoclastă tulbura apele instituționale. Însă mi s-a părut, totodată, și oarecum dezorganizat, înțelegând imediat aluziile unor participanți la conferință cum că ar fi consumat LSD, drogul său preferat pe atunci. Chiar și așa, am vrut să discut cu dânsul despre posibilitatea începerii unei terapii împreună. Îmi amintesc că l-am întrebat despre experiența avută la Esalen, în Big Sur, California, cerându-i detalii despre grupurile-maraton nudiste încercate acolo, despre care pomenise în timpul conferinței. Mi-a dat un răspuns enigmatic: „Eu vâsleam la barca mea, ceilalți la bărcile lor." Mi-am spus că era prea împrăștiat pentru mine (nu bănuiam nici pe departe că peste doar câțiva ani aveam să particip chiar eu la un maraton nud în Esalen).

După asta am obținut o consultație cu șeful școlii de analiză kleiniană din Londra. Îmi amintesc că i-am cerut detalii despre insistența cu care mi-a cerut informații despre primii doi ani de viață și l-am întrebat de ce analiza kleiniană ținea în general între șapte și zece ani. La finalul consultației de două ore, el a concluzionat (și eu am confirmat) că scepticismul meu față de abordarea sa era prea mare pentru a putea lucra împreună. În cuvintele sale, „volumul muzicii tale de fundal (adică al rezistenței mele) ar acoperi adevăratele acorduri ale analizei". Nu ai cum să nu-i admiri pe britanici pentru elocvența lor!

În cele din urmă am ales să lucrez cu Charles Rycroft, care fusese analistul lui Laing. Rycroft era unul dintre psihiatrii londonezi de frunte ai „școlii de mijloc", influențate de analiștii britanici Fairbairn și Winnicott. Ne-am întâlnit timp de zece luni, de două ori pe săptămână. Trecut de jumătatea celui de-al șaselea deceniu de viață, era destul de atent și binevoitor, chiar dacă un pic detașat. De fiecare dată când intram în cabinetul său din strada Harley, care avea un aer dickensian, fiind mobilat cu un covor persan gros, o canapea și două fotolii tapițate confortabile, turtea de îndată în scrumieră țigara pe care o savura între ședințe, mă întâmpina cu o strângere de mână și mă invita politicos să iau loc pe un fotoliu (nu pe canapea), așezat față în față cu al său. Se comporta colegial cu mine. Îmi amintesc mai cu seamă de ziua în care mi-a povestit ce rol jucase în eliminarea lui Masud Khan din societatea psihanalitică – poveste pe care am reimaginat-o mai târziu în romanul meu *Minciuni pe canapea*.

Întâlnirile noastre mi-au priit, deși mi-aș fi dorit să fi fost mai activ și să fi interacționat mai mult. Interpretările sale sofisticate nu m-au surprins aproape niciodată ca deosebit de utile, dar cert e că, chiar și așa, după câteva săptămâni anxietatea mea era ameliorată, iar eu mă simțeam din nou capabil să scriu mai eficient. De ce? Poate din pricina acceptării și empatiei sale autentice. Era extrem de important pentru mine să știu că am pe cineva de partea mea. Ori de câte ori am ajuns mai apoi la Londra, i-am făcut câte o vizită de curtoazie, discutând adesea despre procesul nostru terapeutic. Am apreciat mult candoarea sa când mi-a mărturisit că regreta adeziunea la o doctrină care se limita la interpretări.

Munca mea din Londra s-a concentrat în totalitate pe scrierea manualului. Din moment ce era prima mea carte, a fost nevoie să-mi încropesc o metodă de lucru, sfârșind prin a mă baza masiv pe trei surse: notele cursului ținut rezidenților în anii anteriori, sutele de rezumate ale ședințelor de grup, trimise și membrilor grupurilor, și literatura rezultată în urma cercetărilor terapiei de grup, în mare parte accesibilă grație excelentei biblioteci de la Clinica Tavistock. Nu știam să scriu la mașină (pe atunci, mai nimeni dintre specialiști nu știa să scrie la mașină). Scriam de mână trei sau patru pagini zilnic pe care le dădeam unui dactilograf angajat de mine să bată la mașină seara munca de peste zi, astfel încât eu să o pot revizui a doua zi dimineață.

De unde am început? De la primele întrebări cu care se confruntă specialistul în terapia de grup: cum selectăm pacienții și cum compunem un grup? *Selecția* presupune evaluarea măsurii în care este un anume pacient potrivit unui anumit tip de terapie de grup. *Compunerea grupului* ridică o altă întrebare: dacă pacientul este adecvat și există mai multe grupuri disponibile să primească un membru nou, atunci care ar fi grupul cel mai adecvat pacientului respectiv? Sau să luăm în calcul un alt scenariu (extrem de improbabil): avem o listă cu o sută de pacienți, suficienți pentru douăsprezece grupuri. Cum ar trebui organizate aceste douăsprezece grupuri pentru a obține maximum de eficiență? Cu aceste întrebări în minte, am survolat literatura de cercetare și am scris două capitole academice, dense, foarte detaliate și excesiv de plictisitoare.

Imediat ce am terminat cele două capitole despre selecția pacienților și compunerea grupului, am fost vizitați la Londra de directorul meu de la Stanford, David Hamburg, care mi-a dat vestea șocantă și complet neașteptată că fusesem titularizat mai devreme de către comisia de la Stanford. Titularizarea mea ar fi trebuit să fie luată în considerare abia după încă un an, așa că am fost peste măsură de bucuros de șansa de a fi scutit de încă un an de așteptare încărcată de anxietate. Am ajuns să apreciez și mai mult această șansă în anii ce au urmat, văzându-i pe colegii și pe pacienții mei trecând prin acest supliciu dureros.

Vestea titularizării a influențat dramatic scrierea cărții. De-acum nu mai trebuia să scriu pentru profesorii severi, empiriști și veșnic nemulțumiți, pe care mi-i imaginam în comisia de titularizare. Am fost fericit de această eliberare și am început să scriu pentru un cu totul altfel de public: pentru studenții care se chinuiau să învețe cum să le fie utili pacienților lor. Acesta este motivul pentru care restul capitolelor sunt mult mai dinamice, presărate cu viniete clinice; unele de câteva rânduri, altele întinse pe trei sau patru pagini. Dar primele două capitole s-au comportat ca un ciment; atât de enervante, că nu am reușit niciodată să le aduc mai mult la viață. După douăzeci și cinci de ani de la apariție am publicat cea de-a cincea ediție a *Tratatului de psihoterapie de grup*, dar chiar și după patru revizuiri majore, fiecare dintre ele implicând o muncă intensă de studiu a literaturii de specialitate și de editare, cele două capitole pretitularizare (acum capitolele opt, respectiv nouă) scrise în Londra dar neadaptate, scrise de altcineva, într-un stil bombastic și plat. Sunt hotărât să renovez cele două capitole cu prilejul celei de-a șasea ediții a manualului.

Cei trei copii ai mei, de nouă, doisprezece și treisprezece ani, au fost, desigur, reticenți față de ideea îndepărtării de prietenii lor din Palo Alto, dar au ajuns să iubească anul petrecut la Londra. Fiica noastră, Eve, a fost descumpănită de refuzul primit din partea Parliament Hill School pe motivul abilităților caligrafice nesatisfăcătoare, dar a ajuns să prețuiască școala care a acceptat-o, Hampstead Heath School, o școală pentru fete, unde și-a făcut câțiva prieteni buni, terminând anul cu o caligrafie excelentă, chiar dacă efemeră. Reid a îmbrăcat cu mândrie haina cu dungi roșii și negre și șapca învecinatei University College School. Caligrafia lui precară, chiar mai puțin satisfăcătoare decât a Evei, a fost apreciată corespunzător, dar trecută complet cu vederea, deoarece era „un jucător de rugby al naibii de bun", cum mi-a declarat în numeroase rânduri directorul instituției. Victor, de opt ani, a dus-o foarte bine la școala britanică din cartier. Nu-i plăcea să doarmă la amiază la școală, dar era peste măsură de bucuros să treacă pe la un magazin de dulciuri în drum spre casă.

Deși la sosirea în Europa am achiziționat o mașină, am folosit-o foarte rar în Londra, deplasându-ne peste tot cu metroul: la Royal National Theatre, la recitalurile locale de poezie, la British Museum și la Royal Albert Hall. Grație legăturilor lui Marilyn cu cei de la revista literară franco-americană *Adam*, l-am cunoscut pe Alex Comfort, cu care am rămas prieteni până la dispariția sa din anul 2000. Alex a fost unul dintre cele două genii pe care am ajuns să le cunosc îndeaproape – celălalt a fost Josh Lederberg, specialistul în biologie moleculară de la Stanford, laureat al Premiului

Autorul și familia sa, Londra, iarna 1967-1968

Nobel. La vremea aceea, Alex își împărțea timpul între soție și amantă, deținând câte o garderobă acasă la fiecare dintre acestea. Minte enciclopedică, era capabil să vorbească la nesfârșit pe orice subiect – literatură britanică sau franceză; mitologie și artă indiană; obiceiuri sexuale din toată lumea; gerontologie, specializarea sa; opera secolului al XVII-lea. Ne-a povestit că, întrebând-o odată pe soția sa ce-și dorea de Crăciun, aceasta i-a răspuns: „Orice, numai informație nu!"

Am savurat mereu discuțiile cu el – o minte atât de șarmantă, fertilă și rarisimă. Știam că era foarte atras de Marilyn, dar noi doi am dezvoltat o prietenie care a supraviețuit șederii la Londra, adâncindu-se în timpul vizitelor sale la Palo Alto.

Alex a divorțat în cele din urmă de soția sa, s-a căsătorit cu amanta și a scris lucrarea *The Joy of Sex,* unul dintre cele mai mari bestselleruri din toate timpurile. Apoi, în principal pentru a scăpa de taxele britanice, s-a mutat în Santa Barbara, la Centrul pentru Studiul Instituțiilor Democratice, grup de specialiști situat la doar câteva ore de Palo Alto. Deși *The Joy of Sex* este cea mai cunoscută carte a sa, Alex a scris peste cincizeci de alte cărți, de la lucrări de gerontologie la cărți de poezie și romane. Scria repede, cu multă ușurință. Am fost uimit și intimidat de fluența sa: prima sa ciornă era adesea și ultima, în timp ce eu am folosit între zece și douăzeci de ciorne la fiecare carte publicată. Copiii mei i-au cunoscut numele înainte să-l cunoască în persoană, întrucât câteva dintre poemele sale erau incluse într-o antologie de poezie modernă folosită în școala lor din Palo Alto. Plimbările cu el prin cartierul nostru erau un deliciu, Alex fiind capabil să recunoască imediat un tril de pasăre, să numească pasărea și să reproducă fără efort sunetele.

Londra ne-a fascinat, dar, fiind niște californieni pursânge, ne-a fost foarte dor de soare. Un agent de turism binevoitor a reușit să trimită întreaga familie într-o vacanță de o săptămână la Djerba, o insulă de mari dimensiuni din largul coastei tunisiene, locul în care, conform legendei, trăiau mâncătorii de lotus și în care a naufragiat Odiseu. Am vizitat bazarurile, ruinele romane și o sinagogă veche de 2 000 de ani. La intrare am fost întâmpinați de un îngrijitor îmbrăcat în haine arăbești care m-a întrebat dacă sunt unul de-al tribului. Am dat din cap afirmativ, iar el m-a luat de mână și m-a dus la Bimah, altarul din mijlocul sinagogii. Mi-a pus în brațe o Biblie străveche, dar, Slavă Cerului, nu mi-a testat ebraica.

Capitolul 19

SCURTA ȘI TURBULENTA EXISTENȚĂ A GRUPURILOR DE ÎNTÂLNIRE

La jumătatea anilor 1960 și începutul anilor 1970, în California, la fel ca în multe alte zone ale țării, a explodat mișcarea grupurilor de întâlnire. Te împiedicai de ele la tot pasul, unele fiind atât de asemănătoare cu grupurile de terapie, că mi-au stârnit interesul. Universitatea Liberă din Menlo Park, o comunitate de lângă Universitatea Stanford, afișa reclame pentru zeci de grupuri de dezvoltare personală. Sufrageriile apartamentelor de la Stanford găzduiau o varietate de grupuri de întâlnire: grupuri-maraton de douăzeci și patru de ore, grupuri de psihodramă, grupuri-T, grupuri ale potențialului uman. În plus, mulți studenți de la Stanford căutau experiențe de grup în centrele în creștere din apropiere, ca Esalen; ori, ca alte sute de mii de persoane din toată țara, se înscriau în EST sau Lifespring, organizații care ofereau întâlniri în grupuri mari care adesea se spărgeau în grupuri mai mici, de întâlnire.

Eram la fel de nedumerit ca toată lumea. Să fi fost aceste grupuri o amenințare, un semn al dezintegrării sociale, precum se temeau mulți? Ori dimpotrivă? Era posibil ca acestea să intensifice în mod eficient dezvoltarea personală? Cu cât erau mai extravagante afirmațiile, cu atât mai gălăgioși fanaticii și cu atât mai stridentă vocea conservatoare.

Am observat grupuri-T conduse de lideri bine antrenați, în cadrul cărora mi s-a părut că mulți participanți chiar aveau de câștigat de pe urma grupului. Am participat și la grupuri informale destul de nebunești de psihodramă, întrebându-mă dacă nu cumva participanți erau cu adevărat suferinzi psihic. Am participat la grupul-maraton nud de douăzeci și patru de ore de la Esalen, dar nu am urmărit efectele experienței asupra grupului. Am rămas cu impresia că o parte dintre cei cincisprezece participanți au beneficiat de pe urma ei, dar nu pot intui care au fost efectele asupra celor mai puțin vorbăreți. Mulți lăudau apariția acestor grupuri experimentale; mulți alții o condamnau. Situația avea nevoie urgentă de o evaluare empirică.

Am audiat o cuvântare ținută de Mort Lieberman, profesor al Universității din Chicago, la o conferință despre terapia de grup, fiind cu adevărat impresionat de lucrările lui. Am rămas de vorbă până târziu în noapte și ne-am pus de acord să realizăm un studiu ambițios despre efectele grupurilor de întâlnire. Interesele noastre se suprapuneau: el era nu doar un respectat cercetător în științe sociale, ci avea și formare de conducător de grupuri-T și specializare în terapia de grup. Și-a propus să stea un an la Stanford, iar după puțin timp l-am cooptat în echipa noastră pe Matt Miles, profesor de pedagogie și psihologie la Universitatea Columbia, de asemenea cercetător, expert în statistică. Grupurile de întâlnire erau deja evidente în campusul de la Stanford, mulți membri ai corpului didactic fiind îngrijorați că studenții ar fi putut suferi de pe urma confruntărilor forțate, a feedbackului necenzurat și a atitudinii antisistem a grupurilor. Administrația universității era, într-adevăr, atât de alarmată de existența acestor grupuri pe teritoriul campusului, că ne-a autorizat imediat desfășurarea unor cercetări. Pentru a acoperi un eșantion cât mai mare, universitatea ne-a permis să-i recompensăm pe studenți folosind creditele colegiului pentru participarea la grupurile de întâlnire.

Proiectul final de cercetare a inclus un eșantion de 210 studenți, distribuiți aleatoriu în grupul de control sau în unul dintre cele douăzeci de grupuri de întâlnire, urmând a se întâlni câte 30 de ore fiecare. Studenții au primit trei credite pentru participare. Am selectat zece metode actuale populare, alocând câte două grupuri fiecăreia dintre ele:

Grupuri-T NTL tradiționale
Grupuri de întâlnire (sau dezvoltare personală)
Grupuri de terapie Gestalt
Esalen (grupuri de conștientizare senzorială)
TA (grupuri de analiză tranzacțională)
Grupuri de psihodramă
Synanon (grupuri confruntaționale de tip „scaunul fierbinte")
Grupuri de orientare psihanalitică
Grupuri-maraton
Grupuri fără conducător, ghidate de înregistrări audio

Apoi am recrutat câte doi conducători cunoscuți din toate metodele. Mort Lieberman a construit o colecție consistentă de instrumente pentru măsurarea modificărilor înregistrate de participanți și pentru evaluarea comportamentului liderilor. Am cooptat și o echipă de observatori antrenați care să-i studieze pe membri și pe lideri la fiecare întâlnire. Am demarat acest proiect memorabil imediat ce planul de cercetare a fost aprobat de comisia de resurse umane a universității – a fost cel mai extins și mai riguros studiu asupra acestui tip de grupuri condus vreodată.

La finalul studiului am redactat o monografie de cinci sute de pagini, publicată la Basic Books – *Encounter Groups:*

First Facts. Concluziile generale au fost impresionante: aproximativ 40% dintre studenții care participaseră la un singur sfert de semestru raportau modificări personale pozitive, care au persistat cel puțin șase luni. Au existat totuși și șaisprezece „victime" – studenți care au declarat că se simțeau mai rău după experiența de grup.

Eu am scris capitolele care descriu desfășurarea clinică și evoluția fiecărui grup, comportamentul liderilor și efectele asupra celor cu „abilități înalte de învățare" și a „victimelor". Capitolul despre victime a primit enorm de multă atenție din direcția opozanților mișcării grupurilor de întâlnire, fiind citat în sute de ziare din toată țara. Pentru dreapta conservatoare, era întocmai muniția de care avea nevoie. Pe de altă parte, capitolul despre studenții cu grad ridicat de învățare, adică numărul mare al celor ce au raportat modificări personale substanțiale în urma participării la douăsprezece întâlniri de grup, nu a primit niciun fel de atenție. O consecință cu totul nefericită, întrucât eu am simțit foarte limpede dintotdeauna că acest tip de grupuri, bine conduse, au foarte multe de oferit.

Mișcarea grupurilor de întâlnire s-a vaporizat după zece ani – în multe dintre dormitoarele campusului Stanford a fost înlocuită de grupurile de studiere a Bibliei. Și odată cu mișcarea a dispărut și publicul cărții noastre *Encounter Groups: First Facts*, în afara specialiștilor, care au considerat utile multe dintre instrumentele de cercetare folosite de noi. Este singura carte care nu se mai tipărește, dintre cele scrise de mine. Soția mea nu a agreat niciodată acest proiect, deoarece îmi consuma atât de mult timp și din cauză că o întâlnire esențială de personal m-a împiedicat să o aduc acasă de la Spitalul Stanford după nașterea celui de-al patrulea copil al nostru, Benjamin Blake. A ținut minte că unul dintre recenzorii cărții a spus: „Cred că autorii au muncit într-adevăr foarte mult, deoarece rezultatul este foarte plicticos."

Am continuat să lucrez la manualul meu de psihoterapie de grup (*Tratat de psihoterapie de grup*) încă doi ani, iar când am terminat, am zburat la New York pentru a mă întâlni cu editorii cu care vorbise David Hamburg în numele meu. Am luat prânzul cu Arthur Rosenthal, memorabilul creator al Basic Books, alegând să public cu el, deși existau și alte oferte. Rememorându-mi viața în aceste pagini, îmi amintesc în ce măsură mi-a susținut David Hamburg nu doar cercetările, ci și cariera scriitoricească.

Tratatul de psihoterapie de grup a fost un succes instantaneu, fiind adoptat ca manual, într-un an sau doi de la publicare, de cele mai multe programe de formare în psihoterapie din țară, ulterior și din alte țări. Util în formarea psihoterapeuților de grup, manualul a cunoscut cinci ediții revizuite și s-a vândut în peste 1 milion de exemplare, fapt ce în timp ne-a oferit mie și lui Marilyn un alt nivel de siguranță financiară. La fel ca mulți alți profesori de psihiatrie, mi-am rotunjit veniturile făcând consultații de weekend în diferite spitale psihiatrice, dar publicarea manualului mi-a permis să abandonez consultațiile de weekend și să accept invitațiile de a conferenția pe tematica terapiei de grup.

Toată perspectiva mea asupra remunerației s-a schimbat radical la aproximativ cinci ani de la publicarea manualului, după o zi în care m-am adresat unei audiențe de mari dimensiuni la Universitatea Fordham din New York. Ca de fiecare dată, am adus cu mine o înregistrare video dintr-o ședință de terapie de grup condusă în ultima săptămână, cu intenția de a o folosi ca material didactic. Doar că videoproiectorul de la Fordham a refuzat să funcționeze, iar tehnicienii au ridicat din umeri, lăsându-mă în postura descurajantă și stresantă de a improviza toată dimineața. Am susținut conferințele pregătite după-amiază și o sesiune prelungită de întrebări și răspunsuri cu publicul, astfel că la finalul zilei eram absolut epuizat. La plecarea publicului s-a întâmplat să-mi cadă sub ochi broșura programului, din care am aflat că taxa de participare fusese de 40 de dolari (vorbim de anul 1980). M-am aruncat o privire în sală și am constatat că avea aproximativ șase sute de locuri. Un calcul sumar indica că organizatorii evenimentului rămâneau cu 20 000 de dolari, în timp ce pe mine mă plăteau cu 400! De atunci înainte am semnat contracte pentru un procent onest din încasări la fiecare conferință, veniturile de conferențiar eclipsându-le curând pe cele de profesor.

Capitolul 20
SEJUR ÎN VIENA

Imaginea Vienei a planat dintotdeauna în conștiința mea, fiind locul de naștere al lui Freud și leagănul psihoterapiei. Având în minte multe lecturi ale biografiilor lui Freud, m-am simțit acasă acest oraș legendar, care i-a oferit lumii pe mulți dintre scriitorii mei preferați: Stefan Zweig, Franz Werfel, Arthur Schnitzler, Robert Musil și Joseph Roth. Astfel că în 1970 am acceptat fără să stau pe gânduri oferta celor de la Stanford de a ține un semestru de vară la tabăra studențească Stanford din Viena. Nu la fel de simplă era mutarea acolo: aveam patru copii, de cincisprezece, paisprezece, unsprezece ani, respectiv un an. Am luat cu noi o vecină în vârstă de douăzeci de ani, prietenă cu fiica noastră, care a locuit cu noi în dormitoarele studențești și ne-a ajutat cu Ben, cel mai mic dintre copii. M-am bucurat de oportunitatea de a lucra cu studenții de la Stanford, iar Marilyn, ca întotdeauna, s-a bucurat de perspectiva unui sejur în Europa.

A fost extraordinar să locuim în centrul Vienei, unde a trăit Freud. M-am scufundat în lumea lui, plimbându-mă pe străzile pe care s-a plimbat el, vizitând cafenelele și minunându-mă de clădirea masivă de apartamente, de cinci etaje, nesemnalizată, de pe Bergstrasse 19, unde Freud a locuit patruzeci și nouă de ani. Ani mai târziu, clădirea a fost achiziționată de Fundația Sigmund Freud și transformată în muzeul Sigmund Freud, marcat cu un banner mare și roșu la intrare, dar la vremea vizitei mele nu exista niciun indiciu că locuise și lucrase vreodată acolo. Autoritățile orașului montaseră plăci din alamă pe casele multor vienezi mai mult sau mai puțin proeminenți, inclusiv în câteva locuri în care a stat Mozart, dar nimic care să semnalizeze căminul de-o viață al lui Freud.

Vizita acasă la Freud și plimbările pe străzile Vienei mi-au prins de minune treizeci de ani mai târziu, când am scris *Plânsul lui Nietzsche*. Pornind de la aceste amintiri și de la fotografiile realizate atunci, am reușit să creez o scenografie vizuală credibilă pentru întâlnirile imaginare dintre Nietzsche și faimosul medic vienez Josef Breuer, fostul mentor al lui Freud.

Principala mea responsabilitate pedagogică în Viena a fost pregătirea unui curs despre viața și munca lui Freud pentru studenții de la Stanford. Cele patruzeci de prelegeri pregătite au devenit baza cursului „Înțelegerea lui Freud", predat rezidenților în următorii cincisprezece ani. Am accentuat mereu, în fața studenților, că Freud nu este doar creatorul psihanalizei (care acoperă mai puțin de 1% din oferta terapeutică de azi), ci inventatorul întregului domeniu al psihoterapiei: acesta nu a existat în nicio formă înainte de Freud. Deși am criticile mele față de analiza freudiană tradițională de azi, întotdeauna am respectat foarte mult creativitatea și curajul lui Freud. Mă gândesc adesea la el când fac terapie. Recent, de pildă, întâlnind un pacient bântuit de obsesii obscene față de membrii familiei sale, m-am gândit imediat la observația lui conform căreia în spatele acestui gen de obsesie persistentă se află adesea furia. Regret că Freud nu mai e deloc la modă astăzi. După cum mi-am intitulat unul din capitolele din *Darul psihoterapiei*, „Freud nu s-a înșelat întotdeauna".

În ajunul plecării de la Stanford la Viena am suferit două evenimente traumatice semnificative. În primul rând, am fost zdruncinat de moartea lui Al Weiss, răpus de cancer al glandelor suprarenale, pe care îl știam din perioada în care a fost rezident la Stanford. Eu și Al am fost, printre alte lucruri, parteneri de pescuit la suliță, mergând împreună în excursii în Baja.

Apoi, la o programare la stomatolog în ajunul plecării, dentistul a descoperit o leziune suspectă pe gingiile mele. Mi-a făcut o biopsie, rămânând ca raportul patologic să-l iau după revenirea de la Viena. Chiar atunci citeam despre cancerul bucal care l-a răpus pe Freud, provocat probabil de fumatul intensiv de trabuc, și am început să mă îngrijorez în legătură cu obiceiurile mele de fumător: fumam pipă mare parte din zi, alegând în fiecare zi altă pipă din colecția mea, ca să mă bucur de aroma tutunului Balkan Sobranie. La Viena, tot așteptând raportul, am devenit extrem de anxios la gândul că aș fi putut afla în scurt timp că sufăr de același tip de cancer de care a murit Freud.

M-am lăsat de fumat din prima săptămână în care am ajuns la Viena, ceea ce mi-a provocat probleme cu somnul, dar și un consum excesiv de bomboane cu gust de cafea cu care-mi astâmpăram poftele papilelor. Până la urmă am primit o telegramă de la doctorul meu, în care mă anunța că rezultatul era negativ. Chiar și așa, până a venit familia mea, am fost în doliu după prietenul meu. Am încercat să mă forțez să lucrez – sosisem la Viena cu o săptămână mai devreme pentru a pregăti cele patruzeci de prelegeri –, dar eram atât de anxios, încât am decis să solicit ajutor. Am încercat să ajung la consultație la un eminent terapeut vienez, Viktor Frankl, autorul popularei lucrări *Omul în căutarea sensului vieții*, dar serviciul de mesagerie automată de la cabinetul său m-a informat că era plecat peste Ocean într-un turneu de conferințe.

După sosirea soției și a copiilor mei, m-am liniștit și am început să mă simt mai confortabil, astfel încât șederea noastră de trei luni la Viena, împreună cu studenții de la Stanford, a ajuns să fie o experiență pozitivă, de neuitat pentru noi toți. Cei doi copii mai mari erau deosebit de încântați de contactul zilnic cu studenții. Am luat fiecare masă împreună cu ei, inclusiv masa la care l-am sărbătorit pe Ben când a împlinit un an. Un tort mare și-a făcut dintr-odată apariția pe masa noastră și toți studenții au cântat „Mulți ani trăiască", în timp ce Eve l-a ținut pe sărbătorit în brațe în fața audienței. Marilyn i-a dus pe toți copiii, individual, la Sacher Hotel, pentru a savura din pe bună dreptate celebrele *sachertrote*, cele mai bune produse de patiserie din câte am gustat în viața mea.

I-am însoțit pe studenți și în două excursii de grup. Prima a fost o călătorie cu vaporul pe Dunăre, într-un moment în care fluviul era împrejmuit de milioane de exemplare orbitoare de floarea-soarelui, complet deschise, cu fața întoarsă spre soare în drumul său de la răsărit la apus. Ziua s-a încheiat cu un tur al Budapestei, gri și austeră sub ocupația rusească, dar încă fermecătoare. Apoi, chiar la finalul semestrului, am însoțit grupa într-o excursie cu trenul la Zagreb, unde ne-am și despărțit unii de ceilalți. Cum pe copii îi lăsasem în campusul Stanford cu bona lor, eu și Marilyn am închiriat o mașină pentru câteva zile și am coborât splendida și memorabila coastă dalmată până la Dubrovnik, traversând apoi idilicul peisajul rural al Serbiei.

Cu toate că timpul meu la Viena a fost dedicat cu precădere cursurilor și studenților, mi-a fost imposibil să rezist comorilor culturale. Marilyn mi-a fost ghid prin muzeul Belvedere, revelându-mi lucrările lui Gustav Klimt și Egon

Schiele, pe care i-am așezat de atunci, alături de Vincent Van Gogh, printre pictorii mei preferați. Cu toate că nu am menționat niciodată numele lui Klimt în discuțiile mele cu editorii germani, ani mai târziu aceștia au ajuns să folosească imagini din lucrările sale pentru aproape toate traducerile cărților mele în germană.

Copiii s-au plimbat în parcurile înverzite ale orașului, atenți să nu calce pe iarbă – ca să evite să fie certați de doamnele vieneze mai în vârstă – și au făcut drumeții în pădurile din jurul orașului, unde oamenii se salutau cu un prietenos „*Grüss Gott*"[1]. Și, desigur, nu am ratat opera, bucurându-ne de o punere în scenă de neuitat a *Povestirilor lui Hoffman*[2]. Viena ne-a oferit o panoramă opulentă a unei lumi legendare care abia își revenise de pe urma trecutului său nazist. Nici în cele mai nebunești vise nu mi-aș fi imaginat că patruzeci de ani mai târziu acest oraș avea să premieze una dintre cărțile mele, distribuind 100 000 de exemplare gratuit în cadrul unei sărbători de o săptămână.

Spre finalul șederii noastre am reușit să dau de Viktor Frankl la telefon, m-am prezentat ca profesor de psihiatrie la Stanford și i-am mărturisit că mă confruntam cu niște probleme și aveam nevoie de ajutor. Mi-a spus că era extrem de ocupat, dar a propus să ne vedem în după-amiaza aceleiași zile.

Frankl, un bărbat scund, grizonant și atractiv, m-a întâmpinat amical în ușă, devenind imediat interesat de ochelarii mei de vedere, despre care ar fi vrut să știe unde fuseseră realizați. Nu aveam nici cea mai vagă idee, așa că mi i-am scos de la ochi și i-am dat lui. Erau niște rame ieftine, achiziționate dintr-un lanț californian numit Four Eyes,

---

[1] Expresie în limba germană, aproximativ echivalentă cu românescul „Doamne-ajută".
[2] Operă fantastică de Jacques Offenbach.

iar după o inspecție sumară și-a pierdut interesul față de ei. I-am spus că ramele groase, de culoarea oțelului, ale ochelarilor săi, erau destul de frumoase. A zâmbit și m-a condus în sufragerie, indicându-mi cu o fluturare de mână un corp imens de bibliotecă plin cu traduceri ale lucrării sale *Omul în căutarea sensului vieții*.

Ne-am așezat într-un colț luminos al sufrageriei sale și Frankl a început conversația scuzându-se că nu vom putea sta foarte mult, întrucât tocmai ce revenise în ziua precedentă dintr-o excursie în Marea Britanie și rămăsese treaz până la patru dimineața răspunzând scrisorilor fanilor săi. Mi s-a părut straniu: parcă ar fi încercat să mă impresioneze. Mai mult, nu m-a întrebat nimic despre motivele care mă făcuseră să-l caut, arătându-se în schimb foarte interesat de comunitatea psihiatrică de la Stanford. Mi-a pus multe întrebări, virând imediat, degajat, spre descrierea rigidității comunității psihiatrice vieneze, care refuzase să-i recunoască contribuțiile. Aveam tot mai mult impresia că mă aflam la petrecerea cu ceai a Pălărierului Nebun[1]: eu îl căutasem pentru o consultație terapeutică, dar el căuta consolarea mea pentru că fusese tratat nerespectuos de comunitatea profesioniștilor din Viena. Tânguirile lui s-au întins pe toată durata ședinței, în timpul căreia nu m-a întrebat absolut nimic despre motivul venirii mele la el. În următoarea noastră întâlnire, a doua zi, m-a întrebat dacă ar fi fost posibil să fie invitat pentru a conferenția în fața studenților și angajaților psihiatrici de la Stanford, în California. I-am promis că aveam să încerc să aranjez ceva.

Omul în căutarea sensului vieții, o carte emoționantă și impresionantă, scrisă în 1946, a fost citită de milioane de oameni din întreaga lume, rămânând până azi una dintre cele mai vândute cărți din domeniul psihologiei. Frankl povestește

---

[1] Personaj din *Alice în Țara Minunilor*.

în paginile ei ce a trăit în timpul Holocaustului și cum a fost salvat de hotărârea sa de a-și împărtăși povestea cu întreaga lume. Am ascultat în mai multe ocazii principala sa prelegere despre sensul vieții: era un vorbitor excelent, iar prelegerile sale erau de fiecare dată inspiratoare.

Cu toate acestea, vizita lui la Stanford, câteva luni mai târziu, a fost destul de problematică. Când ne-a vizitat acasă, împreună cu soția sa, am înțeles că nu se simțea deloc confortabil în cultura californiană informală. Într-un rând, menajera noastră, o tânără originară din Elveția, care locuia la noi și ne ajuta cu copiii, a venit plângând la noi în urma muștruluirilor lui: îi ceruse o ceașcă de ceai, iar ea i-l servise într-o cupă de ceramică, nu de porțelan.

O demonstrație clinică susținută pentru rezidenții de la Stanford a luat o întorsătură catastrofică. Abordarea lui terapeutică (logoterapie) consta, în linii mari, în stabilirea, în urma unei investigații de zece sau cincisprezece minute, a sensului pe care ar trebui să-l aibă viața pacientului, sens pe care Frankl i-l prescria acestuia într-o manieră cu totul autoritară. La un moment dat în timpul unui interviu demonstrativ, unul dintre rezidenții mai sfidători, cu păr lung și sandale în picioare, s-a ridicat în picioare și a părăsit încăperea în semn de protest, bombănind: „Așa ceva este inuman!" Un moment urât pentru toată lumea, în urma căruia Viktor nu a putut fi îmbunat cu nicio scuză, solicitând insistent ca rezidentul respectiv să fie dat afară din program.

De câte ori am încercat să-i ofer un feedback, acesta a fost interpretat ca o critică răutăcioasă. Am corespondat o vreme după vizita sa în California, iar la un moment dat mi-a trimis un manuscris, cerându-mi o opinie critică. Un pasaj descria, cu detalii amănunțite, o conferință susținută la Harvard, în timpul căreia audiența s-a ridicat în picioare și l-a aplaudat frenetic de cinci ori la rând. Nu știam cum să procedez: îmi solicitase comentariile totuși așa că după ce m-am chinuit o vreme cu formularea unui răspuns, am decis să fiu sincer. I-am spus, cât de gentil am fost în stare, că o concentrare atât de intensă asupra aplauzelor deturna atenția de la prezentare, iar unii cititori ar fi putut fi tentați să creadă că investea prea mult în momentul aplauzelor. Mi-a răspuns în cel mai scurt timp: „Irv, tu pur și simplu nu înțelegi – nu ai fost acolo: ei CHIAR s-au ridicat în picioare și mi-au oferit cinci rânduri de aplauze." Uneori și cei mai buni dintre noi sunt orbiți de propriile răni și propria nevoie de apreciere.

Am citit foarte recent povestea autobiografică a profesorului Hans Steiner, student al Universității Medicale din Viena în anii 1960, actualmente coleg și prieten la Stanford, care și-a permis o perspectivă cu totul diferită. Hans a avut parte de o experiență extrem de pozitivă cu Viktor Frankl în timpul studiilor la Viena: l-a descris ca pe un profesor excelent, a cărui abordare creativă era o veritabilă gură de aer proaspăt în contrast cu rigiditatea celorlalți profesori de psihiatrie din Viena.

Ani mai târziu am participat împreună cu Frankl la o mare conferință de psihoterapie, unde am asistat la prelegerea sa pornind de la *Omul în căutarea sensului vieții*. A încântat audiența și a primit ovații răsunătoare, ca de obicei. Ne-am întâlnit la final și m-a îmbrățișat cu căldură, atât el, cât și soția lui. După un alt număr de ani, când lucram la *Psihoterapia existențială*, am parcurs lucrările sale și am înțeles, mai mult ca niciodată, importanța contribuțiilor sale inovative și esențiale în domeniul nostru. Mai aproape de zilele noastre, am fost captivat de portretul fotografic în mărime naturală al lui Viktor Frankl, cu prilejul vizitei la o școală de psihoterapie din Moscova care oferă studii doctorale în logoterapie. Privind îndelung portretul, am realizat brusc magnitudinea curajului, dar și profunzimea suferinței sale. Despre traumele ororilor văzute la Auschwitz știam din cartea sa, dar în timpul întâlnirilor timpurii din Viena și Stanford nu fusesem pregătit să empatizez pe deplin cu el sau să-i ofer susținerea pe care aș fi fost capabil să i-o ofer. O greșeală pe care am știut s-o evit în relațiile viitoare cu alte figuri proeminente ale domeniului, cum ar fi Rollo May.

Capitolul 21
CU FIECARE ZI MAI APROAPE

Scrierea acestor memorii mă obligă să arunc o privire înapoi peste traiectoria muncii mele de-o viață ca scriitor. La un moment dat am făcut o tranziție, de la scrierea unor articole de cercetător și a unor cărți pentru alți universitari la scrieri despre psihoterapie destinate unui public mai larg, iar primele ițe ale acestei metamorfoze le identific începând cu o carte stranie, cu titlu bizar, *Cu fiecare zi mai aproape*, publicată în 1974. Este cartea în care mă îndepărtez de limbajul cercetărilor cantitative și încerc să calc pe urmele povestitorilor pe care i-am citit întreaga viață. Habar nu aveam pe atunci că voi ajunge să predau psihoterapie cu ajutorul a patru romane și trei volume de povestiri.

Metamorfoza mea a început la sfârșitul anilor 1970, când am introdus-o în grupul meu de terapie pe Ginny Elkins, beneficiara bursei Stegner pentru scriere creativă la Stanford. Terapia sa a fost problematică din cauza timidității sale extreme și a reticenței de a solicita sau de a oferi atenție grupului. În câteva luni și-a terminat bursa și și-a găsit un post în învățământul seral, fiindu-i imposibil să mai ajungă la întâlnirile grupului.

Ginny își dorea să continue terapia cu mine, individual, dar nu-și permitea tariful Stanford, astfel că i-am propus un aranjament neobișnuit. Am fost de acord să renunț la tarif dacă era și ea de acord să scrie după fiecare sesiune un rezumat

Călătoria către sine

în care descrie toate sentimentele și gândurile *ne*verbalizate în timpul petrecut împreună. Eu, la rândul meu, aveam să fac același lucru, iar rezumatele noastre aveau să ajungă într-un plic sigilat la secretara mea. Apoi, după câteva săptămâni de terapie, fiecare citea rezumatele celuilalt.

De ce această propunere stranie, neobișnuită? În primul rând, Ginny avea o percepție nerealistă asupra mea – în jargonul psihoterapiei, prezenta un transfer pozitiv în creștere: mă idealiza, era politicoasă cu insistență și se infantiliza în prezența mea. Am considerat că aflarea gândurilor mele brute și necenzurate, dar mai ales a dubiilor și a nesiguranțelor în legătură cu maniera în care aș fi putut să o ajut, ar fi fost un instrument de testare a realității util pentru ea. Am decis, așadar, să fiu deschis în terapie, sperând că asta o va impulsiona pe ea să facă la fel.

Însă a mai existat un motiv, unul mai personal: îmi doream nespus să fiu scriitor; scriitor adevărat. Munca scrierii unui manual academic de cinci sute de pagini, urmată de colaborarea la o monografie de cercetare a grupurilor de întâlnire, tot de cinci sute de pagini, mă sufocaseră. Mi-am imaginat că planul cu Ginny ar fi putut să-mi ofere un exercițiu neobișnuit, o oportunitate de a sparge cătușele profesiei mele, o șansă să-mi descopăr vocea, exprimând orice îmi venea în minte după fiecare ședință. În plus, Ginny fiind o abilă făuritoare de cuvinte, m-am gândit că s-ar simți mai confortabil dacă ar avea șansa să comunice prin scris, mai degrabă decât oral.

Schimbul nostru de notițe o dată la câteva luni a fost deosebit de instructiv. Studiindu-și relația, participanții la procesul terapeutic sunt scufundați mai profund în întâlnirea lor. Terapia noastră a fost îmbogățită cu fiecare nouă lectură. Mai mult, rezumatele au furnizat o experiență de tip *Rashomon*[1]: orele petrecute împreună au fost *experimentate* foarte diferit, fiecare dintre noi apreciind alte părți ale ședințelor. Interpretările mele elegante și strălucite? Vai mie, nici măcar nu le-a observat! A apreciat, în schimb, mici gesturi personale pe care eu abia le sesizam: complimentele pentru hainele sau înfățișarea sa, scuzele mele stânjenite după o întârziere de câteva minute, chicotele mele stârnite de ironia ei, sfaturile despre metodele de relaxare.

Am folosit rezumatele în cadrul cursurilor mele de psihoterapie pentru rezidenții la psihiatrie mulți ani după încheierea terapiei noastre, fiind uimit de fiecare dată de interesul studenților față de vocile și viziunile noastre diferite. Citindu-i-le lui Marilyn, ea a fost de părere că sunau ca un roman epistolar, sugerând să fie publicate sub forma unei cărți. S-a oferit imediat voluntar să le editeze. La puțin timp după asta a plecat într-o vacanță la schi cu Victor, fiul nostru, în timpul căreia a profitat de diminețile în care Victor lua lecții de schi pentru a curăța și a clarifica rezumatele noastre.

Ginny a fost foarte entuziasmată de proiectul editorial: avea să fie prima sa carte, iar noi ne-am înțeles să împărțim drepturile de autor pe din două, oferindu-i 20% lui Marilyn pentru contribuția sa. Basic Books a publicat cartea în 1974, cu titlul *Cu fiecare zi mai aproape*. Privind retrospectiv, sugestia lui Marilyn pentru subtitlu, *O psihoterapie povestită de ambii participanți* (adaptare după Hawthorne[2]), ar fi fost mult mai potrivită, dar Ginny iubea vechiul cântec al lui Buddy Holly „Everyday" și-și dorise dintotdeauna ca acesta să fie cântecul ei de nuntă. Câțiva ani mai târziu,

---

[1] Film din 1950 al regizorului japonez Akira Kurosawa, în care povestea este spusă prin perspectiva a patru personaje.

[2] Referință la povestirile publicate de Nathaniel Hawthorne în 1837 – *Twice-Told Tales* (*Povești spuse de două ori*).

când a apărut filmul despre Buddy Holly, am ascultat cu atenție versurile și am descoperit cu surprindere că Ginny înțelesese greșit versul respectiv. Acesta spune de fapt: „Fiecare zi e tot mai aproape".

Am scris amândoi câte o prefață și o postfață, iar eu îmi amintesc perfect cum am scris-o pe a mea. Cu toate că am scris multe texte profesionale în cabinetul meu din secția de ambulatoriu psihiatric, locul acela era prea aglomerat și gălăgios pentru a găsi inspirație scriitoricească. Pe atunci, psihiatria ocupa aripa de sud a spitalului Stanford, unde se găseau birourile directorului, ale angajaților și multe săli de terapie. Lângă psihiatrie se găsea aripa ocupată de Carl Pribam, un profesor dedicat cercetărilor pe maimuțe, dintre care se întâmpla să mai evadeze câte una cât să creeze haos în clinică și în sala de așteptare. Imediat după laboratorul lui Pribam se afla arhiva, unde erau ținute dosarele pacienților. Era un loc întunecat, fără ferestre, liniștit și absolut intim, dar suficient de mare cât să mă plimb prin el, să construiesc propoziții complexe pe care să le pot citi cu voce tare. Mi-a plăcut camera aceea înfricoșătoare: îmi amintea de biroul de la subsol unde, adolescent fiind, am petrecut nenumărate ore scriind poezii doar pentru plăcerea mea (deși îi citeam ocazional și lui Marilyn din ele).

M-am bucurat de luxul orelor consumate în camera aceea întunecată, în căutarea tonului potrivit. Era un moment de cotitură crucial – fără date, fără fapte, fără statistici, fără intenții de predare – doar curgerea liberă a gândurilor. Deși nu pot să cânt, atunci îmi cântam mie însumi. Sunt convins și că munții de dosare din jurul meu, poveștile miilor de pacienți închise în ele s-au infiltrat cumva în conștiința mea când am scris prefața:

> *Mi se strânge inima de fiecare dată când găsesc*
> *vechi carnete cu programări, pline cu numele pe*

jumătate uitate ale pacienților împreună cu care am avut parte de cele mai sensibile experiențe; atât de mulți oameni, atât de multe momente frumoase. Ce s-a întâmplat cu ei? Dosarele mele cu multe file și munții de înregistrări audio îmi amintesc uneori de un vast cimitir: vieți presate în registre clinice, voci prinse în benzi electromagnetice, murmurându-și dramele la nesfârșit. Tot atâtea mărturii ce îmi insuflă un sentiment acut al efemerității. Simt că spectrul decăderii urmărește din umbră și așteaptă, chiar și în clipele când sunt ancorat în prezent – o decădere care va spulbera în cele din urmă experiența trăită, dar care emană, tocmai prin inexorabilitatea sa, o anumită importanță și frumusețe. Dorința de a povesti experiența cu Ginny este irezistibilă; sunt intrigat de posibilitatea de a păcăli decăderea și de a prelungi durata scurtei noastre vieți împreună. E mult mai bine să știu că ea va supraviețui în mintea cititorilor, nu în depozitul abandonat al notelor clinice necitite și al înregistrărilor electromagnetice neascultate.

Scrierea acestei prefețe a reprezentat un moment esențial al tranziției. Am căutat o voce mai poetică, îndreptându-mi totodată atenția spre fenomenul efemerității, calea spre viziunea existențială.

În aceeași perioadă în care o aveam pe Ginny în terapie, am avut parte de o altă întâlnire literară. Unul dintre colegii lui Marilyn ne-a prezentat o imagine rară din viața intimă a lui Ernest Hemingway, care s-a sinucis în 1961. Colegul ei descoperise într-o bibliotecă universitară o serie de scrisori neștiute ale scriitorului către Buck Lanham, unul dintre comandanții debarcării din Normandia. Deși nu avea voie să le copieze, colegul lui Marilyn le-a dictat pe ascuns, folosind un reportofon, le-a transcris și ne-a pus la dispoziție o copie a lor pentru câteva zile, permițându-ne să parafrazăm din ele, cu condiția de a nu le cita în mod direct.

Scrisorile făceau destul de multă lumină asupra psihicului lui Hemingway. Am reușit să adun mai multe informații cu prilejul unei deplasări la Washington, D.C., în vizită la Buck Lanham, la vremea aceea director executiv la Xerox, suficient de amabil cât să-mi povestească despre amiciția lui cu Ernest Hemingway. După ce am recitit multe din scrierile lui Hemingway, eu și Marilyn am angajat niște bone și am plecat într-un weekend prelungit și izolat la Villa Montalvo Arts Center din Saratoga, California, pentru a colabora la scrierea unui articol.

Articolul nostru, „Hemingway: o viziune psihiatrică", a fost publicat în 1971 în *Journal of American Psychiatric Association*, fiind citat instantaneu în sute de publicații din toată lumea. Nimic din ce am scris, niciunul dintre noi, până atunci sau de-atunci încoace, nu s-a bucurat de o asemenea atenție.

Articolul examina sentimentul de inadaptare subsidiar comportamentului flamboaiant al scriitorului. Cu toate că Hemingway s-a înăsprit și s-a expus neobosit unor încercări masculine dificile, cum ar fi boxul, pescuitul la adâncime, vânătoarea animalelor mari, în scrisorile către generalul Lanham îl descoperim vulnerabil și copilăros. Scriitorul venera autenticitatea – pe liderul militar puternic și curajos – și se descria pe sine ca „un găinar de scriitor". Cu toate că îl apreciez enorm ca scriitor, nu simpatizez personalitatea sa publică – prea abrazivă, hipermasculină, prea lipsită de empatie și îmbibată în alcool. Lectura scrisorilor mi-a revelat identitatea copilului sensibil, autocritic, uluit de adulții cu adevărat duri și curajoși.

Ne-am declarat intențiile chiar de la începutul articolului:

> *Deși apreciem considerațiile existențiale generate de întâlnirile lui Hemingway cu pericolul și moartea, nu găsim în ele aceeași măsură de universalitate și atemporalitate ca în cazul unor Tolstoi, Conrad sau Camus. Ne întrebăm de ce. De ce este viziunea lui Hemingway atât de restrânsă? Noi bănuim că limitările viziunii sale au de-a face cu restricțiile psihologice personale... Așa cum nu există urmă de îndoială că a fost un scriitor foarte talentat, este evident că a fost o persoană extrem de tulburată, care nu și-a găsit nicicând liniștea și și-a pus capăt vieții la 62 de ani, în timpul unui episod de psihoză paranoid-depresivă.*

Eu și Marilyn am colaborat întotdeauna îndeaproape – am citit mereu ciornele scrierilor celuilalt –, dar aceasta este singura noastră scriere comună. Ne amintim încă cu plăcere de această experiență și ne gândim că, în ciuda vârstei avansate, poate vom mai avea prilejul colaborării la un nou proiect.

Capitolul 22
OXFORD ȘI BĂNUȚII FERMECAȚI AI DOMNULUI SFICA

Memoria mea amestecă adesea anii mulți petrecuți la Stanford, însă întreruperile sabatice sunt clar evidențiate în amintire. La începutul anilor 1970 am continuat să le predau studenților și rezidenților, mulți dintre ei devenindu-mi colaboratori în diverse cercetări de psihoterapie. Am scris articole despre terapia de grup pentru alcoolici și terapia de grup pentru văduve. La un moment dat, editorul mi-a cerut să pregătesc a doua ediție a manualului. Știind că acest proiect ar avea nevoie de toată atenția mea, am solicitat o pauză sabatică de șase luni, iar în 1974, eu, Marilyn și fiul nostru de cinci ani, Ben, am plecat la Oxford, unde am primit un cabinet în Departamentul de Psihiatrie al Spitalului Warneford. Fiica noastră, Eve, începuse colegiul la Wesleyan, iar ceilalți doi băieți ai noștri au rămas să termine anul la Palo Alto, în grija unor prieteni vechi care s-au mutat la noi pe perioada plecării noastre.

La Oxford am găsit o casă chiar în centrul orașului, dar la scurt timp după sosirea noastră s-a prăbușit un avion al unei companii britanice, omorând toți pasagerii, printre care și tatăl familiei de la care închiriasem casa. Așa că a trebuit să căutăm pe ultima sută de metri altă casă. Negăsind nimic, am închiriat o fermecătoare cabană veche, cu acoperiș din paie, în sătucul Black Bourton, la aproximativ treizeci de minute de Oxford.

Black Bourton era micuț, foarte britanic și foarte izolat: condiții perfecte pentru scris! Revizuirea unui manual presupune o muncă solicitantă și plictisitoare, dar necesară, dacă se dorește ca textul să rămână relevant. Am analizat niște cercetări pe care le realizasem de curând, încercând să înțeleg mai bine ce anume ajută pacienții în timpul terapiei de grup. Am aplicat un chestionar cu cincizeci și cinci de itemi (vizând catharsisul, înțelegerea, susținerea, ghidajul, universalitatea, coerența de grup etc.) unui eșantion mare de pacienți din cadrul unor grupuri de succes, în care am introdus dintr-o toană de ultim moment un grup de cinci afirmații mai puțin ortodoxe, pe care le-am etichetat drept „factori existențiali" – afirmații precum „sunt de acord că, oricât m-aș apropia de ceilalți, tot singur trebuie să înfrunt viața" sau „sunt de acord cu afirmația că nu se poate fugi de o parte din suferința vieții și de moarte". Le-am cerut subiecților să le ordoneze în grupuri (după criteriile „metodologiei Q"), de la cel mai puțin util la cel mai util, descoperind cu uimire că toți factorii existențiali aruncați în joc în ultimul moment au primit calificative mai înalte decât mă așteptam. Era limpede că aceștia jucau un rol mai mare în desfășurarea terapiilor de grup eficiente decât înțelesesem până atunci, astfel că am hotărât că trebuia să explic acest lucru într-un capitol nou.

Abia începusem să lucrez la ideea asta, că am primit un telefon din Statele Unite prin care eram informat că primisem prestigiosul Premiu Strecker pentru psihiatrie. Am fost foarte încântat, desigur, dar nu pentru mult timp. Două zile mai târziu primeam scrisoarea oficială din care aflam mai multe detalii: trebuia să susțin, oricând în următorul an, o prelegere în fața unei audiențe numeroase în Pennsylvania.

Nicio problemă. Doar că scrisoarea adăuga că trebuia să trimit o monografie pe un subiect la alegere în următoarele patru luni, spre a fi publicată de către Universitatea din Pennsylvania într-o ediție limitată. Ultimul lucru din lume pe care voiam să-l fac atunci era să scriu o monografie: când inițiez un proiect de scriere, amân orice altceva și nu mă mai gândesc la nimic în afara proiectului. M-am gândit să refuz premiul, dar am fost convins să n-o fac de către câțiva colegi, astfel că în cele din urmă am ajuns la un compromis: să scriu o monografie despre factorii existențiali implicați în terapia de grup, cu care să împușc doi iepuri dintr-un foc – monografia Strecker și capitolul nou din manual. Privind în urmă, cred că acesta a reprezentat începutul unei munci care avea să culmineze cu tratatul meu, *Psihoterapia existențială*.

Black Bourton se află în Cotswolds, o regiune bucolică din sudul Angliei, celebră pentru câmpiile sale verzi, colorate de mugurii florilor de primăvară și vară. Am găsit o grădiniță locală excelentă pentru Ben și viața noastră acolo, în general, a fost minunată, cu excepția unui singur aspect – vremea. Veneam din răsfățul soarelui californian, iar acum Marilyn își cumpăra la jumătatea lui iunie un palton greu din blană de oaie. La finalul lunii iulie eram atât de sătui de ploi și atât de flămânzi după soare, că ne-am trezit într-o dimineață ploioasă în fața unei agenții de turism din Oxford căutând un zbor către cea mai apropiată și mai puțin costisitoare locație însorită. Agenta a zâmbit cu subînțeles – mai avusese de-a face cu tânguielile turiștilor californieni – și ne-a rezervat un zbor spre Grecia. „Voi și Grecia", ne-a asigurat ea, „veți deveni foarte buni prieteni."

L-am înscris pe Ben într-o tabără de preșcolari în Winchester, iar Victor, care ni se alăturase la sfârșitul lui iunie, după terminarea anului școlar, a plecat într-o aventură cu bicicleta în Irlanda, împreună cu alți adolescenți. Eu și Marilyn ne-am urcat în avionul pentru Atena. De acolo ne-am îmbarcat a doua zi într-un tur de cinci zile cu autobuzul spre Peloponezul cel veșnic însorit.

Am ajuns în Atena plini de voie bună și pregătiți de explorare, dar fără bagaje. Am rămas doar cu bagajul de mână, adică o geantă cu cărți, dar am găsit un magazin deschis până târziu lângă hotelul la care eram cazați în Atena, de unde ne-am cumpărat lucrurile esențiale într-o călătorie: un aparat și spumă de ras, periuțe de dinți, pastă, lenjerie și o rochie de vară cu dungi negre și roșii pentru Marilyn. Am purtat același haine timp de cinci zile, iar Marilyn, când voia să înoate, își lua singurul tricou pe care îl avea și-și trăgea pe ea niște chiloți ai mei. Nemulțumirea provocată de pierderea bagajelor s-a evaporat rapid, obișnuindu-ne să călătorim cu puține lucruri asupra noastră. Ba chiar, după câteva zile, am ajuns să râdem de colegii noștri excursioniști când urcau mormăind geamantanele lor voluminoase în autobuz, în vreme ce noi țopăiam de colo-colo ca niște păsări libere. Scutiți de greutăți, am simțit că ne puteam conecta mai profund cu locurile vizitate: muntele Olimp, unde au avut loc primele jocuri olimpice, în urmă cu 2 500 de ani; teatrul antic al lui Epidaurus și locația montană a oracolelor din Delfi, preferata lui Marilyn, comparată cu Vézelay din Franța, pentru frumusețea și elevarea sa spirituală. La finalul turului am revenit la aeroport ca să găsim, spre șocul nostru, cele două bagaje ale noastre rotindu-se pe banda pustie. Le-am recuperat, oarecum nedumeriți, și ne-am îmbarcat pentru următoarea destinație, Creta.

Am închiriat o mașină de la aeroportul din Creta și ne-am plimbat o săptămână relaxați de-a lungul insulei. După patruzeci de ani, memoria mea a reținut doar frânturi din această excursie, dar și eu și Marilyn ne amintim de prima seară într-o tavernă cretană, privind reflecția lunii în apa canalului la un metru de masa noastră și de minunea unor aperitive cum nu mai văzuserăm: platouri de baba ganoush, tzatziki, taramasalata, dolmades, spanakopita, tiropita, keftedes. Mi-au plăcut atât de mult că nu am comandat niciun fel principal cât am stat în Creta.

„Nu vreau nimic. Nu mă tem de nimic. Sunt liber." Cuvintele de pe piatra funerară a lui Nikos Kazantzakis mi-au făcut pielea să se strângă, a doua zi, lângă anticele ziduri venețiene care înconjoară orașul Heraklion, capitala Cretei. Kazantakis a fost excomunicat de Biserica Ortodoxă din Grecia pentru romanul *Ultima ispită a lui Hristos*, pe care l-am citit în avion spre Grecia, neavând dreptul de a fi înmormântat în interiorul orașului. Am îngenuncheat la mormântul său, pentru a aduce un omagiu acestui spirit măreț, iar mare parte din restul călătoriei l-am dedicat lecturii cărții sale, *Odiseea. O continuare modernă*.

La palatul din Knossos am fost fermecați de frescele imense înfățișând femei puternice cu pieptul dezvelit, cărând daruri pentru sacrificiile preoteselor. Așa cum m-a obișnuit de când ne știm, Marilyn mi-a fost ghid, oferindu-mi informații despre palat, cu o atenție deosebită la predominanța acestor figuri feminine. Un subiect pe care avea să-l detalieze douăzeci de ani mai târziu, în cartea sa din 1997, *The History of Breast*.

Am urcat cu mașina și până în munți, pentru a vizita o austeră mănăstire cretană. Acolo am fost invitați să rămânem la masă, dar de vizitat, ni s-a permis să vizităm doar o porțiune restrânsă a așezământului, pentru a nu deranja rugăciunea călugărilor. În plus, femeile nu aveau voie să intre în corpul principal al mănăstirii – nici animalele de sex feminin; nici măcar găinile!

Cât am stat în Heraklion, am căutat monede grecești antice pe care să le facem cadou lui Reid, fiul nostru cel mare, cu prilejul absolvirii liceului. În fiecare butic în care am intrat ni se spunea că vânzarea de monede către turiști era ilegală, dar toți comercianții ignorau legea, fiind dispuși – chiar dacă pe ascuns – să ne arate colecțiile lor secrete. Cel mai mult ne-a impresionat prăvălia lui Sfica, peste drum de Muzeul Național, pe vitrina căreia era pictat cu auriu un bondar. După o discuție lungă cu amabilul și înțeleptul domn Sfica, am cumpărat o monedă grecească din argint pentru Victor și două monede pe care eu și Marilyn le-am purtat ca pandantive. Sfica ne-a asigurat că le puteam returna oricând în caz că eram nemulțumiți de ele. A doua zi am vizitat un mic magazin de subsol, ținut de un anticar evreu bătrân și plin de riduri. De la el am cumpărat niște monede romane din argint, ieftine, iar în timpul tranzacției i-am arătat monedele achiziționate de la Sfica. Pe acestea le-a examinat rapid și a concluzionat cu multă autoritate: „Falsuri – falsuri bune. Și totuși falsuri."

Ne-am întors la Sfica și i-am cerut banii înapoi. Acesta, ca și cum s-ar fi așteptat să ne vadă, s-a dus la casa de bani și, fără să scoată un cuvânt, a extras din ea cu multă demnitate un plic cu banii noștri. Ni l-a înmânat, zicându-ne: „Vă returnez banii, așa cum am promis; dar cu o condiție: să nu mai călcați în magazinul meu."

Continuându-ne periplul pe insulă, am ajuns și în alte anticariate, povestind de multe ori pățania cu domnul Sfica. „Cum?", ne-au răspuns toți. „L-ați insultat pe domnul Sfica? Sfica, expertul oficial al Muzeului Național?" Se luau cu mâinile de cap și se văitau: „Trebuie să vă cereți scuze."

Negăsind cu ce să înlocuim cadoul, am început să ne întrebăm dacă nu cumva greșiserăm returnând monedele. În ultima seară în Corfu, ne-am zis să ne bucurăm de cadoul unui prieten de la Oxford: o țigară subțirică cu marijuana. Nefiind obișnuiți să fumăm marijuana, am ieșit să cinăm la una dintre terasele din zona pieței, desfătându-ne ore întregi cu mâncarea magică, muzica și dansurile. După cină ne-am rătăcit pe străzile din Heraklion, devenind tot mai dezorientați, ba la un moment dat chiar ușor paranoici, crezând că suntem urmăriți de poliție. Nu am reușit să găsim niciun taxi și ne-am repezit pe labirintul de străduțe în căutarea hotelului, dar am ajuns, nu se știe cum, târziu în noapte de-acum, pe o stradă pustie, în fața unui magazin pe vitrina căruia era pictat un bondar auriu – magazinul numismatic al lui Sfica! În timp ce ne holbam uluiți la bondar, a apărut ca prin minune un taxi liber. L-am luat și am ajuns în scurt timp înapoi în siguranța hotelului nostru.

Zborul către Londra era programat abia spre seară, astfel că am avut timp să discutăm despre seara precedentă în timpul unui mic dejun prelungit, în fața tartelor cu brânză specifice Cretei. Deși sceptic din fire, nu am putut să nu mă întreb dacă nu cumva faptul că ajunsesem întâmplător în fața magazinului lui Sfica era de fapt un mesaj misterios. Cu cât am discutat mai mult, cu atât am ajuns la concluzia că făcusem o eroare oribilă, o eroare care putea fi reparată doar cerându-ne scuze cu disperare în fața domnului Sfica și cumpărând din nou monedele. Ne-am întors la magazin și, sfidând interdicția lui Sfica, am pășit înăuntru. Am început să mormăim niște scuze de cum l-am văzut, însă el ne-a tăiat-o scurt ducând un deget în dreptul buzelor, după care s-a întors fără un cuvânt și a scos cele trei monede. Am plătit același preț ca prima oară. Câteva ore mai târziu, în avionul spre Londra, i-am spus lui Marilyn: „Dacă Sfica și restul comercianților din Creta sunt în cârdășie și el a avut tupeul să-mi vândă de două ori aceleași monede false, atunci tot ce pot spune este: «Mă-nclin, domnule Sfica!»"

După revenirea la Oxford, am dus monedele la Muzeul Ashmolean pentru o expertiză oficială. Am primit verdictul după o săptămână: toate monedele erau false, cu excepția micilor monede romane cumpărate din subsolul evreului bătrân! Și așa a început o viață de aventuri în Grecia.

CAPITOLUL 23
TERAPIA EXISTENȚIALĂ

M-am întrebat, încă de la începutul rezidențiatului, când am citit *Existence*, cartea lui Rollo May, și am urmat primele cursuri de filosofie la Hopkins, cum aș fi putut încorpora înțelepciunea trecutului în domeniul meu, psihoterapia. Cu cât citeam mai multă filosofie, cu atât realizam ce multe idei profunde ignora psihiatria. Regretam că dețineam o bază atât de șubredă în filosofie, și în domeniile umaniste în general, fiind tot mai hotărât să mă ocup de aceste goluri în educația mea.

Am început să particip la o serie de cursuri de fenomenologie și existențialism pentru studenții de la Stanford, multe dintre ele susținute de Dagfinn Føllesdal, un profesor și un gânditor remarcabil de lucid. Materia mi s-a părut fascinantă, chiar dacă densă și dificilă, iar cele mai multe probleme le-am avut cu filosofia lui Edmund Husserl și cea a lui Martin Heidegger. Lucrarea celui din urmă, *Ființă și timp*, mi s-a părut neclară, dar atât de interesantă că am audiat de două ori cursul lui Dagfinn despre Heidegger. Noi doi aveam să devenim prieteni pe viață. Celălalt profesor de la Stanford care se ocupa de domeniile mele de interes era Van Harvey, șeful de cursă lungă al Departamentului de Studii Religioase de la Stanford, în ciuda agnosticismului său înverșunat. Am audiat vrăjit prelegerile sale despre Kierkegaard și Nietzsche, două dintre cele mai memorabile cursuri la care am asistat vreodată. Și Van Harvey mi-a devenit prieten apropiat; ne întâlnim și azi, cu regularitate, ca să luăm prânzul împreună și să discutăm despre filosofie.

Viața mea profesională, în ansamblul ei, se modifica: căutam din ce în ce mai rar să mă implic în proiectele științifice conduse de membrii departamentului meu. Când profesorul de psihologie David Rosenhan a plecat într-un an sabatic, am preluat cursul său general de psihopatologie pentru studenți, dar a fost ultima oară – ultimul meu curs de acest tip.

M-am îndepărtat, gradual, de afilierea mea originală cu știința medicală, apropiindu-mă tot mai mult de domeniile umaniste. A fost o epocă interesantă, chiar dacă plină de îndoieli: mă simțeam adesea marginal și simțeam că pierd contactul cu ultimele descoperiri ale psihiatriei, în timp ce în materie de filosofie și literatură eram doar un amator. Am recuperat încet, concentrându-mă asupra gânditorilor cei mai relevanți pentru domeniul meu. I-am studiat pe Nietzsche, Sartre, Camus, Schopenhauer, Epicur/Lucrețiu, ocolindu-i pe Kant, Leibniz, Husserl și Kierkegaard, întrucât nu întrevedeam posibilitatea unor aplicații clinice ale ideilor acestora.

Am avut, de asemenea, șansa de a audia cursurile profesorului de engleză Albert Guerard, remarcabil critic literar și romancier, bucurându-mă mai apoi de onoarea de a preda alături de el. El și soția lui, Maclin – scriitoare și ea –, au devenit prietenii noștri apropiați. Profesorul Guerard a inițiat la începutul anilor 1970 un nou program doctoral în gândire și literatură modernă, în care eu și Marilyn am fost cooptați ca profesori. Am început să predau mai mult în domeniul umanist decât în cel medical. Unul dintre primele cursuri din programa de studii doctorale era intitulat „Psihiatrie și biografie", ținut de mine împreună cu Tom Moser, șeful Departamentului de Engleză de la Stanford, ulterior bun prieten. Împreună cu Marilyn, am ținut cursul „Moartea în ficțiune"; iar împreună cu Dagfinn Føllesdal, cursul „Filosofie și psihiatrie."

Lecturile mele s-au mutat masiv în zona existențialiștilor din literatură și filosofie: autori precum Dostoievski, Tolstoi, Beckett, Kundera, Hesse, Mutis și Hamsun nu erau preocupați în primul rând de problematica claselor sociale, de chestiunile amoroase, sexuale, de mister sau răzbunare – subiectele lor erau mult mai profunde, atingând chiar parametrii existenței. S-au luptat să găsească sens într-o lume fără sens, confruntând fățiș inevitabilitatea morții și a izolării. Dileme fatale, cu care rezonam pe deplin. Simțeam că ei spun povestea mea: și nu doar povestea *mea*, ci a fiecărui pacient consultat vreodată de mine. Am început să înțeleg tot mai bine că multe dintre problemele cu care se confruntau pacienții mei – îmbătrânire, pierdere, moarte, decizii majore de viață, cum ar fi ce profesie să urmezi sau cu cine să te căsătorești – erau adesea abordate mult mai convingător de către romancieri și filosofi decât de specialiștii domeniului meu.

Mi-a încolțit în minte ideea că aș fi putut scrie o carte care să valorifice o parte din ideile literaturii existențiale în psihoterapie, temându-mă totodată ca nu cumva un asemenea pas să fie prea arogant. Oare filosofii autentici nu ar fi întrevăzut prin poleiala mea subțire de informații? Am lăsat deoparte aceste scrupule și am început lucrul, însă de anxietatea personajului prefăcut din fundal nu am reușit să scap niciodată. Îmi dădeam seama că acesta era un formidabil proiect de lungă durată. Mi-am aranjat ziua astfel încât să pot dedica patru ore în fiecare dimineață scrisului și cititului în micul meu birou improvizat în garaj, iar la amiază să parcurg drumul de douăzeci de minute cu bicicleta până la Stanford, pentru a-mi petrece restul zilei cu studenții și pacienții.

Pe lângă literatura academică, am conspectat și teancurile de note clinice despre pacienți. Am încercat iar și iar să-mi golesc mintea de preocupările de zi cu zi și să meditez la experiența ireductibilă a ființei. Adesea eram invadat de gânduri legate de moarte, atât în stare de trezie, cât și în somn. La începutul lucrului la carte am avut un vis atât de puternic, încât mi-l amintesc până azi de parcă l-aș fi visat noaptea trecută.

Mama, împreună cu rudele și prietenii săi, toți morți astăzi, stau așezați pe niște rânduri de scări. O aud pe mama strigându-mă – ba chiar țipând după mine. Din grupul de oameni, o observ cu precădere pe mătușa Minnie, care stă complet nemișcată pe treapta cea mai de sus. Apoi începe să se miște, la început ușor, apoi tot mai repede, până ce vibrează mai ceva ca un bărzăune. În momentul acela, toți oamenii așezați pe trepte, toți adulții din copilăria mea, azi morți, încep să vibreze din ce în ce mai repede. Unchiul Abe se întinde să mă ciupească de obraz, plescăie prietenos din limbă și-mi spune „Flăcău drag", cum făcea de fiecare dată. Apoi se întind și alții să mă prindă de obraz. Ciupiturile lor, la început afectuoase, devin tot mai puternice și dureroase. Mă trezesc îngrozit, la 3 noaptea, cu obrajii pulsându-mi.

Visul sugerează o întâlnire cu moartea. Mai întâi sunt strigat de mama mea moartă, iar apoi văd toate rudele moarte încremenite într-o nemișcare ciudată pe trepte. După care încep să se miște. Îmi atrage atenția mătușa Minnie, cea care înainte de a muri a zăcut un an într-un sindrom paralitic. Un atac devastator o lăsase paralizată mai multe luni, incapabilă să miște un mușchi în tot corpul, în afară de ochi. Mă îngrozea să mă gândesc la ea în starea aia. În visul meu, Minnie începe să se miște, dar ajunge foarte repede la delir. Eu încerc să scap de groază imaginându-mi că morții mă ciupesc afectuos de obraz. Dar ciupiturile devin tot mai puternice și răuvoitoare: mă vor lângă ei și este sigur că moartea va veni și după mine. Imaginea mătușii mele vibrând ca o insectă m-a urmărit zile întregi. Nu am reușit să scap de ea. Paralizia ei generală și dispariția sa cât era încă în viață au fost atât de greu de suportat, că am încercat în vis să îndrept situația, făcând-o să vibreze. S-a întâmplat de multe ori să fiu vizitat de coșmaruri provocate de vizionarea unor filme despre moarte sau violență, în special de filme despre Holocaust. Principala mea metodă de adaptare la teroarea morții? Evitarea, desigur.

Am trăit cu convingerea că voi muri la șaizeci și nouă de ani, vârsta la care a murit tatăl meu. De când mă știu, îmi amintesc că despre bărbații din familia Yalom se spuneau două lucruri: că sunt foarte blânzi și că mor de tineri. Cei doi frați ai tatălui meu au murit de infarct când aveau cincizeci de ani, iar pe tata aproape l-a ucis infarctul la patruzeci și șapte de ani. În timpul facultății am studiat fiziologia și am aflat ce impact are dieta asupra afecțiunilor coronariene și de atunci mi-am schimbat brusc și pentru totdeauna obiceiurile alimentare, reducând masiv consumul de grăsimi animale. Am evitat carnea roșie, adoptând treptat o dietă preponderent vegetariană. Am luat statine zeci de ani, mi-am monitorizat cu atenție greutatea, am făcut mișcare în mod regulat și mi-am oferit surpriza de a trăi mai mult de șaizeci și nouă de ani.

*

După luni de studiu și reflecție am ajuns la concluzia că miezul unei abordări existențialiste a psihoterapiei trebuie să fie confruntarea noastră cu moartea. Am crezut că acest lucru este justificat de intensitatea și universalitatea spaimei noastre de moarte, dar acum, privind retrospectiv decizia mea, nu pot anula posibilitatea ca viziunea mea să fi fost influențată de propria-mi angoasă legată de moarte. Luni de-a rândul am citit tot ce am găsit legat de moarte, de la Platon la *Moartea lui Ivan Ilici*, a lui Tolstoi, *Moartea și gândirea vestică*, a lui Jacques Choron și *Negarea morții*, de Ernest Becker.

Literatura academică despre moarte era atât de vastă, de diversă și atât de frecvent ezoterică și îndepărtată de domeniul psihiatriei, încât am înțeles că o contribuție unică putea veni doar din munca mea cu pacienții. La vremea respectivă, literatura clinică atingea atât de rar subiectul morții, că mi-a fost clar că va trebui să-mi croiesc propriul drum. Însă, oricât aș fi încercat să discut cu pacienții mei despre îngrijorările lor legate de moarte, nu am reușit să-i angajez într-o discuție susținută. Discutam câteva momente despre asta, după care schimbam, inevitabil, subiectul. Privind retrospectiv epoca aceea, cred că eu le transmiteam inconștient pacienților că nu eram pregătit să vorbesc despre asta.

Am luat atunci o decizie importantă, decisivă pentru următorii mei zece ani de practică clinică: aveam să lucrez doar cu pacienți care *trebuiau* să vorbească despre moarte, deoarece se confruntau iminent cu ea. Am început să consult pacienți din departamentul oncologic de la Stanford, ce fuseseră diagnosticați cu cancer în fază terminală. Am asistat pe atunci la o prelegere susținută Elisabeth Kübler-Ross, pionier în munca cu muribunzii, fiind impresionat de prima întrebare pe care aceasta o adresa pacienților foarte grav bolnavi: „Cât de bolnav ești?" Cred că e o întrebare foarte importantă: transmite enorm de mult – mai precis, transmite faptul că sunt deschis și disponibil să merg cu pacientul acolo unde vrea el, chiar și în cele mai întunecate locuri.

La pacienții muribunzi, cel mai mult m-a șocat imensa lor izolare. O izolare bidirecțională: pacienții evită să vorbească despre gândurile lor morbide și înfricoșătoare de teamă să nu-i deprime pe membrii familiei și pe prieteni, dar și apropiații pacientului evită subiectul, pentru a nu-l mâhni și mai mult pe acesta. Cu cât am întâlnit mai mulți pacienți cu cancer, cu atât mai convins am fost că terapia de grup îi poate ajuta să reducă din izolare. Oncologii cu care am discutat despre planurile mele au fost extrem de circumspecți și neimplicați. Vorbim încă de începutul anilor 1970, când grupurile de genul ăsta erau percepute ca imprudente și potențial nocive. În plus, propunerea mea nu cunoștea precedent: în literatura de specialitate nu exista nicio relatare despre grupuri dedicate bolnavilor de cancer.

Dar, pe măsură ce am acumulat experiență, am devenit tot mai convins că acest tip de grup ar putea oferi foarte multe și am început să împrăștii vorba în comunitatea științifică de la Stanford. Nu după mult timp am fost vizitat la cabinet de Paula West, o pacientă cu cancer de sân intrat în metastază. Ea a jucat un rol esențial în munca mea cu pacienții bolnavi de cancer. Paula îndura metastaze cumplite la nivelul coloanei, dar înfrunta boala cu o grație ieșită din comun. Am descris relația cu ea mai târziu, în povestea „Călătorii cu Paula", publicată în volumul *Mama și sensul vieții*. Povestea începe în felul următor:

> *Când a intrat prima dată în cabinetul meu, am fost captivat pe loc de înfățișarea ei: demnitatea ținutei sale, zâmbetul ei radios cu care m-a cucerit, ciuful ei tuns scurt, băiețește, părul alb strălucitor*

și ceva ce nu pot numi altfel decât luminozitate, care părea să strălucească din ochii săi înțelepți, de un albastru intens.

*„Mă numesc Paula West", mi-a spus. „Am cancer în fază terminală. Dar nu sunt un pacient canceros."
Și, într-adevăr, în toți anii călătoriilor noastre, nu am privit-o niciodată ca pe un pacient. Apoi mi-a descris în propoziții scurte și sacadate istoricul ei medical: cancer la sân diagnosticat cu cinci ani în urmă, extirparea sânului, cancer la celălalt sân, extirparea celuilalt sân. Apoi chimioterapie, cu alaiul bine-cunoscut de efecte secundare: amețeli, greață, căderea părului. Terapie cu radiații; la intensitate maximă. Dar cancerul nu a putut fi oprit – s-a extins la craniu, șira spinării și orbitele ochilor. Cancerul Paulei voia să consume și, în ciuda sacrificiilor aduse de medici – sânii, nodulii limfatici, ovarele, glandele suprarenale –, a rămas la fel de vorace.*

Când mi-am imaginat-o pe Paula dezbrăcată, am văzut un piept cu cicatrici în diagonală, fără sâni, carne sau mușchi, precum ruina unui vas eșuat, iar dedesubtul pieptului, un abdomen purtând urmele intervențiilor chirurgicale, susținut de niște coapse groase, dizgrațioase, umflate de steroizi. Pe scurt, o femeie de cincizeci și cinci de ani, fără sâni, glande suprarenale, ovare, uter și, sunt destul de sigur, fără libido.

Am apreciat dintotdeauna femeile cu trupuri ferme și grațioase, sâni naturali și o senzualitate aparent relaxată. Însă când am cunoscut-o pe Paula mi s-a întâmplat un lucru ciudat: mi-a părut frumoasă și m-am îndrăgostit de ea.

Paula a fost de acord să participe la un grup alături de alți trei pacienți muribunzi. Am ținut ședințe de nouăzeci de minute în cinci oameni, într-o cameră confortabilă din clădirea psihiatriei. Am început simplu, afirmând că toți membrii grupului se luptau cu cancerul și că eu credeam că ne putem ajuta unii pe ceilalți împărtășindu-ne gândurile și sentimentele.

Unul dintre participanți era Sal, un bărbat de treizeci de ani într-un scaun cu rotile, care, la fel ca Paula, era plin de viață. Deși avea multiple mieloame avansate (un tip de cancer osos invaziv și foarte dureros care provoacă multe fracturi de oase) și era îmbrăcat în ghips de la gât la coapse, spiritul său era neîmblânzit. Iminența morții îi inundase existența cu un nou sens și îl transformase atât de mult, încât ajunsese să perceapă boala ca pe o misiune. A fost de acord să se alăture grupului, în speranța că ar fi reușit să-i ajute pe ceilalți să găsească o eliberare similară.

Sal a intrat în grupul nostru cu șase luni prea devreme – când grupul era încă prea mic pentru a-i oferi genul de audiență de care avea nevoie –, dar a găsit alte platforme de exprimare, în special licee, unde se adresa adolescenților cu probleme. L-am auzit transmițându-și mesajul cu vocea sa răsunătoare.

> *Vreți să vă distrugeți corpul cu droguri? Să-l uci- deți cu băutură, iarbă și cocaină? Să-l faceți bucăți în mașini? Să-l omorâți pur și simplu? Să-l aruncați de pe Golden Gate Bridge? Nu-l mai vreți? Atunci dați-mi-l mie! Îl vreau eu. Am nevoie de el! Îl iau eu – vreau să trăiesc!*

Cuvintele lui m-au zguduit. Forța mesajului său era alimentată de puterea pe care o investim întotdeauna în cuvintele muribunzilor. Elevii de liceu îl ascultau în liniște, simțind, la fel ca mine, că este autentic, că nu are timp de jocuri și prefăcătorii.

O altă pacientă, Evelyn, grav bolnavă de leucemie, i-a oferit lui Sal un nou prilej de a-și îndeplini misiunea. Evelyn, în scaun cu rotile și cu perfuziile de sânge după ea, a spus grupului: „Știu că mor: pot să accept asta. De-acum nici nu mai contează. Dar ce *contează* este fiica mea. Îmi otrăvește ultimele zile de viață!" A descris-o pe fiica ei ca pe „o femeie răzbunătoare și neiubitoare". Cu câteva luni în urmă se certaseră urât și prostește, pe motiv că fiica ei îi hrănise pisica cu altă mâncare decât de obicei. Nu-și mai vorbiseră de atunci.

După ce a ascultat-o, Sal i-a vorbit simplu, dar cu entuziasm: „Ascultă ce vreau să-ți spun, Evelyn. Și eu sunt pe moarte. Dă-mi voie să te întreb: cât de mult contează ce anume mănâncă pisica ta? Cât de mult contează cine cedează primul? Știi că nu mai ai mult de trăit. Hai să nu ne mai prefacem. Dragostea fiicei tale este cel mai important lucru din lume pentru tine. Să nu mori; te rog să nu mori până nu-i spui asta! Altfel îi vei otrăvi viața, ea nu-și va reveni niciodată și va pasa otrava mai departe, către fiica *ei*! Rupe cercul vicios! Rupe-l, Evelyn!"

Apelul lui Sal a funcționat. Evelyn a murit după doar câteva zile, însă infirmierele de pe secție ne-au povestit că, mișcată de cuvintele lui Sal, femeia a căutat-o pe fiica ei și au avut parte de o împăcare scăldată în lacrimi. Am fost foarte mândru de Sal. Prima victorie a grupului nostru!

După câteva luni simțeam că învățasem suficiente încât să pot lucra cu grupuri mai mari. M-am gândit, de asemenea, că un grup omogen ar fi fost mai eficient. Majoritatea pacienților pe care îi văzusem la consultații aveau cancer la sân în metastază, așa încât am hotărât să creez un grup format din pacienți ce sufereau de aceeași boală. Paula s-a apucat foarte serios de recrutări. În urma interviurilor, am acceptat șapte pacienți și am dat drumul la treabă.

Paula m-a surprins din nou, deschizând prima ședință a grupului cu o veche povestire hasidică:

> *Un rabin stătea de vorbă cu Dumnezeu despre Rai și Iad. „Îți voi arăta Iadul", i-a spus Dumnezeu rabinului, conducându-l într-o încăpere în care se afla o masă rotundă. Oamenii așezați în jurul mesei erau flămânzi și disperați. Pe mijlocul mesei se găsea un ceaun imens cu tocană din care se ridica un miros atât de îmbietor că rabinul a simțit că-i plouă în gură. Fiecare persoană de la masă ținea în mână o lingură cu coada foarte lungă. Lingurile ajungeau la ceaun, dar erau mai lungi decât brațele înfometaților, astfel că aceștia nu reușeau să aducă mâncarea la gură. Rabinul a văzut cât de rău sufereau oamenii aceștia.*
>
> *„Acum îți voi arăta Raiul", i-a spus Dumnezeu rabinului și l-a condus într-o cameră identică cu prima. Aceeași masă mare, rotundă, același ceaun cu tocană. Oamenii așezați la masă țineau în mâini aceleași linguri cu coada lungă – dar aici toți păreau bine hrăniți, erau durdulii, veseli și vorbăreți. Rabinul nu înțelegea. „Este simplu, dar presupune o anumită abilitate", i-a spus Dumnezeu. „Vezi tu, oamenii din camera asta au învățat să se hrănească unii pe ceilalți."*

Deși am condus grupuri zeci de ani, nu am avut parte niciodată de o asemenea introducere. Grupul s-a coagulat rapid, iar când un membru dispărea, aduceam pe cineva nou, astfel că am reușit să-l țin vreme de zece ani. Mai târziu i-am invitat pe rezidenții de la psihiatrie să conducă grupul împreună cu mine timp de un an, după care mi s-a alăturat, pentru mai mulți ani, profesorul David Spiegel.

Nu doar că acest grup a oferit alinare multor pacienți, dar și pentru mine a fost extrem de educativ. Pentru a oferi doar un exemplu din nenumărate situații, îmi amintesc de o femeie care venea săptămână de săptămână la întâlniri cu o privire atât de dezolată și de ostenită, că toate eforturile noastre de a o consola erau în zadar. Apoi, într-o bună zi, și-a făcut apariția cu o sclipire în ochi, îmbrăcată într-o rochie viu colorată. „Ce s-a întâmplat?", am întrebat-o noi. Ne-a mulțumit, mărturisindu-ne că discuțiile purtate în sesiunea anterioară o ajutaseră să ia o decizie cardinală: *avea de gând să-i învețe pe copiii ei cum să înfrunte moartea cu grație și curaj*. Nu am întâlnit un exemplu mai bun de stare de bine generată în urma adoptării unui sens al vieții. Este și un exemplu uimitor de „efect în lanț", fenomen care îi ajută pe mulți să facă față terorii morții. Efectul în lanț se referă la transmiterea unor părți din tine celorlalți, chiar și unor persoane necunoscute, exact așa cum undele create de aruncarea unei pietre într-o apă se propagă tot mai departe până ce nu mai sunt vizibile, continuând însă la nivel micro.

I-am invitat încă de la început pe rezidenții de la Stanford, pe mediciniști, ocazional și pe studenți, să observe întâlnirile grupului prin fereastra dublă. Spre deosebire de grupurile tradiționale de la Stanford, care nu tolerau prea ușor observatorii, pacienții cu cancer au răspuns într-o manieră uimitor de diferită: ei *voiau* să fie observați și îi întâmpinau călduros pe studenți. Învățaseră atât de multe din confruntarea cu moartea și erau nerăbdători să împărtășească cu alții din experiența lor.

Paula era foarte critică față de stadiile suferinței muribunzilor, în concepția Elizabethei Kübler-Ross. În schimb, punea un mare accent pe învățare și pe creștere în confruntarea cu moartea, pomenind adesea de „Perioada de Aur" în care trăise în ultimii trei ani. De aceeași părere au fost și alți membri ai grupului. După cum spunea unul dintre ei: „Ce păcat că am așteptat până acum, când corpul mi-e ciuruit de cancer, ca să învăț să trăiesc." O frază pe care nu am uitat-o niciodată și care m-a ajutat să dau formă practicii terapiei existențiale. Am formulat-o astfel: *deși realitatea morții ne distruge, ideea de moarte s-ar putea să ne salveze.* Ne ajută să realizăm că avem o singură șansă de a trăi această viață, așa că cel mai bine ar fi să trăim deplin și să plecăm cu cât mai puține regrete.

Munca cu pacienții muribunzi m-a condus, treptat, la confruntarea pacienților sănătoși cu propria mortalitate, în vederea modificării stilului de viață. Un proces care adesea implică simpla ascultare și susținere a pacientului în momentul în care acesta conștientizează că este muritor. De multe ori am folosit un exercițiu simplu și explicit: le-am cerut pacienților să deseneze o linie pe o bucată de hârtie, zicându-le: „Imaginează-ți că un capăt reprezintă nașterea ta, iar celălalt moartea ta. Acum, te rog, pune un semn în locul în care consideri că te afli în prezent și meditează câteva momente la această diagramă." Rareori s-a întâmplat ca acest exercițiu să nu stimuleze o conștientizare și mai profundă a efemerității prețioase a vieții.

Capitolul 24
CONFRUNTAREA MORȚII CU ROLLO MAY

Toți cei cincizeci de bărbați și femei care au trecut prin grupul nostru pentru bolnavi de cancer au murit răpuși de boala lor, cu excepția Paulei. A supraviețuit cancerului, dar a murit mai apoi de lupus. Am știut din capul locului că, pentru a scrie onest despre rolul pe care îl joacă moartea în viață, trebuia să învăț de la cei care se confruntau cu dispariția iminentă, dar am plătit un preț pentru lecția asta. De multe ori părăseam ședințele cu o anxietate severă: cugetam la propria moarte, aveam dificultăți cu somnul și eram adesea bântuit de coșmaruri.

Și studenții-observatori au ajuns să aibă probleme, întâmplându-se de mai multe ori ca vreunul dintre ei să plece brusc, plângând, înainte de finalul ședinței. Regret până azi că nu i-am pregătit cum trebuia pentru această experiență sau că nu le-am oferit terapie.

Pe măsură ce nivelul anxietății mele devenea tot mai ridicat, am început să mă gândesc la toată psihoterapia pe care o făcusem în trecut – analiza de lungă durată din timpul rezidențiatului, anul de terapie din Londra, un an de terapie Gestalt cu Pat Baumgarten, precum și cele câteva sesiuni de terapie comportamentală și un curs scurt de bioenergie. Privind în urmă la toate aceste ore de terapie, nu mi-am putut aminti nici măcar o singură discuție despre anxietatea produsă de ideea morții. *Să fi fost adevărat? Moartea, principala sursă de anxietate, nu era menționată niciodată – în niciuna dintre terapiile mele?*

Nu puteam să continui munca cu pacienți muribunzi fără să reiau propria-mi terapie, de data asta cu cineva dispus să mă însoțească în întuneric. Auzisem recent că Rollo May, autorul lucrării *Existence*, se mutase de la New York în California și primea pacienți la Tiburon, la vreo optzeci de minute de Stanford. I-am telefonat pentru programare, iar o săptămână mai târziu ne întâlneam în splendida lui reședință din Sugarloaf Road, cu vedere spre golful San Francisco.

Rollo era un bărbat înalt, impunător și frumos, de aproape șaptezeci de ani. De obicei se îmbărca cu malete cu guler pe gât, bej sau albe, și sacouri ușoare din piele. Își făcuse cabinet în birou, perete în perete cu sufrageria. Era și un artist talentat, pe pereții cabinetului atârnând câteva pânze realizate în tinerețe. Îmi plăcea în special lucrarea în care reprezentase una dintre bisericile cu acoperiș ascuțit de pe Muntele Saint Michel din Franța (după moartea sa, Georgia, văduva lui, mi-a dăruit această pictură, pe care o văd acum zilnic în biroul meu). După câteva ședințe mi-am dat seama că aș fi putut folosi cele optzeci de minute de drum ascultând înregistrarea ședinței anterioare. I-am sugerat ideea mea, iar el a fost de acord imediat, nefiind deloc stânjenit de înregistrarea întâlnirilor noastre. Ascultarea înregistrării ședinței anterioare, în mașină, înaintea unei noi ședințe, mi-a sporit mult atenția și a accelerat, cred eu, munca noastră. Începând de atunci, le-am sugerat acest format tuturor pacienților care aveau de parcurs un drum mai lung până la cabinetul meu.

Cât mi-aș dori să pot asculta acele casete acum, când scriu paginile acestea, dar, vai, acest lucru nu este posibil.

Am depozitat toate casetele în sertarul unui scrin vechi din biroul meu amenajat în căsuța din copac, care la un moment dat avea nevoie disperată de reparații. Când am plecat la Oxford cu familia, în 1974, am aranjat cu Cecil, un bărbat amabil, în vârstă, genul de om bun la toate din Vestul Mijlociu, care a apărut la ușa casei noastre cu niște ani înainte, căutând de lucru, să-mi refacă biroul. A găsit suficiente de făcut la noi, întrucât eu nu am niciun fel de talent în chestiunile gospodărești. În scurt timp, Cecil și Martha, nevasta lui grăsuță și amabilă, expertă în plăcinte cu mere, desprinsă parcă dintr-un film cu Mary Poppins, și-au mutat micuța lor rulotă într-un colț ascuns al proprietății noastre, unde au trăit și s-au ocupat de toate muncile de întreținere ale casei noastre timp de câțiva ani. Când ne-am întors din deplasarea mea sabatică, am descoperit că Cecil făcuse o treabă minunată reconstruind studioul din copac, doar că în timpul procesului dispăruse toată mobila șubredă, inclusiv biroul degradat, în sertarele căruia înghesuisem toate înregistrările ședințelor cu Rollo. Nu le-am regăsit niciodată, motiv să-mi imaginez uneori, speriat, că tot conținutul lor ar putea să apară într-o bună zi pe internet.

Acum, după patruzeci de ani, îmi amintesc cu dificultate detaliile ședințelor noastre, dar știu că m-am concentrat foarte mult asupra gândurilor despre moarte, iar Rollo, deși inconfortabil cu subiectul, nu a dat niciodată înapoi de la discutarea celor mai morbide gânduri ale mele. Munca cu pacienții muribunzi îmi provoca coșmaruri foarte intense, care se evaporau imediat ce mă trezeam. La un moment dat i-am sugerat lui Rollo că ar trebui să dorm la un motel din apropiere și să ne vedem la prima oră a dimineții. A fost de acord, iar ședințele matinale, cu visele încă proaspete în minte, au fost unele dintre cele mai animate. I-am spus de teama mea că voi muri la șaizeci și nouă de ani, vârsta la care a murit tata. I s-a părut ciudat că un om rațional ca mine este tentat să cedeze unor credințe superstițioase. Povestindu-i despre munca mea cu pacienți muribunzi cu care discutam mult despre anxietatea morții, mi-a spus că mă consideră curajos și că nu se miră de anxietatea mea subsidiară.

Îmi amintesc că i-am povestit lui Rollo cât de tulburat am fost dintotdeauna de pasajul din *Macbeth*, în care personajul principal spune: „Că viața-i doar o umbră călătoare / Un biet actor, ce-n ora lui pe scenă / Se zbuciumă, și-apoi nu-l mai auzi"[1], și cum în adolescență aplicam vorbele acestea tuturor personalităților contemporane – Franklin Roosevelt, Harry Truman, Richard Nixon, Thomas Wolfe, Mickey Vernon, Charles de Gaulle, Winston Churchill, Adolf Hitler, George Patton, Mickey Mantle, Joe DiMaggio, Marilyn Monroe, Laurence Olivier, Bernard Malamud – toți acei oameni mândri, care s-au zbătut și au făcut istorie în lumea mea, și care au dispărut ca praful în vânt. Nu a rămas nimic din ei. Totul, absolut totul trece. Suntem binecuvântați doar cu o clipă în soare. Un gând în care m-am scufundat de multe ori și care nu încetează să mă tulbure.

Nu l-am întrebat niciodată, dar sunt sigur că multe din ședințele noastre îl făceau să se simtă inconfortabil, el fiind la vremea aceea cu douăzeci de ani mai în vârstă decât mine și mai aproape deci de moarte. Dar nu a tresărit niciodată și nu a ezitat să mă însoțească în cele mai întunecate explorări ale mortalității mele. Nu-mi amintesc să se fi produs vreun moment de revelație, dar am început, treptat, să mă schimb și să mă simt mai confortabil în lucrul cu muribunzii. Rollo a citit majoritatea lucrărilor scrise de mine, inclusiv varianta finală a *Psihoterapiei existențiale*, adoptând întotdeauna

---

[1] *Macbeth*, Editura pentru Literatură Universală, București, 1964, traducere de Ion Vinea.

o poziție generoasă în relația noastră. Îi rămân profund recunoscător.

Îmi amintesc de ziua în care Rollo a văzut-o prima dată pe Marilyn. Se întâmpla la mulți ani după încheierea terapiei noastre, într-o seară în care am mers la cina pe care o organizase el în cinstea psihiatrului britanic R.D. Laing (la care mersesem la consultație în Londra). Rollo a deschis ușa, m-a salutat, apoi s-a întors spre Marilyn cu ambele brațe desfăcute. Ea a spus: „Nu credeam că ești un om așa de cald." La care el i-a răspuns pe loc: „Iar eu nu credeam că ești o femeie așa de frumoasă."

Este foarte neobișnuit și foarte problematic ca pacienții și terapeuții să dezvolte o relație socială după încheierea terapiei, dar în cazul acesta relația a funcționat de minune pentru toți cei implicați. Am ajuns prieteni buni și am rămas apropiați până la moartea sa. Obișnuiam să luăm din când în când prânzul împreună la Capri, restaurantul lui favorit din Tiburon, discutând uneori despre terapia noastră. Știam amândoi la fel de bine că mă ajutase, dar mecanismul acestui ajutor era un mister. Cum a spus el de mai multe ori: „Știam că vrei ceva de la mine în terapia noastră, dar nu am știut ce anume sau cum să-ți dau ce vrei". Privind retrospectiv, cred că ceea ce mi-a oferit Rollo a fost prezența – m-a însoțit fără să stea pe gânduri în zone întunecate, oferindu-mi o protecție paternă eficientă și foarte necesară. Era un bărbat mai în vârstă care mă înțelegea și mă accepta. După lectura manuscrisului *Psihoterapiei existențiale*, mi-a spus că e o carte foarte bună și a scris un text foarte serios pentru copertă. Cuvintele pe care mi le-a oferit pentru o carte ulterioară, *Călăul dragostei* („Yalom scrie ca un înger despre demonii care ne asediază"), reprezintă cel mai măgulitor compliment primit în viața mea.

*

Aproximativ în aceeași perioadă, eu și Marilyn am început să avem probleme semnificative în mariaj. Ea a demisionat din postul de profesor titular la Universitatea de Stat California, din Hayward, pentru a accepta postul de director al Centrului de Cercetare a Femeii (CROW), departament nou înființat la Stanford, unde și-a construit o nouă carieră în domeniul incipient al studiilor feministe. S-a ocupat de formarea studenților și a dezvoltat relații apropiate cu principalele profesoare de la Stanford. Munca a devenit prioritară în mintea ei, iar eu simțeam că neglijează foarte serios mariajul nostru. Se mișca într-un cerc social complet nou: o vedeam din ce în ce mai rar și simțeam că ne îndepărtăm cu adevărat unul de celălalt. Îmi amintesc cât se poate de clar o seară de rău augur din San Francisco, când, în timpul cinei pe care o luam la Little City Antipasto, i-am spus: „Noua ta viață – noul tău post și implicarea în problemele femeilor – îți priește, dar mie nu prea. Te consumă atât de mult că eu nu mai apuc să mă bucur de relația noastră și cred că poate ar trebui să ne gândim la o separ..."
Nu am apucat să termin propoziția, deoarece Marilyn a izbucnit într-un bocet gălăgios, atât de gălăgios că ne-am trezit instantaneu cu trei chelneri la masă și toată lumea din restaurant s-a întors către noi.

A fost momentul cel mai greu din relația noastră, survenit într-o perioadă în care ne vedeam frecvent cu Rollo și Georgia. Într-o seară, Rollo, dispus mereu să experimenteze ceva nou, ne-a invitat să încercăm niște ecstasy de calitate superioară primit în dar de el. Georgia s-a abținut și a jucat rolul supraveghetorului. Nici eu, nici Marilyn nu mai încercaserăm ecstasy, dar cu Rollo și Georgia ne simțeam în siguranță, iar seara s-a dovedit a fi nemaipomenit de relaxată și de vindecătoare. După ce am luat substanța, am stat de vorbă, am cinat, am ascultat muzică, iar eu și Marilyn

Autorul cu Rollo May, circa 1980

credem până în ziua de azi că problemele noastre maritale s-au dizolvat pur și simplu în seara aceea. Ne-am schimbat: am renunțat la emoțiile negative și ne-am prețuit unul pe celălalt mai profund ca niciodată. Mai mult, schimbarea a fost permanentă! Niciunul dintre noi nu a înțeles-o exact și, inexplicabil, nu am mai încercat niciodată drogul.

La începutul anilor 1990, cam pe când împlinea optzeci de ani, Rollo a început sufere de atacuri ischemice tranzitorii (AIT), fiind confuz și anxios ore întregi, uneori câte o zi sau două. Georgia mă suna când episoadele erau severe și atunci mergeam să stau cu Rollo. Vorbeam și ne plimbam pe dealurile din spatele casei sale. Abia acum, la optzeci și cinci de ani, îi înțeleg cu adevărat anxietatea. Trăiesc momente pasagere de confuzie, când uit unde mă aflu sau ce fac. Asta i se întâmpla lui Rollo, dar nu pentru câteva clipe, ci pentru zile și ore întregi. Totuși, cumva, a reușit să lucreze până la final. Am asistat la una dintre ultimele sale prelegeri publice. Expunerea sa a fost la fel de impresionantă ca întotdeauna, pe un ton calm, dar impunător, însă spre finalul prelegerii a repetat aceeași istorisire relatată cu câteva minute mai devreme. Mi-a părut rău pentru el și le-am amintit adesea prietenilor să fie onești și să-mi spună când vine vremea să mă opresc.

Într-o seară am fost sunați de Georgia. Rollo era pe patul morții și ne ruga să venim cât de repede la ei. Am făcut cu rândul toată noaptea la căpătâiul său. Își pierduse cunoștința și intrase în edem pulmonar avansat. Respira cu dificultate, trăgând aer adânc în piept, pentru ca în clipa următoare să respire sacadat. A murit într-un final, cu o ultimă suflare convulsivă, cu mine alături, ținând o mână pe umărul său. Georgia m-a rugat să o ajut să-i spele corpul și să-l pregătească pentru antreprenorul de pompe funebre, care avea să-l ridice dimineață ca să-l ducă la crematoriu.

În noaptea aceea, tulburat de moartea lui Rollo și de incinerarea sa iminentă, am avut un vis impresionant, de neuitat:

> *Mă aflu cu părinții și sora mea într-un mall. Vrem să urcăm la etaj. Mă trezesc într-un lift, dar singur – familia mea a dispărut. Liftul urcă și tot urcă. Când cobor, constat că mă aflu pe o plajă tropicală. Dar nu-mi găsesc familia, deși îi caut peste tot. Deși decorul e minunat – plajele tropicale sunt paradisul pentru mine –, mă simt din ce în ce mai speriat.*
>
> *Apoi îmi pun pe mine o pijama cu imprimeuri simpatice, cu figura zâmbitoare a Ursului Smokey. Fața lui devine din ce în ce mai luminoasă, până ce ajunge să sclipească. Curând, figura devine punctul central al visului, ca și cum toată energia onirică*

ar fi fost transferată în zâmbetul simpatic al Ursului Smokey.

Visul m-a trezit din somn, dar nu din cauză că m-ar fi speriat, ci din pricina strălucirii emblemei de pe pijama. Parcă ar fi aprins cineva niște reflectoare în dormitor.

Ce stătea în spatele imaginii orbitoare a lui Smokey? Sunt sigur că avea de-a face cu incinerarea lui Rollo. Moartea lui mi-a reamintit de moartea mea, pe care visul o exprimă prin izolarea de familie și ascensiunea interminabilă a liftului. Sunt șocat de viclenia subconștientului meu. Cât de rușine îmi este că o parte din mine a crezut în versiunea hollywoodiană a imortalității ca paradis celest, dotat cu plaje tropicale.

Am adormit tulburat de moartea și de incinerarea lui Rollo, iar visul a încercat să deterifieze experiența, să o îmblânzească, să o facă suportabilă. Moartea apare deghizată într-o călătorie cu liftul în sus, spre o plajă tropicală. Înspăimântătoarea incinerare este transformată într-o cămașă de noapte, pregătită pentru somnul morții, purtând imaginea unui adorabil ursuleț de pluș. Dar teroarea este copleșitoare și imaginea Ursului Smokey mă smulge din vis.

Capitolul 25

MOARTE, LIBERTATE, IZOLARE ȘI SENS

Multă vreme, în anii 1970, m-am gândit constant la manualul de psihoterapie existențială, dar proiectul părea atât de împrăștiat și de uriaș, că nu m-am apucat de scris până într-o zi în care am primit vizita lui Alex Comfort. Îmi amintesc că am stat de vorbă în căsuța-studio din copac, refăcută. M-a ascultat cu atenție în timp ce i-am povestit despre lecturi și despre ideile pentru carte. După vreo oră și jumătate m-a oprit și a proclamat solemn: „Irv, te-am ascultat, te-am auzit și declar cu toată încrederea că a sosit vremea să te oprești din citit și să te apuci de scris".

Exact ce-mi trebuia! M-aș fi zbătut alți câțiva ani până să mă apuc de scris. Alex știa bine ce înseamnă să scrii o carte – publicase peste cincizeci de volume – și tonul său convingător și încrederea pe care mi-o acorda mi-au eliberat mintea ca să pot începe elaborarea lucrării. Sincronizarea era perfectă, întrucât tocmai ce fusesem invitat să petrec un an universitar la Centrul Stanford pentru Studii Avansate în Științe Comportamentale. În anul academic 1977-1978 am primit puțini pacienți, concentrându-mă aproape în totalitate asupra scrisului. Din păcate, nu am profitat pe cât aș fi putut de timpul petrecut acolo ca să-i cunosc pe ceilalți treizeci de universitari proeminenți invitați

Autorul, împreună cu criticul Alfred Kazin și John Kaplan, profesor de drept la Stanford; Centrul pentru Studii Avansate în Științe Comportamentale, 1978.

în cadrul programului, printre care și Ruth Bader Ginsberg, viitor membru al Curții Supreme. Dar m-am împrietenit cu socioloaga Cynthia Epstein, care a rămas în viața noastră până azi.

Am avut atât de mult spor, că am terminat cartea într-un an. Cartea începe cu relatarea unei întâmplări petrecute la un curs de gastronomie armenească, susținut de Efronia Katchadourian, mama bunului prieten și coleg Herant Katchadourian. Efronia era o bucătăreasă excelentă, dar, cum nu prea vorbea engleză, lecțiile ei se bazau în principal pe demonstrații. Oricât i-aș fi urmat pașii și aș fi respectat combinația de ingrediente folosite, preparatele mele nu ieșeau niciodată atât de gustoase ca ale ei. Desigur că nu e o problemă imposibilă, mi-am spus – am fost și mai atent la demonstrațiile ei, iar la următorul curs am stat cu ochii pe ea în timp ce pregătea bucatele și i le dădea lui Lucy, asistenta ei de-o viață, să le bage la cuptor. Observând-o pe Lucy, am constatat ceva extraordinar: în drum spre cuptor, Lucy arunca la întâmplare în vas tot felul de mirodenii care i se păreau ei potrivite! Am fost absolut convins că tocmai mirodeniile acelea făceau diferența.

Am folosit această istorioară introductivă pentru a-i asigura pe cititorii mei că psihoterapia existențială nu era vreo nouă abordare esoterică, ea existând dintotdeauna sub forma unor mirodenii prețioase, dar ascunse, aruncate în compoziție de psihoterapeuții experimentați.

Fiecare dintre cele patru secțiuni ale cărții – moarte, libertate, izolare și sens – descrie sursele, observațiile clinice, precum și operele filosofilor și scriitorilor care m-au inspirat.

Secțiunea cea mai lungă este cea despre moarte. În articolele de specialitate am scris mult despre pacienții aflați în pragul morții, dar în carte m-am concentrat pe rolul pe care îl poate juca conștientizarea morții în terapia pacienților sănătoși din punct de vedere fizic. Privesc moartea ca pe un tunet îndepărtat în timpul picnicului numit viață, dar cred că o confruntare autentică a morții poate schimba felul în care trăim: ne ajută să normalizăm ceea ce este normal și ne încurajează să trăim fără a aduna regrete. Mulți filosofi au exprimat, într-un fel sau altul, lamentările pacienților mei răpuși de cancer: „Ce păcat că am așteptat până acum, când corpul mi-e ciuruit de cancer, ca să învăț să trăiesc."

Libertatea este preocuparea supremă pentru mulți gânditori existențialiști. În viziunea mea, libertatea se referă la ideea că noi trebuie să fim autorii vieților, deciziilor și acțiunilor noastre, din moment ce trăim într-un univers din care lipsește un scenariu inerent. O asemenea libertate implică atât de multă anxietate, că mulți dintre noi preferă să paseze povara libertății zeilor sau dictatorilor. Dacă suntem, așa cum spune Sartre, „autorii incontestabili" ai tuturor experiențelor noastre, atunci ideile cele mai prețioase, adevărurile cele mai profunde, însăși fundația convingerilor noastre, sunt toate subminate de conștientizarea faptului că tot ce se petrece în univers este întâmplător.

Al treilea subiect, izolarea, nu se referă la izolarea interpersonală (cu alte cuvinte, singurătatea), ci la una dintre formele fundamentale de izolare: ideea că venim și plecăm singuri din această lume. Într-o poveste veche, intitulată *Oricine*[1], un bărbat este vizitat de îngerul morții, care îl informează că i-a sosit ceasul și trebuie să meargă la judecată. Omul îl imploră pe înger să-l lase să ia pe cineva cu el, iar acesta îi răspunde: „Sigur – dacă găsești pe cineva care ar vrea să meargă." Restul poveștii descrie încercările nereușite ale omului de a găsi pe cineva care să-l însoțească – un văr, de exemplu, îi spune că nu poate să meargă deoarece suferă de crampe la degetul mic de la picior. Într-un final, găsește pe cineva care să meargă cu el, dar, așa cum îi stă bine oricărei povești creștine moralizatoare, nu este vorba despre o ființă, ci despre *faptele sale bune*. Singura alinare pe care o putem avea în ceasul morții este conștiința faptului că am trăit o viață dreaptă.

Eu abordez izolarea în primul rând din perspectiva relației terapeut–pacient, a dorinței de a fuziona unul cu celălalt și a fricii de individuație. Pe măsură ce se apropie de moarte, mulți oameni devin conștienți că odată cu ei va pieri și toată lumea lor unică și separată – tot ce au văzut și au auzit și toate experiențele necunoscute pentru alții, inclusiv

---

[1] *Everyman* (*Oricine*) sau *The Summoning of Everyman*, este o poveste apărută în spațiul britanic în timpul dinastiei Tudorilor, în jurul anului 1530. Autorul a rămas anonim.

pentru partenerii de viață. Trecut de optzeci și cinci de ani, simt tot mai acut acest tip de izolare. Mă gândesc la lumea copilăriei mele – reuniunile de duminică seara de la mătușa Luba, mirosurile emanând din bucătărie, coastele la grătar, *tsimmes*-urile, *cholent*-ul[1], partidele de Monopoly, partidele de șah cu tata, mirosul paltonului din blană de miel persan al mamei – și mă cutremur când realizez că toate acestea există acum doar în memoria mea.

Discuția ultimei teme, sensul, atinge întrebări ca „De ce suntem aici? Dacă totul este efemer, atunci ce sens poate să aibă viața? Care este rostul vieții?". Am fost întotdeauna mișcat de povestea lui Allen Wheelis, în care acesta aruncă un băț pe care câinele său, Monty, să-l aducă înapoi:

> *Dacă mă aplec să ridic un băț, el trece automat în fața mea. Tocmai s-a întâmplat ceva grozav. Are o misiune... Nici prin gând nu i-ar trece să evalueze misiunea. Este dedicat întru totul îndeplinirii ei. Ar fi în stare să alerge sau să înoate oricât, să treacă de orice obstacol, doar să recupereze bățul ăla.*
>
> *După ce l-a recuperat, îl aduce înapoi: misiunea lui nu e doar să-l recupereze, ci să-l și returneze. Totuși, când se apropie de mine, se mișcă tot mai încet. Vrea să mi-l dea și să-și încheie misiunea, dar urăște să facă asta, deoarece va trebui din nou să aștepte...*
>
> *E norocos că mă are pe mine să-i arunc bățul. Eu Îl aștept pe Dumnezeu să mi-l arunce pe-al meu. Aștept de multă vreme. Cine știe când sau dacă se va întâmpla vreodată să se uite din nou la mine și să-mi permită, așa cum îi permit eu lui Monty, să-mi îndeplinesc misiunea?*

---

[1] Mâncăruri din legume (uneori și carne) specific evreiești.

E reconfortant să crezi că Dumnezeu are un scop pentru noi. Oamenilor nonreligioși li se pare neplăcut să știe că trebuie să-și arunce singuri bățul. Cât de plăcut ar fi să știm că există undeva acolo un adevărat sens al vieții, unul palpabil, și nu doar *sentimentul* unui sens al vieții? Îmi amintesc de comentariul lui Ovidiu: „Îi face bine omului să creadă că există zei. Să credem, așadar, că ei există."

Deși am perceput adesea *Psihoterapia existențială* ca manualul unui curs inexistent, nu am intenționat niciodată să creez un nou domeniu în terapie. Intenția mea a fost să-i ajut pe terapeuți să fie mai conștienți de problemele existențiale din viața pacienților lor. În anii din urmă au apărut mai multe organizații ale terapeuților existențialiști, iar în 2015 am vorbit în videoconferință la primul congres internațional de mari dimensiuni de terapie existențială, organizat la Londra. Deși accentul tot mai serios pe chestiunile existențiale în psihoterapie mă bucură, conceptul de școală separată de terapie îmi creează dificultăți. Organizatorii congresului au întâmpinat probleme uriașe în stabilirea unei definiții coerente a noii școli. În definitiv, vor exista întotdeauna pacienți care vin la terapie în primul rând pentru probleme de natură interpersonală, de stimă de sine, sexuale ori legate de dependență, iar pentru aceștia, întrebările existențiale s-ar putea să nu aibă o relevanță imediată. Această realitate are implicațiile ei în formare. Arareori trece o săptămână fără ca un student să mă întrebe unde se poate forma în psihoterapie existențială. Le sugerez tuturor să se formeze mai întâi ca terapeuți generali, să învețe o gamă de abordări terapeutice și să se familiarizeze cu materialul specializat al psihoterapiei existențiale mai târziu, în timpul programelor postuniversitare sau în timpul supervizării.

Capitolul 26
GRUPURILE DE PACIENȚI INTERNAȚI ȘI PARISUL

În 1979 mi s-a cerut să fiu, temporar, directorul medical al secției de internări psihiatrice de la Stanford. La vremea aceea, spitalizarea pe motive psihiatrice era într-o dezordine generală la nivel național: companiile de asigurări tăiaseră fondurile pentru spitalizarea psihiatrică, insistând ca pacienții să fie transferați urgent în secții și facilități mai puțin costisitoare. Cum majoritatea pacienților erau internați doar o săptămână sau chiar mai puțin de-atât, componența grupurilor era rareori aceeași de la o ședință la alta, întâlnirile devenind haotice și ineficiente. Această debandadă a fost motivul principal pentru care moralul personalului a ajuns la cele mai joase cote înregistrate vreodată.

Eu nu plănuiam să inițiez un alt proiect de terapie de grup, dar eram neliniștit și căutam o provocare. Cu biroul curat și cartea de terapie existențială încheiată, eram pregătit pentru un nou proiect. Încrederea mea profundă în eficiența terapiei de grup și provocarea tentantă de a crea o nouă metodă de conducere a grupurilor de pacienți internați m-au făcut să accept poziția oferită pe o perioadă de doi ani. Pentru partea de medicație în secție am recrutat un psihiatru absolvent al programului Stanford (psihofarmacologia nu s-a numărat niciodată printre punctele forte sau interesele mele), iar eu m-am concentrat, în principal, pe conceperea unei noi abordări în terapia de grup pentru secțiile de pacienți internați ce-și modificau constant componența. Am început cu o serie de vizite la întâlnirile de grup ale secțiilor de internare ale celor mai importante spitale psihiatrice din țară. Peste tot domnea confuzia: nici măcar cele mai cunoscute spitale universitare nu aveau programe eficiente pentru grupurile de pacienți internați. Dat fiind ritmul accelerat al schimbărilor, conducătorii de grup erau obligați să introducă unul sau doi membri noi la începutul fiecărei sesiuni, pe care îi invitau să explice de ce se aflau în spital. Relatările lor – împreună cu răspunsurile smulse de terapeuți de la ceilalți membri ai grupului – umpleau, aproape invariabil, tot timpul ședințelor. Oamenii nu păreau să beneficieze prea mult de pe urma grupurilor, iar gradul de uzură al acestora era ridicat. Era nevoie de o strategie cu totul diferită.

Unitatea de terapie intensivă de la Stanford dispunea de douăzeci de locuri pentru pacienți, pe care i-am împărțit în două grupuri de șase până la opt membri, după nivelul de funcționalitate al acestora (restul pacienților, în general persoane abia spitalizate în unitatea de terapie intensivă, erau prea dezorganizați pentru a putea fi încadrați într-unul din grupuri în primele zile de spitalizare). După câteva experimente am ajuns la un format cu care puteam lucra. Schimbările fiind rapide, am renunțat la ideea continuității de la o sesiune la cealaltă și am dezvoltat o nouă paradigmă: *viața fiecărui grup avea să se consume într-o singură ședință*, conducătorului revenindu-i responsabilitatea de a face ședința cât mai eficientă și cât mai valoroasă cu putință. Pentru pacienții înalt funcționali am conceput o schemă în patru pași:

1. Fiecare pacient, pe rând, formula planul abordării unei probleme interpersonale la care să lucreze în

cadrul ședinței (sarcină care consuma aproximativ o treime din timpul ședinței).
2. Restul întâlnirii era dedicat îndeplinirii planului fiecărui pacient.
3. Apoi, la finalul ședinței, observatorii (studenți, rezidenți la medicină, psihologie sau consiliere și infirmiere care asistau la ședință printr-o fereastră-oglindă) intrau în cameră și comentau desfășurarea ședinței, în timp ce pacienții îi observau dintr-un cerc exterior.
4. În ultimele zece minute, membrii grupului răspundeau discuției postședință a observatorilor.

Primul pas, formularea unui plan, era cel mai dificil, atât pentru pacienți, cât și pentru terapeuți. În concepția mea, planul *nu* trebuia să vizeze motivele pentru care fuseseră internați pacienții – vocile înspăimântătoare pe care poate le auzeau, efectele adverse ale medicației antipsihotice sau vreun eveniment traumatizant din viața lor. Planul trebuia să abordeze, în schimb, o problemă din relația cu ceilalți – de exemplu, „Sunt singur. Am nevoie de prieteni, dar nu vrea nimeni să stea în preajma mea", „De fiecare dată când mă deschid, oamenii mă ridiculizează" sau „Simt că oamenii mă găsesc respingător și mă consideră o pacoste și vreau să aflu dacă e adevărat."

Următorul pas al terapeutului era să transforme afirmațiile de tipul acesta într-un plan de acțiune aici-și-acum. Când un membru al grupului spunea „Sunt singur...", terapeutul îi putea răspunde cu „Poți spune mai multe despre felul în care te simți singur aici, în grupul ăsta?", „De cine din grupul nostru ai dori să te apropii?" sau „Să investigăm, în continuare, rolul pe care-l joci tu în însingurarea ta în cadrul grupului de azi."

Terapeutul trebuie să fie foarte activ, dar când lucrurile funcționează bine, membrii grupului se ajută unii pe alții să-și îmbunătățească comportamentul interpersonal, cu rezultate semnificativ mai bune decât atunci când întâlnirea se concentrează pe motivele spitalizării.

M-am străduit să le ofer observatorilor – infirmiere, rezidenți la psihiatrie și studenți – un rol activ în cadrul grupului, ceea ce a dus la o contribuție sporită din partea lor. Aplicând un chestionar, am aflat că pacienții considerau că ultimele douăzeci de minute ale ședințelor (discuția cu observatorii) erau cele mai prețioase! Mai mult, unii pacienți obișnuiau să arunce un ochi în camera observatorilor la începutul ședințelor, iar atunci când camera era goală, aveau tendința de a absenta. Reacțiile lor erau similare cu reacțiile grupurilor de ambulatoriu. Munca de terapie este facilitată atunci când pacienții îi văd pe observatori și obțin feedback de la aceștia.

Pentru grupul zilnic de pacienți puțin funcționali am conceput un model care includea o serie de exerciții sigure și structurate de autodezvăluire, empatie, antrenare a aptitudinilor sociale și identificarea a dorințelor de schimbare personală.

Și, în final, pentru a regla și problema moralului scăzut al personalului, am conceput un grup procesual săptămânal – adică un grup în care membrii personalului (inclusiv directorul medical și asistenta-șefă) discutau despre relațiile dintre ei. Un grup de tipul ăsta este greu de condus, dar poate fi un instrument neprețuit în ameliorarea tensiunilor dintre angajați.

După ce, doi ani, am condus grupuri de pacienți internați, am decis să iau o pauză sabatică (profesorii de la Stanford au dreptul la șase luni sabatice o dată la șase ani, cu salariu întreg, sau douăsprezece luni, cu jumătate de salariu) pentru a scrie o carte despre abordarea terapiei de grup destinate pacienților internați. Intenția mea a fost de a merge din nou la Londra, unde avusesem parte de condiții excelente pentru scris, dar Marilyn a insistat să mergem la Paris. Așadar, în vara lui 1981 am plecat către Franța, împreună cu Ben, fiul nostru în vârstă de doisprezece ani (Eve era deja studentă la medicină, Reid terminase colegiul la Stanford, iar Victor studia la colegiul Oberlin).

Am început excursia cu o vizită la bunii noștri prieteni Stina și Herant Katchadourian, la casa lor situată pe o insulă în largul coastei Finlandei. Herant făcuse câțiva ani parte din Departamentul de Psihiatrie de la Stanford, unde dovedise aptitudini executive atât de bune, că fusese numit în posturile de mediator al universității și decan al studenților. Era un conferențiar talentat, iar cursul său de sexualitate umană a ajuns legendar, de departe cel mai frecventat curs din istoria Universității Stanford. Stina, soția sa, era jurnalist, traducător și autor, având interese similare cu Marilyn, iar Nina, fiica lor, a devenit prietenă pe viață cu Ben.

Insula era un refugiu de basm, acoperită de pini și tufe de afine, înconjurată de o întindere de apă amenințătoare. Cât am stat la ei, Herant m-a convins să fac saltul șocant din saună în apele înghețate ale Mării Nordului, salt pe care l-am făcut – dar doar o dată. Din Finlanda am luat feribotul de noapte la Copenhaga. De obicei am rău de mare numai dacă mă uit la poza unei bărci, dar o mică doză de marijuana m-a ajutat să plutesc liniștit până la Copenhaga, unde am ținut un atelier de o zi pentru terapeuții danezi. Am văzut și din obiectivele turistice, vizitând mormintele lui Søren Kierkegaard și Hans Christian Andersen, îngropați foarte aproape unul de celălalt în cimitirul Assistens.

Ajunși la Paris, ne-am instalat într-un apartament situat la etajul cinci al unui bloc fără lift, pe *rue* Saint-André-des-Arts, în Arondismentul Cinci, la trei străzi de Sena. Marilyn m-a ajutat să obțin un birou rezervat de guvernul francez profesorilor străini, aflat la o stradă distanță de *rue* Mouffetard.

Am avut parte de o ședere minunată. Ben cobora și urca în fiecare dimineață cele cinci etaje pentru a lua croasante și *International Herald Tribune*, înainte de a se urca în metroul parizian cu destinația École Internationale Bilingue. Marilyn lucra la o nouă carte, *Maternity, Mortality, and the Literature of Madness*, o lucrare de critică literară psihologică. I-am cunoscut pe mulți dintre prietenii ei francezi și am fost invitați la multe dineuri, însă comunicarea era destul de dificilă: puțini dintre ei vorbeau engleză, iar progresele mele în franceză au fost modeste, deși am lucrat din greu cu un profesor particular. La întâlnirile sociale m-am simțit, în general, ca idiotul satului.

În liceu și în colegiu am făcut germană, limbă în care m-am descurcat destul de bine, probabil din cauza similarității cu idiș, pe care o vorbeau părinții mei acasă. Dar ceva din inflexiunile și cadența limbii franceze mi-a zădărnicit eforturile de a o învăța. E posibil să aibă legătură cu incapacitatea mea de a reține sau de a reproduce o melodie. Gena antitalentului la limbi străine trebuie că vine de la mama, care a avut probleme foarte serioase în procesul de învățare a limbii engleze. Însă mâncarea franțuzească... Așteptam cu nerăbdare mai ales croasanții de dimineață și gustările de la cinci după-amiaza. Strada noastră era o arteră comercială pietonală, cu standuri stradale care-ți aruncau sub nas căpșune dumnezeiești de dulci și buticuri gourmet unde găseai pate din ficat de pasăre și terine de iepure. În brutării și patiserii, eu și Marilyn căutam tarte *aux fraises des bois*, iar Ben – *pain au chocolat*.

Deși nu înțelegeam suficientă franceză pentru a o însoți pe Marilyn la teatru, am mers cu ea la câteva concerte – un memorabil contratenor la Sainte-Chapelle și un Offenbach exaltant la Châtelet – dar cel mai mult m-am bucurat de muzee. Cum să nu fi apreciat nuferii lui Claude Monet, mai ales după ce noi trei călătoriserăm cu trenul la casa de la țară a lui Monet, în Giverny, unde am văzut podurile etajate, în stil japonez, suspendate deasupra grădinilor plutitoare de nuferi. M-am plimbat prin încăperile de la Luvru, zăbovind în special în sălile artifactelor egiptene și persane și în fața maiestuoasei Frize a Leilor din Susa, din cărămidă satinată.

În timpul minunatei șederi în Paris am scris *Inpatient Group Psychotherapy* în șase luni; mult, mult mai repede decât restul cărților mele. Este, de asemenea, singura carte pe care am dictat-o. Conducerea de la Stanford a fost suficient de generoasă cât să o trimită cu noi pe secretara mea, Bea Mitchell, căreia îi dictam în fiecare dimineață două sau trei pagini de ciornă pe care ea le transcria, iar după-amiaza corectam, rescriam și mă pregăteam pentru paginile de a doua zi. Cu Bea Mitchell eram și prieten apropiat, astfel că ne plimbam zilnic împreună două străzi, până pe *rue* Mouffetard, unde luam prânzul la una dintre multele terase cu specific grecesc.

Inpatient Group Psychotherapy a fost publicată de Basic Books în 1983, devenind ulterior un ghid de practică a terapiei de grup în multe secții de internare. Mai mult, eficacitatea acestei abordări a fost demonstrată ulterior de un număr de studii empirice. Cu toate acestea, nu am revenit niciodată la lucrul cu pacienți internați, preferând să-mi dedic timpul aprofundării gândirii existențialiste.

Am decis să-mi continui educația filosofică studiind gândirea estică, un domeniu în care eram complet ignorant și pe care îl evitasem cu totul în *Psihoterapia existențială*. În ultimele luni ale șederii la Paris am început să citesc în direcția asta și să discut cu profesori de la Stanford, printre care un fost rezident, James Tenzel, care participase la mai multe retrageri, alături de un cunoscut învățător budist, S.N. Goenka, în ashramul acestuia, Dhamma Giri, în Igatpuri,

India. Toți specialiștii cu care m-am consultat m-au convins că lectura era insuficientă și că important era să mă implic într-o practică meditativă personală. Așa că în decembrie, spre finalul perioadei petrecute în Franța, am spus la revedere Parisului, lui Marilyn și Ben, care au mai rămas o lună, și am plecat singur către Goenka, în India.

CAPITOLUL 27
CĂLĂTORIE ÎN INDIA

Această călătorie, din care îmi amintesc multe detalii, în ciuda celor treizeci și cinci de ani scurși de atunci, a fost plină de evenimente. Fiind tot mai interesat și tot mai conștient de realitatea practicilor meditative, întâmplările acestei călătorii au căpătat o intensitate ieșită din comun.

Aterizez în Bombay, azi Mumbai, în timpul festivalului anual Chaturthi, când mulțimi uriașe de oameni omagiază statuile enorme ale lui Ganesh, zeul cu cap de elefant. Nu am călătorit de mult de unul singur și sunt încântat de o aventură nouă într-o lume nouă. A doua zi plec într-un drum de două ore cu trenul de la Mumbai la Igatpuri, într-un compartiment cu trei surori indiene drăguțe, îmbrăcate în robe șofran-deschis și magenta.

Cea mai frumoasă dintre ele stă lângă mine. Mirosul parfumului ei cu arome de scorțișoară și cardamom îmi inundă nările. Arunc din când în când câte o privire cu colțul ochiului la tovarășele mele de călătorie – frumusețea lor îmi taie respirația –, dar mare parte din drum admir pe fereastră incredibilele peisaje. Trenul urmărește albia unui râu plin de cete de oameni care se bălăcesc și cântă, scufundând mici statuete ale lui Ganesh în apă. Mulți dintre ei țin în mâini globuri galbene din hârtie presată. O abordez pe femeia de lângă mine, arătând cu degetul pe fereastră:

„Scuzați-mă, mi-ați putea spune ce se întâmplă afară? Ce cântă oamenii?"

Se întoarce spre mine, mă privește direct în ochi și-mi răspunde într-o splendidă engleză cu accent indian:

— Ei spun: „Iubite Canapati, te așteptăm și anul viitor."

— Canapati?, întreb eu.

Celelalte două femei ciripesc între ele.

Vecina mea îmi răspunde:

— Știu că limba și obiceiurile noastre sunt foarte derutante. Dar poate că ați auzit de numele mai comun al acestei zeități, Ganesh.

— Mulțumesc. Dar de ce îl scufundă în apă?

— Ritualul ne învață despre legea cosmică: ciclul de la formă la lipsă de formă este etern. Statuetele lui Ganesh sunt făcute din lut și se dizolvă în apă, revenind la lipsa de formă. Corpul piere, dar zeul care îl locuiește rămâne același.

— Foarte interesant, mulțumesc. O ultimă întrebare: de ce țin oamenii globurile acelea galbene în mâini?

Cele trei femei au chicotit din nou auzindu-mi întrebarea.

— Globurile reprezintă luna. O legendă veche spune că Ganesh a mâncat prea multe *ladoo*...

— *Ladoo*?

— Este o plăcintă de-a noastră, o bilă din făină care se prăjește și se acoperă cu sirop de cardamom. Lui Ganesh îi plăceau foarte mult și într-o noapte a mâncat atât de multe că s-a rostogolit pe o parte și i-a plesnit stomacul. Luna, singurul martor al acestei întâmplări, s-a amuzat nespus, nemaiputându-se opri din râs. Ganesh s-a enervat și a alungat-o din Univers. Dar, în scurtă vreme, tuturor, inclusiv zeilor, li s-a făcut atât de dor de Lună, așa că au creat un grup care să meargă la Domnul Shiva pentru a-l ruga să-l îmbuneze pe fiul său, Ganesh. Luna însăși a mers și și-a cerut scuze de la acesta. Ganesh a cedat și i-a redus pedeapsa: de atunci Luna este invizibilă o zi pe lună și parțial vizibilă în restul zilelor.

– Mulțumesc, i-am spus. Ce poveste fascinantă. Și ce nostim e zeul ăsta cu cap de elefant!

Tovarășa mea de drum se gândește o clipă și apoi îmi răspunde:

– Vă rog să nu subestimați seriozitatea religiei din cauza comentariilor mele. Trăsăturile lui Ganesh sunt interesante – fiecare înseamnă ceva.

Își desface pandantivul cu Ganesh pe care îl purta la gât, sub robă, și-l ridică la nivelul ochilor mei.

– Priviți-l cu atenție, îmi spune. Fiecare trăsătură a sa conține un mesaj important. Capul său mare ne îndeamnă să gândim profund; urechile mari, să ascultăm cu atenție; ochii mari, să ne concentrăm cu seriozitate. Ah, iar gura lui mică ne îndeamnă să vorbim mai puțin, iar eu mă întreb acum dacă nu cumva vorbesc prea mult.

– Oh, nu. Nici gând.

E atât de frumoasă, că pe alocuri mi-e greu să mă concentrez la ce spune, dar nu pomenesc nimic despre asta, desigur.

– Te rog, continuă. Spune-mi, de ce are doar un colț?

– Pentru a ne aminti să ne lepădăm de ce e rău și să păstrăm doar ce e bun.

– Și ce ține în mână? Pare un topor.

– Da. Ne sugerează să tăiem atașamentele.

– Sună foarte budist, îi spun.

– Să nu uităm că Buddha a ieșit din imensitatea oceanului lui Shiva.

– Și încă o întrebare. Ce e cu șoarecele de sub piciorul său? L-am văzut în toate statuile.

– Ah, păi asta e cea mai interesantă trăsătură dintre toate, îmi răspunde ea.

Ochii ei mă pătrund; simt că mă topesc în privirea ei.

– Șoarecele simbolizează „dorința". Ganesh ne învață că trebuie să ținem dorințele sub control.

Deodată, auzim scrâșnetul frânelor și trenul se oprește. Vecina mea, al cărei nume nu l-am aflat, spune:

– Ne apropiem de Igatpuri și trebuie să-mi adun lucrurile. Eu și surorile mele mergem la o retragere de meditație Vipassana organizată aici.

– Oh, și eu merg acolo. M-am bucurat mult de conversația noastră. Poate vom putea continua discuția – la ceai sau la ora prânzului?

Ea scutură din cap afirmativ:

– Vai, dar acolo nu vom putea vorbi...

– Nu înțeleg. Ai spus nu, dar din cap ai spus da.

– Da, da, mișcările noastre din cap sunt întotdeauna o problemă pentru americani. Când dăm din cap în sus și-n jos înseamnă nu, dar când scuturăm capul într-o parte și-n cealaltă, înseamnă da. Știu că e tocmai pe dos de cum sunteți voi obișnuiți.

– Deci ai vrut să spui nu. Dar de ce? De ce nu vom putea vorbi?

– În retragere nu putem vorbi. Regula, legea retragerilor Vipassana, este *tăcerea nobilă* – niciun fel de discuție, unsprezece zile. Și la fel și *aia*, adaugă, arătând cu degetul la cartea din poala mea. Nu trebuie să existe niciun fel de distragere de la scopul retragerii.

– Atunci, la revedere, îi spun, adăugând cu speranță: Poate vom mai vorbi în tren, când plecăm de-acolo.

– Nu, bunul meu prieten, nu trebuie să ne gândim la asta. Goenka ne învață să trăim numai în prezent. Amintirile și dorințele îndreptate spre viitor nu fac decât să ne tulbure.

M-am gândit adesea la cuvintele sale de despărțire. „Amintirile și dorințele îndreptate spre viitor nu fac decât să ne tulbure." Ce mult adevăr în cuvintele astea, dar cu ce preț imens. Nu cred că sunt capabil sau dispus să plătesc un asemenea preț.

Ajuns la Igatpuri, am luat un taxi până la centrul de meditație, în apropiere, unde m-am înregistrat și mi s-a cerut să fac o donație. Întrebând care era suma medie plătită de participanți, mi s-a răspuns că majoritatea erau săraci și nu donau nimic. Am dat 200 de dolari, considerând că e o sumă modestă pentru o retragere de unsprezece zile, cu masă și cazare. Însă cei de la recepție au fost atât de uimiți de generozitatea mea, că i-am văzut cum își apleacă capetele în semn de respect. Privind în jurul meu, am constatat, cu oarecare îngrijorare, că eram singurul vestic dintre cele aproximativ două sute de persoane prezente pentru înregistrare!

Un membru al personalului mi-a încuiat toate cărțile într-un dulap din fața biroului, după care m-a condus în zona dormitoarelor. Am fost repartizat într-o cameră de doar cinci locuri, poate datorită donației mele generoase. Ne-am salutat în tăcere. Unul dintre colegii de cameră era orb, astfel că s-a întâmplat de câteva ori să greșească patul și să trebuiască să-l îndrum către al său. Nu am schimbat niciun cuvânt zece zile. Doar Goenka, și ocazional asistentul său, vorbeau.

Abia când am citit programul am început să-mi fac o idee despre cât de dură era aventura în care mă băgasem. Ziua începea la cinci dimineața, cu o masă ușoară, urmată de învățături despre meditație, incantații și prelegeri, până seara. Singura masă consistentă era prânzul vegetarian, dar în scurt timp mi-am pierdut apetitul și nu mi-a mai păsat de mâncare – fenomen frecvent în timpul retragerilor.

După micul dejun, ne adunam în sala mare, unde era amenajat un podium ușor înălțat pentru Goenka. Podeaua sălii era acoperită de saltele, iar în sală nu se găsea, bineînțeles, niciun fel de mobilă. Cei două sute de participanți ședeau în poziția lotusului, așteptându-l pe Goenka. După câteva minute de liniște, acesta a apărut, escortat de patru însoțitori. Un bărbat cu o statură impresionantă, frumos, cu pielea de culoarea bronzului, Goenka a deschis sesiunea cu incantații dintr-un vechi text budist în pali, o limbă indo-europeană dispărută, în care se țin slujbele budismului theravada. Avea să procedeze la fel în toate dimineţile, cântând cu o voce baritonală extraordinar de plină, care mă înmărmurea. Indiferent de ce ar fi urmat, știam că plăcerea ascultării incantațiilor lui Goenka era suficientă pentru a justifica neplăcerile excursiei mele. La finalul retragerii am avut grijă să achiziționez câteva discuri cu cânturile sale, pe care le-am ascultat apoi ani la rând în fiecare seară, în timp ce făceam o baie fierbinte.

Când mă întreb de ce m-a impresionat atât de mult vocea lui, primul lucru care îmi vine în minte este vocea tatălui meu acompaniindu-i pe cântăreții de pe un disc de fonograf cu cântece în idiș. Apoi îmi dau seama cât de mult îmi amintește vocea lui Goenka de vocile dascălilor care cântau în sinagogă. În timpul adolescenței, tot ce-mi doream era să scap cât mai repede din sinagogă, dar acum, privind retrospectiv, îmi amintesc că vocile frumoase ale dascălilor nu-mi displăceau într-u totul. Bănuiesc că există în mine o nevoie adânc îngropată de a fi vrăjit și de a alina suferința separării prin intermediul ritualului și al autorității. Cred că există foarte puțini oameni pe lume care să nu simtă această nevoie. L-am văzut pe împărat în fundul gol și am auzit secretele prea multor oameni sus-puși pentru a mai crede că există persoane imune față de dorința unei atingeri divine.

În primele zile, Goenka a ținut prelegeri și ne-a învățat cum să ne concentrăm asupra respirației, cum să simțim răcoarea aerului inspirat și căldura celui expirat, încălzit de plămâni. Din păcate, din prima zi, după câteva ore, eu am început să întâmpin dificultăți foarte serioase cu poziția lotusului. Nu m-am simțit niciodată confortabil să stau pe podea, iar acum simțeam dureri la genunchi și la spate. În timpul pauzei de prânz m-am gândit să mă adresez unuia dintre asistenți (deși nu aveam voie să vorbim, în caz de urgență era permis să te adresezi unui asistent). Acesta m-a privit ciudat și s-a întrebat în gura mare ce-oi fi făcut în viața anterioară de aveam un spate atât de puțin cooperant. Totuși mi-a oferit un scaun din lemn, pe care l-am folosit în tot restul retragerii, singura persoană pe scaun între două sute de acoliți așezați senin în poziția lotusului. Să precizez că remarca asistentului despre viața anterioară a fost singura referință la supranatural pe care am auzit-o în cele unsprezece zile ale retragerii. Atmosfera era disciplinată, deși nu în mod explicit, cel puțin nu până într-o seară în care cineva a scăpat un vânt zgomotos. Vreo doi oameni au izbucnit într-un râs strident, urmați imediat de alte opt sau zece persoane care nu s-au oprit minute întregi din râsete. Drept urmare, Goenka și-a încheiat mai repede activitatea, iar în următoarea dimineață am observat că eram mai puțini: participanții care râseseră nu mai erau prezenți, fiind, cu siguranță, dați afară.

Goenka a început să ne predea învățătura meditației Vipassana în cea de-a treia zi, instruindu-ne să ne concentrăm asupra scalpului până ce simțeam o senzație acolo, poate o mâncărime sau o durere ușoară, după care să ne mutăm atenția la față, până ce o senzație ne semnala să coborâm la următorul segment al corpului, la gât, umeri, până la vârful picioarelor, fără a uita să fim atenți la respirație și fără a uita să conștientizăm starea de impermanență. Toate lecțiile ulterioare s-au concentrat exclusiv pe învățarea tehnicii Vipassana, despre care Goenka ne-a reamintit în nenumărate rânduri că a fost metoda de meditație folosită de Buddha.

Pe lângă instruire și incantații, Goenka a ținut și o serie de prelegeri motivaționale, dintre care majoritatea mi s-au părut dezamăgitoare. Ne asigura că din momentul acela eram bogați, întrucât descoperiserăm o tehnică ce ne permitea să ne folosim timpul cu sens. Puteam medita în stilul Vipassana și când așteptam autobuzul, de pildă, curățându-ne mintea întocmai cum curăță un grădinar florile de buruieni. Astfel, a subliniat el, am avea un avantaj față de cei care doar pierd vremea așteptând autobuzul. Această ultimă idee, că Vipassana ne-ar permite să dobândim un avantaj asupra celorlalți, mi s-a părut nedemnă, parcă în contradicție cu farmecul spiritual al lui Goenka.

După câteva zile de instruire neîncetată cu Goenka, am avut o revelație care a schimbat complet experiența mea Vipassana. Am început să „dispar". Am început să simt că-mi curge pe cap o miere care se prelingea încet în jos până îmi acoperea tot trupul. O senzație delicioasă, ca și cum corpul meu zumzăia sau vibra, care m-a condus către o revelație fulgerătoare: am înțeles, într-un final, de ce atât de mulți adepți alegeau să rămână în starea asta săptămâni în șir, uneori chiar ani. Adio, griji, adio, anxietate, sentiment al sinelui sau al separării, bun venit, zumzăit divin și căldură care se mișcă în sus și-n jos prin corp.

Dar, vai, acea stare nelumească a ținut doar o zi și jumătate, după care a dispărut fără a o mai putea accesa. Mă tem că, una peste alta, eu m-aș fi picat pe mine însumi la cursul de meditație Vipassana. Faptul că somnul meu a fost dat complet peste cap – rar am prins patru sau, și mai rar, cinci ore de somn în timpul retragerii – nu m-a ajutat deloc. Dereglarea somnului se datora parțial impactului meditației îndelungate, parțial confuziei colegului orb de cameră, care nimerea în patul meu, parțial paznicilor de noapte care dădeau ture și suflau în fluiere din cele folosite de poliție pentru a alunga hoții. Timpul trecea mult prea încet, iar eu eram din ce în ce mai plictisit. În afară de spălatul rufelor, nu prea aveam mare lucru de făcut, așa că le spălam mai des decât era nevoie, ba chiar le și verificam constant să văd dacă se usucă.

Din când în când o zăream pe frumoasa mea tovarășă de drum, fără a vorbi cu ea, bineînțeles, deși eram sigur că mă privește adânc în ochi. În ciuda avertismentului ei că dorințele îndreptate spre viitor tulbură liniștea interioară, mi-am imaginat adesea că ne întâlnim din nou în tren, la plecare, de data asta fără surorile ei. Am încercat din răsputeri să alung asemenea fantezii voluptuoase – evident că acestea nu sunt de ajutor în căutarea serenității.

Dar cel mai greu îmi era fără cărți! Se întâmplă rar să treacă o zi fără să citesc un capitol sau două dintr-un roman, dar aici fusesem obligat să predau la recepție orice material tipărit. Mă simțeam agitat, ca un drogat în sevraj. Când am găsit o foaie de hârtie în rucsac, am înșfăcat-o imediat și cu un ciot de creion m-am amuzat schițând o poveste. Am pornit de la cuvintele vecinei mele de compartiment: „Amintirile și dorințele îndreptate spre viitor nu fac decât să ne tulbure." Am încercat să-mi imaginez, cu creionul în mână, consecințele acestui gând. Mi l-am imaginat pe Shakespeare adoptând această idee și hotărând să nu mai scrie *Regele Lear*. Dar nu doar Lear ar fi fost avortat, ci toate marile personaje ale literaturii universale. Ei bine, da, venerarea calmului poate fi minunat de liniștitoare, dar cu ce preț, cu ce preț!

După retragere am luat trenul înapoi la Mumbai, însă pe cele trei surori nu le-am revăzut niciodată. Înainte să părăsesc India, am vrut să vizitez Varanasi, capitala spirituală a Indiei, însă pentru asta a trebuit să trec prin Calcutta și să văd, ca niciodată în viața mea, la ce nivel poate să ajungă mizeria umană. Taxiul care m-a dus de la aeroport în oraș a trecut pe lângă șiruri nesfârșite de cocioabe ale săracilor, din sobele cărora ieșeau nori negri de fum de cărbune, care făceau aerul irespirabil și acopereau lumina soarelui, ziua în amiaza mare. De fiecare dată când ieșeam din hotel eram asaltat de cerșetori doar piele și os, de orbi, leproși și copii emaciați, cu ochii cât cepele. Leproșii mă urmăreau străzi întregi, amenințând să mă atingă cu rănile lor dacă nu le dădeam de pomană. Îmi umpleam buzunarele cu monede de fiecare dată când ieșeam afară, dar nevoile și sărăcia dimprejur erau inepuizabile. M-am străduit cât am putut să folosesc tehnica Vipassana abia învățată, dar nu am reușit să-mi găsesc liniștea. Practica mea incipientă de meditație era neputincioasă în fața acestei tulburări autentice.

După trei zile petrecute în Calcutta am luat un tren cu care am ajuns în orașul sfânt Varanasi la miezul nopții, singurul turist pe un peron gol. După o oră și-a făcut apariția un cărăuș cu bicicletă, care după o negociere destul de aprinsă a fost de acord să mă ducă la Varanasi și să mă ajute să găsesc cazare. Dar orașul era atât de plin de pelerini budiști, că nu se găsea niciun pat liber. Într-un final, după două ore de căutări, am găsit o cămăruță într-o mânăstire tibetană, suficient de bună, dar gălăgioasă. Am reușit să dorm foarte puțin, din cauza cânturilor tantrice zgomotoase și voioase, care nu au încetat toată noaptea. În zilele următoare am participat la seminarii, cursuri de yoga și exerciții de meditație în diverse mânăstiri. Deși nu eram apt de meditație, seminariile și prelegerile mi s-au părut foarte interesante – nu m-am îndoit nicio clipă de marea înțelepciune a tradiției budiste. Dar nici nu mi-a trecut prin cap să mă mai înscriu într-un program de meditație. În momentul acela mi s-a părut că ar fi fost extrem de egoist din partea mea – mă aștepta viața mea în altă parte: o soție și o familie pe care le iubeam enorm, munca mea și propria metodă de a-i ajuta pe ceilalți.

Am mers cu barca pe Gange, am văzut incinerările zilnice de pe malurile râului, hoardele de maimuțe din copaci și de pe acoperișuri și am explorat împrejurimile însoțit de un ghid, un student de colegiu, deținător de motocicletă. Apoi am mers la Sarnath, orașul sfânt budist în care se găsesc multe locuri venerate – parcul cu căprioare, de exemplu, în care Buddha le-a predat prima dată Dharma acoliților săi, precum și arborele Bodhi, crescut din trunchiul retezat al arborelui original sub care a găsit Buddha iluminarea.

Când am mers la gară pentru a cumpăra un bilet către Calcutta, de unde ar fi trebuit să iau avionul spre Statele Unite, cu escală în Thailanda, vânzătorul m-a informat că nu exista niciun loc disponibil pentru câteva zile. Eram contrariat; gara părea aproape pustie. Întors la hotel, i-am cerut ajutorul directorului, iar acesta m-a elucidat, cu un zâmbet în colțul gurii. Soluția acestei dileme era destul de simplă, iar eu mai aveam multe de învățat despre viața în India. M-a însoțit înapoi la gară, iar odată ajunși acolo mi-a cerut o bancnotă de cinci dolari, pe care i-a strecurat-o vânzătorului. Acesta a scos imediat, plin de respect, biletul solicitat. Când am urcat în tren, am constatat că eram singurul pasager din vagonul de clasa a doua.

Din Calcutta am zburat în Thailanda, unde am vizitat piețele plutitoare și altarele budiste și m-am bucurat de o conversație plăcută la ceai cu un profesor budist cu care aranjasem să mă întâlnesc printr-un prieten de-acasă. La lăsarea serii am fost recuperat de un prieten al vărului meu Jay, împreună cu care am făcut turul laic al orașului. La uriașul restaurant cu specific pescăresc în care am intrat să cinăm, chelnerul nu ne-a adus meniul, ci ne-a rugat să-l însoțim la heleșteul care înconjura restaurantul pentru a ne alege peștele dorit. L-a prins într-o plasă cu mâner, după care ne-a dus la un container imens cu legume, ca să alegem garnitura. M-am străduit cât am putut, cu ajutorul singurelor cuvinte pe care le știam în thailandeză – *„Phrik rxn"* („nu ardei iuți") –, să comunic cu chelnerul, dar probabil că am răstălmăcit expresia, întrucât cuvintele mele au stârnit un amuzament atât de zgomotos, că imediat au venit lângă noi alți chelneri dornici să participe la distracție. După cină, ghidul meu m-a dus la primul și ultimul meu masaj thailandez. O asistentă m-a condus într-o cameră, unde mi s-a cerut să mă dezbrac și să fac un duș, după care am fost acoperit din cap până în picioare cu ulei de masaj, moment în care a intrat în încăpere maseuza, o femeie extraordinar de frumoasă, goală-pușcă, și a început ședința de masaj. Abia după câteva minute am realizat că înțelesesem greșit termenul „masaj pe tot corpul" – ideea nu era să maseze tot corpul *meu*, ci să mă maseze cu tot corpul *ei*. La finalul ședinței, femeia a zâmbit, a făcut o plecăciune și m-a întrebat pe tonul cel mai delicat: „Vă mai doriți și altceva?"

Am luat un autobuz din Bangkok la Chiang Miai, unde am urmărit munca elefanților la curățat pădurea. Acolo am cunoscut un călător austriac, împreună cu care am plătit un ghid pentru o călătorie în canoe pe râul Mae Kok. Ne-am oprit într-un sat de băștinași pentru a ne alătura bărbaților într-un cerc în care se fuma pipa zilnică cu opium, în timp ce de toate muncile tribului se ocupau femeile, desigur. Singura mea experiență cu opiumul nu a fost deloc spectaculoasă: doar o stare de ușoară relaxare psihică, ce a ținut mai multe ore. De aici am plecat spre Chiang Rei, trecând în drumul nostru pe lângă o puzderie de temple crenelate smulse parcă dintr-un basm, ce-ți lăsau impresia că vor decola din clipă în clipă. La Chiang Rei am urcat, împreună cu alți turiști, pe un pod care lega Thailanda de Burma, unde la jumătatea drumului eram așteptați vameșii burmanezi cu expresii severe. Ne-au permis să atingem bariera un moment, cât să putem spune că fusesem în Burma. De aici am zburat în insula Phuket, pentru câteva zile de plimbare pe plajă și scufundări, iar apoi spre casă, în California.

Am iubit excursia asta, dar am plătit și un preț. La puțină vreme după ce m-am întors am dezvoltat o boală ciudată, care m-a necăjit câteva săptămâni cu oboseală, dureri de cap, amețeală și lipsă de apetit. Toți profesorii eminenți de la Stanford au fost de acord că luasem o boală tropicală, dar ce anume nu și-a dat nimeni seama. Câteva luni mai târziu am sărbătorit însănătoșirea mea cu o excursie într-o insulă din Marea Caraibilor, unde am închiriat o cabană pentru două săptămâni. În prima zi acolo am tras un pui de somn pe canapea după-amiază. Când m-am trezit, eram plin de înțepături de insecte. Până a doua zi mă simțeam mai rău decât la întoarcerea din India. Am luat imediat avionul spre casă, unde doctorii din Departamentul de Medicină al Stanford au muncit săptămâni întregi ca să mă vindece de febră tropicală și alte boli tropicale. Au aplicat toate testele de diagnostic disponibile medicinei moderne, dar nu au reușit să rezolve misterul bolii mele.

Boala a durat șaisprezece luni, timp în care abia am fost în stare să ajung zilnic la Stanford, având nevoie de foarte multă odihnă. Un prieten apropiat al lui Marilyn i-a spus că multă lume crezuse că suferisem un atac cerebral. În cele din urmă m-am hotărât să-mi reconstruiesc corpul: m-am înscris la o sală de gimnastică și m-am forțat să mă antrenez zilnic. Oricât de rău m-aș fi simțit, am ignorat cu hotărâre orice implorare sau scuză a corpului, păstrând un ritm constant, care m-a ajutat să-mi recapăt sănătatea. Gândindu-mă acum la perioada aceea, îmi amintesc cât de des venea Ben, în vârstă de doisprezece ani pe atunci, în dormitorul meu și stătea în liniște alături de mine. Au fost doi ani în care am dus dorul jocului nostru de tenis, în care nu l-am învățat șah și nu am mers cu el cu bicicleta (deși el își amintește că jucam table și citeam cu glas tare din *Cronicile lui Thomas Covenant, Necredinciosul* de Stephen Donaldson).

Am rămas de atunci cu o imensă empatie față de bolnavii suferinzi de boli misterioase nondiagnosticabile, cum ar fi sindromul oboselii cronice sau fibromialgia. A fost un capitol întunecat din viața mea, din care nu mai rețin aproape nimic – dar știu că a fost testul suprem al anduranței mele.

Deși nu am mai meditat mulți ani de atunci, am ajuns la un respect mai mare față de practica meditației, parțial deoarece am cunoscut mulți oameni cărora meditația le-a oferit o alinare și o cale spre o viață mai blândă. În ultimii trei ani am citit mai mult pe acest subiect, am discutat cu colegi care o practică și am experimentat cu mai multe abordări. De multe ori, în serile în care mă simt prea agitat, ascult una dintre nenumăratele meditații pentru somn disponibile pe internet, adormind de regulă până la final.

India a fost prima mea experiență profundă cu cultura asiatică. Dar nu ultima.

Capitolul 28

JAPONIA, CHINA, BALI ȘI *CĂLĂUL DRAGOSTEI*

În timp ce mă cazam la hotelul meu din Tokyo, în toamna lui 1987, l-am întâlnit pe psihologul vorbitor de limbă engleză chemat de gazdele mele japoneze de la New York ca translator. Era cazat într-o cameră vecină cu a mea și urma să fie disponibil pe tot parcursul săptămânii mele de conferințe.

— Îmi poți spune mai exact ce voi face aici?, l-am întrebat.

— Directorul programului Spitalului Hasegawa nu mi-a dat detalii despre planul săptămânii.

— Mă întreb de ce. Am întrebat, dar nu mi-au răspuns: par să fie în mod intenționat secretoși.

M-a privit nedumerit, ridicând din umeri.

În dimineața următoare ajungeam împreună la Spitalul Hasegawa și eram întâmpinați grațios, cu un buchet imens de flori, de un grup consistent de psihiatri și personal administrativ în holul instituției. Ne-au spus că prima dimineață acolo era un moment special: tot personalul urma să participe la discuția mea despre ședințele grupurilor de terapie dedicate pacienților internați. M-au ghidat spre un auditorium amenajat pentru patru sute de persoane. Cum comentasem de nenumărate ori despre terapia de grup, mă simțeam foarte relaxat, așteptând o descriere verbală sau înregistrarea video a unei ședințe. Am descoperit cu uimire că personalul pregătise o versiune dramatizată a unei ședințe. Înregistraseră o ședință ținută în ultima lună într-una din secțiile spitalului, o transcriseseră, alocaseră roluri unor membri ai personalului și petrecuseră, evident, multe ore repetând piesa. Punerea în scenă era foarte lucrată, dar, vai, reda una dintre cele mai jalnice ședințe de grup din câte văzusem. Conducătorii se învârteau în jurul membrilor, oferind sfaturi și recomandând exerciții fiecăruia dintre aceștia. Participanții nu schimbau nici măcar un cuvânt între ei – după mine, exemplul perfect de cum *nu* se face terapia de grup. Dacă ar fi fost doar o înregistrare, nu aș fi avut nicio problemă să o opresc și să descriu câteva abordări alternative. Dar cum aș fi putut opri o producție atent regizată, care necesitase probabil multe ore de repetiții? Ar fi fost o insultă oribilă, așa că am asistat nemișcat până la final (cu translatorul șoptindu-mi la ureche). Abia apoi, când mi-am făcut comentariul, am sugerat gentil, foarte gentil, niște tehnici de orientare interpersonală.

M-am străduit cât am putut să fiu un profesor util în timpul săptămânii petrecute la Tokyo, dar nu m-am simțit deloc eficient. Am înțeles în timpul acelei săptămâni că ceva profund înrădăcinat în cultura japoneză se opune psihoterapiei vestice, în special terapiei de grup: mai precis rușinea indivizilor de a se autodezvălui sau de a împărtăși din secretele familiei. M-am oferit să conduc un grup pentru terapeuți, dar ideea a fost respinsă, ceea ce, ca să fiu sincer, m-a bucurat. Cred că rezistențele ar fi fost atât de mari, că nu am fi ajuns la cine știe ce progrese. În toate prezentările susținute timp de o săptămână, publicul a arătat o atenție respectuoasă, dar nu s-a făcut niciun comentariu și nu s-a pus nicio întrebare.

Marilyn a avut o experiență similară în aceeași excursie. A ținut o conferință despre literatura americană feminină din secolul XX la un institut japonez pentru femei, în fața unui public numeros aflat într-un amfiteatru frumos amenajat. Evenimentul a fost organizat cu grijă, prelegerea fiind precedată de un minunat recital de dans, în fața unei audiențe atente și politicoase. Dar la momentul comentariilor și al întrebărilor s-a lăsat o liniște deplină. A susținut aceeași conferință două săptămâni mai târziu la Universitatea de Studii Străine din Beijing, dar la final a fost bombardată cu întrebări de către studenții chinezi.

În Tokyo am avut parte de toate amabilitățile imaginabile. Mi-au plăcut la nebunie cutiile clasice bento cu masa de prânz, cu șapte straturi de feluri de mâncare aranjate frumos, cu multă delicatețe. Într-o seară încercam să găsim teatrul Kabuki, dar, rătăcindu-ne, i-am arătat biletele unei femei care spăla treptele unei clădiri, cerându-i ajutorul. Femeia a abandonat pe loc ce făcea și ne-a condus de-a lungul a patru străzi până la ușa teatrului. Altădată, în Kyoto, am coborât dintr-un autobuz și am pornit la plimbare pe străzile orașului, când deodată am auzit pași grăbiți în urma noastră. O femeie în vârstă, abia trăgându-și răsuflarea, ne-a întins umbrela uitată în autobuz. La puțin timp după asta am intrat în conversație cu un străin, un profesor de colegiu, în curtea unui templu budist, iar omul ne-a invitat după câteva minute să luăm cina acasă la el. Însă cultura lor nu simpatiza abordarea mea terapeutică, foarte puține dintre cărțile mele fiind traduse în japoneză.

Japonia a fost prima oprire într-un an sabatic. Mă aflam la finalul unei perioade dificile, după încă o revizuire a manualului de terapie de grup. Începătorii, ca mine, care se apucă de scris un manual, nu știu, în general, că, în cazul în care manualul are succes, se angajează la o muncă pe viață. Manualele trebuie revizuite o dată la câțiva ani, în special atunci când există noi cercetări și schimbări în domeniu – așa cum era cazul cu terapia de grup. În cazul în care nu sunt revizuite, profesorii vor căuta alte manuale pe care să le folosească la cursuri.

În toamna lui 1987, căminul nostru era gol: Ben, fiul cel mai mic, plecase să facă colegiul la Stanford. După ce am trimis textul revizuit editorului, eu și Marilyn am sărbătorit libertatea printr-un an întreg de călătorii în străinătate, cu opriri pentru lungi retrageri de scris în Bali și în Paris.

Mă gândeam deja de multă vreme la un alt fel de carte. Am fost toată viața un iubitor al narațiunilor și adesea am introdus discret în textele mele profesionale povești de terapie, unele de câteva rânduri, altele de câteva pagini chiar. Mulți cititori îmi spuseseră de-a lungul anilor că erau dispuși să parcurgă multe pagini de teorie aridă știind că undeva, la un moment dat, îi aștepta o altă poveste didactică. Așa am decis să fac o schimbare majoră de viață, la cincizeci și șase de ani. Am hotărât să continui să produc texte didactice pentru tinerii psihoterapeuți, dar să așez povestea pe o poziție privilegiată: să o transform în motorul metodei mele pedagogice. Simțeam că sosise vremea să eliberez povestitorul din mine.

Înainte să plec în Japonia, era imperativ să învăț cum se folosește noul meu accesoriu ultimul răcnet: un laptop. Am închiriat pentru trei săptămâni o cabană în Ashland, Oregon, oraș pe care l-am vizitat de multe ori pentru extraordinarul său festival de teatru. Seara ieșeam să vedem piesele, dar ziua practicam asiduu scrisul la laptop. Când m-am simțit suficient de sigur pe mine, am plecat către prima noastră destinație: conferința din Tokyo.

Scriam, deocamdată, cu un singur deget. Toate cărțile și articolele mele fuseseră scrise de mână (ori, într-un singur caz, dictate). Dar pentru a folosi noul computer trebuia să învăț să scriu la tastatură, ceea ce am reușit să fac cu ajutorul unei metode mai puțin obișnuite: am profitat de zborul lung în Japonia ca să joc unul dintre primele jocuri video, în care nava mea era atacată de nave extraterestre care trăgeau cu rachete sub forma literelor alfabetului, care puteau fi contracarate doar apăsând literele corespunzătoare de pe tastatură. Un instrument pedagogic extraordinar, astfel că în momentul aterizării știam să tastez la laptop.

După vizita la Tokyo am zburat la Beijing, unde, alături de patru prieteni americani, am pornit într-un tur de două săptămâni prin China, însoțiți de un ghid, obligatoriu la vremea aceea. Am vizitat Marele Zid, Orașul Interzis și am mers pe un râu până la Guilin, unde am fost impresionați de munții cu crestele în formă de vârf de creion din depărtare. În tot timpul călătoriilor am contemplat ideea scrierii unei colecții de povești de terapie.

Într-o zi, pe când ne aflam la Shanghai, m-am trezit prost dispus, preferând să nu-i însoțesc pe ceilalți într-un tur de o zi, ca să mă mai pot odihni. Am scos la întâmplare un dosar (aveam douăzeci și cinci la mine) din servieta burdușită cu comentariile dictate ale ședințelor și am citit rezumatele a șaptezeci și cinci de ședințe de terapie cu Saul, un cercetător în biochimie în vârstă de șaizeci de ani.

După-amiaza, în timp ce bântuiam singur pe străzile lăturalnice ale orașului, am descoperit o biserică catolică mare și frumoasă, abandonată de multă vreme. Am intrat pe ușa deschisă și m-am plimbat pe coridoarele sale, până ce am observat confesionalul. Asigurându-mă că sunt singur, am făcut ceva ce voiam de mult să fac: m-am strecurat în confesional și m-am așezat pe locul preotului. M-am gândit la generațiile de preoți care ascultaseră spovedanii în cabina aceea și la tot ce auziseră de la oameni – atât de multe regrete, rușine și vinovăție. I-am invidiat pe acei oameni ai Domnului; le-am invidiat capacitatea de a le spune suferinzilor: „Sunteți iertați." Ce forță terapeutică! Abilitățile mele îmi păreau minuscule în comparație cu ale lor.

După o oră de meditație pe acel vechi scaun al autorității, s-a întâmplat un lucru uimitor: am intrat într-o reverie în care mi s-a revelat întreaga intrigă a povestirii „Trei scrisori nedesfăcute". Am știut imediat totul despre poveste – personajele, dezvoltarea, momentele de suspans. Eram disperat să notez totul înainte de a se evapora, dar nu aveam nici creion, nici hârtie (vorbim despre epoca pre-iPhone) – nicio variantă de a-mi nota visele. Scotocind prin biserică, am găsit un ciot de creion de doi centimetri, pe un raft vechi, dar niciun petic de hârtie, așa că am scos singurul material din hârtie pe care îl aveam asupra mea – paginile goale ale pașaportului – schițând pe el coordonatele principale ale poveștii. Era prima povestire dintr-o colecție care avea în cele din urmă să poarte numele *Călăul dragostei*.

Câteva zile mai târziu ne despărțeam de amicii noștri și de China și zburam spre Bali, unde închiriaserăm pentru două luni o casă într-o locație exotică. Acolo am început să scriu mai serios. Avea și Marilyn un proiect de scriere (care s-a concretizat în cartea sa *Blood Sisters: The French Revolution in Women's Memory*). Deși ne iubeam nespus cei patru copii, ne-am bucurat enorm de libertatea noastră: era primul nostru sejur prelungit, fără copii, de la luna de miere din Franța, cu treizeci și trei de ani în urmă.

Casa din Bali era diferită de tot ce întâlniserăm în viața noastră. Din exterior se vedea doar zidul înalt care înconjura proprietatea abundentă într-o luxuriantă floră tropicală.

Călătoria către sine

Bali, 1988

Casa nu avea pereți, ci draperii suspendate care separau și delimitau camerele. Zona de dormit era la etaj, iar toaleta, într-o structură separată. Prima noapte acolo a fost de neuitat: pe la miezul nopții am fost acoperiți de un roi de insecte, atât de numeroase că a trebuit să ne ascundem sub cearșafuri. Am căutat valiza cu privirea, plănuind să plecăm de acolo de cum ne ridicam din pat dimineață. La răsăritul soarelui era din nou liniște, nicio insectă nicăieri, iar angajații ne-au asigurat că roiul de împerechere al termitelor se aduna într-o singură noapte pe an. Păsări în culori incandescente cântau melodii ciudate cocoțate pe crengile sofisticat răsucite ale copacilor din grădină. Eram amețiți de parfumul unor flori necunoscute, iar în bucătărie am găsit mai multe tipuri de fructe cu aspect ciudat. Un personal de șase oameni care trăiau în colibe răspândite pe proprietate avea grijă de curățenie, bucătărie, grădină, muzică și aranjamentele florale utilizate în cadrul frecventelor festivaluri religioase. O cărare nisipoasă pleca de la poarta din spate a proprietății și ducea în trei minute la încântătoarea plajă Kuta – pe atunci încă pustie și neatinsă. Toate acestea la o chirie mult mai mică decât ce plăteam pentru casa din Palo Alto.

După ce am scris „Trei scrisori nedesfăcute", povestea lui Saul, plecând de la ce îmi notasem în paginile pașaportului, mi-am petrecut diminețile pe o bancă din grădină, studiind atent dosarele de notițe pentru următoarea poveste. După-amiaza mă plimbam cu Marilyn cu orele pe plajă și, aproape imperceptibil, înmugurea o poveste care-mi dădea elanul să las deoparte notele și să mă ocup de scrierea ei. Când mă apucam să le scriu, nu știam încotro mă vor duce sau ce formă vor lua. Mă simțeam aproape un spectator care urmărea cum înfloresc poveștile și scot fire ce mai apoi se întrepătrund.

Îi auzisem adesea pe scriitori spunând că o poveste se scrie singură, dar nu am înțeles până atunci ce ar putea să însemne asta. După două luni de lucru aveam o perspectivă complet nouă și incomparabil mai profundă asupra poveștii despre romancierul britanic de secol XIX William Tackeray, relatată de Marilyn cu ani în urmă. Într-o seară, pe când ieșea din biroul său, soția îl întreabă pe scriitor cum i-a mers ziua de lucru. „Oh, ce zi teribilă!", îi răspunde acesta, „Pendennis (unul dintre personajele sale) s-a făcut de râs în ultimul hal și eu nu am putut face nimic ca să-l opresc."

Curând am ajuns să mă obișnuiesc ca personajele mele să poarte dialoguri între ele. Am fost mereu cu o ureche la conversațiile lor, chiar și după ce terminam programul de scris și mă plimbam de mână cu Marilyn pe una dintre nesfârșitele plaje albe ca untul. Nu după mult timp am avut parte de o altă experiență scriitoricească, una dintre cele mai frumoase din viața mea. Eram implicat profund într-o poveste, când am început să observ cum mintea mea nestatornică începe să flirteze cu altă poveste care începuse să prindă o formă sub pragul percepției mele imediate. Am luat-o ca pe un semn – unul ciudat, de la mine pentru mine – că povestea la care lucram se apropia de final și o alta era pregătită să se nască.

Am început să-mi fac griji că acum cuvintele mele existau doar în memoria unui computer neobișnuit și nu aveam copii tipărite ale muncii de până atunci – alternative ca Dropbox, Time Machine sau stickuri de memorie încă nu existau. Din nefericire, imprimanta mea Kodak portabilă nu suportase prea bine călătoria și-și dăduse duhul după doar o lună în Bali. Tot mai alarmat de perspectiva rătăcirii rezultatelor muncii mele în măruntaiele computerului, m-am gândit să cer ajutor. Prilej cu care am descoperit că în Bali exista o singură imprimantă, la o școală de computere din capitala țării, Denpasar. M-am dus într-o zi cu computerul la această școală, am așteptat finalul orelor și l-am implorat sau l-am mituit – am uitat care din două, poate ambele – pe profesor să-mi facă o copie fizică a paginilor scrise până în ziua aia.

În Bali, inspirația te găsește repede. Nedistras de scrisori, telefon și toate celelalte, am scris mai bine și mai repede ca oricând. În cele două luni petrecute acolo am scris patru dintre cele zece povestiri. Am consumat mult timp cu mascarea identității pacienților prezentați în fiecare dintre ele. Le-am modificat aspectul, ocupațiile, vârsta, naționalitatea, statutul marital, de multe ori chiar și sexul. Am căutat să mă asigur că nu ar putea fi recunoscuți de nimeni, iar odată povestea încheiată, le trimiteam, desigur, pacienților variantele finale, solicitându-le permisiunea scrisă de a le publica.

În timpul liber exploram insula împreună cu Marilyn. Îi adoram pe băștinașii grațioși, admirându-le arta, dansurile, teatrul de păpuși, sculptura, pictura, minunându-ne de paradele lor religioase. Plimbările pe plajă și scufundările erau divine. Într-o zi am urcat cu bicicletele, însoțiți de un ghid, pe cele mai înalte puncte din Bali, de unde am coborât câțiva kilometri prin sate, trecând pe lângă standuri stradale care vindeau felii de jackfruit și durian. Spre surpriza mea, în Bali era foarte popular șahul, întâlnind la tot pasul oameni care jucau. Mergeam adesea la un restaurant din apropiere pentru a juca șah cu chelnerul.

Înțelegerea cu Marilyn era să petrecem a doua parte a anului sabatic în Europa. Eu iubesc insulele tropicale, Marilyn iubește Franța, așa că de-a lungul căsniciei noastre am făcut amândoi compromisuri în acest sens. Marilyn tocmai renunțase oficial la postul ei administrativ de la Stanford (deși a rămas până azi profesor onorific), dar încă mai avea niște îndatoriri profesionale, din cauza cărora a trebuit să treacă prin Palo Alto în drum spre Europa. Eu m-am oprit în Hawaii, într-o retragere de scris la Oahu, în splendidul apartament al gazdei noastre japoneze, unde am scris încă două povestiri. După cinci săptămâni în Oahu m-a sunat Marilyn să mă informeze că sosise vremea să ne continuăm călătoria.

Următoarea oprire: Bellagio, Italia. Cu un an în urmă candidaserăm și fuseserăm acceptați amândoi pentru rezidență la Rockefeller Foundation Center, în Bellagio; ea, pentru a lucra la cartea despre memoriile femeilor din Revoluția Franceză, eu – la cea de povești de psihoterapie.

Rezidența la Bellagio trebuie că este una dintre cele mai mari realizări din cariera unui profesor. Amplasat la o aruncătură de băț de lacul Como, complexul Rockefeller deține grădini superbe, un bucătar excepțional, care ne-a servit în fiecare seară feluri diferite de paste făcute în bucătăria lui, și o splendidă vilă centrală, cu spațiu pentru treizeci de bursieri, fiecare având la dispoziție propriul birou. Invitații se întâlneau doar la masă și la seminariile de seară, când fiecare dintre noi își prezenta munca. Eu și Marilyn scriam dimineața, iar după-amiaza luam feribotul către unul dintre fermecătoarele sătucuri din jurul lacului Como. Am petrecut destul de mult timp cu un alt bursier, Stanley Elkins, un minunat scriitor satiric. Stanley suferise de poliomielită și se deplasa într-un scaun cu rotile. Asculta în fiecare seară radioul, căutând neobosit scenarii și personaje.

După Bellagio, am plecat la Paris, unde am petrecut restul de patru luni din anul sabatic, închiriind un apartament pe bulevardul Port Royal. Marilyn lucra acasă, iar eu, pe terasa unei cafenele de lângă Panthéon, unde am reușit să termin restul de patru povestiri. Am reluat și de data asta lecțiile de franceză – ca de obicei, fără niciun rezultat –, dar după-amiezile târzii și serile le petreceam plimbându-ne pe străzi sau cinând cu prietenii parizieni ai lui Marilyn.

Mi-a priit să scriu pe terasele cafenelelor și am ajuns să lucrez cu foarte mult spor. Mai târziu, acasă, am descoperit o cafenea cu terasă în North Beach, San Francisco (Café Malvino), cu o atmosferă plăcută pentru scris, unde mi-am putut relua obiceiul. Cum intenția mea era ca această colecție de povestiri să le fie utilă tinerilor terapeuți, am compus câteva paragrafe de încheiere pentru fiecare poveste, în care explicam implicațiile teoretice ilustrate prin ea. S-a dovedit a fi o idee prea complicată, pe care am abandonat-o în favoarea unui epilog didactic de șaizeci de pagini. După ce l-am terminat și pe acesta, i-am trimis manuscrisul editorului, cu un mare sentiment de satisfacție.

După două sau trei săptămâni am fost contactat de Phoebe Hoss, redactorul de la Basic Books care primise cartea mea în lucru. Phoebe era un redactor demonic (dar și angelic), cu care mă aștepta o bătălie de proporții epice. Din câte îmi amintesc, a intervenit foarte puțin în texte, cu excepția introducerii expresiei „o avalanșă de carne" în povestirea pacientei obeze. Nu am uitat expresia asta, deoarece este singura adăugire gratuită operată vreodată de un redactor într-o carte a mea (deși uneori mi-aș fi dorit să existe mai multe). Însă mai apoi, când a citit lungul meu epilog, Phoebe a luat-o razna, insistând că trebuia eliminat în întregime. Era absolut sigură că volumul nu avea nevoie de o încheiere și că fiecare povestire vorbea de la sine. Am început un război major, întins pe mai multe luni. Toate variantele de epilog trimise s-au întors ciuntite nemilos, până ce, după câteva luni, a redus cele șaizeci de pagini la zece, insistând totodată să fie mutate în deschiderea cărții. Azi, când recitesc cartea, începând cu prologul succint, mă întristează amintirea rezistenței mele înverșunate: Phoebe, un redactor binecuvântat, cum nu aveam să mai întâlnesc vreodată, avea dreptate.

Am zburat, împreună cu Marilyn, la New York pentru petrecerea de lansare a cărții – eveniment rar astăzi, dar comun în epocă. Petrecerea, programată pentru o seară de luni, a fost umbrită de o cronică proastă în *New York Times*. Genul acesta de carte nu prea cunoștea precedente: doar câteva istorii de caz scrise de Freud și volumul lui Robert Lindner despre hipnoterapie, *Ora de 50 de minute*, se apropiau întru câtva. Autoarea recenziei din *New York Times*, psihanalistă începătoare, se declara ofensată de structura cărții, menționând că prefera să citească istorii de caz în jurnalele de specialitate.

Însă mai apoi, duminică, la câteva minute după miezul nopții, am fost trezit din somn de apelul editorului meu, peste măsură de încântat să mă anunțe că *New York Times* urma să publice în ediția de miercuri recenzia prețioasă a Evei Hoffman, bine-cunoscută scriitoare și critic. Evei Hoffman, pe care am cunoscut-o câțiva ani mai târziu, îi sunt recunoscător până în ziua de azi. A urmat o serie de lecturi în New York și în librăriile din alte câteva zeci de orașe. Turneele naționale de prezentare a cărților nu mai sunt de actualitate, cum nu mai e de actualitate nici meseria de ghid al acestor turnee, persoana care îl recuperează pe autor de la aeroport și-l duce la lecturi. În majoritatea librăriilor în care am citit am ajuns imediat după Oliver Sacks, care își promova ultima lui carte, *Omul care își confunda soția cu o pălărie*. Drumurile noastre s-au intersectat atât de des, că am rămas cu sentimentul că ne cunoșteam, deși, din păcate, nu ne-am întâlnit niciodată. I-am admirat mult munca, ba chiar i-am scris și o scrisoare de admirator, cu puțin timp înainte să moară, după ce am citit emoționanta sa carte de memorii, *În mișcare*.

Spre totala mea uluire, *Călăul dragostei* a ajuns în câteva săptămâni de la publicare pe lista bestseller a *New York Times*, unde a și rămas mai multe săptămâni. Curând eram asediat de cereri de interviuri și lecturi și-mi amintesc că m-am plâns de oboseală și stres în timpul unui prânz cu Phillip Lopate, un eseist rafinat care mi-a fost instructor într-un atelier de scris la Colegiul Bennington. Sfatul său a fost: „Relaxează-te și bucură-te de atenție – un bestseller e ceva rar și nu se știe dacă o să mai ai parte de încă unul." Vai, câtă dreptate avea.

Douăzeci și trei de ani mai târziu, editorul a hotărât să reediteze *Călăul dragostei* cu o copertă nouă, solicitându-mi să scriu și o postfață nouă. Lectura cărții – prima după mulți ani – mi-a stârnit reacții puternice: mândrie amestecată cu întristare provocată de îmbătrânire și invidie față de eul meu mai tânăr. Nu m-am putut abține să-mi spun că *tipul ăsta scrie mult mai bine ca mine*. A fost o plăcere să-i întâlnesc pe foștii mei pacienți, majoritatea decedați de-acum. Cu o singură excepție: povestirea „Grasa". Îmi amintesc de orele petrecute pe terasa cafenelei pariziene, muncind la paragraful introductiv, în care încercam să introduc conceptul de contratransfer, reacțiile emoționale spontane ale terapeutului față de pacient.

Din prima zi în care Betty a venit în cabinetul meu, în clipa în care am văzut-o manevrându-și cu dificultate corpul greoi — o sută douăsprezece kilograme la o înălțime de un metru și cincizeci și șapte de centimetri — spre frumosul meu scaun cu tapițerie din piele și cadru metalic, am știut că mă așteaptă un contratransfer foarte serios.

Povestea, în care personajul principal sunt eu, mai degrabă decât pacienta, a fost gândită ca un instrument didactic pentru terapeuți. Este povestea sentimentelor iraționale, adesea de respingere, pe care le poate simți terapeutul față de pacient și care pot constitui un formidabil obstacol în calea procesului terapeutic. Terapeutul poate dezvolta sentimente de atracție extrem de puternice față de un pacient, dar poate la fel de bine să experimenteze reacții negative la fel de puternice, izvorâte din surse inconștiente, poate din întâlnirile cu personaje negative din trecutul său. Deși nu am depistat toate motivele emoțiilor mele negative față de femeia obeză, am fost sigur că era ceva legat de relația cu mama mea, fiind conștient că trebuie să lupt foarte serios împotriva reacțiilor mele perturbatoare, pentru a relaționa cu pacienta într-o manieră umană și pozitivă. Asta era povestea pe care voiam s-o spun și, pentru a reuși să o formulez, am simțit nevoia să amplific dimensiunea contratransferului meu. Tema principală a povestirii este conflictul dintre contratransferul negativ față de Betty și dorința mea de a o ajuta.

A existat un episod, în relația cu ea, care mi-a stârnit o empatie profundă. Betty își aranjase o întâlnire pornind de la anunțurile matrimoniale din ziarul local (practică comună în epoca anterioară Match.com), la care s-a dus purtând un trandafir în păr, pentru a fi mai ușor identificată. Bărbatul nu și-a făcut apariția. Nu era prima dată când i se întâmpla asta, așa că a bănuit că bărbatul făcuse cale întoarsă după ce o văzuse de la distanță. Mi-a rupt inima și abia mi-am stăpânit lacrimile când mi-a povestit cum s-a așezat să bea singură într-un bar aglomerat, încercând să nu-și piardă cumpătul.

Am fost mândru de deznodământul poveștii, când Betty mi-a cerut o îmbrățișare finală: „Îmbrățișând-o, am fost surprins să constat că o puteam cuprinde cu brațele."

Descrierea brută a gândurilor mele rușinoase legate de obezitate este intenționată. Ba chiar mai mult de-atât: am accentuat, de dragul forței narative, repulsia mea și am dus povestea în direcția duelului dintre rolul meu de vindecător și asaltul chinuitor al gândurilor din fundal.

Nu mică mi-a fost emoția când i-am trimis manuscrisul lui Betty, cerându-i acordul de a publica povestirea. Modificasem, desigur, toate detaliile care țineau de identitate, dar am întrebat-o dacă considera că era nevoie și de alte modificări. I-am spus că sentimentele mele erau redate exagerat, pentru a spori eficiența instrumentului didactic. Betty mi-a răspuns că înțelege și mi-a trimis acordul scris pentru publicare.

Reacțiile la povestea ei au fost deosebit de vocale. „Grasa" a stârnit un potop de reacții negative din partea femeilor care s-au simțit lezate și înfuriate de poveste. Dar a stârnit și mai multe reacții, de data asta pozitive, din partea tinerilor terapeuți, ușurați să citească povestea mea în timp ce se confruntau ei înșiși cu emoții negative în lucrul cu o parte dintre pacienții lor. Onestitatea mea, mărturiseau aceștia, îi ajutase să depășească emoțiile negative și să vorbească deschis despre ele cu supervizorii sau cu colegii.

Terry Gross m-a întrebat, deși „desființat" cred că este termenul corect, despre povestea „Grasa" în cadrul interviului făcut împreună pentru populara emisiune *Fresh Air*, de la PBS. Până la urmă am ajuns să mă răstesc, defensiv: „Dar tu chiar nu ai citit finalul poveștii? Nu ai înțeles că povestea era despre drumul meu într-un proces terapeutic în care experimentam prejudecăți negative și că până la finalul terapiei mă schimbasem și mă maturizasem ca terapeut? Eu sunt personajul principal din poveste, nu pacienta." Nu am mai fost invitat niciodată în emisiunea ei.

Deși Betty nu a fost, probabil, capabilă să-mi spună asta, îmi imaginez că povestea i-a provocat suferință. Am purtat ochelari de cal. Am fost prea ambițios, prea nesăbuit și prea consumat de eliberarea impulsurilor mele scriitoricești. Regret și azi la fel de mult. Dacă aș scrie povestea azi, aș încerca să transform obezitatea în ceva cu totul diferit și aș ficționaliza mai radical momentele terapiei.

Am încheiat noua postfață pentru *Călăul dragostei* cu o observație care l-ar fi surprins pe eul meu mai tânăr: anume că priveliștea pe care o ai la optzeci de ani asupra vieții e mai bună decât m-am așteptat. Nu neg, firește, că viața în ultimii ani a fost un șir de pierderi; dar, chiar și așa, în deceniile șapte, opt și nouă de viață am găsit mai multă fericire și liniște sufletească decât credeam că e cu putință. Și un bonus: *recitirea propriilor scrieri poate fi acum și mai entuziasmantă!* Pierderile de memorie au avantajele lor nebănuite. Răsfoind paginile povestirilor „Trei scrisori nedesfăcute", „A murit cine nu trebuia" și „Călăul dragostei", m-am simțit nerăbdător să aflu ce urmează. Am uitat finalul propriilor povești!

Capitolul 29
PLÂNSUL LUI NIETZSCHE

În 1988 am revenit la catedră și la practica clinică, începând totodată o colaborare cu Sophia Vinogradov, fostă rezidentă la Stanford, pentru scrierea unui manual, *A Concise Guide to Group Psychoterapy* pentru American Psychiatric Press. Nu după mult timp am început să mă simt cuprins de o neliniște bine-cunoscută: eram debusolat din pricina lipsei unui proiect literar. Tot pe atunci m-am reapropiat de operele lui Friedrich Nietzsche. Mi-a plăcut dintotdeauna să-i citesc cărțile, iar de data asta eram atât de intoxicat de forța limbajului său că nu-mi puteam lua mintea de la acest filosof ciudat din secolul al XIX-lea – un personaj sclipitor, dar foarte izolat și tulburat, care ar fi avut nevoie de ajutor. După câteva luni în compania operelor sale, mi-am dat seama că inconștientul meu alesese deja următorul proiect.

Mă simțeam consumat de două dorințe: continuarea vieții de cercetător și profesor la Stanford sau asumarea riscului de a scrie un roman. Nu-mi amintesc detaliile acestei lupte interioare. Dar îmi amintesc soluția care le-a împăcat: scrierea unui roman didactic prin care să încerc să-i transpun pe studenți înapoi în timp, în Viena sfârșitului de secol XIX, pentru a fi martorii apariției psihoterapiei.

De ce Nietzsche? Deși a trăit în epoca în care Freud punea pe picioare psihoterapia, filosoful nu a stârnit niciodată interesul psihiatrilor. Totuși multe dintre afirmațiile sale, împrăștiate în cărțile lui, scrise înainte de apariția psihoterapiei, pot fi extrem de relevante în educația terapeuților. Gândiți-vă doar la acestea:

> *„Medici, ajutați-vă pe voi înșivă; doar așa îi veți ajuta pe pacienți. Ce ajutor mai bun decât acesta – ca pacientul să-l vadă în fața ochilor pe cel care s-a vindecat pe sine."*

> *„Trebuie să construiești peste și dincolo de tine. Dar pentru asta trebuie ca mai întâi să fii tu însuți construit, în trup și spirit. Dar nu trebuie să te oprești după ce te-ai făurit pe tine; trebuie să construiești ceva mai mare."*

> *„Eu asta am făcut, iar și iar: am pendulat dintr-o parte în alta, m-am ridicat, am crescut, un crescător, un cultivator, un spartan, care într-o zi și-a dat un sfat, și nu degeaba: devino tu însuți."*

> *„Cel care are un «de ce» în viață nu se va împiedica în niciun «cum»."*

> *„Adesea iubim mai mult dorința decât obiectul ei."*

> *„Cei care nu se pot scutura de propriile lanțuri nu-i vor putea salva nici pe prietenii lor."*

Mi-am imaginat o istorie alternativă în care Nietzsche ar fi jucat un rol important în nașterea psihoterapiei. Mi l-am imaginat interacționând cu personajele asociate de obicei cu apariția psihoterapiei: Sigmund Freud, Josef Breuer (mentorul lui Freud) și pacienta acestuia, Anna O.

(prima persoană tratată prin metoda psihanalitică). Cum ar fi arătat psihoterapia azi, m-am întrebat, dacă Nietzsche, un filosof, ar fi jucat un rol în apariția domeniului nostru?

În timpul perioadei de gestație a cărții mele s-a întâmplat să citesc romanul lui André Gide *Aventurile lui Lafcadio*, în care am găsit următoarea frază inspirată: „Istoria este o ficțiune care *s-a* întâmplat, pe când ficțiunea este o istorie care *s-ar fi putut* întâmpla." Cuvintele lui Gide m-au mișcat profund: descriau întocmai ce-mi propusesem eu să fac – să scriu o ficțiune care *s-ar fi putut* întâmpla. Intenția mea era să descriu o geneză absolut plauzibilă a psihoterapiei, dacă istoria s-ar fi mișcat câtuși de puțin pe axul său. Îmi doream ca întâmplările romanului meu să aibă un aer de veridicitate.

Apucându-mă de scris, simțeam că personajele se agită de parcă și-ar fi dorit să mai trăiască o dată. Aveam nevoie de toată atenția mea, dar îndatoririle mele la Stanford erau foarte solicitante: le predam rezidenților și studenților, participam la întrunirile de departament și primeam pacienți, atât la consultații individuale, cât și la ședințe de grup. Știam că nu pot scrie romanul dacă nu scap de toți factorii perturbatori, așa că am aranjat să pot lua patru luni de vacanță sabatică în 1990. Ca de obicei, Marilyn a decis unde urma să petrecem jumătate din vacanță, iar eu, cealaltă jumătate. Am ales unul dintre cele mai izolate și mai liniștite arhipelaguri din lume – Seychelles –, iar ea, Parisul, desigur.

Prima lună am petrecut-o în Mahé, insula principală din Seychelles, iar următoarea, pe o insulă mai mică, Praslin. Amândouă erau neatinse, înconjurate de plaje spectaculoase și aproape nepământesc de liniștite – fără ziare, internet sau telefoane –, locul cel mai propice scrierii din câte am cunoscut. Am dedicat scrisului prima parte a zilei, eu – la romanul meu, iar Marilyn – la *Blood Sisters*, versiunea în limba engleză, adăugită, a cărții sale în franceză despre femeile martore ale Revoluției Franceze. După-amiezile le-am dedicat explorării insulei, plimbărilor pe plajă și scufundărilor la mică adâncime – în timpul cărora personajele prindeau încet contur în mintea mea. Seara citeam, jucam scrabble, ori luam cina în singurul restaurant din apropiere, iar eu întorceam pe toate părțile dezvoltarea acțiunii pentru a doua zi.

La început am fost precaut, încercând să rămân cât mai fidel faptelor istorice, acolo unde era posibil. Prima decizie a fost legată de perioada desfășurării acțiunii. Mi-am propus ca primul contact cu psihoterapia al suferindului Nietzsche să aibă loc până în 1882, anul în care a început să contemple ideea suicidului, având nevoie urgentă de ajutor. Scrisorile din perioada asta descriu peste trei sute de zile de suferință atroce pe an, incluzând dureri severe de cap, slăbiciune, probleme cu vederea și neplăceri gastrice. Starea tot mai precară de sănătate l-a făcut să renunțe în 1879 la postul de profesor la Universitatea din Basel, rămânând un dezrădăcinat pentru tot restul vieții. A călătorit din pensiune în pensiune prin toată Europa, în căutarea unor condiții atmosferice care să-i aline angoasa.

Corespondența sa sugerează o depresie profundă. Într-o scrisoare tipică perioadei, datată 1882, către singurul său prieten apropiat, Franz Overbeck, filosoful scria: *„...la bază e o melancolie neagră, neclintită... Nu mai văd ce sens ar avea să continui viața, nici măcar pentru jumătate de an, totul este plin, dureros,* dégoutant[1]. *Am renunțat la orice și doar sufăr... Nu voi mai face nimic bun pe lumea asta, deci de ce aș mai face orice!"*

---

[1] „Dezgustător", în franceză, în original.

Anul 1882 i-a adus lui Nietzsche un eveniment de-a dreptul catastrofic: sfârșitul relației pasionale (deși neconsumate) cu Lou Salomé, o tânără rusoaică încântătoare care avea să-i obsedeze și pe alți mari bărbați, printre care Sigmund Freud și Rainer Maria Rilke. Nietzsche și amicul său Paul Rée erau la fel de înamorați de Lou Salomé, iar cei trei făcuseră planuri să se mute împreună la Paris. Dar planul s-a făcut țăndări în 1882, când Lou și Paul au început o relație sexuală. Nietzsche, devastat, a ajuns pe culmile disperării. Deci, toate detaliile istorice păreau să mă trimită către 1882: anul în care Nietzsche atinge punctul cel mai de jos – când ar fi avut cel mai mult nevoie de ajutor. În plus, era și unul dintre cei mai documentați ani, pentru toate personajele mele: Nietzsche, Breuer, Freud (încă student) și Lou Salomé.

Am trăit în romane toată viața, dar din perspectiva cititorului. Ca scriitor, eram abia un amator. M-am gândit foarte serios cum să introduc scenariul meu imaginar în 1882 fără a altera evenimentele istorice. Singura soluție rezonabilă mi s-a părut a fi localizarea întregii acțiuni a romanului într-o lună imaginară, a treisprezecea din an. Poate că am fost exagerat de precaut: mi-am permis să fac saltul în ficțiune, păstrând totodată un picior în realitate, folosind personaje și evenimente autentice, mai degrabă decât inventate, mergând până la decuparea unor fraze din scrisorile filosofului. Simțeam că învăț să merg pe bicicletă folosind roți ajutătoare.

În cele din urmă, mi-am imaginat un experiment mintal care s-a dovedit a fi crucial pentru scrierea cărții: *ce s-ar fi întâmplat dacă Friedrich Nietzsche ar fi trăit într-un context istoric care i-ar fi permis să inventeze, plecând de la scrierile sale, psihoterapia, metodă prin care s-ar fi vindecat în primul rând pe el însuși.*

Ce păcat, mi-am spus de multe ori, că nu puteam plasa acțiunea zece ani mai târziu, pentru a-mi imagina cum ar fi arătat o întâlnire între cele două genii copleșitoare: Nietzsche, filosoful, și Freud, psihanalistul. Istoria a vrut altfel. În 1882, Freud era încă un tânăr student la medicină și aveau să mai treacă cel puțin zece ani până să ajungă un practician cunoscut. Între timp, Nietzsche suferea deja de o necruțătoare boală a creierului (cel mai probabil sifilis terțiar), de pe urma căreia avea să rămână cu o demență severă.

La cine ar fi putut apela Nietzsche pentru ajutor în 1882 dacă nu la Freud? Din cercetările mele, la vremea respectivă nu existau psihoterapeuți în Viena – și nicăieri în lume: *încă nu exista psihoterapie.* Cum am spus mai sus, de cele mai multe ori îl considerăm pe Freud părintele psihanalizei, dar el a fost mult mai mult de-atât: *a fost părintele psihoterapiei în sine.*

Până la urmă am hotărât ca Nietzsche să fie consultat de dr. Josef Breuer, mentorul și profesorul lui Freud. Breuer era un medic excepțional, solicitat adesea să trateze personalități de marcă, inclusiv figuri princiare suferinde de tulburări misterioase. Mai mult, Breuer a inventat în 1880 o metodă de terapie psihologică unică, premergătoare psihanalizei, pentru a o trata pe pacienta sa Anna O., suferindă de isterie. Medicul nu a spus nimănui despre metoda sa inovativă, în afară de studentul său, Sigmund Freud, prieten de familie, și poate și altor mediciniști, și nici nu a publicat povestea Annei decât doisprezece ani mai târziu, în *Studii despre isterie*, volum scris împreună cu Freud.

Dar cum să fac legătura dintre Nietzsche și Breuer? M-am agățat de un detaliu istoric convenabil: în 1882, fratele lui Lou Salomé era student în primul an la facultatea în care preda Breuer. Mi-am imaginat următorul scenariu: Lou Salomé, încărcată de vina suferinței lui Nietzsche, îi povestește despre asta fratelui său, care audiase cursul în care Breuer relatase despre terapia Annei O. Fratele o somează pe Lou să apeleze la Breuer. Un romancier mai experimentat nu ar fi avut nicio problemă în ficționalizarea acestor evenimente, dar eu m-am ținut de mantra mea, *„ficțiunea este o istorie care s-ar fi putut întâmpla".*

Prima parte a scenariului a prins, în cele din urmă, o formă. Nietzsche ajunge, prin intermediul lui Lou, la Breuer, în speranța ameliorării suferințelor sale fizice. Breuer caută o cale de a aborda neplăcerile psihice ale filosofului, dar acesta este prea mândru și refuză să cedeze puterea. Breuer încearcă, în zadar, toate tehnicile cunoscute, dar tratamentul sfârșește într-un impas absolut. Ajuns în punctul ăsta și dorind să rămân în continuare fidel atât personalității lui Nietzsche, cât și a lui Breuer, m-am trezit eu însumi într-un impas, din care am ieșit abia după câteva zile de chin. Știu că mulți scriitori pornesc de la o schiță detaliată, dar eu prefer să las munca în seama inconștientului meu și să le permit personajelor și întâmplărilor să evolueze organic pe scena minții mele, în timp ce eu doar șlefuiesc rezultatul. De data asta, evoluția a ajuns într-un punct mort.

Am plecat cu feribotul într-un weekend la Silhouette, o insulă superbă, puțin vizitată, din apropiere de Mahé, despre care eu și Marilyn auziserăm din povestite. La scurt timp după sosirea noastră, insula a fost asaltată de o furtună tropicală, cu vânturi puternice și rafale torențiale, care m-a ținut în casă, unde nu aveam altceva de făcut decât să scriu. Acolo m-a lovit inspirația ca un fulger și am rezolvat problema Nietzsche–Breuer.

Atât de entuziasmat am fost de soluția găsită, că am ieșit imediat în ploaia torențială ca s-o caut pe Marilyn. Am găsit-o, în cele din urmă, în holul hotelului, și i-am citit pe loc ultimele propoziții ale capitolului, care descriu drumul lui Breuer acasă după încă o ședință în care Nietzsche i-a respins tentativele de ajutor.

Auzea vântul, propriii pași, scrâșnetul crustei fragile de zăpadă de sub tălpi. Și, deodată, știa calea – singura cale! A călcat bucuros zăpada în picioare, cântând în ritmul pașilor: „Am aflat calea! Am aflat calea!"

Curiozitatea lui Marilyn era un semn bun, așa că am continuat lectura deznodământului. Breuer descoperea ideea inventivă de a trata rezistența feroce a pacientului său inversând rolurile – i-a cerut lui Nietzsche să-i fie *lui* terapeut. Această inversiune este ideea principală în jurul căreia se construiește restul romanului.

Mulți ani mai târziu, când mi s-a cerut să scriu un eseu despre roman pentru un volum intitulat *The Yalom Reader*, m-am întrebat de unde putea să vină această idee centrală. Poate că am luat-o din capodopera lui Herman Hesse, *Jocul cu mărgele de sticlă*, în care apare povestea a doi vindecători, unul tânăr și unul bătrân, trăind în colțuri opuse ale continentului. Vindecătorul tânăr se îmbolnăvește și pleacă, disperat, să caute ajutorul rivalului său, Dion.

Într-o seară din timpul călătoriei sale, tânărul ajunge într-o oază, unde întâlnește un alt călător, mai vârstnic, care se dovedește a fi chiar omul pe care îl căuta, Dion însuși! Acesta îl invită pe tânăr acasă la el, unde cei doi vor petrece mulți ani împreună, mai întâi ca elev și profesor, apoi în calitate de colegi. Ani mai târziu, Dion se îmbolnăvește și-i solicită ajutorul colegului său mai tânăr, mărturisindu-i: „Am un mare secret să-ți spun. Mai ții minte seara în care ne-am cunoscut și tu mi-ai spus că tocmai pe mine mă căutai?"

„Da, desigur. Nu voi uita niciodată noaptea în care ne-am cunoscut."

„Ei bine", îi spune Dion, „și eu eram la fel de disperat în noaptea aia și plecasem să te caut!"

Un schimb similar de roluri are loc în *Emergency*, un fragment puțin cunoscut dintr-o piesă publicată de psihiatrul Helmut Kaiser într-un jurnal psihiatric în 1962. În piesă apare o femeie care îl imploră pe un terapeut să-l primească la consultație pe soțul ei, de asemenea terapeut, care era depresiv și amenința că se sinucide.

Terapeutul este de acord.

– Da, desigur că îl primesc. Spuneți-i să mă sune pentru o programare.

– Tocmai asta e problema, răspunde femeia. Soțul meu neagă că ar fi deprimat și refuză să apeleze la ajutor.

– Păi, spune terapeutul, în cazul ăsta nu am cum să-l ajut.

– L-ați putea căuta pretinzând că sunteți pacient și poate veți găsi o modalitate să-l ajutați.

Din păcate, nu știm ce s-a întâmplat mai departe, întrucât restul piesei nu a mai fost scris.

Abia mai târziu mi-am dat seama că și în viața mea a avut loc un episod de tipul ăsta. L-am văzut cândva pe Don Jackson, un psihiatru foarte inventiv, consultând un pacient cu schizofrenie cronică, îmbrăcat în niște pantaloni de culoare mov și un halat cu tentă magenta. Pacientul își petrecea zilele în salon, cocoțat pe un scaun ca pe un jilț imperial, de la înălțimea căruia îi privea pe angajați și pe ceilalți pacienți ca pe supușii săi. Dr. Jackson a analizat câteva minute comportamentul regal al pacientului, după care a căzut în genunchi, și-a aplecat capul în pământ și i-a oferit pacientului, cu brațele întinse, cheile de la salon: „Maiestate, domnia voastră trebuie să dețineți cheile, nu eu."

Nedumerit, pacientul a holbat ochii la mănunchiul de chei, apoi la doctorul îngenuncheat, după care a rostit primele sale cuvinte după multe zile. „Dom'le, unul dintre noi este complet țicnit."

Spre finalul șederii în Seychelles, am început să am probleme cu vederea și să resimt senzații foarte dureroase la contactul cu lumina de dimineață. Unguentul prescris de un medic local a ameliorat întru câtva durerea, dar nu și fotofobia, care mă ținea în casă până la amiază, când lumina de-afară devenea mai puțin intensă. Cum singura încăpere fără ferestre era baia, mi-am instalat acolo biroul de dimineață până la prânz, scriind la lumina laptopului. Erau primele simptome ale distrofiei Fuchs, o tulburare a corneei ce avea să-mi provoace mult disconfort și probleme cu văzul în următoarele decenii. Această tulburare produce o diminuare a numărului celulelor epiteliale din cornee responsabile cu procesarea lichidului acumulat în timpul nopții, când pleoapele sunt închise. Dificultățile de vedere apar din pricina îngroșării și tumefierii corneei. Fluidul acumulat se evaporă treptat, după deschiderea ochilor, și de aceea vederea se îmbunătățește progresiv pe parcursul zilei.

Romanul mergea atât de bine, că aș fi rămas în Seychelles și nu aș mai fi însoțit-o pe Marilyn la Paris, de n-ar fi fost obligatoriu să consult un oftalmolog. La Paris am aflat că singura scăpare era operația de înlocuire a corneei, procedură pe care am amânat-o până am ajuns la Stanford.

Am închiriat un apartament lângă Grădinile Luxembourg, dotat cu niște jaluzele eficiente, grație cărora am scris pe întuneric încă două luni, până ce am terminat cartea. I-am trimis manuscrisul agentului meu, Knox Burger, care se ocupase și de *Călăul dragostei*. L-a respins imediat, zicându-mi: „Nu voi putea vinde niciodată romanul ăsta.

Nu se întâmplă nimic în el!" Mi-a sugerat să citesc manuscrisul romanului *Red Square*, al unui alt autor din portofoliul său, Martin Cruz Smith, ca să învăț cum se compune un scenariu. Căutându-mi alt agent, i-am trimis manuscrisul lui Owen Laster de la agenția William Morris, care l-a acceptat pe loc și l-a vândut editurii Basic Books, o casă editorială specializată în lucrări de nonficțiune, care publicase un singur roman în toată istoria sa (*The Doctor of Desire*, de Allen Wheelis).

După publicare, o cronică din *New York Times* descria *Plânsul lui Nietzsche* drept „un mic roman care o să vă adoarmă". Dar ăsta a fost nivelul cel mai slab de recepție. După asta au urmat o serie de cronici pozitive în alte ziare și reviste, iar după câteva luni *Plânsul lui Nietzsche* a primit medalia de aur din partea Commonwealth Club of California pentru cea mai bună carte de ficțiune a anului. Ce carte s-a clasat pe locul doi? *Red Square*, de Martin Cruz Smith! Marilyn nu a stat pe gânduri și a trimis o înștiințare a decernării premiului, atât criticului de la *New York Times*, cât și fostului meu agent, Knox Burger.

Plânsul lui Nietzsche s-a vândut bine în Statele Unite, dar nici pe departe la fel de bine ca în alte țări. A fost tradus în douăzeci și șapte de limbi, cei mai numeroși cititori fiind înregistrați în Germania, iar cel mai însemnat procent raportat la populația generală fiind în Grecia. În 2009, romanul a fost declarat cartea anului de către primarul Vienei. Primăria obișnuiește să selecteze în fiecare an o carte, o tipărește în 100 000 de exemplare pe care le distribuie gratuit locuitorilor orașului, lăsând mormane de cărți în farmacii, brutării, școli, precum și la târgul anual de carte. Am luat avionul, împreună cu Marilyn, la Viena, pentru câteva zile de prezentări publice, dintre care una susținută chiar la Muzeul Freud. Acolo, în fosta sufragerie a lui Freud, am

Autorul lângă un turn de exemplare gratuite
din *Plânsul lui Nietzsche*, Viena, 2009

purtat o discuție deschisă despre roman cu un filosof austriac.

Săptămâna a culminat cu o serată uriașă, în primărie, prezidată de primar, la care au participat sute de invitați. Am ținut un discurs, apoi a fost servită cina, urmată de un jovial vals vienez. Cum eu sunt un dansator lamentabil, Marilyn a dansat cu bunul nostru prieten Hans Steiner, psihiatru de la Stanford, originar din Viena, venit special în

Autorul cu soția, Marilyn, ținând în brațe un portret,
în timpul unei cine la primăria Vienei, 2009

orașul său natal pentru acest eveniment, împreună cu soția sa, Judith. A fost o experiență extraordinară pentru noi toți.

La doi ani după publicare, în timp ce mă aflam într-un turneu de conferințe în München și Berlin, am fost abordat de un regizor german, în ideea realizării unui documentar plecând de la vizitele mele în diferite locuri din Germania în care a trăit Nietzsche. Am vizitat împreună locul de naștere, casa din Röcken în care a copilărit filosoful și biserica în care a slujit tatăl acestuia. Lângă biserică se găsesc mormintele lui Nietzsche, ale surorii și părinților săi. Zvonurile spun că sora filosofului, Elisabeth, a dispus mutarea cadavrului fratelui său, astfel încât să-i rămână ei locul dintre părinți. La școala lui Nietzsche din Pforta, un fost director ne-a informat că, deși a excelat în materiile clasice, Nietzsche *nu* a fost primul din clasă. La casa Elisabethei din Weimar, transformată în muzeu, am văzut documentele oficiale de internare la Jena, cu puțin timp înaintea morții; diagnosticul era clar – „sifilis paretic". Pe unul din pereții muzeului atârna o fotografie înfățișându-l pe Hitler oferindu-i un buchet de trandafiri albi surorii filosofului. Câteva zile mai târziu am vizitat arhivele Nietzsche din Weimar, unde m-am bucurat de marele privilegiu de a ține în mâini o ciornă timpurie a cărții *Așa grăit-a Zarathustra*, scrisă chiar de mâna lui Nietzsche.

Ani mai târziu, romanul a fost ecranizat în regia lui Pinchas Perry. Deși a fost filmat cu un buget restrâns, filmul a beneficiat de o remarcabilă portretizare a filosofului din partea actorului Armand Assante, bine-cunoscut de cinefili. Actorul mi-a mărturisit că, dintre toate cele șaizeci de filme în care a jucat, acesta era rolul cu care se simțea cel mai mândru.

La unsprezece ani de la publicarea romanului, am avut parte de una dintre cele mai mari surprize din viața mea. Am primit o scrisoare din partea unei cercetătoare de la arhivele din Weimar, pe care o cunoscusem în timpul excursiei din trecut. Mă informa că descoperise o scrisoare primită în 1880 de Nietzsche de la un amic, în care cel din urmă îl implora să apeleze la doctorul Joseph Breuer pentru rezolvarea problemelor sale medicale! Ideea a fost respinsă categoric de Elisabeth, care se consultase deja cu câțiva medici cunoscuți în acest sens. Nietzsche o numea pe sora lui „gâscă antisemită" și nu este exclus ca ea să fi respins ideea din cauză că Breuer era evreu. Scrisoarea care conține recomandarea și cele care au urmat pot fi ascultate în varianta engleză a audiobookului romanului. Această confirmare uluitoare m-a asigurat că nu m-am îndepărtat de aforismul lui Gide: *ficțiunea este o istorie care s-ar fi putut întâmpla*.

Capitolul 30
MINCIUNI PE CANAPEA

După ce am ajuns în al nouălea cer cu *Plânsul lui Nietzsche*, am fost adus înapoi cu picioarele pe pământ de una dintre cărțile mele academice, *Tratatul de psihoterapie de grup*, care avea nevoie urgentă de atenția mea. Veche de zece ani, avea nevoie de o aducere la zi și o rearanjare, dacă mai doream să fie competitivă în raport cu alte manuale. A urmat un an și jumătate în care am simțit că trag la jug, lucrând zi de zi în biblioteca medicală de la Stanford, citind despre cercetările ultimilor zece ani, adăugând material relevant și, cel mai dureros, eliminând materialul învechit.

În tot timpul ăsta, un nou roman se infiltra tacit în fundalul minții mele. Profitam de drumurile cu bicicleta și de momentele de liniște dinaintea somnului pentru a experimenta cu diverse direcții de scenariu și personaje, iar curând, pe nesimțite, am început să lucrez la povestea care avea să poarte numele *Minciuni pe canapea*. Mă amuza titlul cu dublu înțeles: cartea mea era despre toate minciunile și toată psihoterapia stând de pe canapea[1].

Având de-acum ucenicia de romancier încheiată, am renunțat la roțile ajutătoare și nu mi-am mai bătut capul cu amplasarea personajelor și evenimentelor într-un cadru

---

[1] Joc de cuvinte intraductibil. *Lying* (a minți) este omofon cu *laying* (a așeza, a sta întins).

temporal și spațial fidel istoriei. Eram hotărât, cu prilejul acestui nou proiect, să-mi ofer plăcerea compunerii unui scenariu complet fictiv, populat numai cu personaje inventate, într-o ficțiune care nu s-ar fi putut întâmpla *niciodată*, dacă nu cumva lumea era un loc mai nebunesc decât îmi imaginasem. Intenția mea era de a aborda subiecte serioase și substanțiale, sub acoperirea unui roman comic condimentat cu întâmplări suprarealiste. Oare chiar ar trebui, așa cum au sugerat primii psihanaliști, să blocăm exprimarea adevăratului sine și să oferim doar interpretări și un ecran gol? Ori e mai bine să fim deschiși și autentici față de pacienți cu sentimentele și experiențele noastre? Și dacă e așa, oare ce capcane ne așteaptă în drumul nostru?

Am scris mult, în literatura psihiatrică de specialitate, despre importanța generală a relației terapeutice. Forța transformatoare a terapiei nu stă în descoperirile intelectuale, nici în interpretări, nici în catharsis, ci în întâlnirea profundă și autentică dintre doi oameni. Gândirea psihanalitică contemporană a ajuns treptat, la rândul ei, la concluzia că interpretarea nu este suficientă. În timp ce scriu paginile acestea, unul dintre cele mai citate articole de psihanaliză din ultimii ani este intitulat „Mecanisme non-interpretative în terapia psihanalitică: factorul «mai mult decât» interpretare". Acel „mai mult decât", numit „momentele prezentului" sau „momentele de întâlnire", nu este prea diferit de conceptul descris de Ernest, personajul meu fictiv din *Minciuni pe canapea*, în articolul pe care încearcă să-l scrie, intitulat „Despre întrepătrundere: pledoaria pentru autenticitate în psihoterapie".

Mă străduiesc, în practica mea, să ajung la o relație autentică cu pacienții mei, atât în terapia individuală, cât și în cea de grup. Tind să fiu activ, să mă implic la nivel personal și mă concentrez, de multe ori, pe aici-și-acum: rar trece o ședință fără să le solicit pacienților opinia despre relația noastră. Însă cât anume din sinele lui/ei trebuie să dezvăluie un terapeut? Romanul acesta satiric analizează, disecă și împinge până dincolo de limită chestiunea esențială a transparenței terapeutului.

Tocmai am citit, după mulți ani, *Minciuni pe canapea*, și sunt șocat de multe amănunte uitate între timp. În primul rând, deși fictiv, scenariul conține multe evenimente reale din viața mea. Nu e o practică rară: l-am auzit odată pe Saul Bellow spunând: „Când se naște un romancier, familia lui e pierdută." Se știe că oamenii din primii ani ai vieții sale și-au făcut loc în paginile scrierilor sale de ficțiune. I-am urmat și eu exemplul. Cu aproximativ un an înainte să mă apuc de scrierea romanului, era să fiu escrocat de prietenul unui prieten, care mi-a vândut acțiuni în valoare de 50 000 de dolari pentru o companie care de fapt nu exista. Eu și soția mea i-am dat 50 000 de dolari pentru investiții. Deși am primit în scurt timp certificate aparent oficiale care atestau depunerea banilor în contul unei bănci elvețiene, ceva din comportamentul persoanei în cauză mi-a stârnit suspiciuni. Am dus certificatele la filiala americană a băncii elvețiene, ca să aflu că semnăturile erau false. Am sunat la FBI și l-am anunțat pe escroc că am pus autoritățile pe urmele lui. Acesta a apărut la ușa casei noastre cu toți cei 50 000 de dolari, bani gheață, chiar înainte să mă întâlnesc cu ofițerii FBI. Acest episod și individul în cauză mi-au servit drept inspirație pentru personajul Peter Macondo din roman, un escroc specializat în jefuirea terapeuților.

Dar, dincolo de asta, în romanul meu și-au găsit locul multe alte cunoștințe, evenimente, ba chiar părți din mine însumi. Există acolo și detalii despre partidele mele de poker (inclusiv caricatura mea și a altor jucători). Vederea slabă m-a obligat să renunț la poker, dar foștii mei parteneri de joc își spun și azi, când ne vedem la câte un prânz, pe numele cu care i-am botezat în roman. Mai apar, de asemenea, o pacientă (cât se poate de deghizat) de care am fost atras în mod deosebit în realitate, precum și un psihiatru sofisticat, dar arogant, care m-a supervizat la un moment dat. Am introdus și un prieten din perioada Hopkins, Saul, transformat în roman în Paul. Mare parte din mobilă și din obiectele artistice sunt autentice, inclusiv o sculptură din sticlă făcută de Saul și dedicată mie, intitulată „Sisif bucurându-se de priveliște", care înfățișează un bărbat care privește în zare de pe marginea unui bazin. Lista e suficient de lungă: defecte personale agasante, cărți, haine, gesturi, primele mele amintiri, povestea emigrării părinților mei, jocurile de șah și pinacle cu tata și unchii mei – se găsesc toate împrăștiate în roman, inclusiv tentativele mele de a scutura rumegușul din prăvălie de pe tălpi. În carte apare și povestea tatălui unui personaj pe nume Marshal Streider, proprietarul unei mici băcănii situate la intersecția străzilor Fifth și R, în Washington, D.C. Într-o zi intră un client și cere mănuși de lucru. Tatăl personajului îi spune că are în depozit, se duce în spate, iese pe ușa de serviciu și aleargă cât îl țin puterile până la piață, de unde cumpără o pereche de mănuși cu zece cenți și i le vinde clientului cu treisprezece. Povestea e adevărată; mi-a povestit-o tatăl meu, care a ținut o prăvălie la adresa respectivă chiar înainte să mă nasc eu.

Relatarea amănunțită a excluderii unui analist din institutul psihanalitic se bazează în linii mari pe episodul excluderii lui Masud Khan din Societatea Britanică de Psihanaliză, în 1988. Mi-a povestit-o în amănunt Charles Rycroft, analistul meu britanic, martor al întâmplării. Până și visul cu „Ursul Smokey" e al meu; l-am visat în noaptea morții lui Rollo May. Multe dintre numele personajelor au avut o semnificație personală – cum ar fi cel al lui Ernest Lash, protagonistul romanului. Scriind despre Ernest, care era într-adevăr un om de onoare, și pacienta sa seducătoare, m-am gândit adesea la Ulise, care se legase el însuși de corabia sa, pentru a scăpa de cântecul seducător al sirenelor – de unde și numele său, Ernest Lash[1]. Un alt personaj, membru al institutului psihanalitic fictiv, poartă numele Terry Fuller, o anagramă a numelui unui fost student, Fuller Torrey, ajuns una dintre figurile emblematice ale psihiatriei. Marshall Streider, inspirat de unul dintre supervizorii mei de la Johns Hopkins, are pasul ferm și este un susținător loial al legii (cu excepția unei flagrante erori de judecată).

Deși personal argumentez în favoarea ideii autenticității terapeutului, pe Ernest Lash l-am supus unei provocări uriașe. Din motivele explicate în roman, Ernest își asumă, cu curaj, riscurile unui experiment: va fi complet transparent în relația cu următorul pacient care-i intră pe ușă. Dar, vai, o pură coincidență narativă face ca următorul său pacient, o avocată, să fi venit la terapie cu propriile planuri ascunse: este soția unui fost pacient, necunoscută lui Ernest, și a venit la terapie pentru a se răzbuna pe terapeutul despre care crede că l-a convins pe soțul ei să divorțeze. Femeia plănuiește să-l seducă și să-l distrugă. Nu m-am distrat niciodată mai bine scriind ca atunci când am construit episodul în care un terapeut dedicat autenticității întâlnește un pacient dedicat înșelăciunii. Dar și mai amuzantă a fost compunerea intrigii secundare, în care descriam cum Societatea Britanică de Psihanaliză îl dă afară cu surle și trâmbițe pe un analist vinovat de interpretare eretică, emițând o notă publică de retragere – cum trimit companiile de automobile – tuturor pacienților tratați cu ajutorul interpretărilor vătămătoare.

---

[1] Joc de cuvinte bazat pe omofonia *Ernest* – earnest (serios, de onoare – în engleză, în original) și *Lash* – to lash (a lega – în engleză, în original).

Au existat mai mulți regizori interesați de ecranizarea romanului *Minciuni pe canapea*. Drepturile au fost achiziționate de Harold Ramis, regretatul actor și regizor al filmelor *Ziua cârtiței*, *Vânătorii de fantome* și *Cu nașu' la psihiatru*, cu care m-am văzut destul de mult în timp ce filma *Pact cu diavolița*, a cărui acțiune se petrece în San Francisco. Din nefericire, *Pact cu diavolița* a fost un eșec din punct de vedere comercial, astfel că studioul a refuzat să finanțeze filmarea *Minciunilor pe canapea*, până ce Ramis nu a livrat un alt film cu succes de casă garantat: *Nașul stresat* – o continuare a succesului *Cu nașu' la psihiatru*. Dar *Analyze That* a fost la fel de dezastruos. Harold Ramis a continuat în următorii ani să achiziționeze drepturile de ecranizare, dar nu a reușit niciodată să strângă banii pentru producerea filmului. Îl simpatizam mult, iar vestea dispariției lui din 2014 m-a întristat.

Un alt episod la limita întâmplării a avut loc prin intermediul lui Wayne Wang, regizorul unor lungmetraje reușite, ca *Clubul Joy Luck*, *Fum de țigară*, și *Camerista*. A cumpărat și el drepturile, dar, de asemenea, nu a reușit să găsească finanțare. Ulterior a realizat un film, *Ultima vacanță*, despre o femeie (Queen Latifah) suferind de o boală fatală, cerându-mi să conduc un grup-T de două zile, în New Orleans, cu actorii, pentru a-i sensibiliza în legătură cu problemele asociate bolilor fatale. M-am distrat copios lucrând cu Queen Latifah, LL Cool J și Timothy Hutton, actori deosebit de deschiși, bine informați, serioși în munca lor și cu adevărat interesați de observațiile mele.

În fine, în ultimii ani a apărut în peisaj Ted Griffin, scenarist talentat (*Ocean's Eleven*, *Șarlatanii*). El a scris un scenariu și l-a abordat pe Anthony Hopkins – unul dintre idolii mei de pe marele ecran, cu care am purtat discuții telefonice cât se poate de plăcute. Însă, din păcate, de materializat încă nu s-a materializat nimic. În plus, o parte din mine se teme de o posibilă variantă a filmului care ar ignora mesajul mai serios al romanului, concentrându-se excesiv, poate exclusiv, pe povestea înșelătoriei și pe detaliile sexuale. Admit că mă simt oarecum stânjenit acum de exuberanța erotică a protagonistului. Soția mea, întotdeauna primul cititor, a notat cu litere mari pe ultima pagină a manuscrisului: „MAI AI ȘI ALTCEVA SĂ SPUI AMERICII DESPRE FANTEZIILE TALE SEXUALE?"

Capitolul 31
MAMA ȘI SENSUL VIEȚII

Rezidenții de la psihiatrie obișnuiesc să organizeze anual, cu ocazia absolvirii de departament, o scenetă parodică în care ironizează unele aspecte ale experienței lor la Stanford. Mi-a venit și mie rândul într-un an să fiu ironizat. Rezidentul care juca rolul meu a ieșit pe scenă mângâind un teanc de cărți cu numele „Yalom" pe cotor. Nu m-am supărat: mai degrabă mi-a plăcut să văd brațul de cărți scrise de mine.

La vremea aceea lucram la o antologie, *The Yalom Reader*[1], frumos editată de fiul meu, Ben, alcătuită din fragmente ale cărților mele anterioare și eseuri noi. După finisarea ultimului eseu din carte am avut un vis intens, de neuitat, despre mama mea, pe care l-am descris în povestea care dă titlul următoarei mele cărți, *Mama și sensul vieții*.

> *Amurg. Poate că mor. Forme sinistre adunate în jurul patului meu: aparate de monitorizare cardiacă, tuburi cu oxigen, perfuzii, rulouri de tuburi din plastic – măruntaiele morții. Închid pleoapele și alunec în întuneric.*
>
> *Dar sar deodată din pat și ies în fugă pe ușa spitalului, direct în lumina strălucitoare a soarelui*

---

[1] Irvin D. Yalom, *Selecție din opera unui maestru al terapiei și al povestirii*. Antologie îngrijită de Ben Yalom, Editura Trei, 2012

din Parcul de Distracții Glen Echo, unde am petrecut multe duminici de vară în ultimele decenii. Aud muzica caruselului. Respir aroma densă, caramelizată, de popcorn și mere însiropate. Merg tot înainte – fără să ezit când trec pe lângă standul Polar Bear Frozen Custard, roller-coaster-ul cu două bucle sau roata de bâlci – și-mi iau locul în rând la Casa Ororilor. Plătesc biletul și aștept să se oprească următoarea cabină care tocmai apare de după colț. Intru în ea, trag bara de siguranță în fața mea și arunc o ultimă privire în jur – și atunci o văd, e acolo, printre cei câțiva spectatori.

Dau din amândouă mâinile și strig „Mama! Mama!", suficient de tare cât să mă audă toți cei prezenți. Dar cabina se clatină și pleacă de pe loc, lovind ușile duble care se deschid spre un bot negru, gata să mă înghită. Mă las cât pot de mult pe spate și, înainte să fiu înghițit de întuneric, mai strig o dată: „Mama! Cum m-am descurcat, mamă? Cum m-am descurcat?"

Să însemne oare visul – și posibilitatea asta mă înspăimântă – că mi-am condus întreaga viața având-o pe această femeie demnă de milă drept public principal? Am căutat toată viața să evadez, să ies din trecutul meu – ghetoul, prăvălia –, dar mă întreb dacă am reușit să scap vreodată, cu adevărat, de trecutul meu și de mama mea.

Mama a avut o relație conflictuală cu mama ei, care și-a petrecut ultimii ani de viață într-un azil din New York. Pe lângă curățenie, gătit și munca în prăvălie, mama obișnuia să facă un drum de patru ore cu trenul ca să-i ducă mamei ei plăcinte coapte în casă, iar aceasta, în loc să-i mulțumească, îi vorbea la nesfârșit despre Simon, celălalt copil al ei. Simon nu i-a dus nimic niciodată, în afară de o sticlă de 7UP.

Mama mi-a spus povestea asta de atâtea ori, că încetasem să o mai ascult – eram sătul de lamentările ei. Acum văd altfel lucrurile. E clar că mama s-a simțit complet neapreciată de unicul său fiu. Mă întreb adesea: *De ce nu am empatizat cu ea? De ce nu am fost niciodată în stare să-i spun: „Cât de nedrept! Tu muncești atâta, coci plăcinte și mergi ore cu trenul și ea îl laudă doar pe Simon pentru o amărâtă de sticlă de 7UP. Cred că ai fost tare supărată!"* Serios vorbind, cât de greu mi-ar fi fost să-i spun asta? Ah, cât îmi doresc acum să fi fost atât de blând încât să rostesc cuvintele astea. Un simplu gest de apreciere, dar pentru ea ar fi contat enorm. Și poate că, dacă i-aș fi spus-o, nu m-ar mai fi bântuit în vise.

Pe lângă asta, visul mă surprinde cu ideea că încă mai caut recunoaștere, deși mă apropii de moarte, simbolizată prin casa neagră a ororilor. Și nu din partea soției, copiilor, prietenilor, colegilor, studenților sau pacienților, ci a mamei! Mama, pe care am detestat-o profund și cu care mi-a fost rușine. Ei bine, da, în visul meu, o caut. Ei îi adresez ultima întrebare: „Cum m-am descurcat?" Ce dovadă mai bună că atașamentele timpurii sunt extraordinar de puternice?

Un astfel de regret a jucat un rol important în terapia unei tinere femei pe care o văd în prezent. Mi-a solicitat câteva consultații pe Skype, iar cu prilejul celei de-a doua, am întrebat-o despre relația cu părinții ei.

– Mama e o sfântă, mi-a spus ea. Relația noastră a fost întotdeauna caldă și apropiată. Dar tata... eh, cu el e altă poveste.

– Povestește-mi despre relația cu el.

– Cea mai bună descriere a relației noastre e că seamănă mult cu relația pe care ai avut-o tu cu mama ta, așa cum o povestești în *Mama și sensul vieții*. Tatăl meu a muncit din greu ca să-și susțină familia, dar era un tiran. Nu l-am auzit niciodată să facă un compliment sau să adreseze un cuvânt bun niciunui membru al familiei și nici angajaților companiei sale. Apoi, acum aproximativ opt ani, s-a sinucis fratele său, totodată partener de afaceri; afacerea a intrat în declin, sfârșind în faliment. A pierdut tot. Acum e furios și deprimat și privește toată ziua în gol pe fereastră. L-am susținut financiar de când a dat faliment, dar nu am auzit niciodată un cuvânt de mulțumire din partea lui. Ne-am certat groaznic chiar ieri, la micul dejun. A trântit farfuria de podea și a ieșit din cameră.

Am făcut până acum doar trei ședințe împreună, dar, din moment ce a citit povestea mea, am decis să-i mărturisesc regretul de a nu fi empatizat mai mult cu mama mea.

— Mă întreb, i-am spus, dacă nu vei încerca și tu într-o zi un astfel de regret în legătură cu tatăl tău.

A aprobat încet, cu o mișcare a capului.

— Poate că da.

— Crezi că poți face asta?

— Nu sunt sigură. Trebuie să mă gândesc.

În următoarea săptămână mi-a povestit întâlnirea cu tatăl ei.

— Eu am un magazin important de haine și tocmai organizam un eveniment de prezentare a unei noi colecții. Aveam niște locuri libere și m-am gândit că i-ar plăcea să vină. A venit, dar la un moment dat, fără să mă anunțe, a intrat în camera angajaților și a început să-i tachineze, lăudându-se că este tatăl meu. Mi-am pierdut cumpătul când am aflat și am țipat la el: „Cum ai putut să faci așa ceva? Nu-mi place deloc că nu m-ai întrebat mai întâi. Nu vreau să amestec afacerile și viața personală." Am țipat la el, el la mine și până la urmă a plecat în camera lui, trântind ușa.

— Și apoi?

— Am vrut să plec, dar mai apoi mi-am dat seama ce seară mizerabilă avea să fie pentru mama mea... și, da, și pentru tatăl meu, și m-am gândit la ce mi-ai povestit tu despre mama *ta*. Așa că am tras adânc aer în piept și am bătut la ușa lui. „Tata, uite ce e", i-am spus, „îmi pare rău. Dar vreau să-ți spun următorul lucru. Te-am invitat la unul dintre evenimentele mele, dar asta nu înseamnă că mi-am dorit ca tu să te urci în capul angajaților mei – mi-am dorit doar să împărtășesc cu tine experiența asta. Cât de des facem noi așa ceva?"

– Ce vorbe minunate. Și apoi?

– A fost prima dată când a rămas fără replică. A înmărmurit. M-a luat în brațe și a început să plângă. Nu l-am văzut niciodată în viața mea plângând. Am plâns și eu. Am plâns împreună.

E o poveste adevărată. Spusă aproape cuvânt cu cuvânt.

Mama și sensul vieții conține cea mai eficientă învățătură din câte am scris vreodată: „Șapte lecții avansate în terapia suferinței", gândite ca un ghid introductiv pentru practicanții abordării existențiale.

Am fost contactat pentru consultații de către Irene, un respectat medic chirurg. Irene suferea enorm din cauză că soțul ei se stingea de cancer la o vârstă încă tânără. Cu câțiva ani înainte dedicasem doi ani conducerii grupurilor alcătuite din persoane care-și pierduseră recent partenerul și mă consideram, în urma acestui proiect, expert în lucrul cu pacienți îndoliați. Am fost de acord să lucrez cu Irene. Extraordinar de inteligentă, dar rece și severă cu ea însăși și cu ceilalți, Irene a devenit pacienta mea pe o perioadă de doi ani. Munca noastră împreună mi-a arătat cât de multe mai aveam încă de învățat despre pierdere: de aici și titlul povestirii „Șapte lecții avansate în terapia suferinței".

Prima lecție a avut loc chiar în prima noastră întâlnire, când mi-a descris ce visase în ajun.

Sunt tot chirurg, dar sunt, totodată, și studentă la engleză. Pregătirea pentru unul dintre cursuri implică două texte diferite, unul antic și unul modern, cu același titlu. Dar nu am citit niciunul dintre texte și sunt nepregătită pentru seminar. Și, mai ales, nu am citit primul text, cel antic, care m-ar fi pregătit pentru al doilea.

Am întrebat-o dacă își amintea orice legat de titlul textelor. „Oh, da", mi-a răspuns. „Îmi amintesc foarte clar. Cărțile, și cea veche, și cea nouă, se numeau *Moartea inocenței*." Pentru un terapeut cu interesele și istoricul meu, acest detaliu era un adevărat dar. Imaginați-vă, două texte – unul vechi și unul nou – iar cel vechi (a se citi anii timpurii din viața unui om) este cheia înțelegerii celui nou.

Nu doar că visul Irenei promitea o vânătoare de comori intelectuale de cea mai înaltă calitate, dar era și un *prim vis*. Așa cum am explicat în „Șapte lecții avansate", primul vis relatat de pacient în cadrul terapiei a fost înconjurat de o aură mistică încă din 1911, anul în care Freud a discutat prima oară acest subiect. Freud credea că primul vis este întotdeauna nesofisticat și foarte expresiv, deoarece pacientul are încă garda jos. Mai târziu în timpul terapiei, după ce pacientul și terapeutul au analizat mai multe vise, țesătorul de vise din inconștient devine mai precaut, având grijă să făurească vise mai complexe și mai încifrate.

Urmând ideile lui Freud, mi-am imaginat adesea că țesătorul de vise este un omuleț grăsuț și jovial care trăiește bine mersi în pădurea de dendrite și axoni. Ziua doarme, dar noaptea stă tolănit pe o pernă de sinapse agitate, soarbe dintr-o cupă cu ambrozie și aruncă leneș secvențe de vis pentru gazda sa. În noaptea dinaintea primei ședințe de terapie, pacientul se bagă în pat plin de gânduri contradictorii legate de ședința de a doua zi, iar omulețul își face treaba, împletind fricile și speranțele într-un vis. Apoi, pe măsură ce avansează terapia, țesătorul își dă seama că terapeutul i-a interpretat cu dibăcie lucrările, așa că are grijă să ascundă și mai adânc în decorul nopții sensul viselor sale. E doar un basm caraghios, desigur – doar că eu cred în el!

Îmi amintesc cu o claritate stranie visul din noaptea dinaintea primei mele ședințe de terapie, petrecut acum mai bine de cincizeci de ani, despre care am pomenit în „Șapte lecții avansate".

> *Stau întins pe masa de consultații a medicului. Cearșaful e prea mic și nu mă acoperă în întregime. O văd pe infirmiera care-mi introduce un ac în picior – în genunchi. Deodată se aude un sâsâit puternic, un șopot ca de explozie – UȘȘȘȘȘȘȘȘȘȘ.*

Elementul central al visului – zgomotul puternic – mi-a fost clar imediat. În copilărie sufeream de sinuzită cronică, pentru care mama mă ducea în fiecare iarnă la dr. Davis, un otolaringolog, care îmi drena și îmi curăța sinusurile. Nu-mi plăceau deloc dinții lui galbeni și ochii ca de pește, care se holbau la mine prin centrul oglinzii circulare purtate pe cap de otolaringologi la vremea aceea. Când introducea canula în foramenul sinusurilor mele, simțeam o înțepătură puternică și auzeam un *ușșșșșș* zgomotos – *la fel ca în vis* – în timp ce soluția salină curăța sinusurile. Imaginea puroiului tremurând dezgustător în vasul din crom pentru drenaj mă făcea să mă gândesc că tocmai îmi scosese creierul din țeastă. În primul meu vis de la începutul terapiei, oroarea din realitate s-a amestecat cu teama că, odată întins pe canapeaua terapeutică, vor ieși din mine gânduri rușinoase și dezgustătoare.

*

Am lucrat intens cu Irene asupra primului *ei* vis.

– Așadar, nu ai citit textele, am început eu, și, *mai ales*, nu l-ai citit pe cel vechi.

– Da, da, mă așteptam să mă întrebi despre asta. Nu am citit textele și, *mai ales*, pe cel vechi.

– Ai vreo bănuială despre semnificația celor două texte în viața ta?

– Mai mult decât o bănuială, a răspuns Irene. Știu exact ce înseamnă.

Am așteptat să-mi spună ce credea, dar pur și simplu a tăcut, preferând să privească pe fereastră. Încă nu cunoșteam obiceiul enervant al lui Irene de a-și spune părerea doar atunci când e solicitată.

Enervat, am lăsat să plutească între noi tăcerea un minut sau două. Într-un final, am făcut eu primul pas:

– Și, Irene, sensul textelor este...

– Textul vechi simbolizează moartea fratelui meu, decedat când aveam douăzeci de ani. Textul nou simbolizează moartea iminentă a soțului meu.

– Să înțeleg că visul ne spune că nu vei putea accepta moartea soțului tău până ce nu vei accepta moartea fratelui.

– Întocmai. Ai înțeles.

Conținutul conversației noastre era revelatoriu, însă *procesul* (adică natura relației dintre noi) era confruntațional și extrem de încărcat. Adevărata sursă a vindecării avea să fie, în cele din urmă, munca asupra relației dintre noi. O discuție aprinsă din timpul unei alte sesiuni, despre un vis în care noi doi eram separați de un zid compus din trupuri, a dus la o ieșire furioasă din partea ei:

– Ce vreau să spun e: cum ai putea să mă înțelegi? Tu trăiești o viață ireală – călduță, comodă, inocentă. Ca biroul ăsta.

A arătat cu degetul rafturile burdușite cu cărți din spatele ei și arțarul japonez roșu-aprins din fața ferestrei.

– Lipsesc doar niște perne din creton și un șemineu din care să se audă pârâitul lemnelor. Ești înconjurat de familie – toți în același oraș. Un cerc familial intact. Ce poți ști tu *cu adevărat* despre pierdere? Crezi că te-ai descurca mai bine? Dacă ți-ar muri chiar acum soția sau unul dintre copii? Cum ai face față? Urăsc până și cămașa aia arogantă în dungi pe care o porți! Mă strânge în spate de fiecare dată când te văd îmbrăcat cu ea. Urăsc mesajul pe care-l transmite.

– Ce mesaj transmite?

– Parcă spune: „Eu mi-am rezolvat toate problemele. Povestiți-mi-le pe ale voastre."

Multe dintre comentariile ei erau adevărate. Există o poveste despre sculptorul elvețian Alberto Giacometti, în care acesta suferă un accident în trafic și-și rupe un picior. Așteptând întins pe asfalt ambulanța, acesta ar fi exclamat: „În sfârșit, în sfârșit mi se întâmplă și mie ceva." Eram profesor la Stanford de peste trei decenii, locuiam în aceeași casă, copiii mergeau la aceleași școli și nu fusesem vizitat niciodată de tragedii profunde: nicio moarte nedreaptă, timpurie – părinții mei au murit la vârste înaintate; tata la șaizeci și nouă, mama la peste nouăzeci. Sora mea, cu șapte ani mai mare decât mine, era încă în viață la vremea aceea. Nu pierdusem încă niciun prieten apropiat; copiii mei erau sănătoși.

Pentru un terapeut dedicat abordării existențiale, o viață atât de protejată aduce cu sine și o mare răspundere. De câte ori nu mi-am dorit să evadez din turnul de fildeș în mijlocul necazurilor lumii reale. Ani de-a rândul mi-am imaginat că voi lua un an sabatic în care să experimentez o muncă fizică, poate ca șofer de ambulanță în Detroit, bucătar de fast-food în Bowery sau băiat de sandviciuri într-o piață. Dar nu am făcut-o niciodată. Atracția retragerilor pentru scris în Bali, vizitarea apartamentului venețian al vreunui coleg sau o bursă la Bellagio, pe lacul Como, au fost mereu mai puternice. Am fost izolat de vitregiile vieții, în multe sensuri. Nu am cunoscut niciodată experiența de maturizare a separării maritale; nu m-am confruntat niciodată cu singurătatea omului adult. Relația mea cu Marilyn nu a fost întotdeauna placidă – slavă Cerului pentru mișcarea *Sturm und Drang*, căci amândoi am învățat din ea.

I-am spus lui Irene că avea dreptate, recunoscând că uneori îi invidiam pe cei ce trăiesc mai aproape de limită. Ba chiar mă temeam, i-am mărturisit, ca nu cumva uneori să-mi încurajez pacienții să-și asume riscuri eroice în locul meu.

– Dar, i-am spus, nu ai dreptate când spui că nu am cunoscut *niciodată* tragedia. Mă gândesc neîncetat la moarte. Când mă întâlnesc cu tine, nu mă pot abține să mă gândesc ce s-ar întâmpla dacă soția mea s-ar îmbolnăvi fatal, iar gândul acesta îmi provoacă, de fiecare dată, o tristețe de nedescris. Sunt conștient, pe deplin conștient de vârsta mea și de faptul că am ajuns într-o altă etapă de viață. Toate semnele îmbătrânirii – cartilajul distrus de la genunchi, vederea slabă, durerile de spate, senilizarea plăcilor, părul și barba tot mai albe, visele despre moarte – toate îmi amintesc că mă apropii de sfârșitul vieții.

A ascultat fără să răspundă.

– Și încă ceva, i-am mai spus, am ales să lucrez cu pacienți muribunzi în speranța că ei mă vor ajuta să mă apropii mai mult de nucleul tragic al vieții mele. Și au reușit; am avut nevoie de o nouă rundă de trei ani de terapie în urma lucrului cu ei.

După un asemenea răspuns, Irene a dat din cap. Îi cunoșteam bine mișcările – succesiunea ei caracteristică de mișcări din cap; o scuturătură rapidă din bărbie, urmată de două sau trei mișcări mai lente ale capului – codul ei morse somatic prin care mă lăsa să înțeleg că a primit un răspuns satisfăcător. Așa am înțeles prima lecție – terapeutul care vrea să vindece suferința trebuie să se apropie cât mai mult de moarte. Au urmat multe alte lecții, devenite apoi parte din structura poveștii. Adevăratul învățător din această poveste este pacientul, eu fiind doar vehiculul care a transmis mesajul.

Povestea pe care am scris-o cu cea mai mare plăcere a fost, de departe, „Blestemul pisicii ungurești". În povestea asta, Ernest Lash (plecat în permisie din *Minciuni pe canapea*) încearcă să îl vindece pe Merges, un motan nărăvaș, vorbitor de germană, aflat la cea de-a noua și ultima sa viață. Merges, cotoi umblat peste tot, tovarăș, într-o viață anterioară, cu Xanthippe, una dintre pisicile lui Heidegger, o vâna acum cu cruzime pe Artemis, iubita lui Ernest.

Pe de o parte, povestea este o farsă, dar pe de altă parte cred că este cel mai profund text al meu despre moarte și ameliorarea terorii de moarte. Am scris mare parte din poveste în timpul vizitei lui Bob Berger, prieten apropiat, decedat acum puțin timp. Povestea se desfășoară în Budapesta, iar Bob, care a crescut în Ungaria, m-a ajutat cu nume pentru personaje, străzi, poduri și râuri.

Îmi amintesc cu drag de o lectură publică din *Mama și sensul vieții* organizată la Book Depot în Mill Valley, când am citit împreună cu Ben, fiul meu, director de teatru, dialogul Ernest – Merges. Nu sunt un adept al discursurilor funerare, dar dacă familia mea va dori să țină unul după moartea mea, aș vrea să fie acest dialog – ar face mai luminos evenimentul. Ben, te rog să joci tu pisica și să-l alegi pe unul dintre frații tăi, sau dintre actorii tăi preferați, să-l joace pe Ernest.

Capitolul 32
CUM AM DEVENIT GREC

Dintre toate țările în care mi-au fost traduse cărțile, Grecia, una dintre cele mai mici, ocupă cel mai mult loc în mintea mea. În 1997, Stavros Petsoupoulos, proprietarul editurii Agra Publications, a cumpărat drepturile de publicare ale tuturor cărților mele și a angajat un cuplu, pe Yannis Zevras și Evangelia Andritsanou, pentru traducerea lor. Așa a început o relație lungă, importantă pentru familia noastră. Yannis este psihiatru format în Statele Unite și un cunoscut poet grec, iar Evangelia este psiholog și traducător. Cu toate că Grecia nu a jucat niciodată un rol semnificativ în domeniul psihoterapiei și are o populație alfabetizată de aproximativ 5 milioane de locuitori, a devenit imediat țara cu cel mai mare număr de cititori raportat la numărul de locuitori. Sunt mai cunoscut acolo decât oriunde în altă parte. N-am înțeles niciodată de ce.

De la prima noastră întâlnire cu Grecia, când ni s-au rătăcit bagajele și am călătorit cinci zile cu strictul necesar, am mai avut parte de două excursii extraordinare acolo, împreună. Prima a fost precedată de o vizită în Turcia. În 1993 am ținut un atelier pentru psihiatri la Spitalul Bakirkoy din Istanbul, urmat de un grup de dezvoltare personală de două zile la care au participat optsprezece psihologi și psihiatri turci, în Bodrum, un vechi oraș de la Marea Egee, despre care Homer spunea că e „pământul albastrului etern". Grupul a lucrat intens două zile, eu fiind profund impresionat de sofisticarea și deschiderea multora dintre participanți. După atelier, unul dintre psihiatri, Ayça Cermak, cu care am ținut legătura până azi, ne-a fost ghid într-o excursie în vestul Turciei și înapoi la Istanbul. Acolo am luat un avion către Grecia și apoi feribotul până în insula Lesbos. Marilyn era de mult interesată de poeta Sappho, care a trăit în Lesbos în secolul al VII-lea î.e.n., înconjurată de discipole.

De cum am coborât de pe feribot, am zărit un centru de închiriere motociclete, așa că am plecat imediat să explorăm insula pe o motocicletă străveche, dar aparent cooperantă. Către finalul zilei, când soarele se scufunda în apele oceanului, motocicleta și-a dat obștescul sfârșit la marginea unui sat. Neavând încotro, am rămas peste noapte între ruinele unei foste pensiuni, dar Marilyn nu a închis un ochi toată noaptea după ce a văzut un rozător de mari dimensiuni scotocind prin toaleta minusculă. A doua zi, până spre amiază, centrul de închirieri ne-a trimis altă motocicletă cu un camion, și ne-am continuat drumul, trecând prin mici sate ospitaliere sau pierzând vremea prin taverne, unde am stat de vorbă cu alți turiști și am văzut bătrâni fericiți cu bărbi ca neaua, sorbind *retsina* în fața jocurilor de table.

Pe Yannis l-am cunoscut în 2002, la o conferință organizată de Asociația Psihiatrilor Americani în New Orleans, prilej cu care mi-a fost decernat Premiul Oskar Pfister pentru Religie și Psihiatrie. Uimit de acest premiu, i-am întrebat pe membrii juriului de ce mă aleseseră tocmai pe mine, un sceptic în ce privește religia, iar răspunsul lor a fost că, mai mult decât oricare alt psihiatru, eu am abordat în munca mea „întrebările religioase". După prelegerea mea, tipărită ca monografie cu titlul *Religion and Psychiatry* și tradusă în limbile greacă și turcă (dar în nicio altă limbă), am luat prânzul cu Yannis, care mi-a transmis invitația lui Stavros Petsopoulos de a conferenția în Atena.

Un an mai târziu ajungeam la Atena și luam imediat un avion de mici de dimensiuni pentru un zbor de patruzeci și cinci de minute până pe micuța insulă Syros, unde se găsea casa de vacanță a lui Yannis și a Evangeliei. Am avut mereu dificultăți de adaptare la schimbările de fus orar, având nevoie de fiecare dată de câteva zile de acomodare până să pot susține conferințe publice. Ne-am refăcut puterile pe insulă, cazați la un han din orășelul Hermoupolis, delectându-ne în fiecare dimineață cu croasanți făcuți în casă și gem de smochine culese din smochinul din fața hanului. Peste două zile ar fi trebuit să plecăm cu feribotul la Atena pentru o conferință de presă, dar angajații serviciului de transport au intrat în grevă cu o noapte înainte de plecarea noastră, astfel că a trebuit să ne deplasăm cu un avion de patru locuri închiriat de Stavros.

În timpul scurtei deplasări la Atena, pilotul, care citise *Plânsul lui Nietzsche*, mi-a vorbit entuziast despre roman. Apoi am fost recunoscut de șoferul de taxi de la aeroport, care mi-a povestit în timpul cursei despre pasajele lui favorite din *Minciuni pe canapea*. Ajuns la Hilton, am intrat în conferința de presă la care participau aproximativ douăzeci de jurnaliști. A fost prima conferință de presă organizată vreodată pentru mine, oriunde în lume. A fost punctul maximei mele apropieri de statutul de vedetă.

La conferința de a doua zi, susținută în sala de bal de la Hilton, au venit 2 500 de oameni. Holul era atât de aglomerat încât am fost nevoiți să trecem prin bucătăria subterană ca să ajungem în sală. Cum organizatorii comandaseră doar nouă sute de căști, a trebuit să improvizăm în ultimul moment o soluție de traducere. Mi-am scurtat comentariile la jumătate, ca să-i permit translatoarei să țină pasul cu mine.

Femeia, pregătită pentru traducerea versiunii scrise a conferinței, a intrat în panică, dar până la urmă s-a descurcat excelent. Publicul a întrerupt de nenumărate ori expunerea cu întrebări și comentarii. Un bărbat din public m-a apostrofat atât de vocal când nu am răspuns pe larg unei întrebări, încât a fost nevoie de intervenția poliției pentru a fi scos din sală.

După conferință, la sesiunea de autografe, mulți dintre cumpărătorii cărților au venit cu daruri – miere produsă de ei, sticle de vin grecesc făcut în casă, picturi. O doamnă în vârstă, foarte simpatică, a insistat să accept un bănuț de aur ascuns de părinții ei în haina cu care era îmbrăcată când fugiseră din Turcia, în copilărie.

Spre seară, mă simțeam epuizat, satisfăcut, îndrăgit, dar și oarecum nedumerit de avalanșa de aprecieri. Am încercat să accept situația ca atare și să nu-mi pierd capul, pentru că, oricum, mare lucru nu puteam face. Încărcați de darurile primite, ne-am întors la hotel, doar pentru a descoperi încă un cadou: o barcă de șaizeci de centimetri, cu pânzele desfăcute, toată din ciocolată. Eu și Marilyn am ronțăit bucuroși la ea.

A doua zi am dat autografe la Hestia Bookstore, o mică librărie din centrul Atenei. Am susținut zeci de alte sesiuni de autografe, și până atunci, și de atunci încoace, dar asta a fost de departe cea mai amplă dintre toate. Coada de oameni ieșea din librărie și se întindea pe opt străzi, provocând neplăceri serioase în trafic. Cititorii nu doar că au cumpărat cărțile noi, dar au venit și cu cele mai vechi pentru autograf. Necunoscând limba, ortografierea numelor lor – Dochia, Ianthe, Nereida, Tatiana – a fost destul de obositoare. Clienții au fost rugați să-și scrie numele pe niște bucăți de hârtie galbenă, pe care să mi le înmâneze odată cu cărțile. Mulți au vrut să facă poze cu mine, dar asta întârzia prea mult coada, așa că au fost rugați să renunțe. După vreo oră, cumpărătorii au fost anunțați că nu pot aduce la semnat mai mult de patru cărți împreună cu cărțile cumpărate atunci. După încă o oră, li s-a spus că nu pot aduce mai mult de trei, ajungându-se în cele din urmă la o singură carte pe lângă cele cumpărate din librărie. Sesiunea a durat, chiar și așa, aproape patru ore, timp în care am semnat peste opt sute de cărți noi și mult mai multe cărți mai vechi. M-a întristat vestea, recentă, a închiderii definitive a librăriei Hestia, victimă a crizei financiare elene.

Majoritatea clienților așezați la coadă pentru autografe erau femei – așa cum se întâmplă la cele mai multe dintre sesiunile mele de autografe –, ocazie cu care m-am bucurat de experiența unică de a auzi cel puțin cincizeci de grecoaice frumoase șoptindu-mi la ureche „Te iubesc". Îngrijorat că mi s-ar putea urca la cap, Stavros m-a tras deoparte și mi-a explicat că în Grecia femeile folosesc frecvent aceste cuvinte, într-un sens mult mai comun decât în America.

Mi-am amintit de autografele de la Hestia după zece ani, când am fost contactat de un medic britanic în vârstă pentru consultație. Era nemulțumit de viața lui de burlac și de potențialul său neîmplinit, dar și ambivalent față de ideea unei consultații cu mine: pe de o parte, avea nevoie de ajutorul meu; pe de altă parte, era foarte invidios pe succesul meu ca scriitor, fiind convins că era și el capabil să scrie cărți reușite. Către finalul consultației mi-a relatat o poveste-cheie care îl bântuia de cincizeci de ani, din vremea în care fusese profesor în Grecia la o școală de fete. La sfârșitul ceremoniei de despărțire, când se pregătea să plece, a venit la el o elevă superbă, l-a îmbrățișat și i-a șoptit „te iubesc" la ureche. Nu a încetat niciodată să se gândească la ea, i-a auzit mereu vocea șoptită în capul lui, și s-a torturat cu gândul că nu a avut curajul să-și îmbrățișeze destinul. I-am oferit cele mai bune sfaturi, ferindu-mă de singurul lucru pe care *nu* puteam să i-l spun: „Grecoaicele nu folosesc cuvintele «te iubesc» în același sens ca noi, americanii, și poate și voi, britanicii. Mie mi-au spus într-o singură după-amiază nu mai puțin de cincizeci de grecoaice că mă iubesc."

A doua zi după sesiunea de autografe de la Hestia, Universitatea Panteion mi-a decernat titlul de doctor honoris causa. Am fost copleșit să văd o audiență numeroasă adunată în sala cu pereții acoperiți cu portetele unor Aristotel, Platon, Socrate, Epicur și Eschil. În seara următoare, Marilyn a conferențiat la Universitatea din Atena pe subiecte de feminism. Amețitor pentru familia Yalom!

Următoarea vizită în Grecia a avut loc patru ani mai târziu, în 2009, când Marilyn a fost invitată de Universitatea Ioannina să țină o prelegere despre cartea ei, *A History of the Breast*. Aflând de sosirea noastră, Fundația Onassis m-a invitat să țin o cuvântare despre ultima mea carte, *Soluția Schopenhauer*, la Megaron, cea mai mare sală de concerte din Atena.

Ajunși în Atena, am avut privilegiul de a vizita noul Muzeu Acropolis, cu câteva săptămâni înainte de deschiderea oficială. Ne-a surprins, la intrare, podeaua din sticlă, prin care pot fi văzute, strat după strat, rămășițele civilizațiilor ultimelor câteva mii de ani. În alt colț al muzeului pot fi văzute basoreliefurile Elgin, botezate după britanicul care a dus jumătate dintre ele de pe Acropolis la Muzeul Britanic. Secțiunile dispărute (furate, ar spune unii), sunt reproduse în ghips, cu o culoare diferită de cea a plăcilor originale. Returnarea operelor de artă în țările de origine este o problemă spinoasă în zilele noastre pentru toate muzeele. În Grecia totuși, am empatizat cu poporul grec.

Călătoria către sine

Conferința de la Megaron, Atena, 2009

Muzeul Acropolis, Atena, 2009

Din Atena am zburat la Ioannina, unde Marilyn fusese invitată de profesoara Marina Vrelli-Zachou să conferențieze la universitate, o instituție impresionantă, cu 20 000 de studenți. Am asistat fericit, ca de fiecare dată când susține o conferință, abținându-mă să nu strig: „Hei, hei, aia de pe scenă e soția mea." A doua zi, gazdele ne-au dus într-un tur în zonele rurale și la Dodona, un loc cu o istorie lungă, menționat și în scrierile lui Homer. Am zăbovit îndelung pe treptele amfiteatrului construit cu 2 000 de ani în urmă, după care am coborât în livada în care mergeau pe timpuri oracolele să interpreteze cântecul mierlelor. Ceva din decorul locului – masivitatea, demnitatea și istoria sa – m-a mișcat profund și am simțit pe undeva, în ciuda scepticismului meu, o adiere, una vagă, de sacralitate.

Ne-am plimbat pe străzile orașului Ioannina, așezat la marginea unui lac, ajungând și la sinagoga construită în timpul romanilor, unde se mai țin și azi slujbe religioase pentru mica comunitate de evrei din oraș. Aproape toți evreii din Ioannina au fost uciși în timpul celui de-al Doilea Război Mondial. Dintre supraviețuitori, foarte puțini au revenit în oraș după încheierea războiului. Comunitatea este atât de puțin numeroasă, că azi au voie și femeile să facă parte din *minyan*, grupul de zece bărbați impus de legea iudaică pentru susținerea slujbelor. Ajunși în piață, unde i-am văzut pe nelipsiții vârstnici cu păhărelele lor de ouzo și jocurile de table, am fost copleșiți de minunatele mirosuri specifice acestei țări, dar mai ales de o anumită aromă – de baclava – care m-a vrăjit într-atât încât mi-am urmat nasul până la o patiserie în care am găsit două duzini de feluri diferite de baclava. Încă visez la o retragere pentru scris în Ioannina, în cartierul patiseriei, dacă se poate.

La librăria Universității din Ioannina, Marilyn l-a întrebat pe proprietarul acesteia, în timp ce ne semnam amândoi cărțile, care era secretul popularității mele în rândul cititorilor greci. „Yalom este cel mai cunoscut scriitor american în Grecia", a răspuns acesta. „Ce spuneți de Philip Roth?", l-a întrebat Marilyn. „Ne place și Roth", a răspuns proprietarul librăriei, „dar pe Yalom îl considerăm grec."

Am fost întrebat, de-a lungul anilor, de către jurnaliști, despre popularitatea mea în Grecia, dar un răspuns clar nu am avut niciodată. Știu doar că, în ciuda faptului că nu vorbesc o boabă de greacă, m-am simțit întotdeauna acasă în Grecia, ba mai mult, și în Statele Unite simt o mare simpatie pentru persoanele de descendență grecească. Sunt pasionat de teatrul și filosofia greacă și de Homer, dar asta nu rezolvă dilema. Ar putea să facă parte dintr-un fenomen mai amplu specific Estului Mijlociu, întrucât scrierile mele se bucură de o popularitate disproporționat de mare și în Turcia, Israel și Iran.

Sunt surprins periodic de mesajele studenților, terapeuților și pacienților iranieni. Nu am nici cea mai vagă idee câte exemplare din cărțile mele traduse în farsi s-au vândut până acum: Iranul este singura țară care îmi publică cărțile fără acordul meu și fără a plăti drepturi de autor. Contactele mele profesionale din această țară îmi spun că sunt familiare cu scrierile lui Freud, Carl Jung, Mortimer Adler, Carl Rogers și Abraham Maslow și că și-ar dori mai mult contact cu psihoterapia vestică. Din nefericire, a trebuit să refuz invitațiile lor, întrucât eu nu mai călătoresc în afara granițelor țării.

Astăzi suntem obosiți sau desensibilizați de toate știrile devastatoare venite din toate colțurile lumii, însă de fiecare dată când auzim ceva despre Grecia la buletinele de știri, eu și Marilyn devenim dintr-odată atenți. Voi admira întotdeauna poporul grec, la fel cum nu voi înceta vreodată să fiu recunoscător pentru onoarea de a fi considerat un grec onorific.

Capitolul 33
DARUL PSIHOTERAPIEI

Mi-am imaginat multă vreme cum ar fi să scriu o carte pentru psihoterapeuții tineri, dar una care să semene cu cartea lui Rilke, *Scrisori către un tânăr poet*, cu totul specială pentru mine, însă nu găseam niciodată forma și structura unui asemenea proiect. Până într-o zi din anul 1999, când am vizitat, împreună cu Marilyn, Grădinile Huntington din San Marino, în sudul Californiei. Ne-am dus să vedem peisajele extraordinare, dar mai ales grădina japoneză și bonsaii săi. Către finalul vizitei am intrat în librăria Huntington, unde am găsit o expoziție nouă cu un titlu interesant, „Cele mai vândute cărți în vremea Renașterii britanice". *Cele mai vândute cărți?* Mi-a atras atenția. M-a surprins faptul că șase din zece cele mai vândute cărți din secolul al XVI-lea erau cărți cu „ponturi". Volumul lui Thomas Tusser, de pildă, *A Hundred Good Pointes of Husbandry*[1], din 1570, oferea o sută de ponturi pentru recolte, creșterea animalelor și gospodărie pentru fermieri și nevestele acestora. A cunoscut unsprezece ediții până la finalul secolului.

Cărțile mele, aproape de fiecare dată, au germinat lent în mintea mea, fără evidențierea unui moment unic de concepere. După ce am terminat de trecut în revistă panorama celor mai vândute cărți ale Renașterii, am știut precis cum

---
[1] O sută de sfaturi bune pentru gospodărie.

avea să arate următoarea mea carte. *Trebuia să scriu o carte de sfaturi pentru tinerii terapeuți.* Mi-a venit în minte figura unei paciente din trecut, o scriitoare. După ce abandonase două romane neduse până la capăt, m-a anunțat că luase decizia de a nu mai începe niciodată o carte fără a avea o idee care s-o muște de fund. Ei bine, eu, în ziua vizitei la Huntington, am simțit că sunt mușcat de fund de o idee, așa că am lăsat totul deoparte și m-am apucat de scris chiar a doua zi.

Procesul a fost cât se poate de simplu. Obișnuiam să țin, încă din primele zile de la Stanford, un dosar pe care scria „Gânduri pentru predare", în care păstram tot felul de idei și exemple pentru munca mea clinică. Am citit notele de mai multe ori, până când am găsit o idee pe care am dezvoltat-o în mai multe paragrafe. Sfaturile nu erau notate în vreo ordine anume, dar după ce am revăzut cu atenție tot materialul, le-am grupat în cinci categorii:

1. Natura relației terapeut–pacient
2. Metode de explorare a îngrijorărilor existențiale
3. Dificultăți întâmpinate în practica cotidiană a terapiei
4. Folosirea viselor
5. Avantajele și dezavantajele meseriei de terapeut

Inițial mi-am dorit ca volumul să conțină o sută de sfaturi, ca în *O sută de sfaturi bune pentru gospodărie*, dar la numărul optzeci și patru epuizasem deja conținutul dosarului (am continuat să-l alimentez pe măsură ce am primit pacienți noi, iar la ediția a doua a cărții, nouă ani mai târziu, am introdus încă unsprezece sfaturi în carte).

Titlul l-am știut de la bun început: aveam să-l modific pe cel folosit de Rilke, numindu-l *Scrisori către un tânăr terapeut*. Însă, când mă apropiam de final, s-a produs o coincidență cel puțin uimitoare: am fost invitat de editura Basic Books să particip la o serie de texte didactică intitulată „Scrisori către un tânăr..." (terapeut, matematician, contrarian, catolic, conservator, bucătar etc.). Deși loial editurii, am preferat să refuz invitația. Dar, din moment ce ei aveau de gând să folosească titlul lui Rilke, aveam nevoie de unul nou. *O sută de sfaturi pentru un tânăr terapeut* nu era posibil, iar *84 de sfaturi pentru un tânăr terapeut* a fost respins de toată lumea. *Darul psihoterapiei* a fost sugerat, în cele din urmă, de agenta mea, Sandy Dijkstra. Nu mi-a plăcut cine știe ce, dar nu am avut altul mai bun, iar în timp am ajuns să-l îndrăgesc.

Am scris cartea ca o alternativă la abordarea succintă, după ureche, orientată pe rezolvarea de probleme, o abordare cognitiv-comportamentală a psihoterapiei, produsă de presiunile economice. Am luptat și eu împotriva folosirii excesive de medicație în psihiatrie. Lupta continuă și azi, deși cercetările au furnizat o cantitate copleșitoare de informații care indică faptul că rezultatele pozitive ale procesului terapeutic sunt dependente de intensitatea, căldura, autenticitatea și empatia relației terapeutice. Am sperat ca *Darul psihoterapiei* să ajute la conservarea unei abordări mai umane și mai omenoase a suferinței psihologice.

De aceea am și folosit un limbaj atât de provocator: m-am străduit să le ofer studenților exact opusul a ceea ce au învățat în cursul programelor de formare de orientare comportamentală. „Evitați diagnosticarea", „Creați o terapie nouă pentru fiecare pacient", „Permiteți-i pacientului să devină important pentru voi", „Ecran alb? Uitați de asta. Fiți autentici", „Reveniți oră de oră la aici-și-acum".

Anumite secțiuni din carte subliniază importanța empatiei și transmit străvechiul sentiment exprimat de dramaturgul roman Terențiu: „Sunt om și nimic din ce este omenesc nu mi-e străin." Una dintre secțiuni, „Empatia: a privi lumea prin fereastra pacientului", descrie una dintre poveștile mele clinice favorite. Una dintre pacientele mele a fost blocată toată adolescența într-o luptă lungă și amară cu tatăl ei negativist. Dorindu-și mult o reconciliere și un nou început în relația lor, pacienta și-a pus speranțele în drumul de acasă la colegiu – o ocazie rară de a fi doar ea cu tatăl ei pentru câteva ore. Însă călătoria mult anticipată s-a dovedit a fi un dezastru: tatăl ei nu s-a dezmințit, lamentându-se la nesfârșit de firul de apă urât și murdar care șerpuia alături de drum. Pe de altă parte, ea nu vedea decât un râuleț curat într-un splendid decor rustic. Așa că a renunțat la ideea de a profita de timpul petrecut împreună, punându-și lacăt buzelor. Cei doi și-au continuat drumul (și viețile) privind în direcții opuse. Mulți ani mai târziu s-a întâmplat să treacă din nou pe drumul acela, remarcând uluită că de fapt existau *două* râulețe – câte unul pe fiecare parte a șoselei. „De data asta eu eram șoferul", mi-a spus femeia cu tristețe, „iar râul care se vedea pe geamul șoferului era pe cât de urât și de murdar îl descrisese tatăl meu." Ea a privit lumea prin fereastra tatălui ei, dar prea târziu – el era mort și îngropat de mult. „Priviți prin fereastra pacientului", îi îndemn mereu pe terapeuți. „Încercați să vedeți lumea cum o văd ei."

Recitind acum *Darul psihoterapiei*, mă simt destul de expus: toate strategiile și răspunsurile mele se găsesc în carte. Când o pacientă a plâns, recent, în timpul unei ședințe, am întrebat-o: „Dacă lacrimile astea ar putea vorbi, ce ar spune?" Recitind cartea, am văzut că erau exact cuvintele unuia dintre sfaturi. Am simțit că mă plagiam pe mine însumi (și am sperat că pacienta nu a citit cartea).

Unele sfaturi le recomandă terapeuților să aibă onestitatea de a-și recunoaște greșelile. *Nu comiterea lor este ceea ce contează: important este ce faci cu ele.* Alte sfaturi le sugerează să utilizeze raționamentul aici-și-acum, adică să rămână concentrați pe ce se întâmplă în prezent în relația terapeut–pacient.

Mă mișcă cu deosebire ultimul sfat al cățíi, „Prețuiți privilegiile meseriei" – sunt întrebat adesea de ce continui practica și azi, la optzeci și cinci de ani. Sfatul numărul optzeci și cinci (din pură coincidență, este totalul anilor mei) debutează cu o afirmație simplă: *munca cu pacienții îmi îmbogățește viața cu sens*. Rar mi se întâmplă să întâlnesc un terapeut care să se plângă de absența unui sens al vieții. Trăim vieți de dedicare, cu privirea atentă la nevoile celorlalți. Ne satisface deopotrivă să știm că îi ajutăm pe pacienți să se schimbe, dar și să știm că schimbarea lor va ajunge și la ceilalți.

Suntem privilegiați și prin rolul nostru de ocrotitori de secrete. Pacienții fac zilnic gestul nobil al împărtășirii secretelor lor, adesea nemărturisite nimănui altcuiva. Secretele fac lumină în spatele scenei pe care se desfășoară condiția umană, dincolo de dansurile sociale, jocurile de rol, bravada și posturile specifice acesteia. Încredințarea unor asemenea secrete este un privilegiu cunoscut de puțini. Unele mă apasă atât de intens, că fug acasă să-mi strâng soția în brațe și să mă bucur de binecuvântările unei vieți fericite.

Mai mult decât atât, munca noastră ne oferă oportunitatea de a transcende limitele identității personale pentru a vizualiza adevărul și tragedia condiției umane. Și încă multe altele. Ajungem exploratorii celei mai nobile misiuni – dezvoltarea și conservarea minții umane. Savurăm plăcerea descoperirii mână în mână cu pacienții noștri – experiența „aha" care se produce în clipa în care fragmente ideatice disparate se coagulează discret într-un tot coerent. Uneori mă simt ca un ghid care-i conduce pe ceilalți prin camerele caselor lor. Ce minunat este să-i vezi deschizând uși pe care nu au mai intrat vreodată, spre zone pline de fragmente frumoase și creative ale ființei lor.

Am participat de curând la predica de Crăciun ținută de reverendul Jane Shaw la capela Stanford, în care aceasta sublinia importanța iubirii și compasiunii. M-a mișcat îndemnul ei de a pune aceste sentimente în practică mai des. Gesturile de grijă și generozitate pot îmbogăți orice mediu cu care intrăm în contact.

Cuvintele ei m-au motivat să reconsider rolul iubirii în profesia mea. Am realizat că nu am folosit niciodată, nici măcar o dată, cuvintele *iubire* sau *compasiune* în discuțiile despre practica psihoterapiei. Omisiune uriașă, pe care vreau s-o îndrept acum, după ce am înțeles că am practicat sistematic iubirea și compasiunea în munca mea și am încercat tot ce mi-a stat în putință pentru a-i ajuta să-și elibereze la rândul lor iubirea și generozitatea față de ceilalți. Dacă se întâmplă să *nu* am aceste sentimente pentru un pacient, atunci șansele să-i pot fi de ajutor sunt scăzute dramatic. De aceea încerc să rămân atent la prezența sau la absența acestor sentimente față de pacienții mei.

Am lucrat, cu foarte puțin timp în urmă, cu Joyce, o tânără femeie foarte furioasă și deprimată, aflată în recuperare după intervenții chirurgicale extinse pentru îndepărtarea unui cancer care-i amenința viața. I-am simțit teroarea și mi-am deschis inima față de ea de cum a intrat în cabinet. Dar la prima noastră ședință nu m-am simțit aproape de ea. Evident tulburată, transmitea totuși mesajul că deține controlul. Mă derutau însă nemulțumirile ei fluctuante: într-o săptămână se plângea de obiceiurile enervante ale vecinilor și prietenilor, în următoarea deplângea izolarea în care trăia. Ceva lipsea și gândul următoarei ședințe începuse să-mi provoace o reacție de crispare. M-am gândit uneori să o recomand altui terapeut, dar am renunțat la idee, pentru că-mi citise cărțile și accentuase de la început că văzuse mulți terapeuți și mă considera ultima soluție.

În timpul primei ședințe s-a întâmplat ceva ciudat: mi-am dat seama dintr-odată că semăna foarte bine cu Aline, soția unui bun prieten, ceea ce m-a făcut de câteva ori să trăiesc senzația stranie că vorbesc cu Aline, nu cu Joyce. Am revenit cu greu la realitate, de fiecare dată. Cu adevărata Aline mă înțelegeam bine în prezent, dar după un început în care o etichetasem drept arogantă și neinteresată. Într-atât încât aș fi evitat-o dacă n-ar fi fost soția uni bun prieten. Mi-am pus întrebarea, la fel de stranie, dacă nu cumva inconștientul meu proiecta pe Joyce o parte din iritarea mea față de Aline.

Joyce s-a purtat cu totul neobișnuit la începutul celei de-a patra ședințe. „Nu știu de unde să încep", mi-a spus, după un moment de tăcere. „Spune-mi cum te-ai simțit după ultima noastră ședință", i-am răspuns, știind cât de important era să rămânem concentrați asupra relației noastre problematice. În trecut, evitase să răspundă unor solicitări similare, dar de data asta reacția ei m-a surprins:

— Groaznic. Ca după toate ședințele noastre. Complet confuză. Am suferit ore întregi.

— Îmi pare rău să aud asta, dar zi-mi mai multe, Joyce. Ce fel de suferință?

— Tu știi atât de multe. Ai scris toate cărțile alea. De asta te-am contactat. Ești înțelept. Mă simt inferioară. Și știu că mă consideri un nimic. Pun pariu că știi totul despre problemele mele, dar nu vrei să-mi spui.

— Nu sunt orb față de suferința ta, Joyce, și mă bucur că vorbești deschis: pentru că exact asta trebuie să facem.

— Atunci de ce nu-mi spui ce nu e în regulă? Care e problema cu mine? Cum o rezolv?

— Ai o părere prea bună despre mine. Eu nu știu care este problema cu tine. Dar *știu* că putem afla împreună. Cum știu și că ești speriată și furioasă. Înțeleg și de ce, cunoscându-ți trecutul: aș simți exact la fel. Dacă vom continua să lucrăm ca acum, cred că te voi putea ajuta.

– Dar *de ce* simt asta? Că nu merit să-ți consumi timpul cu mine. Că mă fac tot mai rău.

Am înțeles ce trebuia să fac și n-am mai stat pe gânduri.

– Lasă-mă să-ți spun ceva poate important pentru tine.

Am ezitat – presiunea unei autoexpuneri atât de profunde mă făcea să mă simt nesigur.

– Tu semeni foarte bine cu soția unui prieten apropiat – au existat câteva momente, la ultima întâlnire, când pentru o clipă sau două am crezut că în scaunul tău se află *ea*, nu tu. Am ajuns să fiu prieten cu femeia cu care semeni, deși la început îmi părea excesiv de ascuțită și dominatoare și nu mă simțeam confortabil în preajma ei. Știu că sună ciudat, motiv pentru care mă și simt atât de stânjenit, dar îți spun asta deoarece e posibil ca sentimentele mele față de ea să fi fost redirecționate inconștient către tine. Și cred că tu reacționezi la asta.

Am tăcut câteva clipe, după care am adăugat:

– Dar, Joyce, vreau să fiu limpede, *nu* simt asta față de tine. Sunt de partea ta cu totul. Simt compasiune și sunt dedicat ajutorului pe care aș putea să ți-l ofer.

Joyce a fost atât de uimită încât a plâns.

– Îți mulțumesc pentru acest dar. Am fost pe la mulți psihiatri, dar ești primul care împărtășește ceva personal cu mine. Azi nu mai vreau să plec din cabinetul tău – aș sta de vorbă douăsprezece ore. Mă simt minunat.

Pacienta mea a recepționat dezvăluirea mea în spiritul în care am făcut-o și din momentul acela relația noastră a început să se schimbe radical. Am muncit mult, cu intensitate, nerăbdător înainte de toate ședințele. Cum să descriu intervenția mea? Cred că a fost un act de compasiune, de iubire. Alte cuvinte nu găsesc.

Capitolul 34
DOI ANI CU SCHOPENHAUER

Lecturile mele de filosofie au fost întotdeauna concentrate pe *Lebensphilosophie*, școala gânditorilor care abordează sensul și valorile vieții. Îi includ aici pe mulți dintre grecii antici, pe Kierkegaard, pe Sartre și, desigur, pe Nietzsche. Pe Arthur Schopenhauer, ale cărui idei despre influența subconștientă a dorinței sexuale le-au precedat pe ale lui Freud, l-am descoperit mai târziu. Pentru mine, Schopenhauer a deschis calea către psihoterapie. „Fără Schopenhauer nu ar fi existat Freud", cum spune Philip, personajul meu din *Soluția Schopenhauer*.

Schopenhauer a fost aspru, neînfricat și extrem de izolat. Un Don Quijote de secol XIX, dezlănțuit împotriva tuturor forțelor, inclusiv a religiei. Dar a fost și un om tulburat, investind în lucrările sale mult din energia nefericirii, a pesimismului și a neobositei sale mizantropii. Gândiți-vă la viziunea asupra relațiilor umane exprimată în bine-cunoscuta sa parabolă a porcilor spinoși: aerul rece îi forțează să se strângă unii în alții, dar în felul ăsta se rănesc unii pe ceilalți cu ghimpii. După un timp descoperă că le e mai bine să păstreze o oarecare distanță. De aceea omul (ca Schopenhauer) care deține o abundență de căldură internă ar face bine să stea departe de ceilalți.

Primul contact cu pesimismul său profund a fost năucitor. M-am mirat că a avut abilitatea de a continua să gândească și să muncească, în ciuda unei asemenea disperări.

Mai târziu am înțeles că el considera că înțelegerea poate ușura din povara și celor mai nefericite personaje. Deși ființe efemere, ne place să simțim că înțelegem, chiar și atunci când cunoașterea ne dezvăluie cele mai primare impulsuri și ne confruntă cu scurtimea vieții. În „Vanitatea existenței", scria:

> *Un om nu este niciodată fericit, dar nu contenește să-și piardă toată viața tânjind după ceva ce în opinia lui l-ar face fericit; rareori își atinge scopurile, iar când o face e numai spre dezamăgirea sa; sfârșește mai mult epavă și revine în port cu catargul și velaturile distruse. La final nici nu mai contează dacă a fost fericit sau nefericit; căci viața lui a fost doar un continuu moment prezent evanescent, iar acum s-a sfârșit.*

În plus față de pesimismul său extrem, Schopenhauer suferea de o proastă dispoziție cronicizată din pricina tulburărilor provocate de dorințele sale sexuale intense și de incapacitatea sa de a relaționa cu ceilalți altfel decât sexual. A cunoscut fericirea doar în copilărie, înainte de înflorirea sexualității, și în anii târzii, odată cu domolirea apetitului. Așa scria în lucrarea sa majoră, *Lumea ca voință și reprezentare*, de pildă:

> *Copilăria, o vreme-n care teribila activitate a sistemului genital încă moțăie, în timp ce creierul a ajuns deja la deplinătatea funcțiilor sale, este cu adevărat epoca inocenței și a fericirii, binecuvântarea vieții, Paradisul pierdut spre care privim cu dor tot restul vieții.*

Dar afirmații pozitive la Schopenhauer n-o să găsiți; a fost de-un pesimism neobosit:

Niciun om sincer și cu mințile intacte nu și-ar dori, la finalul vieții, să mai treacă o dată prin ea. Un asemenea om ar prefera de departe nonexistența desăvârșită.

Cu cât am aflat mai multe despre Arthur Schopenhauer, cu atât mai tragică mi s-a părut viața lui: ce trist că unul dintre cele mai mari genii a fost atât de tulburat în toată viața lui. A fost un om, cred eu, care-ar fi avut nespus de multă nevoie de terapie. Relația cu părinții săi aduce cu o dezolantă dramă oedipiană. Mai întâi și-a înfuriat tatăl refuzând să participe la afacerile mercantile ale familiei. În schimb, își adora mama, o foarte populară romancieră, într-atât încât, după suicidul tatălui, Arthur, în vârstă de șaisprezece ani, a devenit atât de insistent în încercările de a o poseda și controla, că Johanna Schopenhauer s-a văzut nevoită să rupă relațiile cu fiul său, cu care nu a mai vorbit niciodată în ultimii cincisprezece ani ai vieții ei. Se temea atât de mult să nu fie înmormântat fără să fi murit de-a binelea, că a lăsat scris în testament să nu fie îngropat până ce corpul său nu începe să polueze aerul de țară cu duhoarea sa.

Studiindu-i viața, am început să mă întreb dacă psihoterapia l-ar fi ajutat. Aș fi găsit oare, dacă m-ar fi consultat, o cale de a-i alina suferințele? Am început să-mi imaginez scene din terapia noastră și am ajuns, treptat, să conturez liniile unui roman despre Schopenhauer.

Schopenhauer la terapie – imaginați-vă una ca asta! Oh, da, da – și încă ce provocare delicioasă! Dar cine să fi jucat rolul terapeutului în povestea asta? Schopenhauer s-a născut în 1788, cu o sută de ani înainte de apariția psihoterapiei.

Călătoria către sine

Am cochetat mai multe săptămâni cu ideea unui fost iezuit empatic, citit, de formație filosofică, care i-ar fi putut oferi prilejul unor retrageri de meditație intensivă pe care probabil nu le-ar fi refuzat. Ideea avea potențialul ei. La vremea lui Schopenhauer existau sute de iezuiți fără lucru: ordinul iezuiților a fost destrămat de Papă în 1773, reluând ființă abia patruzeci și nouă de ani mai târziu. Însă acest scenariu nu s-a coagulat niciodată, așa că am abandonat ideea.

M-am hotărât, în schimb, să creez o clonă Schopenhauer, un filosof contemporan lui, înzestrat cu aceeași inteligență, aceleași interese și aceleași trăsături particulare. Și așa apărut Philip. Pe el îl puteam plasa în secolul XX, când exista deja psihoterapia. Dar ce tip de terapie ar fi fost cel mai eficient în cazul lui? Genul de probleme interpersonale acute de care suferea el sugerau terapie intensivă de grup. Și terapeutul de grup? L-am creat pe Julius, un practician înțelept, mai în vârstă, cu o abordare similară cu a mea.

Apoi am creat restul personajelor (membrii grupului de terapie), l-am introdus pe Philip în grup și le-am lăsat personajelor libertatea de a interacționa unele cu celelalte. Nu am folosit niciun fel de formule prestabilite: doar am înregistrat acțiunea așa cum s-a depănat în imaginația mea.

Imaginați-vă! O clonă Schopenhauer intră într-un grup de terapie, creează tulburare, îl provoacă pe lider și-i agasează pe ceilalți participanți, dar trece prin niște transformări dramatice. Gândiți-vă la mesajul transmis domeniului meu: *dacă terapia de grup îl poate ajuta pe Arthur Schopenhauer, cel mai mare pesimist și cel mai convins mizantrop din toate timpurile, atunci poate ajuta pe oricine!*

Citind mai târziu romanul, am realizat că poate fi un instrument util pentru formarea terapeuților de grup, astfel încât în ediția a cincea a manualului terapiei de grup am introdus referințe la anumite pagini din *Soluția Schopenhauer*, unde studenții pot citi exemplificări dramatice ale principiilor terapeutice.

Am scris romanul utilizând o metodă mai puțin obișnuită, alternând capitolele care descriu întâlnirile de grup cu capitole de psihobiografie a lui Schopenhauer. Bănuiesc că mulți cititori au fost oarecum dezorientați de acest format, realizând eu însumi, chiar din timpul scrierii, că rezultatul va fi un amalgam straniu. Dar l-am construit cu certitudinea că detaliile din biografia lui Schopenhauer îl vor ajuta pe cititor să-l înțeleagă pe Philip, dublura filosofului. Și am mai avut un motiv: am devenit atât de fascinat de munca, viața și psihicul lui Schopenhauer, că nu am rezistat tentației de a specula pe marginea formării personalității sale. Cum nu am rezistat nici ispitei de a explora căile prin care Schopenhauer l-a anticipat pe Freud, deschizând drumul pentru apariția psihoterapiei.

Cred că această carte este cea mai bună ilustrare a eficienței terapiei de grup din câte am scris. Julius este un terapeut așa cum mi-am dorit eu întotdeauna să fiu. Însă, în carte, el dezvoltă un melanom malign incurabil. Sfidând boala, continuă să găsească, chiar și în proximitatea propriei morți, un sens în viață, ajutându-i pe membrii grupului să-și trăiască mai deplin viața. Este deschis, generos, concentrat pe aici-și-acum, dispus să-și dedice energia rămasă asistării membrilor grupului în explorarea relațiilor dintre ei și în procesul descoperirii de sine.

Neobișnuit de anevoioasă a fost identificarea titlului romanului: am îmbrățișat varianta *Soluția Schopenhauer* imediat ce mi-a încolțit în minte. Mi-a plăcut sensul lui dublu. Schopenhauer, persoana, primește un tratament; Schopenhauer, gânditorul, ne oferă nouă un tratament.

Cartea e la fel de vie la doisprezece ani de la publicare. Urmează a fi ecranizată de o companie cehă de film. *Soluția*

Schopenhauer a anticipat, îmi spun liderii acestui domeniu, apariția filosofiei clinice.

Cu câțiva ani în urmă, numeroșii terapeuți care au participat la convenția anuală a Asociației Americane pentru Psihoterapie de Grup, organizată la San Francisco, au asistat la o piesă de jumătate de zi, în care un grup de actori a reprodus, sub coordonarea lui Molyn Leszcz, un fost student, coautor al celei de-a cincea ediții a manualului de terapie de grup, situațiile de grup din roman. Actorii au fost selectați de fiul meu, Ben, el regizând piesa și jucând, de asemenea, unul dintre roluri. Actorii nu au urmat niciun scenariu, fiind instruiți să se imagineze într-o terapie de grup, să păstreze liniile personajelor și să interacționeze spontan cu ceilalți membri ai grupului. În anumite secțiuni ale interacțiunii lor am intervenit și eu cu comentarii. Fiul meu, Victor, a editat filmarea evenimentului și pus filmul la dispoziția publicului pe pagina sa web dedicată educației. Mi-a plăcut enorm să mă las pe spate în fotoliu și să privesc o interacțiune adevărată între niște personaje inventate de mine.

Capitolul 35
PRIVIND SOARELE ÎN FAȚĂ

Sora mea, Jean, a murit în timp ce scriam la cartea aceasta. Cu șapte ani mai mare decât mine, Jean a fost un suflet blând, pe care l-am iubit nespus de mult. La maturitate, ea a locuit pe Coasta de Est, eu, pe Coasta de Vest, dar ne telefonam săptămânal și de fiecare dată când ajungeam la Washington stăteam la ea și la soțul ei, Morton, cardiolog, un om la fel de generos și de primitor.

Jean a suferit de demență agresivă și nu m-a mai recunoscut la ultima mea vizită la Washington, cu câteva săptămâni înainte să se stingă. Știind că deja o pierdusem, vestea morții ei nu m-a șocat – cel puțin nu la nivel conștient. Am privit evenimentul ca pe o eliberare, a ei și familiei sale. Eu și Marilyn am luat avionul a doua zi pentru funeraliile surorii mele.

Intenționam să încep cuvântul de omagiu cu povestea înmormântării mamei noastre, decedate cu cincisprezece ani mai devreme, tot în Washington. Am încercat atunci să-mi omagiez mama gătind *kichel*, un fel de paste din lumea veche, servite în mod tradițional după înmormântări. *Kichel*-ul meu arăta și mirosea bine, doar că, vai mie, nu avea niciun gust: folosisem întocmai rețeta ei, dar uitasem de zahăr! Jean a fost dintotdeauna grațioasă și generoasă și ce vreau să spun cu povestea asta e că, dacă ar fi să fac *kichel* pentru *ea*, sigur nu aș uita să pun zahărul. Însă, cu toate că sosisem la înmormântare calm, fără să conștientizez profunzimea durerii resimțite, am cedat în timpul cuvântării și m-am întors la locul meu fără să pot termina.

Scaunul meu era așezat în primul rând, suficient de aproape cât să ating cu mâna sicriul de lemn al surorii mele. Rafalele de vânt rătăcite prin cimitir îmi lăsau impresia fulgurantă că sicriul se mișcă. Cu toată raționalitatea mea, nu am putut evita gândul că *sora mea încerca să iasă din coșciug*, simțind chiar impulsul de a o lua la fugă prin cimitir. Toată experiența mea cu moartea, toți pacienții însoțiți până în ultima clipă, toată detașarea mea supremă și raționalizarea subiectului în scris – toate s-au evaporat în prezența propriei terori de moarte.

Incidentul m-a șocat. Atâtea decenii de muncă pentru înțelegerea și ameliorarea anxietății personale în raport cu moartea. Sunt frici pe care le-am pus în scenă în romane și povestiri, proiectându-le în personajele mele fictive. Julius, conducătorul de grup din *Soluția Schopenhauer*, îi anunță pe membrii grupului că a fost diagnosticat cu o boală fatală, iar aceștia încearcă să-l consoleze. Pam, una dintre participante, încearcă să-l aline, citându-i din memoriile lui Vladimir Nabokov, *Vorbește, memorie*, care compara viața cu o scânteie între doi poli identici de beznă – înainte de naștere și unul după moarte.

Philip, clona lui Schopenhauer, intervine imediat în stilul său condescendent, zicând: „E limpede că Nabokov a șutit această idee de la Schopenhauer, care spunea că după moarte vom fi la fel ca înainte de naștere, argumentând imposibilitatea existenței simultane a mai mult de un tip de nimic."

Înfuriată, Pam îi răspunde lui Philip: „Așa, tu știi că Schopenhauer a spus ceva, cândva. Mare chestie."

Atunci Philip închide ochii și începe să recite: „Un om descoperă, uluit, că există, dintr-odată, după mii și mii de ani de nonexistență; apucă să trăiască cât trăiește, după care revine la o perioadă lungă de nonexistență. Citez din eseul lui Schopenhauer: «Considerații suplimentare asupra doctrinei vanității existenței». Suficient de vag pentru tine, Pam?"

Am citat pasajul de mai sus îndeosebi pentru ceea ce *nu* conține: mai precis, ideea că afirmațiile lui Schopenhauer și Nabokov își găsesc rădăcinile la Epicur, un filosof din Grecia antică care susținea că principala sursă a nefericirii umane este frica omniprezentă de moarte. Epicur a gândit o serie de argumente convingătoare de natură laică pentru discipolii școlii sale din Atena, solicitându-le să le învețe ca pe catehism. Unul dintre argumente este celebrul „principiu al simetriei", care postulează că *starea noastră de neființă de după moarte este identică cu starea noastră dinaintea nașterii*, și totuși gândul stării de „preexistență" nu generează anxietate. Filosofii au atacat de-a lungul secolelor acest argument, dar eu îl găsesc fermecător în simplitatea sa și la fel de valabil încă. I-a alinat pe mulți pacienți, dar și pe mine.

Citind mai multe despre argumentele lui Epicur de risipire a fricii de moarte, am descoperit o idee incendiară pentru o următoare carte, idee care m-a captivat luni întregi. Iat-o mai jos. Un om este terorizat de un coșmar înfiorător: este urmărit, noaptea, în pădure, de un animal înfricoșător. Aleargă cât îl țin puterile, se împiedică, simte cum sare bestia pe el și realizează că acesta este momentul morții sale. Se trezește țipând, înecat în sudoare, cu inima să-i sară din piept. Sare din pat, trage niște haine pe el, iese glonț din dormitor și din casă și pleacă să găsească pe cineva – un bătrân, un gânditor, un vindecător, un preot, un doctor –, oricine ar putea să-l ajute să scape de teroarea morții.

Mi-am imaginat o carte compusă din opt sau nouă capitole și fiecare să înceapă cu același paragraf: coșmarul, trezirea și plecarea în căutarea ajutorului. Dar acțiunea se desfășoară în fiecare capitol în alt secol! Primul capitol se desfășoară în secolul al III-lea î.e.n. în Atena, iar personajul dă fuga în Agora, zona în care erau localizate cele mai importante școli de filosofie. Trece de Academie, fondată de Platon, dar condusă acum de nepotul acestuia, Speusippus; trece de Lyceum, școala lui Aristotel; trece de stoici și de cinici și ajunge, într-un final, în Grădina lui Epicur, unde i se permite să intre odată cu răsăritul soarelui.

Un alt capitol s-ar fi putut desfășura pe vremea lui Augustin, altul în timpul Reformei, altul pe vremea lui Schopenhauer, la finalul secolului al XVIII-lea, altul în zilele lui Freud, altul la vremea lui Camus și Sartre și unul poate într-o țară musulmană sau budistă.

Dar fiecare la rândul său. Am decis să termin episodul din Grecia lui Epicur, anul 300 î.e.n., după care să trec la următorul în ordine cronologică. M-am documentat luni în șir despre viața din Grecia acelor timpuri, despre îmbrăcăminte, tipuri de mic dejun, obiceiurile de peste zi. Am studiat texte istorice și filosofice din prezent sau din perioada aceea, am citit romane cu acțiunea în Grecia antică (cele scrise de Mary Renault și alții) și am ajuns la concluzia tristă că cercetarea necesară scrierii tuturor capitolelor cărții mi-ar ocupa tot restul vieții. Am abandonat proiectul cu mult regret. Este singura carte pe care am început-o fără s-o termin.

Mi-am reorientat atenția spre discutarea scrierilor lui Epicur într-o carte de nonficțiune despre anxietatea morții, carte care a luat treptat forma cărții *Privind soarele în față*, publicată în 2008. *Privind soarele în față* urmărește gândurile mele despre moarte provocate de practica clinică, atât cu pacienți sănătoși, cât și cu pacienți în stadii terminale.

Titlul este inspirat de maxima lui François de La Rochefoucauld, autor francez din secolul al VII-lea: *"Un om nu poate privi soarele sau moartea în față."* Deși folosesc o parte din maximă ca titlu, cartea încearcă să o contrazică, argumentând că privirea morții în față poate să aducă multe beneficii.

Mi-am ilustrat ideea nu doar cu povestioare clinice, ci și literare. Ebenezer Scrooge, de pildă, personajul lui Dickens din *Poveste de Crăciun*, începe povestea ca un individ nefericit și izolat, pentru ca finalul să-l găsească transformat într-un om bun, generos și iubit. De unde i-a venit transformarea? Dickens l-a trecut pe Scrooge printr-o doză tare de terapie existențială de șoc, în scena în care fantoma viitorului Crăciun îi permite să-și vadă mormântul și numele trecut pe piatra funerară.

În *Privind soarele în față*, confruntarea cu moartea funcționează ca o *experiență de trezire*, una care ne învață cum să trăim mai deplin. Terapeuții deschiși față de aceste procese o văd adesea. Cum spuneam mai devreme, le-am sugerat de multe ori pacienților să deseneze o linie și să-și imagineze că un capăt este nașterea, iar celălalt moartea lor. Le cer să marcheze locul în care se află în prezent pe linie și să mediteze la asta câteva momente. Filmul *Yalom's Cure*[1] începe cu vocea mea sugerând acest exercițiu.

Eu nu am auzit, în toți anii formării mele, o singură discuție despre moarte în timpul seminariilor de terapie sau discuțiilor de caz. Parcă toată breasla mai urma încă sfatul lui Adolf Meyer, decanul de cursă lungă al psihiatrilor americani – „Nu te scărpina unde nu te mănâncă" –, cu alte cuvinte, nu deschide subiecte problematice înaintea pacientului, în special în direcții în care s-ar putea să nu mai fim capabili să oferim alinare. Eu am adoptat poziția opusă: din

---

[1] *Terapia Yalom* (documentar regizat de Sabine Gisiger în 2014).

moment ce moartea ne mănâncă tot timpul, pacienții au multe de câștigat atunci când sunt ajutați să-și clarifice poziția față de ea.

Sunt pe deplin de acord cu scriitorul existențialist de origine cehă Milan Kundera, care scria că uitarea ne oferă un fel de previzionare a morții. Cu alte cuvinte, moartea ne înspăimântă nu doar prin răpirea viitorului, dar și a trecutului. Recitindu-mi cărțile, adesea nu-mi pot aminti figurile și numele pacienților despre care am scris: i-am deghizat atât de bine că nu-i mai recunosc nici eu. Mă gândesc cu dor uneori la toate orele intime și dureroase petrecute cu persoane pierdute astăzi în negurile memoriei.

Sunt de părere că multe dintre neplăcerile despre care vorbesc pacienții la terapie au în spate o anxietate legată de moarte. Să ne amintim, de pildă, de disconfortul care însoțește aniversările rotunde (vârsta de treizeci, patruzeci, cincizeci de ani), care ne reamintesc de trecerea inexorabilă a timpului. O pacientă mi-a povestit recent despre câteva nopți consecutive de coșmaruri îngrozitoare. Într-unul era amenințată de un intrus; în altul simțea cum cade prin spațiu. A menționat că se apropia de aniversarea de cincizeci de ani și se gândea cu teamă la petrecerea organizată de familie. Am insistat să exploreze toate conotațiile vârstei de cincizeci de ani pentru ea. Mi-a spus că cincizeci de ani însemna deja bătrânețe și-și amintea cât de bătrână părea mama ei la cincizeci de ani. Ambii părinți muriseră la aproape șaptezeci de ani, așa că știa că trecuse de a doua treime din viață. Nu mai vorbise niciodată, până la întâlnirea noastră, în mod deschis despre cum va muri, despre înmormântarea ei, despre credințele ei religioase și, cu toate că am avut parte de ședințe dureroase, cred că limpezirea procesului a făcut-o să se simtă eliberată. Multe dintre momentele importante ale vieții sunt infiltrate de anxietatea morții – sindromul cuibului gol, pensionarea, criza vârstei de mijloc, aniversările absolvirii liceului sau facultății – precum și în suferința care ne încearcă la moartea celorlalți. Cred că cele mai multe coșmaruri sunt provocate de o anxietate a morții scăpată de sub control.

Acum, când scriu rândurile acestea, la zece ani după ce am scris *Privind soarele în față* – zece ani mai aproape de moartea mea –, nu cred că aș mai putea scrie la fel de dezamăgitor pe acest subiect cum am scris atunci. Mi-am pierdut, în ultimul an, nu doar sora, ci și trei dintre cei mai buni și mai vechi prieteni – Herb Kotz, Larry Zaroff și Bob Berger.

Cu Larry și Herb am fost coleg în colegiu și la medicină. Am fost parteneri la orele de disecție și colegi de cameră în stagiatură. Noi trei, împreună cu soțiile, am făcut multe vacanțe împreună în diferite locuri: la Poconos, în estul coastei Maryland, la Hudson Valley, Cape May și Napa Valley. Ne plăceau enorm zilele și nopțile petrecute împreună și discuțiile, mersul cu bicicleta, jocurile și mesele împreună.

Larry s-a bucurat de o lungă carieră de chirurg cardiolog în Rochester, New York, după care, după treizeci de ani de practică, a schimbat direcțiile și și-a luat doctoratul în istoria medicinei la Stanford. În anii din urmă le-a predat literatură studenților de colegiu și mediciniștilor, până ce a fost răpus brusc de ruptura unui anevrism aortic. În scurta cuvântare ținută la înmormântarea sa, am încercat să detensionez atmosfera povestind o excursie făcută de noi șase la Poconos, în epoca în care Larry trecea prin faza lui de neglijență vestimentară și a intrat într-un restaurant rafinat îmbrăcat cu un tricou foarte ponosit. Ne-am luat toți de el până ce s-a ridicat de la masă și a plecat. S-a întors după zece minute arătând destul de șic: cumpărase cămașa chelnerului (acesta, din fericire, avea una de rezervă în vestiar). Dar, deși îmi propusesem să spun o istorioară care să relaxeze atmosfera, abia am reușit să formulez și să emit cuvintele.

Herb, format inițial ca ginecolog, apoi ca oncolog, a suferit de demență progresivă. Și-a trăit ultimii ani într-o asemenea stare de confuzie și durere fizică, încât am simțit că l-am pierdut cu mult înainte să moară, la fel ca pe sora mea. Eram prea afectat de gripă ca să zbor la Washington, D.C., la înmormântarea sa, dar am trimis printr-un prieten câteva cuvinte, ca să fie rostite la mormântul lui.

M-am simțit ușurat pentru el și familia lui, dar asta nu m-a împiedicat să izbucnesc pe neașteptate în plâns, într-o scurtă plimbare prin San Francisco, la ora exactă a înmormântării lui Herb, când mi-am amintit o scenă la care nu mă gândisem de multă vreme. În colegiu și în facultate, eu și Herb obișnuiam să jucăm duminicile pinacle cu unchiul său, Louie, care era burlac și locuia cu familia lui. Louie, un om adorabil, cu tendințe ipohondre, începea fiecare seară cu anunțul prin care ne informa că nu știa dacă va putea juca bine, deoarece exista, și arăta cu degetul spre cap, „o problemă la mansardă". Acesta era indiciul la care ne scoteam stetoscoapele nou-nouțe și tensiometrele ca să-i luăm pulsul, să-i ascultăm inima și, pentru o taxă de cinci dolari, să-l declarăm sănătos. Louie juca atât de bine, că bancnotele de cinci dolari nu rămâneau prea mult în buzunarele noastre: aproape de fiecare dată, la finalul serii, se ridica de la masă cu banii recuperați și încă ceva pe deasupra.

Iubeam aceste seri. Dar unchiul Louie e mort de mult și acum, după ce ne-a părăsit și Herb, mă încearcă o singurătate năucitoare când realizez că nu mai există niciun martor al unei scene atât de îndepărtate. Ea există acum doar în mintea mea, undeva printre misterele trosnetelor circuitelor neuronale; când voi muri și eu, se va pierde definitiv. Sunt lucruri pe care le știu, *în sens abstract*, de zeci de ani, am vorbit despre ele în cărți și în conferințe și în multe ore de terapie, însă acum *le simt;* simt că odată cu noi se sting și toate amintirile noastre prețioase, voioase și unice.

Îl plâng și pe Bob Berger, prietenul meu drag vreme de peste șase decenii, care a murit la câteva săptămâni după Herb. Bob a făcut un infarct în urma căruia a rămas inconștient câteva ore până să fie resuscitat. Dar, într-un scurt interval de luciditate, mi-a telefonat. „Îți aduc un mesaj de pe lumea cealaltă", mi-a spus, glumeț ca întotdeauna. Și atât: situația lui s-a agravat la scurt timp după asta. A intrat din nou în comă și a murit după două săptămâni.

Pe Bob l-am cunoscut la Boston, pe când eram în anul doi la medicină. Deși după studii am locuit pe coaste diferite, am rămas prieteni pe viață, păstrând legătura prin telefoane și vizite frecvente. După cincizeci de ani de prietenie, m-a rugat să-l ajut să scrie despre viața lui de adolescent în Ungaria natală sub ocupație germană. S-a prefăcut că e creștin și a luptat în Rezistență împotriva ocupației naziste a Budapestei. A povestit amintiri care te înfioară, una după alta. La șaisprezece ani, de exemplu, el și încă un membru al Rezistenței au urmărit cu motocicleta șirurile de evrei legați unii de ceilalți și duși prin păduri spre a fi înecați în Dunăre. Deși șansele de a salva pe cineva erau practic inexistente, Bob și camaradul său au aruncat cu grenade în paznicii naziști. Mai târziu, când Bob era plecat de câteva zile să-și caute mama, proprietarul casei în care locuia l-a turnat pe colegul său, prieten apropiat, naziștilor, care l-au scos în stradă și l-au pus să se dezbrace. Când au văzut că era circumcis, l-au împușcat în abdomen și l-au abandonat pe stradă, avertizând martorii să nu-i acorde niciun fel de ajutor, nici măcar un pahar cu apă. Bob mi-a spus – pentru prima dată – o mulțime de istorii oribile într-o singură zi, la finalul căreia l-am întrebat: „Bob, am fost atât de apropiați. Ne știm de cincizeci de ani. De ce nu mi-ai spus niciodată nimic din toate astea?" Răspunsul lui m-a lăsat fără cuvinte: „Irv, nu erai pregătit să auzi."

N-am protestat. Știam că avea dreptate: *nu fusesem* pregătit să aud și probabil că i-am transmis astea printr-o mulțime de indicii. Am evitat multă vreme orice contact cu istoria Holocaustului. Am fost dezgustat, în adolescență, după eliberarea lagărelor de concentrare de către Aliați, de imaginile buletinelor de știri proiectate înaintea filmelor, în care i-am văzut pe puținii supraviețuitori aduși la stadiul de schelete umblătoare și mormanele de cadavre mutate cu buldozerul. Zeci de ani mai târziu, când am mers la cinema să vedem filmul *Lista lui Schindler*, Marilyn a preferat să vină cu altă mașină, fiind sigură că nu voi putea rezista până la finalul filmului. Și așa a fost. Pentru mine, formula era previzibilă. Dacă vedeam sau citeam o descriere explicită despre ororile Holocaustului, eram înghițit de o furtună de emoții: tristețe teribilă, furie insuportabilă, agonie debilitantă, la gândul a ce au avut de suportat victimele și la ce-aș fi suportat eu dacă aș fi fost în locul lor (doar norocul a făcut să mă aflu în Statele Unite, în siguranță, nu în Europa, unde au pierit mătușa mea cu toată familia și soția cu cei patru copii ai unchiului Abe). Nu mi-am exprimat niciodată sentimentele în mod direct față de Bob, dar cred că le-a înțeles prin multe alte căi: mi-a spus că remarcase că nu-i pusesem nicio întrebare, deși auzisem și alte amintiri de-ale lui din vremea războiului.

Bob a avut parte de o experiență oribilă cincizeci de ani mai târziu, într-un aeroport nicaraguan, când cineva a încercat să-l răpească. Atunci m-a contactat, puternic traumatizat, cerându-mi să scriu despre experiența lui de viață în timpul ocupației naziste a Budapestei. Am petrecut multe ore împreună discutând despre tentativa de răpire și toate amintirile din război provocate de acest episod.

Am împletit experiența lui ca adolescent cu povestea prieteniei noastre într-o nuvelă intitulată *I'm Calling the Police*, publicată în Statele Unite sub formă de ebook. Opt țări din Europa au publicat-o pe hârtie. Titlul este inspirat de o întâmplare deosebit de înfiorătoare povestită în carte. Cu toate că volumul a apărut la peste șaizeci de ani de la terminarea războiului, lui Bob îi era în continuare atât de frică de naziști, încât nu a fost de acord să-și pună numele pe copertă. I-am amintit că orice nazist în viață avea peste nouăzeci de ani și era inofensiv, dar el a insistat să folosească un pseudonim — Robert Brent — pentru edițiile în engleză și maghiară. A fost nevoie de o campanie îndelungată de convingere pentru a accepta să-și treacă numele adevărat pe alte șapte traduceri, printre care și cea în germană.

M-am minunat adesea de curajul și tenacitatea lui Bob. După al Doilea Război Mondial, rămas orfan, a plecat dintr-un centru de refugiați în Statele Unite, fără să știe o boabă de engleză. A fost acceptat la Harvard după doar doi ani la Boston Latin High School, unde nu doar că a fost suficient de bun încât să intre la medicină, dar a jucat și fotbal în echipa universității — și toate acestea fiind singur pe lume. S-a căsătorit, mai târziu, cu Pat Downs, medic, fiica unor medici și nepoata lui Harry Emerson Fosdick, eminentul pastor al bisericii interconfesionale Riverside din Manhattan. Bob i-a cerut lui Pat să se convertească la iudaism înainte de căsătorie și ea a acceptat. Procesul convertirii a mers bine, mi-a povestit Pat, până ce a fost informată de rabin că legea culinară iudaică interzicea consumul de fructe de mare, inclusiv de homar. Crescută în bună măsură în Maine, Pat a fost șocată. Se delectase cu homar toată viața și simțea că regula era exagerată, poate chiar o problemă pentru convertire. Rabinul, poate din cauza bunicului eminent al lui Pat, își dorea să o aducă pe aceasta în obștea lui, așa că, în urma consultărilor cu un consorțiu alcătuit din mai mulți rabini, a făcut o excepție extraordinar de rară: doar ea, dintre toți evreii, avea voie să mănânce homar.

Bob a decis să se specializeze în chirurgia cardiacă – momentele în care ținea o inimă pulsândă în palme erau momentele în care se simțea cel mai viu, după cum mi-a mărturisit chiar el. A avut parte de o carieră de chirurg cardiac de excepție, fiind numit profesor de chirurgie la Universitatea Boston, cu peste cinci sute de articole clinice și de cercetare publicate în jurnalele de specialitate. A fost pe punctul de a opera primul transplant de inimă din lume, fiind depășit cu foarte puțin de un alt chirurg, Christiaan Barnard.

La finalul lui 2015, după pierderea surorii și a celor trei prieteni, am trecut prin câteva săptămâni de gripă severă, marcate de scăderea poftei de mâncare și pierderi în greutate, urmate de o criză acută de gastroenterită, cel mai probabil provocată de o intoxicație alimentară, care m-a lăsat deshidratat după puseuri de vomă și diaree. Aveam presiunea arterială atât de scăzută, că Reid, fiul meu, m-a băgat în mașină și m-a dus din San Francisco la camera de urgențe de la Stanford, unde am rămas o zi și jumătate. Presiunea arterială a revenit la normal după injectarea a șapte litri de lichid intravenos. În timp ce așteptam rezultatul unei analize chinuitoare la tomograf, am simțit prima dată în viața mea, cu intensitate, că aș putea muri. Eve, fiica mea, medic, și Marilyn au rămas lângă mine, încercând să mă liniștească, în timp ce eu căutam să mă relaxez meditând la ceva ce le-am spus adesea pacienților mei: teroarea de moarte e cu atât mai mare cu cât senzația unei vieți netrăite bine e mai puternică. O combinație de factori care m-a calmat, întrucât am înțeles ce puține motive de regret am la sfârșitul vieții mele.

La ieșirea din spital cântăream șaizeci și trei de kilograme – cu vreo nouă mai puțin decât greutatea mea medie normală. Uneori amintirile vagi ale educației mele medicale îmi creează probleme. De data asta am fost bântuit de o maximă medicală: *Atunci când pacientul pierde semnificativ în greutate din cauze necunoscute, gândiți-vă la un cancer ascuns.* Mi-am văzut abdomenul traversat de leziuni metastatice. Am găsit puțină alinare într-un exercițiu de imaginație propus de Richard Dawkins: imaginați-vă un punct luminos de dimensiunea unui fascicul de laser deplasându-se implacabil pe linia timpului. Toate cele peste care trece fasciculul luminos se găsesc de-acum în bezna trecutului; toate cele care se află înaintea fasciculului, așteaptă în bezna viitorului. Vii și conștiente sunt doar cele care se găsesc în lumina fasciculului. Gândul acesta mă liniștește întotdeauna: mă face să mă simt recunoscător că sunt viu acum, în momentul ăsta.

Uneori mă gândesc că scrisul este efortul meu a risipi sentimentul trecerii timpului și ideea morții inevitabile. Faulkner a spus-o cel mai bine: „Intenția fiecărui artist este de a captura clipa și de a o fixa în așa fel încât să revină la viață altădată, prin ochii altcuiva." Cred că gândul acesta explică intensitatea pasiunii mele de a scrie – de a scrie la nesfârșit.

Iau foarte în serios ideea că o viață trăită bine, care nu lasă regrete adânci, face posibilă o abordare mai senină a morții. Am auzit acest mesaj nu doar de la pacienții mei aflați pe moarte, ci și de la spiritele mari ale lumii, cum ar fi Tolstoi, al cărui Ivan Ilici are parte de o conștientizare atât de neplăcută a propriei mortalități din cauză că a trăit o viață urâtă. Toate lecturile și experiențele mele de viață m-au învățat cât de important este să trăiești în așa fel încât să nu mori încărcat de regrete. Am făcut eforturi conștiente, în ultimii ani, de a fi generos și blând cu toți oamenii care îmi ies în cale, astfel că mă apropii de nouăzeci de ani cu un grad ridicat de împăcare.

Un alt memento al mortalității mele este e-mailul. Am primit, vreme de mai bine de douăzeci de ani, cantități însemnate de e-mailuri apreciative din partea admiratorilor. Încerc să le răspund tuturor – o iau ca pe forma mea zilnică de meditație budistă centrată pe iubire și compasiune. Mă bucură gândul că munca mea le oferă ceva celor care-mi scriu. Dar conștientizez, tot mai mult de la un an la altul, că numărul tot mai mare de e-mailuri este alimentat de perspectiva morții mele apropiate. Mesajul e din ce în ce mai explicit, ca în acest e-mail primit acum puține zile:

> *...Îmi propun de mult să vă scriu, însă m-am gândit că probabil sunteți copleșit de mesaje și nu aveți timp să le citiți pe toate; dar până la urmă v-am scris oricum. Cum spuneți chiar dumneavoastră, ați ajuns la o vârstă înaintată și unele lucruri riscă să rămână nespuse.*

Sau în scrisoarea sosită o zi mai târziu:

> *...Ca să mă exprim direct, știu că veți aprecia asta, întrucât înțeleg că într-o zi nu veți mai fi printre noi. Nu vreau să-mi bag în cap că veți trăi pentru totdeauna, pentru ca mai apoi să regret că nu v-am contactat... Ar însemna enorm pentru mine să pot vorbi cu dumneavoastră, deoarece majoritatea oamenilor pe care îi cunosc nu sunt interesați să discute*

despre moarte, nefiind conectați cu realitatea propriei mortalități.

În ultimii ani mi-am început unele conferințe evaluând dimensiunea publicului, zicând: „Sunt conștient că publicul devine mai numeros pe măsură ce îmbătrânesc. Și este o confirmare minunată, desigur. Dar când îmi pun ochelarii existențialiști văd partea întunecată și mă întreb: de ce toată graba asta să mă vedeți?"

Capitolul 36
ULTIMELE LUCRĂRI

Eram adolescent când am auzit prima oară răspunsul lui Einstein la teoria cuantică: „Dumnezeu nu joacă zaruri cu universul." Pe Einstein îl veneram, la fel ca cei mai mulți adolescenți preocupați de știință, și am fost uimit să aflu că credea în Dumnezeu. Acest amănunt a provocat o reevaluare a scepticismului meu religios, împingându-mă să caut răspunsuri la profesorul de științe din liceu. Răspunsul lui a fost: „Dumnezeul lui Einstein e Dumnezeul lui Spinoza."

„Ce înseamnă asta?", l-am întrebat. „Cine este Spinoza?" Despre Spinoza am aflat că era un filosof din secolul al XVII-lea, pionier al revoluției științifice. În textele sale a făcut multe referiri la Dumnezeu, dar, la douăzeci și patru de ani a fost excomunicat de comunitatea iudaică, în condițiile în care cei mai mulți, dacă nu chiar toți profesorii îl considerau un necunoscut adept al ateismului. Profesorul meu mi-a explicat că exprimarea scepticismului față de existența lui Dumnezeu era o acțiune periculoasă în secolul al XVII-lea, astfel că Spinoza a încercat să se protejeze invocând frecvent numele „Domnului". Totuși cei mai mulți învățați înțelegeau că Spinoza numea prin asta *legile ordonatoare ale naturii*. Am împrumutat o biografie a lui din secțiunea biografiilor de la A la Z a bibliotecii și, cu toate că n-am înțeles mare lucru din ea, mi-am spus că într-o zi voi afla mai multe despre idolul lui Einstein.

Șaptezeci de ani mai târziu întâlneam din nou o carte care-mi stârnea interesul. Din ea am aflat că după excomunicarea din iudaism, Spinoza a refuzat să se mai atașeze de vreo comunitate religioasă. A preferat să lucreze ca șlefuitor de lentile într-un atelier care producea lentile pentru ochelari și telescoape, să ducă o viață temperată și izolată, și să compună tratate filosofice și politice menite să schimbe lumea. Cartea este *Betraying Spinoza*, de Rebecca Goldstein, romancieră și filosof. Am devorat toate extraordinarele ei romane, dar cel mai mult m-a incitat *Betraying Spinoza*, parte eseu de filosofie, parte ficțiune, parte biografie. Gândul de a scrie un roman despre Spinoza a început să se strecoare în mintea mea, dar mă simțeam neputincios. Cum să scrii un roman despre un om care a trăit mai mult în gândurile sale, a dus o viață solitară, lipsită de intrigi și amoruri, mare parte din anii maturității în camere închiriate, șlefuind lentile sau scriind cu pana și călimara de cerneală?

Din fericire, tocmai atunci am fost invitat la Amsterdam pentru a ține o prelegere în fața unei asociații a psihoterapeuților olandezi. Călătoriile peste Ocean mă încântă din ce în ce mai puțin odată cu vârsta, dar de această invitație m-am bucurat imediat, acceptând-o, cu condiția organizării unei zile Spinoza, pe parcursul căreia eu și soția mea urma să fim însoțiți de un ghid instruit prin mai multe spații Spinoza din Olanda: locul de naștere, diferite locuințe, mormântul și, cel mai important, micuțul muzeu Spinoza, Spinozahuis, din orășelul Rijnsburg. Astfel, după o zi de prelegeri în Amsterdam, eu, Marilyn și ghizii noștri – președintele Societății Spinoza și un filosof olandez foarte bine informat – am pornit în misiunea noastră.

Am vizitat cartierul din Amsterdam în care și-a petrecut filosoful primii ani, am văzut casele în care a locuit ulterior și ne-am plimbat cu același șalupe prin canalele orașului.

Aveam de-acum numeroase detalii vizuale despre Olanda lui Spinoza, dar nu eram mai aproape de formularea narațiunii romanului. Descoperirea esențială avea să se producă în timpul vizitei la Spinozahuis. Inițial am fost dezamăgit să constat că muzeul nu deținea niciun obiect personal al lui Spinoza. Am văzut, în schimb, o replică a instrumentelor sale de șlefuit lentile și un portret pictat după moartea sa. Despre portret ghidul ne-a spus că s-ar putea să nu fie fidel realității, întrucât nu se cunosc portrete ale lui Spinoza realizate în timpul vieții acestuia. Toate picturile care îl înfățișează au fost realizate pornind de la descrieri fizice.

Apoi am descoperit atracția principală a muzeului: biblioteca personală a lui Spinoza, conținând 151 de volume tipărite în secolele al XVI-lea și al XVII-lea. Abia așteptam să țin în mână cărțile atinse de degetele lui Spinoza, sperând că voi fi cumva inspirat de spiritul său. În mod normal, publicul nu are acces fizic la bibliotecă, dar m-am bucurat de o permisiune specială. În timp ce admiram pătruns de respect un volum, ghidul s-a tras mai aproape de mine și mi-a șoptit:

– Scuzați-mă, dr. Yalom... poate știți asta... dar mâinile lui Spinoza nu au atins niciodată această carte, ori vreo alta din această bibliotecă: acestea nu sunt exemplarele *autentice* din biblioteca lui Spinoza.

Am rămas fără cuvinte.

– Ce vreți să spuneți? Nu înțeleg.

– La momentul morții, în 1677, mica proprietate pe care o deținea filosoful nu acoperea cu valoarea ei cheltuielile înmormântării și mormântului, așa că a fost scoasă la licitație singura lui posesiune de valoare, biblioteca.

– Și cărțile de aici? Cărțile astea vechi?

– Licitatorul a fost extrem de migălos. A întocmit o listă conținând descrieri extrem de detaliate ale fiecărei cărți – data, editura, orașul, tipografia, culoarea copertei etc. Biblioteca a fost refăcută două sute de ani mai târziu de un investitor bogat, urmându-se întocmai descrierile lăsate de licitator.

Eram, evident, interesat de tot ce auzeam și vorbeam, doar că nu prea conta ca material pentru romanul meu. Descurajat, m-am hotărât să plec, când am auzit cuvântul „nazist" în conversația dintre ghizii noștri și paznicul muzeului. „De ce naziștii? Ce treabă aveau cu muzeul ăsta?" Mi-au spus o poveste incredibilă. La puțin timp după ce au ocupat naziștii Olanda, muzeul a fost închis și sigilat de trupele ERR, care au confiscat întreaga bibliotecă.

– Deci și biblioteca asta este refăcută?, am întrebat eu. Ceea ce înseamnă că aceste cărți sunt de *două ori* mai departe de mâinile lui Spinoza?

– Nu, nu, deloc, mi-a răspuns ghidul. Spre uimirea tuturor, colecția a fost descoperită, cu doar câteva volume lipsă, într-o mină de sare dezafectată.

Eram din ce în ce mai uluit și mai curios.

– ERR de la ce vine?

– Einsatzstab Reichsleiter Rosenberg – trupele speciale ale liderului nazist Alfred Rosenberg, omul însărcinat cu devalizarea proprietăților evreiești din Europa.

Simțeam cum îmi bate tot mai tare inima.

– Dar de ce? De ce? Europa era în flăcări. De ce să-și bată capul cu confiscarea unei mici biblioteci de țară, când puteau fura toate pânzele de Rembdrandt și Vermeer?

– Răspunsul la această întrebare rămâne necunoscut. Singurul indiciu este o propoziție înregistrată de ofițerul însărcinat cu raidul – a fost folosită ca probă în procesele de la Nürnberg. Acum aparține domeniului public și o puteți găsi cu ușurință pe internet. Se spune acolo că biblioteca

Spinoza conține lucrări de mare importanță pentru înțelegerea problemei Spinoza.

— Problema Spinoza?, am întrebat eu, din ce în ce mai intrigat. Ce înseamnă *asta*? Ce fel de problemă aveau naziștii cu Spinoza? Și de ce să păstreze cărțile și nu să le ardă, la fel ca pe restul posesiunilor evreilor din Europa?

Ghizii au ridicat simultan, ca un duo de mimi, umerii și și-au întors palmele cu fața în sus — nu exista un răspuns.

Am părăsit muzeul cu mintea prinsă într-un puzzle interesant și nerezolvat! Mană cerească pentru romancierul flămând! Găsisem ce căutam. „Am o carte", i-am spus lui Marilyn, „am scenariul și titlul!" Și imediat ce am ajuns acasă, m-am apucat de scris *Problema Spinoza*.

Nu după mult timp, am construit o explicație complet plauzibilă pentru întrebarea de ce aveau naziștii o „problemă Spinoza". Citind, am descoperit că Goethe, idolul literar al tuturor germanilor, inclusiv al naziștilor, era fascinat de lucrările lui Spinoza. Mai mult, acesta mărturisea într-o scrisoare că umblase cu *Etica* în buzunarul hainei un an întreg! O problemă enormă pentru ideologii naziști: cum era posibil ca cel mai mare scriitor al Germaniei să fie atât de devotat unui evreu de sorginte portughezo-olandeză?

Am decis să întrepătrund două fire narative biografice — al lui Benedict Spinoza, filosoful evreu de secol XVII și al lui Alfred Rosenberg, un pseudofilosof și propagandist nazist. Membru al cercului restrâns de căpetenii agresiv-antisemite din jurul lui Hitler, Rosenberg a dispus confiscarea bibliotecii și tot el a preferat păstrarea, nu arderea ei. A fost condamnat la moarte de procesul de la Nürnberg și spânzurat împreună cu alți unsprezece lideri din elita nazistă.

Am început prin a scrie capitole alternative — viața lui Spinoza din secolul al XVII-lea și a lui Rosenberg din secolul XX, realizând o conexiune fictivă între cele două personaje. Dar pendularea între cele două epoci a devenit curând obositoare, așa că am decis să scriu mai întâi toată povestea Spinoza, apoi pe cea a lui Rosenberg, iar la urmă să le intersectez, cu șlefuirea și netezirea necesare unei împletiri insesizabile.

Scrierea a două narațiuni plasate în epoci diferite a solicitat semnificativ mai multă muncă de cercetare, astfel că am lucrat la *Problema Spinoza* mai mult decât la orice altă carte (cu excepția *Psihoterapiei existențiale*). Dar nu am privit-o ca pe o muncă: dimpotrivă, o simțeam ca pe o provocare și abia așteptam diminețile de citit și scris. Am citit, nu fără dificultate, principalele lucrări ale lui Spinoza, comentariile la operele sale, multe biografii, după care, spre a lămuri și mai multe necunoscute, am apelat la doi specialiști în Spinoza, Rebecca Goldstein și Steven Nadler.

Și mai mult timp mi-a consumat cercetarea împrejurărilor nașterii și dezvoltării Partidului Nazist și a rolului jucat de Alfred Rosenberg în cadrul acestuia. Hitler îl respecta pe Rosenberg pentru capacitățile sale, numindu-l în poziții importante, dar prefera compania unor Joseph Goebbels și Hermann Göring. Exista un zvon cum că Hitler ar fi aruncat de-a lungul camerei principala lucrare a lui Rosenberg, *Mitul secolului XX*, țipând: „Cine poate să înțeleagă chestia asta?" Rosenberg a fost atât de mâhnit că Hitler nu-l iubea la fel de mult ca pe ceilalți, încât a apelat la ajutor psihologic în mai multe rânduri, ceea ce mi-a oferit șansa de a include în roman un raport psihiatric autentic.

Spre deosebire de celelalte romane ale mele, *Problema Spinoza* nu este un roman didactic, cu toate că psihoterapia joacă și aici un rol important: cititorul are acces la lumile interioare ale celor două personaje prin intermediul unui confesor. Spinoza are încredere în Franco, un prieten care joacă uneori rolul terapeutului său, iar Rosenberg face câteva ședințe de terapie cu un psihiatru inventat, Friederich

Pfister. Franco și Pfister sunt cele două personaje majore inventate, restul sunt figuri istorice.

Problema Spinoza a avut, din păcate, puțin succes printre cititorii americani, dar s-a bucurat de un public entuziast în alte țări: în Franța a primit Prix des Lectures în 2014. În 2016 am fost sunat de către Hans van Wijngaarden, un coleg olandez, care m-a informat că tocmai fusese descoperit un portret al lui Spinoza realizat în timpul vieții, într-o lucrare a pictorului Berend Graat din 1666. Am regretat, privind în ochii însuflețiți ai lui Spinoza, că nu am avut șansa de a vedea tabloul înainte să scriu romanul. Poate că aș fi simțit o conexiune mai personală cu el, așa cum s-a întâmplat în trecut cu Nietzsche, Breuer, Freud, Lou Salomé și Schopenhauer.

Manfred Walther mi-a trimis de curând articolul său din 2015, intitulat „Prezența lui Spinoza în Germania nazistă", în care descrie influența enormă exercitată de Spinoza nu doar asupra lui Goethe, ci și a unor filosofi germani proeminenți, cum au fost Fichte, Hölderin, Herder, Schelling și Hegel. Dacă aș fi citit articolul înainte să scriu romane, aș fi avut argumente și mai puternice că Spinoza era, într-adevăr, o problemă majoră pentru campania antisemită a naziștilor.

Următorul meu proiect, *Efemeride,* nu a presupus muncă de cercetare. A trebuit doar să trec, încă o dată, prin dosarul meu „idei pentru scris". Procesul a fost simplu: am citit și recitit episoadele clinice păstrate în dosar până am descoperit unul care palpita de energie și în jurul acestuia mi-am construit povestea. Multe dintre povești relatează o singură ședință de terapie, un număr mare dintre ele având de-a face cu pacienți vârstnici, care se confruntă cu probleme ale vârstei a treia, cum sunt pensionarea, îmbătrânirea și confruntarea cu moartea. Restul scrierilor mele (cu excepția *Problemei Spinoza*) se adresează tinerilor terapeuți în căutare de ghidaj în practica psihoterapiei. Pacienții citesc variantele finale ale poveștilor, ca întotdeauna, și trebuie să-mi acorde permisiunea în scris pentru a le publica – în afară de doi pacienți decedați, despre care sunt sigur că ar fi fost de acord; am avut grijă să le maschez identitatea chiar mai atent decât celorlalți.

Titlul *Efemeride*[1] vine de la una dintre meditațiile lui Marc Aureliu: „Noi toți suntem creaturi de-o zi: deopotrivă cel ce-și amintește și cel ce este amintit." Povestea care dă titlul volumului descrie o ședință în care aflu că pacientul a omis să-mi spună informații importante, de frică să nu-mi stric imaginea bună despre dânsul. Analizând dorința lui de a rămâne în amintirea mea, atât de intensă că a riscat pentru ea reușita propriei terapii, m-am gândit la Marc Aureliu, ale cărui *Gânduri către sine însuși* tocmai le citeam. Am luat de pe birou exemplarul meu și i l-am întins pacientului, sugerându-i că ar putea să-i fie utilă, în special meditația care subliniază natura trecătoare a vieții și ideea că fiecare dintre noi este doar o creatură de-o zi. Povestea conține o subtemă implicând un alt pacient, căruia de asemenea i-am recomandat să citească Marc Aureliu.

Așa cum se întâmplă de obicei când citesc și mă delectez cu lucrările unui gânditor excepțional, ceva din ședințele de terapie din perioada respectivă mă îndeamnă să le recomand pacienților să-l citească și ei pe autorul acela. De cele mai multe ori sugestia nu este urmată, dar în această poveste adevărată (cum sunt toate în *Creatures of a Day*), cei doi pacienți îmi urmează sfatul. Ironic, niciunul dintre ei nu a fost atras în mod deosebit de mesajul la care mă gândisem

---

[1] *Creatures of a Day* în original

eu, dar ambii au găsit alte lucruri utile în recomandările înțelepte ale lui Marc Aureliu.

Nu că ar fi ceva neobișnuit. Pacientul și terapeutul sunt colegi de drum și nu e deloc ciudat ca cel dintâi să remarce în timpul călătoriei peisaje care-i scapă cu totul celui din urmă.

Capitolul 37
CÂHH! TERAPIE PRIN TEXT

Am condus, mai bine de cincisprezece ani, un grup de supervizare a unor terapeuți practicieni din San Francisco. În cel de-al treilea an al grupului am acceptat un membru nou, o analistă revenită la San Francisco după o lungă carieră în Est. Primul caz prezentat grupului a fost cel al unui pacient din New York, cu care continua să lucreze prin telefon. Prin telefon! Am fost oripilat! Cum poate un terapeut să facă o muncă eficientă de terapie fără a vedea pacientul? Cum rămâne cu toate nuanțele pe care terapeutul nu le poate vedea – privirile jucăușe, expresiile faciale, zâmbetele, aprobările, strângerile de mână de la finalul ședințelor – atât de importante pentru crearea unei intimități în relația terapeutică?

„Nu se poate face terapie la distanță!", i-am spus. „Nu poți trata un pacient care nu-ți trece pragul cabinetului." Dumnezeule, cât regret că am fost atât de snob! Ea nu a cedat, insistând că terapia decurgea destul de bine, mulțumesc de întrebare. Mă îndoiam și am continuat să o privesc cu suspiciune alte câteva luni, până ce am acceptat că femeia știa exact ce avea de făcut.

Părerea mea despre terapia la distanță a evoluat mai departe, când, șase ani după aceea, am primit un e-mail în care o pacientă îmi cerea insistent să facem terapie prin intermediul Skype. Ea trăia într-o zonă extrem de izolată, unde nu găsea niciun psihoterapeut pe o rază de opt sute de kilometri. Se refugiase acolo după ruptura extrem de dureroasă a ultimei ei relații. Se simțea atât de vulnerabilă, încât sunt convins că nici dacă am fi fost vecini nu ar fi apelat la ajutor formal din partea mea sau a altui terapeut. Am ezitat, întrucât terapie prin Skype nu mai făcusem și aveam în continuare dubii legate de metodă. Dar cum realmente nu avea altă soluție, am decis până la urmă să accept începerea unei videoterapii (despre care nu am pomenit nimic colegilor). Ne-am întâlnit săptămânal, timp de un an. Figura ei pe tot ecranul computerului meu m-a ajutat să mă apropii de ea, într-atât încât în scurt timp parcă nici nu mai existau miile de kilometri de distanță fizică dintre noi. Anul de terapie i-a adus schimbări importante, iar eu de-atunci am lucrat cu pacienți din țări îndepărtate, precum Africa de Sud, Turcia, Australia, Franța, Germania, Italia și Marea Britanie. Am ajuns să cred că rezultatele videoterapiei nu sunt cu mult diferite de cele ale terapiei în cabinet. Insist însă pe selectarea atentă a pacienților. Nu folosesc niciodată acest mediu în cazul pacienților care ar avea nevoie de medicație sau spitalizare.

Acum trei ani, când am auzit prima dată de terapie prin text, în care terapeutul și pacientul comunică doar prin mesaje scrise, am avut aceeași reacție de respingere. TERAPIE PRIN TEXT! CÂHH! Mi-a părut o distorsionare, o dezumanizare și o parodie a procesului terapeutic. De data asta era prea mult! Nu am vrut să am nimic de-a face cu asta și am revenit la atitudinea mea pedantă. Până am fost contactat de Oren Frank, fondatorul Talkspace, cel mai mare program de terapie prin text online, care m-a întrebat dacă aș fi de acord să-i consult pe terapeuții noului lor program de terapie de grup prin text. TERAPIE DE GRUP PRIN TEXT! Eram, din nou, șocat. Adică un grup de indivizi care nu se vedeau niciodată (figurile lor nu apăreau niciodată pe monitoare, ci erau reprezentate prin simboluri, pentru păstrarea anonimității) și comunicau exclusiv prin text – asta chiar că era prea mult! Nu-mi puteam imagina că un grup de terapie poate funcționa prin text, dar am fost de acord să particip, numai din curiozitate.

Am observat multe grupuri în cariera mea și de data asta aveam dreptate. Grupul s-a dovedit neeficient, astfel că proiectul a fost curând abandonat cu totul. Compania s-a concentrat în continuare în totalitate pe terapia individuală prin text. Au început curând să apară și alte companii în Statele Unite, dar și în alte țări, iar acum trei ani am fost de acord să-i supervizez pe terapeuții responsabili de formarea angajaților companiei Talkspace.

După ce am trecut de optzeci de ani, am început să citesc tot mai rar jurnale de specialitate și să particip la tot mai puține ședințe, simțindu-mă tot mai rupt de ultimele inovații în domeniu. Deși terapia prin text mi se pare chintesența impersonalității, întocmai opusul abordării mele terapeutice foarte intimiste, am simțit că terapia prin text va juca un rol important în viitorul psihoterapiei. Am încercat, ca metodă de combatere a alunecării în desuetudine, să țin pasul cu această metodă aflată în expansiune rapidă de livrare a serviciilor de psihoterapie.

Platforma programului le oferă pacienților posibilitatea de a trimite și de a primi texte (zilnic, dacă se dorește), contra unei taxe lunare fixe, destul de modeste. Utilizarea acestei metode de terapie crește exponențial, iar la momentul scrierii acestor rânduri, Talkspace, cea mai mare companie de profil din Statele Unite, lucrează cu peste o mie de terapeuți. Multe alte platforme similare s-au deschis între timp și în alte țări – am fost contactat de nu mai puțin de trei companii chineze, fiecare susținând că este cea mai mare companie de terapie online din China.

Inovația a evoluat rapid. Talkspace a început curând să ofere nu doar terapie prin text, ci și posibilitatea ca terapeuții și clienții să-și lase mesaje vocale unii celorlalți. A urmat imediat opțiunea videoședințelor în direct. Nu după mult timp, statisticile indicau că 50% dintre ședințe se realizau prin text, 25% prin mesagerie vocală și 25% prin videoconferință. Am bănuit că există o secvențialitate, că clienții care folosesc terapia prin text trec treptat la formatul audio, apoi la cel video – adică mai aproape de terapia clasică. Cât mă înșelam! Nu s-a întâmplat asta! Mulți clienți au preferat textul, în detrimentul formatelor audio și video. Mi s-a părut contraintuitiv, dar am descoperit că mulți clienți se simțeau bine să lucreze în anonimitatea mesajelor scrise, în special cei tineri, obișnuiți să tasteze mesaje: ei au crescut cu mesageria scrisă și o preferă. În prezent, pare că terapia prin text va juca un rol important în viitorul domeniului nostru.

Am rămas totuși oarecum disprețuitor la adresa terapiei prin text: îmi părea o copie neconvingătoare a terapiei autentice. Examinând munca terapeuților supervizați de mine, m-am convins că ei nu puteau oferi genul de terapie asigurat de metodele mele. Am ajuns însă, treptat, să recunosc că, deși nu oferă același tip de terapie ca în contacte față în față, terapia prin text *oferă totuși ceva important clienților*. Sunt convins că este o formă de terapie importantă pentru mulți clienți, care găsesc în ea o metodă de schimbare. Le-am cerut celor de la Talkspace să inițieze o serie de cercetări atente ale rezultatelor, iar primele rezultate au demonstrat într-adevăr producerea unor schimbări. Comentariile pacienților exprimau gânduri apreciative față de metodă. Una dintre paciente spunea că tipărise cuvintele terapeutului ei și le lipise pe frigider ca să le vadă în fiecare zi. Clienții care trec printr-un atac de panică în timpul nopții au posibilitatea de a-și contacta terapeuții. Poate că terapeutul va citi mesajul abia peste câteva ore, dar există, chiar și așa, *sentimentul* unui contact imediat. În plus, clienții au la dispoziție desfășurarea întregii terapii, toate cuvintele adresate terapeuților, fiind oricând în măsură să evalueze progresele înregistrate.

Supervizarea terapeuților specializați în terapia prin text este diferită de cea a terapeuților clasici. În primul rând, eu nu mai sunt forțat să mă bazez pe amintirile, uneori nesigure, ale terapeuților, pentru că am la dispoziție transcrierile, adică toate cuvintele schimbate de client și terapeut – ochiul supervizorului vede tot.

Le-am recomandat atât de insistent practicienilor terapiei prin text aflați în supervizarea mea să fie atenți la natura umană, empatică și autentică a relației client–terapeut, că în cele din urmă a fost înregistrat un rezultat neașteptat, paradoxal: când se află pe mâini bune, terapia prin text poate permite o relație mai intimă decât formatul față în față, în care terapeuții se exprimă adesea rigid, folosind comportamentele mecanice sugerate de manuale.

Capitolul 38
VIAȚA MEA ÎN GRUPURI

Am condus multe grupuri de terapie de-a lungul deceniilor – grupuri de pacienți psihiatrici internați sau în ambulatoriu, grupuri de pacienți cu cancer, grupuri de soții îndoliate, de alcoolici, de cupluri, precum și de studenți, de rezidenți sau de terapeuți –, dar am și fost membru în multe grupuri, în special acum, trecut de optzeci de ani.

Dintre toate grupurile, cel mai mult îmi stăruie în minte cel al terapeuților, grup fără conducător, care se întâlnește de douăzeci și patru de ani o dată la două săptămâni, într-unul din cabinetele noastre. Una dintre regulile fundamentale este confidențialitatea: ce se discută în grup trebuie să rămână în grup. Așa că paragrafele care urmează sunt prima referință la activitatea acestui grup și le scriu nu doar cu permisiunea, ci și cu încurajarea celorlalți membri: niciunul dintre noi nu își dorește să moară acest grup. Nu că ne-am dori nemurirea, dar vrem să-i încurajăm și pe alții să treacă prin experiența vitală care pe noi ne-a îmbogățit atât de mult.

Unul dintre paradoxurile vieții de terapeut e că nu suntem niciodată singuri în munca noastră, dar mulți dintre noi se simt foarte izolați. Lucrăm fără echipă – fără infirmiere, supervizori, colegi sau asistenți. Mulți dintre noi încearcă să-și atenueze singurătatea prin întâlnirile de prânz sau la o cafea cu colegii, prin participarea la discuțiile de caz, prin supervizare sau terapie personală, dar aceste remedii sunt pentru mulți dintre noi insuficiente. Eu am descoperit că întâlnirile regulate cu un grup restrâns de terapeuți sunt foarte reconfortante, întrucât grupul oferă camaraderie, supervizare, educație poststudii, dezvoltare personală și, ocazional, intervenție în situații de criză. Le recomand călduros tuturor terapeuților să-și creeze un grup de tipul acesta.

Grupul nostru a fost constituit acum douăzeci de ani, când am fost contactat telefonic de Ivan G., psihiatru practicant pe care-l știam de când fusese rezident la Stanford, care m-a invitat să mă alătur unui grup de sprijin ce urma să se întâlnească regulat într-o clădire de cabinete din apropierea Spitalului Stanford. Citindu-mi lista psihiatrilor care răspunseseră deja afirmativ invitației sale, mi-am dat seama că pe cei mai mulți îi știam, pe unii chiar foarte bine, din moment ce le fusesem profesor în timpul rezidențiatului în psihiatrie.

Participarea la un astfel de grup părea să însemne o responsabilitate uriașă: nu doar că presupunea întâlniri de nouăzeci de minute la fiecare două săptămâni, dar era și un grup în desfășurare, fără final prestabilit. Știam, așadar, că mă bag în ceva pe termen lung, dar cine dintre noi și-ar fi imaginat că aveam să ne întâlnim în continuare, douăzeci și doi de ani mai târziu? Nu am anulat nici măcar o întâlnire în toți anii ăștia, cu excepția unei singure situații în care se suprapunea cu o sărbătoare majoră, și niciunul dintre noi nu a lipsit de la întâlniri din motive banale.

Nu mai făcusem parte dintr-un grup fără final prestabilit, deși îi invidiasem adesea pe pacienții mei pentru asta. Îmi doream și eu să fac parte dintr-un grup terapeutic și să mă bucur de un cerc de apropiați de încredere. Poziția de conducător de grup îmi demonstrase că grupurile de terapie erau benefice pentru membrii lor.

Călătoria către sine

Însă condusesem, vreme de șase ani, un grup pentru terapeuți, prilej cu care observasem, săptămână de săptămână, avantajele de care se bucurau participanții. Molyn Leszcz, coautorul celei de-a cincea ediții a manualului de terapie de grup, a venit la Stanford în 1980, ca bursier. Voia să învețe despre terapia de grup, așa că i-am cerut să conducă grupul alături de mine, pe parcursul unui an, ca parte din formarea sa. Au trecut zeci de ani de atunci, dar noi tot ne amintim ce am văzut și am simțit în timpul acelor întâlniri. Am regretat enorm că trebuia să părăsesc grupul cu ocazia anului sabatic la Londra. Înainte de toate, era primul grup condus de mine în care se producea un mariaj. Doi participanți au început o relație concretizată într-un mariaj după destrămarea grupului. I-am revăzut după treizeci și cinci de ani, la o conferință, și erau în continuare într-o căsnicie fericită.

Așa că, în ciuda unui oarecare disconfort provocat de ideea aderării la un grup format din foști studenți, m-am înscris – nu fără gânduri anxioase: la fel ca mulți dintre participanți, nu nici eu nu mă simțeam tocmai relaxat să-mi dezvălui vulnerabilitatea, rușinea și neîncrederea de sine în fața colegilor și a foștilor studenți. Dar mi-am reamintit că eram adult în toată regula și că aveam, probabil, să supraviețuiesc experienței.

Primele luni le-am dedicat stabilirii profilului grupului. Nu voiam să discutăm cazuri, deși voiam să avem și această opțiune. Într-un final, am stabilit să devenim un grup polivalent de sprijin – adică un grup de terapie fără conducător. Un lucru a fost clar din capul locului: deși eram membrul cu cea mai multă experiență în lucrul cu grupurile, eu *nu* aveam să fiu conducătorul grupului și niciunul dintre ceilalți membri nu m-a privit vreodată astfel. Ca să evit orice posibile alunecări neintenționate în rolul de lider, m-am forțat de la bun început să mă autodezvălui cât mai mult. Anii de practică m-au învățat că de pe urma grupurilor cel mai mult profită cei care-și asumă riscuri (în ultimii ani le-am recomandat și pacienților veniți la terapie individuală să-și asume cât mai multe riscuri, reamintindu-le aceasta de fiecare dată când observ că opun rezistență muncii noastre comune).

Am început cu unsprezece membri, toți bărbați, toți psihoterapeuți (zece psihiatri și un psiholog clinician). Doi dintre ei au renunțat după primele ședințe, iar un al treilea a fost nevoit să părăsească grupul din motive medicale. Însă în ultimii douăzeci și doi de ani, grupul a rămas remarcabil de unit: niciun membru nu a părăsit grupul din motive individuale, iar rata participării a fost excepțională. Eu nu am ratat nicio întâlnire, dacă am fost în localitate, și la fel și ceilalți membri, acordând prioritate grupului înaintea oricăror altor activități.

Când sunt supărat din pricina unei dispute cu soția, copiii sau colegii, când întâmpin dificultăți în munca mea, când sunt tulburat de emoții pozitive sau negative prea puternice față de un pacient ori o cunoștință sau când sunt pur și simplu năucit de vreun coșmar, aștept cu nerăbdare să vorbesc despre asta la următoarea întâlnire a grupului. E limpede că orice sentimente inconfortabile în relațiile dintre membrii grupului sunt analizate în profunzime de fiecare dată.

Poate că mai există și alte grupuri fără conducător, dedicate analizei proceselor, dar și vieții și psihicului participanților, dar eu nu am auzit de existența niciunuia, cu siguranță a niciunuia atât de longeviv. Cele două decenii de întâlniri au adus patru decese și două cazuri de demență, boală care i-a forțat pe cei în cauză să părăsească grupul. Am discutat despre moartea soțiilor, recăsătorie, pensionare, boli în familie, probleme cu copiii și mutarea într-un azil. Oricare ar fi fost subiectul, nu am pierdut niciodată din vedere că trebuie să rămânem onești în analiza de sine și a celorlalți.

Remarcabilă, pentru mine, a fost persistența factorului de noutate în întâlnirile noastre. Am descoperit ceva nou, diferit, la colegii mei și la mine în fiecare din cele peste cinci sute de ședințe parcurse împreună. Se poate ca experiența cea mai dură pentru noi toți a fost să observăm îndeaproape debutul și evoluția demenței în cazul a doi colegi dragi. Ne-am confruntat cu multe dileme. Cât de deschiși trebuia să fim cu ceea ce vedeam? Cum trebuia să răspundem grandiozității sau negării care acompaniază demența? Și, mai presant, ce era de făcut când simțeam că un membru al grupului nu ar fi trebuit să mai primească pacienți? De fiecare dată când s-a întâmplat asta, am răspuns prin a-l presa pe cel în cauză să consulte un psiholog și să facă niște teste neurologice, iar specialiștii consultați și-au exercitat, de fiecare dată, autoritatea, interzicându-i să mai primească pacienți. Am și eu îngrijorările mele legate de demență, ca orice alt om ajuns la optzeci de ani, cu atât mai mult cu cât colegii de grup mi-au atras atenția, de trei sau patru ori, că descriu a doua oară un incident descris anterior. Oricât ar fi fost de umilitor, am fost recunoscător pentru loialitatea grupului față de principiul onestității. Totuși, undeva în străfundurile minții mele, s-a copt teama că într-o zi un membru va insista că trebuie să fac niște verificări neurologice.

Când unul dintre membrii mai tineri ai grupului ne-a șocat cu vestea că suferă de o formă de cancer pancreatic nevindecabil, am rămas pe deplin prezenți alături de el, în timp ce el ne-a explicat cu multă deschidere și mult curaj care erau temerile și îngrijorările sale. Spre finalul vieții, când era de-acum prea suferind ca să se mai poată deplasa, am ținut o întâlnire acasă la el. De la înmormântarea lui nu a lipsit niciun coleg de grup.

Fiecare membru decedat al grupului a fost înlocuit cu un nou membru, astfel încât grupul să rămână relativ constant. Am participat cu toții la nunta unui coleg, organizată la un alt coleg, în timp ce un al treilea a ținut ceremonia căsătoriei. Grupul a mai participat la alte două nunți și la ceremonia Bar Mitzvah a fiului unuia dintre noi. O dată, grupul s-a deplasat la centrul rezidențial în care se găsea colegul suferind de demență severă. Am discutat de multe ori despre introducerea femeilor în grup, dar cum de regulă adăugam doar câte un nou membru o dată, am considerat că o singură femeie s-ar simți stingherită în fața unui număr mult mai mare de bărbați. Privind retrospectiv, cred a fost o decizie greșită. Bănuiala mea este că grupul ar fi fost mult mai bogat dacă începeam cu membri de ambele sexe.

Am fost întotdeauna activ în cadrul grupului, jucând adesea, chiar de la început, rolul celui care încearcă să scoată grupul din dinamica de neangajare și de evitare a chestiunilor mai importante prin comentarii referitoare la proces – adică cel care remarcă îngrijorarea exagerată a grupului față de lucrurile sigure și superficiale. Totuși, după câțiva ani, au început și alții să joace rolul ăsta la fel de des ca mine. Noi ne-am ajutat unii pe ceilalți, în probleme de diferite niveluri. Uneori lucrăm asupra trăsăturilor mai profunde de caracter sau asupra înclinațiilor unuia dintre noi spre sarcasm, a comentariilor depreciative, a rușinii pentru acapararea timpului, a fricii de expunere, a vinei; la fel cum alteori ne concentrăm doar pe susținerea și asigurarea unui coleg că nu este singur. S-a întâmplat, recent, să ajung acasă după o întâlnire destul de cutremurat de un accident de mașină. În urma accidentului am rămas cu o anxietate și întrebarea tot mai serioasă dacă ar trebui să mai conduc la vârsta mea. Un coleg de grup mi-a spus că după un accident serios petrecut cu niște ani în urmă a simțit undele șocului timp de șase luni. Considera că suferise de un sindrom de stres posttraumatic minor. Reîncadrarea lui mi-a fost foarte utilă, astfel că am plecat acasă mai liniștit, dar la fel de precaut la volan.

Sunt, de asemenea, și membru al grupului Pegasus, un grup de scriere pentru medici, inițiat în 2010 de un prieten apropiat, Hans Steiner, fostul șef al Departamentului de Psihiatrie Pediatrică de la Stanford. Grupul nostru de zece psihiatri-scriitori se întâlnește într-o ședință de două ore pe lună, în cadrul căreia sunt discutate scrierile fiecăruia dintre noi. Seara se termină cu o cină plătită de cel ale cărui scrieri au fost supuse criticilor grupului. Grupul a citit multe dintre paginile acestei cărți, a apreciat mult mai mult prima treime a cărții decât restul și m-a avertizat că e nevoie să pun mai mult din viața mea interioară în acest text.

Dintre membrii grupului, unii au publicat cărți sau bucăți scurte, printre care aș aminti de *A Surgeon's War*, de Henry Ward Trueblood – o remarcabilă carte de amintiri care descrie viața unui chirurg din prima linie a Războiului din Vietnam. Membrii grupului obișnuiesc să țină lecturi publice din scrierile lor la Stanford, unde am participat și eu, de mai multe ori.

Pegasus s-a extins în timp. Azi există patru grupuri Pegasus formate din medici și câțiva studenți mediciniști. Poeții din grup au citit public în câteva rânduri din poemele lor inspirate de alte forme artistice – de tablourile de la nou deschisa Colecție Stanford Anderson, de pildă, sau de reprezentațiile cvartetului de coarde St. Lawrence, grupul oficial al Stanford. Oferim, de asemenea, cursuri speciale anuale, organizăm o competiție literară cu premii în bani adresată studenților și sponsorizăm invitația anuală a unui profesor invitat în științele medicale.

Am participat și la un alt grup lunar, Grupul Lindemann, botezat după Erich Lindemann, un influent psihiatru, profesor cu o lungă carieră la Harvard, încheiată cu câțiva ani la Stanford. Prima oară m-am alăturat grupului chiar la înființare, în anii 1970, participând mulți ani la întâlnirile sale lunare. La fiecare dintre întâlnirile de două ore ale celor opt până la zece terapeuți, unul dintre noi prezenta un caz problematic la care lucra în prezent. M-am bucurat de camaraderia acestui grup mulți ani, până ce a venit la Stanford, și între membrii grupului, Bruno Bettelheim. El considera că, din moment ce era decan de vârstă, membrii trebuiau să-i prezinte lui cazurile. Nu a reușit niciunul dintre noi să-l convingă de aberația ideii sale, astfel încât câțiva dintre noi au părăsit grupul din pricina impasului creat. Acum mă bucur din nou de activitatea acestui grup, prin bunăvoința unei invitații de a mă realătura grupului, sosită la mulți ani după moartea lui Bruno.

Membrii își prezintă cazurile în stiluri caracteristice. La o întâlnire recentă, un coleg a folosit psihodrama, alocând roluri celorlalți membri (pacientul, soția, terapeutul, alți membri ai familiei, un observator implicat etc.). La început a părut caraghios și fără rost, dar am sfârșit într-un blocaj, incapabili să-l ajutăm pe pacient – adică în situația în care se afla colegul care a prezentat cazul. A ales o metodă neobișnuit de puternică și de ilustrativă de a ne comunica dilema sa terapeutică.

Grupul meu cu cele mai intime legături este familia. Sunt căsătorit cu Marilyn de șaizeci și doi de ani și rar trece o zi fără să fiu recunoscător pentru un partener de viață atât de ieșit din comun. Dar, așa cum am spus atât de des altora, nu se găsesc relații de-a gata: o relație este o creație. Am depus eforturi serioase, amândoi, de-a lungul acestor zeci de ani, să creăm mariajul la care am ajuns azi. Orice nemulțumiri aș fi avut în trecut, ele sunt risipite de-acum. Am învățat să-i accept micile cusururi – indiferența față de gătit, față de evenimente sportive, față de bicicletă, science-fiction, știință în general. Aceste nemulțumiri sunt și ele risipite de mult. Am avut norocul de-a trăi cu o enciclopedie ambulantă a culturii vestice, care mi-a răspuns pe loc aproape tuturor curiozităților mele istorice sau literare.

Dar și Marilyn a învățat să-mi accepte defectele – dezordinea mea casnică intratabilă, refuzul de a purta cravată, pasiunea mea adolescentină pentru motociclete și decapotabile, ignoranța mimată când vine vorba despre mașina de spălat vase și cea de spălat rufe. Am ajuns împreună la o înțelegere reciprocă pe care tânărul, impetuosul și adesea insensibilul iubit care am fost nu ar fi anticipat-o. Singurele noastre îngrijorări în prezent sunt sănătatea celuilalt și întrebarea ce va face cel care moare ultimul.

Marilyn este un savant cu o minte curioasă, atrasă de tot ce ține de arta și literatura europeană. Este, la fel ca mine, veșnic studentă, citind neîntrerupt. Este, spre deosebire de mine, sociabilă, atrasă de viața socială și dotată pentru ea – mărturie stau multele sale prietenii. Suntem amândoi pasionați de scris și citit, dar, și cred că așa este cel mai bine, interesele noastre nu se suprapun întotdeauna. Eu mă simt atras de filosofie și știință, cu precădere psihologie, biologie și cosmologie. În afară de cursul de botanică la Wellesley, Marilyn nu mai are niciun strop de educație științifică, fiind complet neștiutoare în privința tehnicii moderne. Negociem cu dificultate vizitele la planetariul și acvariul Academiei de Științe California, iar odată ajunși acolo, arde de nerăbdare să plece și să traverseze parcul la Muzeul de Artă Young, unde petrece câte zece minute în fața fiecărei picturi. Ea este deschiderea mea către lumea artei și istoriei, dar uneori sunt pur și simplu incapabil. Deși sunt complet afon, ea continuă să încerce să-mi trezească sensibilitatea muzicală, însă când sunt singur în mașină tot meciuri sau muzică country ascult.

Marilyn iubește vinurile bune și pentru un număr de ani m-am prefăcut și eu că aș avea gust. Doar recent am lăsat deoparte toate pretențiile și am mărturisit deschis că detest gustul de alcool în orice formă. Se poate să existe o componentă genetică: și părinții mei au avut aversiune față de alcool, cu excepția rarelor pahare de vin sau de cremă alcoolizată, un amestec rusesc pe care obișnuiau să-l bea vara.

Nici eu, nici Marilyn nu suntem, slavă Domnului, credincioși, însă ea nutrește un dor secret pentru sacru, în timp ce eu sunt un sceptic dedicat, care se recunoaște în precursori precum Lucrețiu, Christopher Hitchens, Sam Harris și Richard Dawkins. Ne plac foarte mult filmele, dar selecția ne dă de multe ori bătăi de cap: ea votează împotriva oricărei forme de violență sau de viață mizerabilă. În general, sunt de acord cu ea, dar când e plecată îmi fac de cap cu câte un film cu gangsteri sau cu Clint Eastwood. Când e *ea* singură, televizorul rămâne blocat pe canalul franțuzesc.

Marilyn are o memorie bună – uneori prea bună: își amintește atât de bine filmele văzute, că refuză să le revadă și dacă au trecut zeci de ani, în timp ce eu mă uit entuziasmat la un film vechi, din care nu mai țin minte nimic. Autorul ei favorit, fără negocieri, este Proust. Un pic prea prețios pentru mine; tind către Dickens, Tolstoi, Dostoievski și Trollope. Dintre contemporani, îi citesc pe David Mitchell, Philip Roth, Ian McEwan, Paul Auster și Haruki Murakami;

Întreaga familie, în Hanalei, Hawaii, 2015

iar ea pe Elena Ferrante, Colm Tóibín și Maxine Hong Kingston. Dar pe J.M. Coetzee îl iubim amândoi.

Marilyn nu a pierdut niciun an de predare, deși a crescut patru copii. Am depins de tinere bone din Europa și ajutor la treburile cotidiene ale casei. Copiii noștri, la fel ca cei mai mulți copii crescuți în California, nu au dorit să locuiască în altă parte, așa încât ne bucurăm să-i avem pe toți aproape. Ne adunăm frecvent cu toții și ne petrecem aproape toate vacanțele de vară împreună, cel mai frecvent în Hanalei, pe insula Kauai. Poza de mai sus, cu toți copiii și nepoții, a fost realizată în 2015. A rămas online câteva zile, până ce Facebook a decis că trebuie ștearsă din motive de decență (dacă vă veți uita cu atenție, o veți vedea pe nora mea alăptându-l pe cel mai tânăr dintre nepoții mei).

Viața noastră de familie include foarte multe jocuri. Am jucat tenis mulți ani cu fiecare dintre cei trei fii – la același teren din cartier; am amintiri minunate de atunci. Pe Reid și pe Victor i-am învățat șah de la vârste fragede și au ajuns jucători foarte buni. Îmi plăcea să-i duc la competiții și să-i văd ieșind cu câte un premiu de la fiecare. Și Desmond, fiul lui Reid, și Jason, fiul lui Victor, au ajuns jucători puternici, astfel că la reuniunile noastre rar se întâmplă să nu te împiedici de-un joc de șah în desfășurare.

Dar jucăm mult și alte jocuri. Joc scrabble cu fiica mea, Eve, campioana absolută. Dar cel mai mult mă bucur de partidele de poker cu miză medie și cele obișnuite de pinacle cu Reid și cu Ben, jucate cu aceleași reguli cu care jucam cu tata și cu unchiul Abe.

Victor ne distrează uneori cu trucurile lui cu cărți de joc. Era recunoscut, în perioada liceului, pentru farsele lui, iar în adolescență a lucrat ca magician profesionist, atât la evenimente pentru adulți, cât și la cele pentru copii. Cine a participat la ceremonia lui de absolvire de la liceul Gunn își amintește cum i s-a aprins dintr-odată boneta în timp ce mergea solemn spre podium să primească diploma. Ceremonia a fost întreruptă de „ooh"-uri și „aah"-uri și de aplauzele dezlănțuite ale audienței. Am fost la fel de șocat ca toată lumea și l-am rugat să-mi spună cum o făcuse. De obicei, ca orice magician care se respectă, refuza să dezvăluie orice secret profesional, chiar și la implorările tatălui său, dar de data asta s-a îndurat de mine și mi-a spus și mie secretul: o albie din aluminiu ascunsă în borul bonetei, un rezervor cu lichid pentru brichetă, un mic contact și gata! Boneta în flăcări. (Nu încercați asta acasă.)

Când privesc în urmă, simt că am pierdut multe, fiind atât de absorbit de profesorat, de scris și de susținerea financiară a familiei mele. Regret că nu am petrecut mai mult timp cu fiecare copil în parte. La înmormântarea prietenului meu Larry Zaroff, unul dintre cei trei copii ai săi a povestit despre obiceiul drag al tatălui lor de a petrece mare parte din fiecare zi de duminică cu câte unul dintre copii, pe rând. Mâncau împreună, vorbeau unu la unu și mergeau împreună la librărie, de unde fiecare își cumpăra câte o carte. Ce obicei minunat! Ascultându-i povestea, am realizat că regretam că nu m-am implicat în viețile copiilor mei. Dacă aș lua-o de la capăt, aș face altfel.

În familia noastră, părintele principal a fost Marilyn, cu prețul amânării scrierii cărților sale până la maturizarea copiilor. După publicarea lucrărilor academice, obligatorii, mi-a urmat exemplul și a început să scrie pentru un public mai larg. A publicat, în 1993, *Blood Sisters: The French Revolution in Women's Memory*, și alte șapte cărți de atunci, printre care *A History of the Wife, Birth of the Chess Queen, A History of the Breast, How the French Invented Love, The Social Sex* și *The American Resting Place,* ultima în colaborare cu fiul nostru, Reid, talentat fotograf de artă. Fiecare dintre cărțile ei a însemnat o aventură pe măsură pentru mine. Am fost, întotdeauna, primul cititor al cărților celuilalt. Ea spune că fascinația mea pentru sânii femeilor a inspirat-o să scrie *A History of the Breast,* un studiu cultural despre percepția și reprezentarea corpului feminin în istorie. Preferata mea dintre cărțile scrise de ea este *Birth of the Chess Queen,* carte în care reface evoluția unei piese de șah care nu a existat pe tablă sute de ani din existența jocului, fiind introdusă în jurul anului 1000, ca cea mai slabă piesă din tot arsenalul. A început să-și asume mai multă putere odată cu ascensiunea reginelor europene, ajungând la statutul actual în secolul al XV-lea, în timpul reginei Isabella a Spaniei. Am participat, foarte mândru de ea, la toate lecturile sale din librării sau universități. Acum lucrează cu sârg la o carte nouă, *The Amorous Heart,* în care explorează transformarea inimii în simbol al iubirii.

Eu și Marilyn am fost, în ciuda disciplinei noastre foarte serioase de muncă, foarte prezenți în viața de familie, crescându-ne copiii și nepoții pe parcursul a șase decenii. Am încercat să transformăm casa noastră într-un cămin primitor nu doar pentru copiii noștri, ci și pentru prietenii noștri și prietenii copiilor noștri. Casa noastră a găzduit foarte multe nunți, petreceri de lansare a cărților și petreceri prilejuite de sarcini. Poate că simțeam cu atât mai multă nevoie să facem asta cu cât noi ne-am lăsat familiile pe Coasta de Est, creând o nouă rețea de familie și prieteni în California, cu rădăcinile îndreptate mai degrabă spre viitor decât spre trecut.

Deși noi am călătorit mult toată viața – în multe țări europene, în multe insule tropicale din Caraibe și Pacific, în China, Japonia, Indonezia și Rusia –, la vârsta mea sunt din ce în ce mai puțin înclinat să călătoresc. Resimt mai acut diferența de fus orar și adesea mă îmbolnăvesc după câte o călătorie mai îndelungată. Când vine vorba de excursii, Marilyn, mai tânără cu doar nouă luni decât mine, pare întinerită cu douăzeci de ani. Am ajuns să refuz toate invitațiile de a conferenția în țări foarte îndepărtate, propunând adesea varianta videoconferinței. Mi-am limitat drumurile la Hawaii și uneori Washington, D.C., și o dată pe an la Ashland, pentru Oregon Shakespeare Festival.

Într-un interviu din filmul documentar *Yalom's Cure*, fiica noastră, Eve, le spune cu candoare realizatorilor interviului că noi, Marylin și cu mine, punem mai presus de orice relația noastră – adică înaintea relației cu copiii. Instinctul mi-a spus să protestez, dar cred că avea dreptate. Mai spunea în interviu că ea a pus copiii pe primul loc, dar adăuga, cu glas nostalgic, că mariajul ei nu rezistase mai mult de douăzeci și cinci de ani. În discuțiile cu publicul după vizionare, câțiva spectatori au remarcat că toți cei patru copii ai noștri au trecut prin experiența divorțului, chiar dacă mariajul nostru arată atât de puternic și de durată. Le-am răspuns că bănuiala mea se leagă de niște factori istorici: între

40 și 50% dintre mariaje, în America contemporană, sfârșesc prin divorț, ceea ce nu se întâmpla în epoca noastră. Nu am cunoscut pe nimeni divorțat până am împlinit douăzeci și cinci de ani. Cât a durat discuția cu publicul despre divorțurile copiilor noștri, Marilyn abia s-a abținut să nu declare răspicat: „Hei, trei dintre ei s-au recăsătorit și sunt foarte fericiți."

Ne-am întrebat la nesfârșit, după fiecare divorț, unde am greșit. Sunt părinții responsabili de eșecul mariajelor copiilor lor? Sunt convins că mulți părinți și-au pus această întrebare fără răspuns. Divorțul este, în general, o experiență dureroasă pentru toate părțile implicate. Și Marilyn, și eu, am împărtășit tristețea copiilor noștri și am rămas intim implicați până azi în viața tuturor copiilor și nepoților noștri, fiind totodată înduioșați de susținerea pe care și-o oferă reciproc.

Autorul împreună cu soția, Marilyn, în San Francisco, 2006

Capitolul 39
DESPRE IDEALIZARE

Am parte de admiratorii mei loiali printre studenți și terapeuți, de patruzeci și cinci de ani încoace, de când cartea mea, *Tratat de psihoterapie de grup* a fost adoptată ca manual. Ei sunt principalul meu public și nu mint când spun că nu m-am așteptat niciodată să am un public atât de mare. De aceea am fost și surprins, și încântat atunci când colecția mea de povești terapeutice, *Călăul dragostei*, a devenit bestseller în America și a fost tradusă în numeroase alte limbi. M-am bucurat de fiecare dată când mi-au scris prieteni care au văzut cărțile mele în aeroporturile din Atena, Berlin sau Buenos Aires. Mai târziu, pe măsură ce romanele mele au ajuns traduse în tot mai multe limbi, am prețuit exemplarele unor ediții exotice: sârbă, bulgară, rusă, poloneză, catalană, coreeană, chineză, primite în cutia poștală. Am acceptat, dar treptat (dar de înțeles, n-am înțeles niciodată pe deplin), faptul că majoritatea cititorilor mei mi-au citit cărțile în alte limbi.

Marilyn a fost tulburată mulți ani să constate că dintre marile țări eram ignorat tocmai în Franța. Ea este francofilă de la doisprezece ani, de la prima oră de franceză, școlită un an în Franța prin programul Colegiului Sweetbriar. Am încercat de mai multe ori, cu profesori diferiți, să-mi îmbunătățesc franceza, dar cu rezultate atât de inepte încât până și soția mea a ajuns la concluzia că nu e întocmai sportul meu. Am primit, însă, în anul 2000, o ofertă din partea editurii

Galaade pentru toate cele șapte cărți publicate până în acel moment. Editura a publicat începând de atunci câte o carte pe an, ceea ce a sporit considerabil dimensiunea publicului meu francez.

Galaade a organizat, în 2004, un eveniment public la Teatrul Marigny din Paris, pe malul drept al Senei (actualul Teatru de la St. Claude). Întrebările urma să le pună (printr-un interpret, desigur) editorul *Psychologies*, o revistă franceză populară. Teatrul este o construcție veche, cu spațiu pentru o orchestră extinsă, două balcoane și o scenă maiestuoasă, înnobilată cândva de marele actor Jean-Louis Barrault. Când am ajuns la eveniment, am avut surpriza să aflu că erau epuizate toate biletele și să văd, uluit, o coadă lungă de oameni așteptând afară. Intrat în teatru, am observat un jilț imens din catifea roșie amplasat în mijlocul scenei, de unde ar fi trebuit să răspund la întrebări. Era prea mult! Am insistat să înlocuiască tronul cu ceva mai puțin exaltat. După accesul publicului în sală, i-am remarcat pe mulți dintre prietenii francezi ai lui Marilyn, aceiași care nu au putut conversa cu mine de-a lungul anilor, neavând nici cărțile cum să le citească. Intervievatorul a pus întrebări potrivite, am relatat multe din poveștile mele cele mai bune, translatorul a fost miraculos și seara, în ansamblul ei, inegalabilă. Aproape că o auzeam pe Marilyn cum toarce de fericire că prietenii săi află în sfârșit că nu sunt idiot.

În 2012 am fost abordat de regizoarea elvețiană Sabine Gisiger, ea fiind interesată de realizarea unui documentar despre mine. Inițial mi s-a părut că mă pune într-o poziție ciudată, dar am devenit interesat de propunerea ei după ce am fost la Mill Valley Film Festival, unde am văzut *Guru*, excelentul său film despre Rajneesh, șeful manipulator al unui cult din Oregon. Când am întrebat-o de ce mă alesese tocmai pe mine, mi-a răspuns că s-a simțit atât de mânjită după filmul despre Rajneesh, că și-a promis să facă un film despre „un om decent". *Un om decent* – cu asta m-a cucerit definitiv.

Am început o serie de filmări întinse pe mai mult de doi ani, regizate de Sabine, produse de Philip Delaquis și asistate de minunata lor echipă de tehnicieni și ingineri de sunet. Echipa s-a deplasat de mai multe ori acasă, în Palo Alto, la Stanford, precum și în vacanțele din Hawaii și din sudul Franței, astfel că au ajuns parte din familie. Am fost filmat în multe situații – vorbind în public, plimbându-mă cu bicicleta, înotând, făcând scufundări, jucând ping-pong, ba odată și în cada cu apă fierbinte, alături de Marilyn.

M-am tot întrebat, pe întreg parcursul filmărilor, cine Dumnezeu ar vrea să vadă toate aceste momente banale din viața mea. Eu nu am investit nimic financiar în realizarea filmului, dar cum realizatorii filmului și producătorul îmi ajunseseră destul de dragi, m-am îngrijorat pentru banii pe care aveau să-i piardă. Am fost ușurat când am vizionat, la San Francisco, împreună cu toată familia și niște prieteni, o versiune timpurie a filmului: Sabine și editorul filmului făcuseră o treabă excelentă în cernerea a zeci de ore de filmare într-un film coerent de șaptezeci și cinci de minute. L-au intitulat *Yalom's Cure*, în ciuda protestelor mele. Dar nu reușeam să înțeleg, chiar și așa, cine, în afară de familia și prietenii mei, ar fi vrut să vadă un film cu mine. În plus, mă simțeam prea conștient de propria persoană și expus. Cu toate că am ajuns să mă identific cu scrisul meu și consider că lucrările mele, în special povestirile și romanele, reprezintă capitole majore din viața mea, filmul nu insistă asupra vieții mele de scriitor, concentrându-se mai mult pe activitățile mele cotidiene. Dar, spre surprinderea mea, filmul s-a bucurat de succes în Europa, fiind proiectat în cincizeci de cinematografe, pentru sute de mii de spectatori.

Călătoria către sine

Coperta *Pariscope*, 20 mai 2015

Eu și Marilyn am fost invitați la premiera internațională absolută, la Zürich, în toamna lui 2014. Deși hotărâsem să nu mai călătoresc în străinătate, nu puteam să refuz această invitație. Am zburat la Zürich, participând la două proiecții, una pentru un public invitat compus din terapeuți și demnitari, a doua pentru publicul larg. Am fost disponibil pentru întrebări după fiecare dintre cele două proiecții, simțindu-mă foarte expus, în special din cauza cadrului cu mine și Marilyn în cadă, deși nu se vedea nimic din noi, în afară de capete și umeri. Pe de altă parte, am fost încântat de scenele dintr-o vacanță de familie, în care nepoata noastră, Alana, și nepotul nostru, Desmond, făceau concurs de dans.

La finalul filmului poate fi auzită vocea unei alte nepoate, Lilli Virginia, cântăreață și compozitoare profesionistă.

Marilyn a participat și la lansarea filmului în Franța, câteva luni mai târziu, unde a vorbit publicului după vizionare. S-a bucurat enorm să ne vadă pe coperta revistei *Pariscope*, un popular ghid al evenimentelor din Paris.

După alte câteva luni a avut loc lansarea din Los Angeles, dar cu mult mai puțin impact decât cele din Europa. Proiecția a fost oprită după doar câteva zile, în ciuda cronicii favorabile din *Los Angeles Times*.

Cu prilejul excursiei la Zürich, am acceptat și o propunere de conferință la Moscova. M-a convins onorariul, deosebit de generos, și zborul particular de la Zürich la Moscova. Zborul acela s-a dovedit a fi în sine o poveste. Am fost doar patru pasageri: eu, Marilyn, un fost pacient cu care am făcut o singură ședință, acum foarte mulți ani, și prietenul apropiat al pacientului meu, proprietarul avionului, un oligarh rus. Eu am stat pe locul de lângă el și am savurat o discuție cât se poate de amabilă pe toată durata zborului. S-a dovedit a fi un om inteligent și sufletist, tulburat în câteva arii nefericite din viața sa. Am empatizat cu eforturile sale, dar nu am insistat, din politețe. Abia mult mai târziu am aflat că scopul (nedeclarat) al acelui zbor fusese tocmai producerea unei ședințe de terapie pentru acel om neliniștit. Dacă aș fi știut, dacă s-ar fi gândit cineva să-mi spună, aș fi fost mai atent la consilierea lui.

Conferința mea a fost organizată de Institutul de Psihanaliză de la Moscova, care are statutul de universitate, într-o sală de concerte rock. Sponsorii pregătiseră 700 de căști pentru traducerea sincronizată, dar au venit 1 100 de spectatori, creându-se un asemenea haos că s-a renunțat cu totul la ideea traducerii sincronizate. Gazda serii a solicitat returnarea căștilor, trimițând un singur translator, foarte anxios, să asigure traducerea în timp real.

După ce mi-am început cuvântarea, observând că publicul nu reacționa deloc la glumele mele, am înțeles că exista o problemă de traducere. Am aflat, ulterior, de la gazdă, că translatorul era atât de agitat, că i-au trebuit cincisprezece minute să se liniștească, dar, odată liniștit, a făcut o treabă foarte bună. Sponsorii au organizat și o punere în scenă, în rusă, imediat după prelegerea mea, a poveștii „Arabesque", din *Efemeride*, despre o balerină rusă. Scena a fost jucată de doi actori extraordinar de frumoși, îmbrăcați în costume exotice, urmăriți în liniște de un bărbat în vârstă (bănuiesc că ăsta eram eu), așezat într-un colț. Decorul acțiunii era un ecran uriaș pe care erau proiectate imagini cu mâinile și pensula unui artist în timp ce picta niște superbe desene suprarealiste în ulei. La finalul evenimentului am susținut o sesiune-maraton de autografe.

La Moscova am acceptat invitația mai puțin obișnuită de a discuta despre existențialism timp de o oră și jumătate cu un grup de directori de bancă. Ne-am întâlnit într-o sală mare și arătoasă, la ultimul etaj al unui zgârie-nori. Grupul număra cam cincizeci de persoane, printre care și președintele băncii, printre puținii care vorbeau engleză. Eu, desigur, nu știam nicio boabă de rusă, iar traducerea făcea discuția dificilă. Audiența părea profund dezinteresată de existențialism, nedorind să-mi adreseze nici măcar o întrebare. Presupunând că erau cenzurați în discuțiile libere de prezența șefilor, am încercat să abordez subiectul acesta, dar în zadar. Președintele băncii stătea lipit de iPad-ul său, iar după douăzeci de minute a întrerupt întâlnirea ca să ne anunțe că Uniunea Europeană aplicase un nou set de sancțiuni păguboase Rusiei. Dorea ca în timpul rămas să discutăm despre îngrijorările lor legate de acest lucru. Am fost complet de acord, din moment ce existențialismul nu interesa pe nimeni, dar publicul a rămas la fel de adormit. Mi-am exprimat din nou îngrijorarea că participanții nu s-ar fi exprimat din pricina prezenței șefilor, dar nu am reușit, oricât am încercat, să scot discuția din impas. Întâlnirea s-a încheiat fără alte momente interesante, în afară de cel al achitării onorariului, plătit într-un mod curios. Mi s-a spus că-l voi primi a doua zi, la dineul organizat în cinstea mea la universitate. În seara următoare, după desert, a venit cineva la mine și mi-a înmânat pe furiș un plic alb, simplu, plin ochi cu dolari. Am presupus că această modalitate misterioasă se dorea a fi o favoare pentru mine, plecând de la supoziția (falsă) că aș evita astfel să plătesc taxe, dar e posibil și ca banca să fi profitat de o oportunitate de a scăpa de niște bani gheață.

Îmbătrânind, am început să evit zborurile lungi, preferând comunicarea prin videoconferință. Asta presupune deplasarea la un centru de videoconferințe din apropiere, prezentarea unui discurs și răspunsurile la întrebările publicului, adică aproximativ nouăzeci de minute. Am făcut zeci de prezentări prin videoconferință de când am renunțat la călătorii, însă niciuna la fel de stranie ca cea cu Mainland China, din mai 2016. Am fost intervievat, nouăzeci de minute, de trei psihiatri chinezi, cu ajutorul unui interpret, sosit special pentru asta la San Francisco, care a stat lângă mine și a tradus toate întrebările lor și răspunsurile mele. A doua zi am fost informat de către sponsori că videoconferința fusese urmărită de un public numeros, dar nu m-am așteptat nici pe departe la cifra trecută în e-mailul în care se găseau și fotografii cu cei trei psihiatri chinezi: 191 324 de spectatori.

Călătoria către sine

Autorul și soția, Marilyn, la Kremlin, 2009

Când mi-am exprimat surpriza și îndoielile legate de veridicitatea cifrei spectatorilor, sponsorul meu chinez a răspuns: „Dr. Yalom, la fel ca majoritatea americanilor, dumneavoastră nu estimați cu adevărat vastitatea Chinei."

Primesc în fiecare zi, fără excepție, e-mailuri de la cititori din toate colțurile lumii, cărora încerc să le răspund de multe ori printr-o frază simplă ca „Mulțumesc pentru mesaj" sau „Mă bucur mult că munca mea înseamnă ceva pentru tine". Sunt foarte atent să adaug numele destinatarului, pentru ca acesta să știe că i-am citit într-adevăr mesajul și că îi răspund personalizat. E o activitate care consumă mult timp, dar o simt ca pe un fel de meditație a iubirii și a compasiunii, așa cum o practică prietenii mei budiști. Sunt solicitat aproape zilnic, din locuri îndepărtate, să ofer consultație, fie prin Skype, fie unor persoane dispuse să vină în California pentru asta. Nu mai departe de ieri am fost contactat de un bărbat care îmi cerea să vorbesc pe Skype cu mama lui, psihoterapeut, cu ocazia împlinirii vârstei de o sută de ani.

Autorul lângă bustul său, realizat de Sakellaris Koutouzis, 2016

Pe lângă scrisorile apreciative, admiratorii trimit uneori și daruri, astfel că avem o casă decorată cu obiecte din Grecia, Turcia, Iran și China. Cadoul cel mai bizar a fost cel trimis de Sakellaris Koutouzis, bine-cunoscut sculptor grec, care trăiește și lucrează pe mica insulă Kalymnos. Acesta mi-a scris un e-mail în care îmi cerea adresa. Îmi spunea că citise cu multă plăcere cărțile mele și realizase un bust din ghips pornind de la fotografiile cu mine găsite pe internet. I-am căutat și eu numele pe Internet, descoperind că este un sculptor împlinit, cu lucrări expuse în diferite orașe ale lumii. Am insistat să plătesc taxele de transport, dar a refuzat. Bustul, la dimensiuni mai mari decât sunt eu în realitate, a sosit la ușa mea o lună mai târziu, protejat de o cutie mare din lemn. I-am găsit un loc în casă, dar e de un realism atât de detaliat, că mă sperie de fiecare dată când îl văd. Eu și copiii îl împodobim adesea cu ochelari, cravate sau una dintre multele mele pălării.

Oricât aș încerca să evit aceste semne ale recunoașterii, trebuie să admit că ele mi-au sporit sentimentul sinelui. Așa cum cred că vârsta, seriozitatea și reputația îmi sporesc eficiența ca terapeut. Cei mai mulți pacienți din ultimii douăzeci și cinci de ani m-au contactat după ce mi-au citit cărțile, intrând pe ușa cabinetului cu multă încredere în capacitățile mele terapeutice. Cunoscând mulți terapeuți în cariera mea, știu ce impact pot avea întâlnirile de acest tip: încă văd ridurile de pe figura lui Carl Rogers. Acum mai bine de cincizeci de ani i-am cerut o întrevedere și am zburat în sudul Californiei pentru a petrece o după-amiază cu el. I-am trimis apoi o parte dintre lucrările mele și îmi amintesc cum spunea că, deși manualul de terapie de grup era bine scris, cartea pe care o considera specială era cea cu Ginny (*Cu fiecare zi mai aproape*). La fel de vii în memorie au rămas și figurile lui Viktor Frankl și Rollo May. Dacă aș avea talent plastic (din care nu am), aș putea fără probleme să le realizez portretele din memorie.

Așadar, reputația mea face ca pacienții să împărtășească cu mine secrete pe care nu le-au mai spus nimănui, nici măcar altor terapeuți, iar intervențiile mele, atunci când sunt receptiv și empatic fără a-i judeca, cântăresc mai greu tocmai datorită preconcepțiilor lor despre mine. S-a întâmplat recent să văd în aceeași zi doi pacienți familiarizați cu munca mea. Primul, o fostă terapeută, a condus câteva ore ca să mă vadă. Era îngrijorată de tendința ei de a aduna lucruri (depozitate într-o singură cameră din casă) și de comportamentul ei obsesional: obișnuia să se întoarcă acasă, după câteva minute de condus, ca să verifice dacă a încuiat ușa și a oprit aragazul. I-am spus că era puțin probabil ca aceste chestiuni să poată fi lămurite într-o singură ședință cu mine sau că ele ar interfera semnificativ cu activitățile ei cotidiene. Mi-a părut o persoană bine integrată, cu un mariaj minunat, confruntată cu sarcina dificilă de a da vieții sens după pensionare. A fost încântată să mă audă spunând că nu credeam că era necesară terapia. A doua zi mi-a trimis următorul e-mail:

> *Vreau doar să-ți spun cât a însemnat pentru mine consultația noastră de joia trecută, cât de importantă a fost pentru mine. Am simțit că mă susții și că-mi confirmi că mă descurc bine, că sunt fericită și mulțumită de viața mea și apreciez că mi-ai spus că nu e nevoie de terapie. Am părăsit biroul mai puțin anxioasă, mai încrezătoare și mai aptă să-mi accept viața. Am simțit că am primit un dar. Destul de bine pentru o singură ședință!*

În aceeași zi, la finalul după-amiezii, am primit într-o consultație unică un bărbat sud-american de vârsta a doua, aflat în vizită la un prieten în San Francisco. A vorbit aproape toată ora de grijile lui față de sora sa, care luptase toată viața cu anorexia. După moartea părinților lor, bărbatul fusese atât de apăsat de povara cheltuielilor medicale și psihiatrice ale surorii sale, încât nu se căsătorise niciodată și nu-și făcuse o familie a lui. L-am întrebat de ce și-a asumat doar el, și niciun al membru al familiei extinse, povara îngrijirii surorii sale. Mi-a răspuns, cu multă anxietate și ezitare, printr-o poveste pe care nu o mai spusese nimănui.

Într-o zi, când el avea cincisprezece ani, iar sora lui, doi ani, a fost lăsat de părinți să aibă grijă de ea, în timp ce ei participau împreună cu alte rude la o nuntă. În timpul lipsei lor, adolescentul a purtat o lungă conversație erotică la telefon cu o prietenă (pe care părinții o displăceau profund, interzicându-i în mod expres să vorbească cu ea). În timp ce vorbea cu prietena lui la telefon, sora lui s-a târât afară pe ușa din față și a căzut câteva trepte, suferind contuzii serioase pe corp și față. Le-a mărturisit totul părinților – cel mai groaznic moment din viața lui – și, cu toate că rănile surorii sale nu au fost profunde, retrăgându-se în câteva zile, bărbatul a alimentat în toți anii trecuți de atunci frica și convingerea secrete că anorexia ei se trage de la căzătura de-atunci. Mai mult de-atât, era prima dată când vorbea despre asta în cei douăzeci și cinci de ani scurși de la accident.

I-am spus, folosind tonul meu cel mai profund și formal, că ascultasem cu multă atenție tot ce-mi spusese despre sora lui și că, ținând cont de toate dovezile, îl declaram nevinovat. L-am asigurat că ispășise de mult episodul de neglijență și că accidentul surorii sale nu avea cum să provoace anorexie. I-am sugerat să lucreze asupra acestor lucruri la terapie, când se întoarce acasă. A plâns ușurat, a refuzat sugestia mea de a face terapie, asigurându-mă că primise exact ce căuta. A părăsit biroul meu cu inima ușoară.

Aceste consultații unice, în timpul cărora identific eforturile și puterea personală a pacienților, oferindu-le binecuvântarea mea, își datorează succesul în mare măsură aurei cu care mă învestesc chiar ei.

Acum nu multă vreme am ascultat o femeie povestind cel mai trist episod al vieții sale. La final de adolescență, cu puțin timp înainte de a pleca la colegiu, a făcut un drum de noapte cu trenul în compania tatălui său, foarte distins și foarte distant. Abia aștepta această călătorie cu el și a fost cu atât mai devastată când el și-a deschis servieta și a lucrat tot drumul, fără să-i adreseze un cuvânt. I-am spus că terapia noastră îi oferea oportunitatea de a retrăi această întâmplare. Putea să facă cu mine (un bărbat în vârstă, distins) o excursie terapeutică de mai multe ore, dar în alte condiții față de cele de-atunci: avea toată permisiunea, ba era chiar încurajată, să pună întrebări, să se plângă și să-și exprime sentimentele. Iar eu aveam să-i răspund și să comunic pe toată durata excursiei. A fost mișcată și în cele din urmă ajutată de această abordare.

Cum rămâne cu impactul atenției și al aplauzelor asupra mea? Uneori mi se urcă la cap, alteori mă tulbură, dar de cele mai multe ori îmi păstrez echilibrul. De fiecare dată când mă întâlnesc cu colegii din grupul de sprijin ori cu cei din grupul de discuție pe marginea cazurilor, sunt pe deplin conștient că ei, practicieni excelenți, cu decenii de experiență, sunt la fel de eficienți în munca lor ca mine. Așa că nu iau admirația prea personal. Tot ce pot eu să fac este să-mi iau munca în serios și să încerc să fiu cel mai bun terapeut cu putință. Îmi reamintesc că este vorba despre idealizare și că noi, oamenii, tânjim mereu după un bătrân înțelept și atoateștiutor, cu barba albă. Dacă am fost selectat pentru rolul acesta, accept cu plăcere invitația. Cineva trebuie s-o facă și pe asta.

Capitolul 40
UN ÎNCEPĂTOR ÎNTR-ALE ÎMBĂTRÂNIRII

În copilărie am fost mereu cel mai mic copil – cel mai mic din clasă, cel mai mic din echipa de baseball, din echipa de tenis, din tabără –, dar acum, oriunde mă aflu – la o conferință, un restaurant, o lectură, la cinema, la un meci de baseball – sunt cel mai în vârstă. Am participat recent la o conferință de educație medicală continuă pentru psihiatri de două zile, organizată de Departamentul de Psihiatrie al Stanford, unde am și ținut o prelegere. Scrutând sala înaintea prelegerii, am constatat că, din mulțimea de colegi sosiți din toată țara, doar câțiva aveau părul grizonant și niciunul păr alb. Nu eram doar cel mai bătrân; eram de departe cel mai bătrân! Am devenit și mai conștient de vârsta mea audiind programul de șaisprezece prelegeri și dezbateri al conferinței, realizând totodată ce modificări a suferit domeniul din anii 1950 încoace, de când sunt practician. Dezvoltările actuale – noua psihofarmacologie adresată pacienților cu schizofrenie, tulburări bipolare și depresie, noile generații de medicamente experimentale, tratamentele tehnologice ale tulburărilor de somn și ale deficitului de atenție – nu mi-au stârnit aproape deloc interesul. Îmi amintesc ce mândru eram, ca tânăr profesor promițător, să fiu la curent cu ultimele evoluții. Acum m-am simțit depășit la multe dintre prezentări, culminând cu prelegerea despre stimularea magnetică transcraniană a creierului, în care erau descrise metode de stimulare și inhibare a centrilor critici din creier mult mai eficiente, mai precise și mai lipsite de efecte secundare față de cele oferite de medicație. Așa să fi arătat viitorul domeniului meu?

În 1957, anul în care am intrat la rezidențiat, psihoterapia era nucleul psihiatriei, pasiunea pentru explorarea posibilităților ei fiind împărtășită de aproape toți colegii. Dar, acum, psihoterapia abia dacă a fost menționată în cele opt prelegeri audiate la conferință.

Am citit foarte puține lucrări de psihiatrie în ultimii ani. Uneori pretind că ar fi din cauza problemelor de vedere – am fost operat la ambele cornee, precum și de cataractă bilaterală –, dar e doar o scuză amărâtă. Aș fi putut să mă țin la curent citind materialele profesioniștilor pe ecranul mare al unui Kindle. Adevărul – pe care îl recunosc cu oarecare rușine – este că nu m-a mai interesat. Când mă simt vinovat din pricina asta, îmi reamintesc că eu mi-am făcut treaba la timpul meu și că la optzeci și cinci de ani pot fi liber să citesc ce doresc. „În plus, sunt scriitor și trebuie să fiu informat despre ultimele curente literare", adaug imediat.

Când mi-a venit rândul să-mi țin prelegerea la conferința de la Stanford, am urcat în fața colegilor mei fără niciun fel de prezentare sau planșă – spre deosebire de ceilalți vorbitori. De fapt – și urmează o confesiune foarte importantă în premieră – *nu am folosit în viața mea o planșă!* S-a întâmplat altceva. David Spiegel, coleg la Stanford și prieten apropiat, m-a intervievat abil și afabil despre cariera și evoluția mea ca terapeut. E un format care se potrivește, astfel că nici nu mi-am dat seama când a zburat timpul. Când s-a ridicat publicul să mă aplaude, am avut sentimentul tulburător că își iau rămas-bun.

Știind că există puțini psihiatri care mai practică la vârsta mea, adesea mă întreb: *tu de ce mai primești pacienți?* Cu siguranță nu din rațiuni economice; am suficienți bani cât să trăiesc confortabil. Pur și simplu îmi iubesc munca și nu vreau să renunț la ea înainte de a fi obligat s-o fac. Mă simt privilegiat de invitația atâtor oameni de a pătrunde în viața lor intimă și cred că, după atâtea decenii, încep să mă pricep la asta.

Poate că, cel puțin în parte, este rezultatul îmbunătățirii criteriilor de selecție a pacienților. În ultimii ani am practicat terapia cu limită de timp: le spun pacienților că terapia nu poate dura mai mult de un an. Apropiindu-mă de optzeci de ani, am început să mă întreb câtă vreme vor mai rămâne creierul și mintea mea intacte. Nu vreau ca pacienții să devină prea dependenți de un om care s-ar putea retrage foarte curând. Dincolo de asta, am sesizat că stabilirea duratei terapiei sporește, în general, eficiența tratamentului și îi motivează pe pacienți să se pună mai repede pe treabă (așa cum observa și Otto Rank, unul dintre primii discipoli ai lui Freud, cu o sută de ani în urmă). Sunt atent să nu primesc pacienți pe care știu că nu-i voi putea ajuta semnificativ în decurs de un an, iar cazurile mai grave, unde este nevoie de medicație psihotropă, le recomand altor psihiatri (nu mai prescriu medicamente de câțiva ani, după ce am început să rămân în urmă cu ultimele progrese în domeniu).

Din moment ce am ajutat atât de mulți pacienți să facă față îmbătrânirii, am crezut că eram pregătit pentru lipsurile pe care avea să mi le aducă viitorul, dar acum mi se pare mult mai descurajant decât mi-am imaginat că va fi. Genunchii dureroși, pierderea echilibrului, a vederii și auzului, petele de pe piele, sunt toate semnificative, dar le consider minore în comparație cu pierderea memoriei.

Într-o duminică am ieșit cu Marilyn să ne plimbăm și să luăm prânzul în San Francisco, dar la întoarcere mi-am dat seama că am uitat să iau cheile. Am stat în fața ușii câteva ore, până s-a întors acasă un vecin care are o copie a cheilor noastre. În seara aceleiași zile am fost la o piesă, *The Unheard of World*, de Fabrice Melquiot, despre o viziune a lumii de dincolo. Piesa a fost produsă de fiul meu, Ben, și pusă în scenă de FoolsFURY, grupul său de teatru. Eu și Marilyn am fost de acord să discutăm cu publicul după spectacol, Marilyn din perspectivă literară, eu din perspectivă filosofică și psihiatrică. Publicul a părut satisfăcut de remarcile mele, dar eu mi-am dat seama că am uitat un aspect important și interesant despre care aș fi vrut să vorbesc. Am continuat să vorbesc pe pilot automat, căutând frenetic în timpul ăsta ideea pierdută. A răsărit singură după vreo zece minute și am apucat să o discut. Mă îndoiesc că publicul a sesizat căutările mele disperate, dar în cele zece minute în care le vorbeam automat celor prezenți în sală, am auzit ecoul unei fraze în mintea mea: „Asta este – a sosit timpul. Trebuie să mă opresc să mai vorbesc în public. Amintește-ți de Rollo." Mă refer la episodul povestit anterior, în care Rollo May, ajuns la o vârstă înaintată, repeta de trei ori o anecdotă în timpul unei prelegeri. Mi-am jurat să nu supun niciun public spectacolului senilizării mele.

A doua zi am returnat o mașină închiriată (a mea fusese la mecanic). Am ajuns după program, când angajații sunt plecați. Am urmat instrucțiunile afișate afară: am încuiat mașina și am lăsat cheile în cutia securizată. După care am realizat că-mi lăsasem geanta cu portofelul, cheile, banii și cărțile de credit în mașină. Am fost nevoit, în cele din urmă, să sun la AAA[1] să trimită pe cineva care să deschidă mașina.

---

[1] Asociația Automobilistică Americană, o organizație nonprofit care oferă servicii membrilor săi, inclusiv asistență rutieră de urgență.

Acesta a fost un exemplu ceva mai neobișnuit de asediu împotriva memoriei, altele mai mărunte au loc în mod cotidian. Cine este bărbatul care zâmbește și se apropie de mine? Îl cunosc, știu sigur, dar, ah, cum îl cheamă? Cum se numea restaurantul din apropierea plajei din golful Half Moon unde ne plăcea, mie și lui Marilyn, să mergem? Dar cum îl chema pe comedianul acela scund și amuzant din *Arunc-o pe mama din tren*? Pe ce stradă se află Muzeul de Artă Modernă din San Francisco? Cum se numește forma aceea ciudată de terapie bazată pe nouă tipuri diferite de personalitate? Și numele psihiatrului care a inventat analiza tranzacțională, pe care îl cunosc, de altfel? Recunosc figurile familiare, dar numele s-au evaporat – unele revin, altele dispar imediat după fiecare reamintire.

Ieri am luat prânzul cu un prieten, Van Harvey, cu câțiva ani mai în vârstă decât mine (da, mai există și din aceștia câțiva). Mi-a recomandat să citesc *Camera de sticlă*, romanul lui Simon Mawer, iar eu i-am recomandat *Winter*, de Christopher Nicholson. Câteva ore mai târziu ne trimiteam simultan mesaje cu aceeași întrebare: „Cum se numea cartea despre care mi-ai vorbit?" Ar trebui să am o tabletă cu mine, desigur. Dar să-mi și amintesc de ea – asta-i buba.

Chei pierdute, ochelari pierduți, iPhone-uri pierdute, numere de telefon și locația mașinii parcate uitate – de astea am parte în fiecare zi. Dar pierderea cheilor de la apartament și mașină într-o singură zi a avut probabil de-a face cu insomnia din noaptea precedentă. Cunosc și cauza insomniei. Filmul franțuzesc *Amour*, văzut seara, în care un soț iubitor își ajută soția suferindă să moară. Cuplul semăna cu mine și Marilyn, iar povestea m-a bântuit până dimineață. *Amour* este un fim superb, dar urmați-mi sfatul: vizionați-l înainte să împliniți optzeci de ani.

Mă îngrijorez de mult că memoria mea m-ar putea forța să nu mai văd pacienți, așa că, pentru a preîntâmpina pensionarea, folosesc din greu un program de dictare pe computer: dictez o pagină sau două după fiecare ședință și mă asigur că recitesc notele înainte de următoarea ședință. Acesta este motivul pentru care programez ședințele la cel puțin douăzeci de minute distanță una de cealaltă. Mai mult, în ultimii ani nu am programat mai mult de trei ședințe pe zi. Când mă contactează pacienți din trecut e nevoie să recitesc notele vechilor ședințe pentru a-mi aminti cazurile lor.

Pierderea memoriei are totuși și o parte bună: uitând subiectul multor cărți, îmi ofer plăcerea de a le reciti. Găsesc tot mai puține romane contemporane care să-mi placă, așa că revin la „preferații" așezați ordonat în rafturi: *Un veac de singurătate*, *Grendel*, *Marile speranțe*, *Aventurile lui Maqroll*, *Casa umbrelor*, *Copii în miez de noapte*, *Mătușa Julia și condeierul*, *Daniel Deronda*, *Silas Marner* sau *Și tu vei fi țărână*, pe multe dintre ele citindu-le ca pentru prima dată.

Am descris, în *Privind soarele în față*, conceptul de „împrăștiere", o cale de diminuare a anxietății legate de moarte. Fiecare dintre noi creează, adesea fără să realizeze, cercuri concentrice de influență, care îi pot afecta pe cei din jur ani de-a rândul, poate chiar generații. Efectul nostru asupra celorlalți se deplasează la fel ca o undă pe apă, care înaintează până devine insesizabilă, continuând să avanseze la nivel mai mic. Sper și eu că am trimis unde spre studenții, cititorii și pacienții mei, dar mai ales în cei patru copii și cei șapte nepoți, tot așa cum John Whitehorn și Jerry Frank au trimis unde către mine. Îmi amintesc încă de lacrimile de bucurie vărsate când m-a sunat Eve să-mi spună că a fost acceptată la medicină, ori de aceleași lacrimi de bucurie provocate anul trecut, când fiica lui Eve, Alana, a fost acceptată

Autorul, oferindu-i nepotului său de trei ani
prima sa lecție de șah, 2016

la Tulane University School of Medicine. Iar la ultimul Crăciun am jucat prima partidă de șah cu Adrian, nepotul meu de trei ani.

O enigmă: când să mă retrag? De multe ori sunt solicitat de pacienți care se luptă tocmai cu această decizie. Am lucrat recent cu Howard, un director de fonduri de asigurare inteligent și de succes, trecut de optzeci de ani, trimis la terapie de soția lui îngrijorată că bărbatul nu se poate abține să nu muncească ore lungi în fața computerului. Locuind pe Coasta de Vest, trebuie să se trezească la 4:30 dimineața pentru a monitoriza mișcările bursei, pe care le urmărește apoi toată ziua. Cu toate că a muncit ani mulți la realizarea unui program care să se ocupe de monitorizare, încă se simte dator față de investitori să stea lipit de monitorul computerului. Cei trei parteneri ai săi, doi dintre frații săi mai mici și un prieten de-o viață, nu ratează nicio zi de golf, dar Howard are grijă să muncească și pentru ei. Știe că el, soția și cele trei fiice au mai mulți bani decât ar reuși să cheltuie, dar nici asta nu-l oprește. Era datoria lui, mi-a spus. Nu a avut niciodată încredere deplină în programul de computer gândit de el însuși. A recunoscut că este dependent de mișcările indicatorilor bursei, dar el altă viață nu a cunoscut. Și, în plus, mi-a mai spus, făcându-mi semn cu ochiul, senzația câștigului e extraordinară.

– Imaginează-ți viața ta fără muncă, Howard. Cum ar arăta?

– Recunosc că mi-e foarte frică să mă opresc.

– Încearcă să-ți imaginezi viața fără muncă.

– Știu unde bați. Sunt de acord că n-are niciun sens. Admit că mi-e teamă să mă opresc. Ce să fac de dimineață până seară? Unde să mai călătoresc și ce să mai văd? Am fost în toate locurile interesante, în absolut toate.

L-am presat și mai mult:

– Mă întreb dacă simți că munca te ține în viață, că fără ea ai aluneca în stadiile finale ale vieții – senilitatea și moartea. Putem găsi împreună o cale de a separa munca de viață?

A ascultat cu atenție și a mișcat aprobator din cap.

– Mă voi gândi la aceste lucruri.

Mă îndoiesc că o va face.

Sunt un începător al vârstei de optzeci și cinci de ani și, la fel ca Howard, mă lupt cu bătrânețea. Uneori accept ideea că bătrânețea ar trebui să fie un timp de odihnă, liniște și reflectare împăcată. Totodată, știu că încă mai există sentimente turbulente din tinerețea mea care continuă să amenințe că vor ieși la suprafață imediat ce încetinesc ritmul. Am citat mai devreme cuvintele lui Dickens: „Întrucât, apropiindu-mă de-acum tot mai mult de sfârșit, mă deplasez într-un cerc tot mai aproape de început." Sunt cuvinte care mă bântuie. Simt tot mai mult forțele care mă trag înapoi spre începuturile mele. Acum două seri am fost cu Marilyn la FoolsFURY Factory Festival în San Francisco – eveniment organizat o dată la doi ani de compania fiului meu, Ben – în cadrul căruia și-au prezentat munca douăzeci de teatre din toată țara. Înainte de spectacol ne-am oprit să luăm o gustare la Wise Brothers, un mic magazin evreiesc de delicatese, desprins parcă din Washingtonul anilor 1940, din copilăria mea. Pereții magazinului erau acoperiți aproape în totalitate cu fotografii de familie – imagini cu grupuri de imigranți cu ochii larg deschiși, exprimând speranță sau teamă, sosiți în Insula Ellis tocmai din Europa de Est. M-au fascinat: mi-au amintit de fotografiile familiei mele extinse. Am văzut un băiețel trist, care aș fi putut fi eu, recitându-și rândurile de Bar Mitzvah. Am văzut o femeie care mi s-a părut a fi mama. Am simțit o pornire bruscă – și nouă – de tandrețe față de ea, îngrozindu-mă apoi de gândul și vina de-a fi vorbit atât de critic la adresa ei în paginile acestei cărți. Femeia din fotografie părea la fel ca mama, needucată, speriată, muncitoare; o femeie care încerca să supraviețuiască și să-și crească familia într-o cultură nouă și stranie. Viața mea a fost atât de bogată, de privilegiată și de sigură – în mare măsură grație muncii și generozității mamei mele. Am rămas în micul magazin de delicatese, uitându-mă în ochii ei și ai celorlalți refugiați și am plâns. Am avut la dispoziție o viață de explorări, analize și reconstruire a trecutului, dar îmi dau seama acum că există în mine o vale a plângerii și a durerii pe care s-ar putea să nu o străbat niciodată până la capăt.

De când m-am retras, devreme, de la Stanford, în 1994, programul meu a rămas la fel: dimineața scriu trei sau patru

Autorul în cabinetul din Palo Alto, 2010

ore, șase sau șapte zile pe săptămână, iar în cinci zile pe săptămână primesc pacienți după-amiaza. Locuiesc în Palo Alto de cincizeci de ani, iar cabinetul meu se află la cincizeci de metri de casă. Continui să primesc pacienți în după-amiezile de joi și vineri în apartamentul de pe Russian Hill, în San Francisco, achiziționat acum treizeci și cinci de ani, cu o vedere splendidă spre oraș și golf. De obicei vine și Marilyn vineri seara, ca să ne petrecem finalul de săptămână în San Francisco, oraș pe care îl găsesc inepuizabil de interesant.

Mă cert singur pentru așa-zisa mea pensionare: „Câți psihiatri de optzeci și cinci de ani muncesc cât muncești tu?" Oare continui să muncesc ca să alung, la fel ca Howard, senilitatea și moartea? Sunt asaltat de întrebări de tipul acesta, dar dețin un adevărat arsenal de răspunsuri. „Mai am încă mult de oferit... Vârsta mă ajută să-i înțeleg și să-i ajut mai bine pe oameni... Sunt scriitor și sunt intoxicat de procesul scrierii, așa că de ce să renunț?"

Prea bine, mărturisesc: nu mi-e deloc ușor acum, că am ajuns la acest ultim paragraf. Am avut întotdeauna, undeva în mintea mea, un teanc de cărți așteptând să fie scrise, dar acum nu mai am. Sunt sigur că după cartea asta nu mai urmează niciuna. Prietenii și colegii mei oftează când le spun. Au auzit-o de-atâtea ori. Dar mă tem că de data asta e adevărat.

Le-am solicitat mereu pacienților să-și investigheze regretele și să aspire la o viață cât mai lipsită de ele. Privind în urmă, mă încearcă puține regrete. Am avut o femeie extraordinară ca partener de viață. Am copii și nepoți iubitori. Am locuit într-o zonă privilegiată a lumii, cu vreme potrivită, parcuri minunate, criminalitate și sărăcie scăzute, și am avut Stanfordul, una dintre marile universități ale lumii. Și primesc zilnic scrisori de departe, în care oameni din alte colțuri ale lumii îmi mulțumesc pentru ajutor. Cum să nu rezonez cu cuvintele lui Zarathustra, eroul lui Nietzsche:

„*Asta* a fost viața? Atunci, hai încă o dată!"

MULȚUMIRI

Sunt recunoscător multor persoane care au fost alături de mine în aventura asta. Membrii Pegasus, grupul lunar de medici scriitori de la Stanford, au făcut comentarii critice pe marginea câtorva capitole din carte. Mulțumiri speciale fondatorului acestui grup, Hans Steiner, precum și prietenului meu Randy Weingarten, psihiatru și poet, pentru sugestia legată de titlul capitolului „Un începător într-ale îmbătrânirii". Am fost extrem de norocos să-i am ca editori pe Sam Douglas și pe Dan Gerstle. Mulțumiri lui David Spiegel și, ca întotdeauna, agentei mele literare, Sandra Dijkstra, și asociatului ei, Andrea Cavalloro, pentru susținerea lor entuziastă de la început până la sfârșit. Le mulțumesc, desigur, pacienților mei, sursa mea de educație și inspirație. Julius Kaplan și Bea Glick, prietenii mei de-o viață, m-au ajutat să-mi răscolesc memoria, la fel ca cei patru copii și cei șapte nepoți ai mei. Și, înaintea tuturor, îi mulțumesc iubitei mele soții, Marilyn, care m-a ajutat să-mi amintesc întâmplări din urmă cu mulți ani și a jucat rolul unui redactor-șef personal.

Irvin D. Yalom este profesor emerit de psihiatrie la Universitatea Stanford și practică psihiatria în San Francisco și Palo Alto. Împreună cu soția sa, Marilyn, are patru copii și șapte nepoți. Locuiește în Palo Alto, California.

Irvin D. Yalom este autorul a numeroase cărți, majoritatea traduse și în limba română:

Tratat de psihoterapie de grup. Teorie și practică (Editura Trei, 2008)
Călăul dragostei. Și alte povești de psihoterapie (Editura Trei, 2008)
Cu fiecare zi mai aproape – O psihoterapie povestită de ambii participanți (Editura Trei, 2009)
Psihoterapie existențială (Editura Trei, 2010)
Selecție din opera unui maestru al terapiei și al povestirii. Antologie îngrijita de Ben Yalom (Editura Trei, 2012)
Minciuni pe canapea (Editura Humanitas, 2009)
Mama și sensul vieții. Povești de psihoterapie (Editura Humanitas, 2010)
Plânsul lui Nietzsche (Editura Humanitas, 2016)
Soluția Schopenhauer (Editura Vellant, 2010)
Darul psihoterapiei (Editura Vellant, 2011)
Privind soarele în față (Editura Vellant, 2011)
Problema Spinoza (Editura Vellant, 2012)
Efemeride și alte povești de psihoterapie (Editura Vellant, 2015)

De același autor:

Encounter Groups: First Facts, împreună cu M. A. Lieberman and M. B. Miles (Basic Books, 1973)
Inpatient Group Psychotherapy (Basic Books, 1983)
Concise Guide to Group Psychotherapy, împreună cu S. Vinogradov (American Psychiatric Publishing, 1989)
I'm Calling the Police – A Tale of Repression and Recovery (Basic Books, 2011)

Cuprins

Capitolul 1. Nașterea empatiei 7
Capitolul 2. Căutarea unui mentor 10
Capitolul 3. Vreau ca ea să plece 17
Capitolul 4. Cercuri complete 22
Capitolul 5. Biblioteca, de la A la Z 32
Capitolul 6. Războiul religios 37
Capitolul 7. Tânărul jucător 52
Capitolul 8. Scurtă istorie a furiei 57
Capitolul 9. Masa roșie 65
Capitolul 10. Întâlnirea cu Marilyn 74
Capitolul 11. Viața la facultate 80
Capitolul 12. Căsătoria cu Marilyn 95
Capitolul 13. Primul pacient psihiatric 100
Capitolul 14. Rezidențiatul:
  misteriosul doctor Blackwood 104
Capitolul 15. Anii de la Johns Hopkins 111
Capitolul 16. Exilul în paradis 134
Capitolul 17. Ieșirea la liman 147
Capitolul 18. Un an la Londra 171
Capitolul 19. Scurta și tulburenta existență a grupurilor
  de întâlnire 181
Capitolul 17. Sejur în Viena 187
Capitolul 21. Cu fiecare zi mai aproape 196

Capitolul 22. Oxford și bănuții fermecați
ai domnului Sfica... 203
Capitolul 23. Terapia existențială 211
Capitolul 24. Confruntarea morții
cu Rollo May 224
Capitolul 25. Moarte, libertate,
izolare și sens 233
Capitolul 26. Grupurile de pacienți internați
și Parisul 239
Capitolul 27. Călătorie în India 247
Capitolul 28. Japonia, China, Bali și
Călăul dragostei 261
Capitolul 25. *Plânsul lui Nietzsche*.................................... 277
Capitolul 30. *Minciuni pe canapea* 291
Capitolul 31. Mama și sensul vieții..................................... 298
Capitolul 32. Cum am devenit grec..................................... 309
Capitolul 33. *Darul psihoterapiei* 318
Capitolul 34. Doi ani cu Schopenhauer............................... 326
Capitolul 35. *Privind soarele în față*................................... 332
Capitolul 36. Ultimele lucrări.. 347
Capitolul 37. Câhh! Terapie prin text 356
Capitolul 38. Viața mea în grupuri...................................... 361
Capitolul 39. Despre idealizare 376
Capitolul 40. Un începător într-ale îmbătrânirii................... 390
Mulțumiri 401

NOTE

NOTE

NOTE

NOTE

NOTE

NOTE

NOTE

VELLANT SERIE DE AUTOR

IRVIN D. YALOM

Soluția Schopenhauer
Traducere din limba engleză de Ciprian Șiulea
488 pagini

O explorare a psihologiei, filosofiei și umanității, Soluția Schopenhauer spune povestea lui Julius Hertzfeld, un apreciat psihoterapeut care descoperă, la vârsta de 60 de ani, că este pe moarte. Conform prognosticului doctorului său, mai are un an de trăit, an în care Julius, de fapt, învață să moară.

Privind soarele în față
Traducere din limba engleză de Ștefania Mihalache
240 pagini

O carte profund personală, izvorâtă din confruntarea autorului cu ideea morții, Privind soarele în față ne privește pe fiecare dintre noi, punându-ne înaintea acestui subiect tabu, dar de neocolit: propria moarte.

Darul psihoterapiei
Scrisoare deschisă către noua generație de psihoterapeuți și pacienții lor
Traducere din limba engleză de Aurora Gal Marcu
292 pagini

Rezultatul a treizeci și cinci de ani de practică în domeniul psihoterapiei, cartea lui Irvin Yalom este un cadou oferit psihoterapeuților și pacienților deopotrivă. Studiile de caz adunate de autor în 85 de capitole perfect șlefuite constituie un adevărat rezervor de sfaturi practice completate de o viziune onestă și revelatoare asupra provocărilor și recompenselor profesiei de psihoterapeut.

Editura Vellant
Splaiul Independenței 319
București, Sector 6
tel/fax (004) 021 211 77 41
(004) 021 211 77 56

www.vellant.ro

Tipar: ARTPRINT
E-mail: office@artprint.ro
Tel.: 021 336 36 33